中国の言語文学

聶偉、婁暁凱 著

目次

緒論 …………………………………………………………………… 6

上編　中国言語文化の概要

第一章　漢字の起源 …………………………………………… 7
第一節　漢字の誕生 …………………………………………… 7
第二節　漢字の影響 …………………………………………… 10

第二章　漢字の発展 …………………………………………… 13
第一節　甲骨文の発見 ………………………………………… 13
第二節　甲骨文から楷書へ …………………………………… 15
第三節　草書と行書 …………………………………………… 17

第三章　許慎と「六書」 ……………………………………… 19
第一節　許慎の『説文解字』 ………………………………… 19
第二節　「六書」とは何か …………………………………… 22

第四章　漢字の伝播 …………………………………………… 27
第一節　製紙術と活字印刷術 ………………………………… 27
第二節　文化典籍の伝説 ……………………………………… 30

第五章　漢字と書法芸術 ……………………………………… 35
第一節　奥深い書法芸術 ……………………………………… 35
第二節　書法家のエピソード ………………………………… 36

第六章　漢字と民俗文化 ……………………………………… 42
第一節　十二生肖 ……………………………………………… 42
第二節　対聯 …………………………………………………… 43
第三節　成語の典故 …………………………………………… 46

第七章　避諱語と文字の獄 …………………………………… 50
第一節　避諱語（諱み言葉） ………………………………… 50
第二節　文字の獄 ……………………………………………… 52

第八章　姓名と地名の話 ……………………………………… 54
第一節　姓名 …………………………………………………… 54
第二節　地名 …………………………………………………… 57

中編　中国古代文学

第一章　先秦文学（一） ……………………………………… 61

第一節	上古歌謡と神話	61
第二節	『詩経』	65
第三節	楚辞と屈原	68

第二章 先秦文学（二） 69
第一節	孔子と『論語』	70
第二節	『孟子』	72
第三節	『荘子』	74

第三章 秦漢文学 77
第一節	李斯とその文学	78
第二節	司馬相如の文学	79
第三節	司馬遷と『史記』	81
第四節	班固と『漢書』	82

第四章 魏晋南北朝文学 84
第一節	建安の風骨から正始の音まで	84
第二節	両晋期の文学	90
第三節	南北朝文学	92

第五章 隋朝と盛唐期の文学 96
第一節	隋朝文学	97
第二節	盛唐文学	100

第六章 中晩唐期の文学 105
第一節	韓愈	105
第二節	白居易・杜牧らの文学創作	106
第三節	唐の伝奇	111

第七章 宋・遼・金時期の文学 112
第一節	蘇軾の文学創作	113
第二節	李清照の文学創作	116
第三節	遼・金時期の文学	118

第八章 元朝文学 120
第一節	元雑劇と関漢卿、王実甫	120
第二節	元朝の南劇	124

第九章 明朝文学 127
第一節	明朝の演劇と湯顕祖	128
第二節	明朝の長編小説	130

第十章　清朝文学 … 136
　第一節　『聊斎志異』 … 137
　第二節　『紅楼夢』 … 138
　第三節　清朝の演劇 … 141

下編　中国近現代文学

第一章　第一の十年 (1917 – 1927) … 144
　第一節　概要 … 144
　第二節　胡適と白話文 … 146
　第三節　魯迅と『阿Q正伝』 … 149
　第四節　郭沫若と『女神』 … 151
　第五節　郁達夫と『沈淪』 … 153
　第六節　志摩の詩 … 155
　第七節　氷心の文学創作 … 157

第二章　第二の十年 (1928 – 1937) … 160
　第一節　概要 … 160
　第二節　茅盾と『子夜』 … 162
　第三節　巴金と「激流」三部曲 … 165
　第四節　老舎と『駱駝の祥子』 … 167
　第五節　曹禺と『雷雨』 … 169
　第六節　瀋従文と『辺城』 … 171

第三章　第三の十年 (1937 – 1949) … 174
　第一節　概要 … 174
　第二節　趙樹理と『小二黒結婚』 … 176
　第三節　艾青の詩 … 178
　第四節　張愛玲と『傾城之恋』 … 180
　第五節　銭鐘書と『囲城』 … 182

第四章　50年代から70年代の文学 … 185
　第一節　概要 … 185
　第二節　柳青と『創業史』 … 188
　第三節　楊沫と『青春之歌』 … 190
　第四節　茹志鵑と『百合花』 … 191
　第五節　曲波と『林海雪原』 … 193
　第六節　周爾復と『上海的早晨』 … 194

| 第七節 | 王蒙と『組織部新来的年軽人』 | 196 |

第五章　80年代の文学（一）　199
第一節	概要	199
第二節	劉心武と『班主任』	201
第三節	古華と『芙蓉鎮』	203
第四節	蒋子龍と『喬廠長上任記』	204
第五節	舒婷の詩	207

第六章　80年代の文学（二）　211
第一節	概要	211
第二節	阿城と『棋王』	213
第三節	蘇童と『妻妾成群』	215
第四節	池莉と『煩悩人生』	216
第五節	汪曾祺と『受戒』	218

第七章　90年代以降の文学　220
第一節	概要	220
第二節	王朔と『動物凶猛』	222
第三節	王安憶と『長恨歌』	224
第四節	賈平凹と『廃都』	226
第五節	陳忠実と『白鹿原』	228
第六節	余華と『兄弟』	231

参考文献　234
あとがき　235

緒　論

　言語文字は文化の重要な媒体であり、各時代の文学は民族文化の表現形式の一つである。中国の言語と文学の誕生および発展変化には、独特な民族の特徴が鮮明に見て取れる。そのため、中国文化を理解したいと願う読者にとって、中国語が担っている文化的内容を如何に理解し、中国の言語・文学と中国文化発展の歴史との関係を如何に理解するかが、必要不可欠な作業となる。

　本書は、「中国言語文化の概要」「中国古代文学」「中国当現代文学」の上中下三部で構成されており、「中国言語文化の概要」は、物語形式で漢字の誕生と発展、漢字の構造的特徴および文化的特徴、世界における他の言語との異同を明かす。「中国古代文学」と「中国当現代文学」では、文学史上の主要な出来事と人とを繋ぎ合わせ、読者が文学史上の重要なポイントを一つ一つ知ることで、中国文学へのいわば全面的な理解が得られるように述べていく。

上編 中国言語文化の概要

第一章
漢字の起源

第一節 漢字の誕生

　ここでは先史文字と漢字の起源に関する視点を紹介したい。例えば、八卦卜占文字説、結縄文字説、甲骨文字説、絵画文字説、蒼頡〔そうけつ〕造字説等である。

　漢字の誕生と漢民族の社会・文化は密接に関連する。文字という特殊な文化記号で歴史を記録することが、文明社会の進歩のしるしの一つとされている。漢字の誕生は一般的な文字誕生のルールに準ずるが、漢字が固有の特徴を持っていることは漢字の独特なスタイルと悠久の歴史が証明している。

　言語は人類のコミュニケーションの媒介であり、口頭言語は人類社会の誕生とともに生まれた。原始社会初期における人類の社会生活は単純で交際範囲も限られており、氏族のメンバーの大多数は狭い空間で生活していた。人口が少なく空間も限られていたため、人々のコミュニケーションの大部分は音声言語を用いれば十分であった。口頭言語には、速くて便利、素直で単純という長所があるが、原始社会においては体面して直接コミュニケーションをする方法からいったん離れてしまうと、コミュニケーションを取ろうにも口頭言語だけではかなわなかった。書面語は人のこのようなニーズを満たすために生まれたのである。

　漢字は一体どのように誕生したのか。

　これについては炎帝、黄帝二代の伝説から話さなくてはいけない。今日の中国陝西省黄陵県に中華文明の始祖と呼ばれる黄帝の墳墓がある。この黄帝陵のふもとには素朴にして荘厳な黄帝廟がある。清明節になると、毎年数え切れないほどの華人がこの中華文明の先祖に詣でる。

　黄帝は姓を公孫といい、少典部族の首領の息子とされている。また、炎帝と兄弟であったともされる。黄帝は今日の山東省曲阜に生まれ、姫水のほとりで

育ったため、姫姓も名乗った。成人すると今日の河南省新密に移り、当時は新密が軒轅〔けんえん〕の丘と呼ばれていたため、黄帝も「軒轅氏」と呼ばれた。初め黄帝には決まった居住地がなく、南方の炎帝と連合して今日の河北省涿〔たく〕州、懐来、涿鹿一帯で北方の蚩尤〔しゆう〕部族を破り、涿鹿を都とした。また、後に今日の河南省新鄭に移った。黄帝は主に中原一帯で活動したが、五行思想では中央は土、土は黄色なので、「黄帝」と敬われるようになった。

　黄帝は中国人の着る服装を発明し、炊事に使う炊事道具を作った。また、蒸かした穀類を食べ、建造された家屋に住んだ最初の人となった。妻の嫘祖〔れいそ〕は養蚕を発明し、黄帝はほかに船と車を発明して交通の不便を解決した。黄帝はまた蒼頡に命じて文字を発明させ、伶倫〔れいりん〕に音楽を発明させた。さらに天文・暦法の修訂を命じた。つまり黄帝の時代、中華文明の雛形が基本的に整い、文明の萌芽が見られたのである。これらの伝説が人々の美しい願望にすぎないのは明らかで、これらの発明すべてが黄帝一人の功労であるはずはない。即ち、黄帝は時代と文明進歩の象徴、いわゆる「しるし」にすぎない。

　伝説では黄帝が高齢になったとき、神が夢に出て来て言った。「お前は人類のために良いことをたくさん行ってきた。衣食住や移動の問題を解決し、弓矢、図画、文字、音楽を発明して人類の子孫が文明の果実を享受できるようにした。その功績は誠に大きく、もう天宮に戻って幸福を享受してもよい」。黄帝は目覚めて思った。「自分は功名を貪ることはできない、これらの発明はすべて皆で努力した中で完成したのであって、自分一人の功績に数えることはできない。どうしたらよいのだろうか」。

　考えた末、黄帝は大きな鼎の鋳造を命じ、その鼎に発明に功績のあった人の名を刻み付けた。その中には文字を発明した蒼頡の名がある。蒼頡は黄帝の史官で、もっぱら歴史の出来事の記録を担当していた。蒼頡〔そうけつ〕には目が四つあったといわれている。黄帝に歴史の重大な出来事を記録できる符号を創造するようにと命じられ、蒼頡は考えに考えた。ある日、蒼頡は家でこのことについて考えているうちに、眠り込んでしまった。どれくらいの時間がたったのか、突然、鳥の鳴き声で目が覚め、窓の外に目をやると鳥の一群が庭に舞い降りていた。蒼頡は黄帝に託された任務を終えていないことで気を揉んでいたので、庭に出て鳥を追い払い、そのまま庭で下を向いて考え続けた。

　蒼頡は鳥たちが庭で飛び跳ねて残した足跡を目にして、なにか感じるものがあったのだろう。しゃがんでじっくりと足跡を観察した。そして、まるで光がひらめくかのように、一瞬にして文字創製の秘訣が頭に浮かんだ。蒼頡が文字を創造したとき、空からは雨粒が降るようにトウモロコシが降り、夜は悪鬼が

むせび泣き、兎でさえ泣いたという。なぜなら、人々が文字の使用を身に付けると農耕を放棄して他の仕事を始め、飢饉が起こると心配した神が、皆を救うために玉蜀黍を降らせたのだ。また鬼神は、人が文字を身に付けると文字を使って鬼神を神に訴える文書を書くことを恐れて泣き、兎は、人が文字を身に付けると兎の毛で筆を作るため、自分たちの命に危害が及ぶと心配して泣いたのだ。

漢字の起源については、他に八卦卜占に求める説がある。伝説によると伏羲〔ふっき〕氏は今日の甘粛省天水に生まれ、頭は人で体は蛇であった。伏羲は女媧〔じょか〕と夫婦となり、子どもを生んでその子孫が人類になった。伏羲は天文と地理を観察して八卦を発明し、さらに網で魚を捕らえたり猟をしたりする方法を教え、獲物を台所でおいしく調理させた。そのため、伏羲は「庖犠〔ほうぎ〕」とも呼ばれる。

八卦とは卜占に用いる符号で、全部で8種類あり、任意の二つを組み合わせることで六十四卦が得られる。最も基本的な符号は2種類で、その一つが陽爻〔こう〕で奇数を表し、もう一つが陰爻で偶数を表す。卜占は草の茎49本で占い、3回占うことで卦が一つ得られ、6回で重卦〔八卦を二つ重ねたもの〕が得られる。卜者は重卦の卦と爻の組み合わせから吉凶を予測することができる。

また漢字が結縄に由来するという伝説もある。炎帝は太陽神で神農氏とも呼ばれている。炎帝は今日の湖北省随州一帯に生まれ、頭は牛で、体は人であった。炎帝は農具を作り、五穀を植え、井戸を掘って取水することを人に教えた。また百草を試して、漢方医学を発明した。しかし、病を治す薬草を見付けるために、猛毒の断腸草を口にしたところ、腸が破れて死んでしまったという。今日、湖北省で有名な神農架林区は、神農氏が薬草を採集した場所であったと言われている。神農氏が薬草を採集した場所は非常に険しく、足場や階段を組まなければ辿りつけなかった。そのため「神農架」（神農の足場）と呼ばれている。結縄で出来事を記すことは、この神農氏に始まったとされている。結縄は、世界中で広く採用されていた。古代エジプト、古代ペルシャ、インディアンも結縄を記録に用いている（日本で用いられていたという記録もある）。その方法は、往々にして、一本の棒の表面を多くの紐で縛り、紐に多数の結び目を作るというものだ。結び目が棒の中心に近ければ近いほど、表される出来事が重大であることを表す。また、紐の色の違いは、出来事のタイプの違いを表した。漢字の中にも、結縄符号を漢字の構成要素とした例がある。例えば漢字の「十」とその倍数は、結縄の痕跡を残している。

第二節 漢字の影響

　漢字文化圏、即ち歴史的に漢字を使用していたか、現在でも漢字を使用している東方文化圏には、中国、朝鮮半島、ベトナム、東南アジアのいくつかの国家、さらに日本が含まれる。

　漢字は現在使用されている文字として最も歴史があり、漢字のように青春を謳歌し続け、久しく衰えない文字は、世界中でも他に例を見ない。世界で漢字と同様に歴史のある文字としては、チグリス・ユーフラテス河流域の楔形文字、古代エジプトのヒエログリフ、およびマヤ人の象形文字がある。しかし、楔形文字は紀元前4世紀にはペルシャ王国の滅亡とともに消失した。エジプトのヒエログリフも紀元前5世紀に消失し、マヤ文字が歴史に存在したのはわずか千年余りにすぎない。漢字だけがその出現から現在まで、途切れることなく使用されてきたのである。

　しかも漢字は中国人のみが使用する文字ではない。漢字の影響は、特に東方の国家において非常に大きなものがある。中国の漢代以降、朝鮮人は漢字と中国語を自らの文字ならびに話し言葉として使用し始めた。また、今日でも日本の文字の中には大量の漢字が残されている。1981年に日本が公布した『常用漢字表』には約1,900余りの漢字が挙げられ、日常生活のさまざまな側面をカバーしている。ベトナムもその歴史において比較的長い時期にわたり漢字が使用された。シンガポールなど華人が比較的多い国家では、現在でも大量に中国語や漢字を使用している。さらに、中国語は国連で定められている六つの作業言語にも含まれている。

　中国と日本の文化交流は古くからある。中国の秦の始皇帝は不老長寿の霊薬を得るために、徐福という人に3,000人の少年少女を率いて日本に渡るよう命じたとされ、今でも日本には徐福の墓と徐福の祠が残っている。これら最も早期に日本へ渡った移民は、先進的な農耕技術や工芸技術を携えていった。中国の隋唐年間は中日の交流が非常に頻繁に行われた時期である。当時、中国文化は大いに栄え、経済は発展していた。大化の改新（645年）前の日本は、当時の中国からはるかに遅れをとっていたため、多くの使節や留学生を中国に派遣し、中国文化という栄養分を吸収していった。中国の隋代には日本からの使節が合計5回派遣され、さらに唐代には遣唐使が18回派遣された。また、隋朝からも日本に使節を派遣している。小野妹子は聖徳太子が中国隋朝に派遣した最初の使節である。当時の航海は非常に困難で、中国に到達したのはそのうち15回であった。遣唐使には、正使、副使、僧、留学生および各種の職人が含まれ、

最も多い時にはその数は 600 人余りに達した。当時は航海技術が不十分で、季節風を利用する技術にも習熟していなかったため、日本の遣唐使は中国へ学びに行くたびに大きな犠牲を払った。中国に到着した遣唐使たちは、法令制度、生活方式、社会風俗、文学芸術など多く方面にわたって勉強し、留学を終えると中国文明のさまざまな側面を日本へと持ち帰った。大化の改新をきっかけとして、これらの先進的な文明は日本社会で運用され、日本を封建社会へと進ませた。中国に留学した日本人の中には卓越した成果を挙げた者も多く、日本社会の発展に極めて大きな貢献を行った。例えば、南淵請安、高向玄理らは、中国の当時の井田制度を真似て班田制度を創り出した。吉備真備、空海は漢字から片仮名や平仮名を創造する面で直接的な貢献を行い、囲碁もこのときに日本へ伝わった。また、吉備真備は中国の唐朝に留学した後、日本へ戻って重用され、日本の律令の制定に関わり、中国の兵法に基づいて日本で軍隊を訓練した。阿倍仲麻呂（中国名は晁衡〔ちょうこう〕）は、当時の中国で学業を完成しただけでなく、科挙に参加して優れた成績で進士に合格し、さらに唐朝で長く官吏を勤めた。隋唐文化の日本への影響は深く、全面にわたった。日本の奈良時代には漢学が主要な学問となり、大勢の日本の貴族は漢文詩歌を作ることができ、それを誇りにした。

紀元前 40 年頃、漢字がベトナムに伝わった。当時のベトナムでは漢字を儒家の文字という意味の「字儒」〔チュニョ〕と呼んだ。その後千年余りにわたって、漢字はベトナムで公用の文字となった。紀元 10 世紀以降、ベトナム人は漢字を真似、字喃〔チュノム〕という（漢字のように）四角い文字を創り出した。字喃の一部は完全に漢字を借用したもので、残りは漢字の会意や形声といった造字法を用いた新造文字である。字喃は公式・公用の文字であったが、ベトナムの歴史の中で何度か短い期間だけ流行伝播したに過ぎなかった。しかも漢字と字喃は並行して使用され、それ以外の長い期間は常に漢字が公式の文字であったため、字喃はベトナムの民間にしか流行しなかった。その後、ベトナムでは新しい表音文字が発明され（ラテン文字をもとにしている）、公式の文字となった。

北方においては、漢字はおおむね中国の漢代末期には朝鮮に伝わっていた。当時の朝鮮人は中国人同様に漢字で著された中国文化書籍を学んだ。また中国語（漢文）も朝鮮人が歴史を記録する正式な言語として用いられた。ただし、漢字と朝鮮語の違いが大きいため、朝鮮は李朝の時期に独自の表音文字を発明した。これらの字母の多くは漢字の筆画から借用されたもので、この新しい文字を諺文〔オンモン〕という。中国文化の朝鮮への影響は非常に広範で、紀元

4世紀に当時の朝鮮政府が太学を設立し、漢学を学生が学習する主要な内容とした。また中国の唐代になると、朝鮮半島にあった高麗国、新羅国および百済が常に大量の留学生を中国へ派遣して学ばせた。その中には学業優秀で進士に合格し、唐朝に仕官する者もいた。一方で、中国の文人も朝鮮で仕官した。これら中国人官僚の提唱により、朝鮮においても科挙制度が整えられ、朝鮮文化の進歩を推し進めた。中国は宋代には朝鮮に医者を派遣し、漢方医薬の知識を伝えた。中国の封建時代の最後の王朝——清朝に至るまで、朝鮮は常に中国との文化交流を維持した。中国文化が朝鮮社会の進歩に与えた影響は深く、極めて大きい。中国の木版印刷技術と活字印刷技術が朝鮮に伝わると、朝鮮の職人がこれを改良し、金属活字印刷術を発明した。中国固有の書法芸術も朝鮮人の間で流行した。

　シンガポールは住民のおおむね70％が華人である。歴史的経緯からシンガポールでは英語が重要な役割を担っているが、現地の華人は中国語を話している。しかし、中国語には方言が多く、方言間の差異が非常に大きい。そこで、漢民族言語文化の優位性をさらに高め、方言間の壁を破り、シンガポール華人が価値観と道徳観を共有できるようにするために、シンガポール政府は中国語改革を進め、シンガポールでの中国語をさらに広めた。他の東南アジアの国、例えば、タイ、ミャンマー、ラオス、マレーシアでも、いずれも多かれ少なかれ中国文化の影響を受けている。

　漢字と漢文化は、アジアのみならず、世界の他の大陸にも重要な影響を及ぼしている。例えばヨーロッパでは、ルネッサンスにも一定の影響をもたらした。フランスの著名な啓蒙思想家ヴォルテールは中国の歴史ある文明に傾倒し、孔子の説を高く評価した。また、ドイツの著名な文学者ゲーテは、中国の文学と哲学の著作を非常に好み、しばしば中国の花鳥画を模写し、中国の建築・庭園を非常に好み、さらには儒家の経書を紐解いた。ゲーテは孔子の学説を高く評価し、孔子こそ完璧な道徳哲学家だと考えていた。のみならず、中国の文学作品を大量に読んで翻訳した。中国の元代にはベネチアの商人マルコ・ポーロが父親や叔父とともに中国を訪れた。元朝の首都では皇帝への謁見が許され、中国で20年余りを過ごした。帰国後は戦争で捕虜となり、ジェノバの獄中で同じ監獄の捕虜（原文では犯人とある）に中国で見聞したことを語り、これが『東方見聞録』としてまとめられた。これは有史以来、西洋人が初めて中国を詳しく紹介した書籍である。このほか、宣教師の存在もある。西洋の宣教師は当初中国での布教を望んだだけであったが、彼らが中国で布教するうちに、期せずして中国文化もヨーロッパへと伝わった。中国文化は魅力的であったため、ヨー

ロッパの国々では一時、中国スタイルを求める流行が起こった。例えば、ヨーロッパで流行した中国茶、磁器、漆器、シルク、刺繍などはすべて、ヨーロッパ人に愛された中国文化の伝達手段であった。

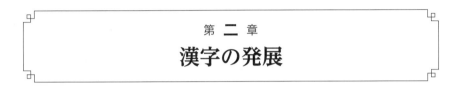

第二章
漢字の発展

第一節　甲骨文の発見

　中国で最も早期の漢字は甲骨文と金文である。甲骨文とは亀甲や獣骨に刻まれた文字で、

　甲骨文発見には次のような話がある。1898年、河南省安陽県小屯村〔しょうとんそん〕の村民が農作業中に亀甲や獣骨を掘り起こした。彼らは薬引〔やくいん〕（漢方薬の効果を強める補助薬）になる「竜骨」であると考えて持ち帰った。その後、現地の薬材商が聞き付けて、これら亀甲および獣骨を買い付け、漢方薬局に販売した。史書の記載によると安陽小屯は古代商朝の都であり、12名の王がこの地に住んでいた。そのため大量の古代の文物が残っていたのである。青銅器や陶器が次々に発掘され、これら亀甲や獣骨も次第に多く出土するようになった。そのため現地の人々はこれらが珍しいものだとは思わなくなり、地中から掘り出すと、そのまま畦に放っておくことが多かった。もし、亀甲や獣骨の保存状態がよければ薬材として薬材商に売り、保存状態がよくなくてぼろぼろの破片になっていれば、肥料にして土壌を良くしようとした。

　1899年、当時の中国は清朝の時期であったが、これらの亀甲と獣骨が北京の漢方薬局に出回るようになった。北京の王懿栄〔おういえい〕という高官が病気になり、さまざまな薬を飲んだが、効果がなかった。彼は焦って、自分の病を治せる薬がどこかにないかとあちこちで聞いてまわった。ある日、宮廷の侍医に見せたところ、その侍医は詳しく診断して漢方薬を処方した。それが「竜骨」だった。王懿栄は侍医に感謝して見送るやいなや、使用人を薬局に遣って薬を買わせた。薬が届くと、治したい一心で、それを煎じるよう使用人に命じた。使用人が準備をしているときにも、王懿栄はそばで見ていた。侍医が処方した薬が他の医者が出した薬とどう違うのか知りたかったのだ。使用人が「竜

骨」の入っている包みを開けた時、王懿栄は「竜骨」に記号が刻まれていることに気付いて興味を持った。よく見てみると、これまで出会ったことがないのに懐かしいような感じがした。というのも王懿栄は当時の有名な金石学者であり、古文字学に造詣が深かく、これらの記号に懐かしい感じを持ったのだ。王懿栄はこれを自分の部屋へ持っていって調べ、この「竜骨」に大いに関心を持ち、使用人を薬局に遣って「竜骨」を買い占め、仕入先を問い合わせた。河南安陽からだと知ると、王懿栄はすぐに小屯村に向かった。到着すると、現地ではちょうど大量の文物が出土したところで、その中には銅器も大量にあった。王懿栄はもともと金石研究者であったから、古代の銅器の銘文に興味があり、これらの銅器を見てみたいとも思った。ところが、あいにくそれらは話を早く聞き付けた人が買い取ってしまった。王懿栄は残念に思ったが、銅器が出土した地点に亀甲と獣骨が大量に残されているのを目にした。現地の人に聞くと、これが薬材商に売る「竜骨」だという。王懿栄は、これこそ自分が探していた変わった記号が刻まれた「竜骨」そのものだと気付き、手に取って調べ、それらの亀甲と獣骨を大量に買い上げた。彼は自宅に持ち帰って古代の文献にあたり、自身の古文字学に対する深い知識により、これらの亀甲と獣骨に刻まれた記号が中国文字の雛形であると断定した。惜しむらくは、翌年、八か国連合軍の中国侵略（義和団事変）があり、王懿栄は戦火の中で亡くなった。

　王懿栄は、最も早く甲骨文を発見、確認した人物である。長年の弛まぬ努力と調査により、甲骨文が中国最初の文字であることを証明、確認した。このことは、当時、国内外で大変な騒ぎとなり、歴代の古代歴史研究者に貴重な史料を提供したため、王懿栄は「甲骨の父」と称されている。その後、中国の学者たちが古代文献による考証を経て、安陽小屯こそ商朝晩期の首都所在地だと確認した。紀元前1700年頃、商朝の湯が夏王朝の桀王を破り、中国最古の奴隷制王朝である夏が滅び、湯が商を建てた。商朝は500年余りにわたって存在した。当初、都は今日の山東省曹県一帯にあったが、遷都を繰り返した。商朝第19代国王の盤庚〔ばんこう〕の時に今日の河南省安陽県小屯一帯に都を遷し、商朝が滅びるまでそこに都があった。この時期の商朝は「殷商」と呼ばれる。殷商期には亀甲と獣骨を大量に使用して卜占が行われた。亀甲や獣骨は卜占に用いられる前に平らに削り、その平面に丸いくぼみを開け、そのわきに溝を掘った。溝ではなく墨で書かれたものもある。占う際は、燃えている棒でそのくぼみを焼くと、甲骨にひびが入る。このひび割れで吉凶を判断するのだ。占いが終わってその結果を甲骨の上に刻んだのが卜辞で、今で言うところの甲骨文である。

第二節 甲骨文から楷書へ

　漢字の字体の変遷史には、中華民族の文明の変遷史が含まれている。甲骨文に始まる漢字の字体の変遷の過程は、甲骨文－金文－篆書〔てんしょ〕－隷書－楷書というように概括できる。以下甲骨文から楷書にいたる変化を詳しく紹介する。

　原始の甲骨文から今日の漢字までは、ほぼ四千年の歴史がある。漢字の発展は、金文、大篆〔だいてん〕、小篆〔しょうてん〕、隷書、草書、楷書、行書といった段階を経てきた。これらの字体が用いられた時代ははっきりと分けられるものではなく、時には並行的に、時には交差的に用いられた。金文は鐘鼎文〔しょうていぶん〕あるいは銘文とも呼ばれ、青銅器の表面に鋳刻された文字である。商代後期から出現し、西周期に流行した。商代後期に最初に出現した青銅銘文は数十字に過ぎないが、西周期になると、数百字にも及ぶものが現れる。金文の形態と構造は甲骨文とかなり相似しているが、基本的には一つの字体である。金文の主な特徴は、「肥筆」と「円筆」を多用する点であり、筆画は丸みを帯びてしっかりとしている。金文は象形性が高く、形態と構造に定型がなく、書き方の決まりも多くはない。異体字、合文、省文が多く、すでにかなりの数の形声文字があった。春秋戦国期に入り中国が巨大な社会変革を経験すると、経済や文化が勢いよく発展した。文字の利用も広範に行われるようになり、文字が単純化される趨勢にあった。秦の始皇帝が六国を統一する前は、秦では大篆を使用し、六国では「六国古文〔りっこくこぶん〕」を使用していて、文字は統一されていなかった。

　目下現存する比較的まとまった大篆の資料は2種類ある。石鼓文〔せっこぶん〕と籀文〔ちゅうぶん〕である。いわゆる石鼓文とは10基の太鼓型の石に刻まれた文字のことで、このような太鼓型の石を碣〔けつ〕（丸みを帯びた石碑）と呼び、形が太鼓に似ていることから石鼓とも言う。これらの石鼓の上部はやや小さく丸まっており、下はふっくらとして、底は平らになっている。高さは1メートルほどである。この表面に刻まれている文字が中国最古の石刻文字である。刻まれた内容は四言詩で、それぞれの石鼓に1首ずつ刻まれ、合わせて10首で、当時の国王の狩りの様子が歌われている。石鼓文は中国の国宝で、故宮博物院に収蔵されている。石鼓は中国の唐代には出土していたといわれ、その後、戦乱のために10基すべてが失われた。宋代になって鳳翔（陝西省）の太守（知事）であった司馬池が、これら失われた石鼓を探し集め、9基まで見つけ出したものの、残る1基はどうしても見付からなかった。その後、ある民家で米

を搗く臼の表面に文字が刻まれていることが発見され、当時の学者の研究によって、最後の１基であることが判明した。これらの石鼓は、北宋の晩年に都（開封）へ移され保存された。皇帝であった徽宗は大変喜びで、石鼓を重要視していることを表すため石鼓文に金粉を塗らせた。このことは石鼓が貴重であることを示している。その後、石鼓は度重なる戦火によって何度も失われ、何度も探し当てられた。石鼓には、もともと600字余りが刻まれていたが、これらの紆余曲折を経て、現在は300字余りが残っているのみである。石鼓文の書体は四角く均整がとれていて、刻まれた作品の内容は『詩経』の内容と類似している。

　秦の始皇帝は、中国を統一すると、全国の文字を統一するよう命じ、新しい共通の文字——小篆を普及させ、それまでの「籀文〔ちゅうぶん〕」を「大篆」と改めた。籀文というのは『史籀篇』に由来する名称である。史籀は周朝の国王の史官で、『史籀篇』を書いた。『史籀篇』は15篇からなり、児童に教えるために編纂されていて、この書体を籀文という。始皇帝は小篆の普及に努め、全国の標準書体とすると、李斯に命じて文字を整理し書体を改訂した。李斯が標準書体を示した『蒼頡篇』、趙高の『爰歴篇』、胡母敬の『博学篇』がそれらの書体を全国共通の書体として広めた。これが小篆である。小篆の特徴は、筆画が均整、線の太さが同じで書き方に決まりがあり、字体は長方形で大きさが一定である。甲骨文、金文に比べて異体字が大幅に減り、合文がすでになくなっている。篆とは「引き伸ばす」という意味で、大篆から小篆に移る際に筆画が多く省かれた。また、漢字の抽象性が強化され、絵としての意味が薄れた。

　規範的な篆書は曲がりくねって書きにくいため、当時の人々は便宜上、大部分が隷書を採用した。隷書は始皇帝が六国を統一する前にすでに出現していて、隷とは「徒隷」、つまり労役囚の意味である。

　言い伝えによると、隷書を発明したのは程邈〔ていばく〕だとされ、程邈は当初、始皇帝の下で官吏をしていた。ある日、些細なことで皇帝の機嫌を損ね、始皇帝は大いに怒って彼を牢獄に入れた。程邈は獄中で自らの無実を伝えるため、自分の忠誠を示す手紙を皇帝に宛てて書き続けた。小篆の書き方は決まりが厳格であったので、書く速度に影響が出てしまう。後に、程邈は囚人の間でより簡便な書体が普及していることに気付いた。これは書くのに便利で、書く速度もずっと向上した。そこで彼はこの民間に普及している書体を収集整理することを志し、10年の歳月をかけて一巻の書物にまとめ、始皇帝に捧げた。これが始皇帝に認められ、彼は獄中から出ることを許された。

　隷書には、古隷と今隷〔きんれい〕がある。古隷は戦国時代にはすでに雛形が出来、秦代晩年まで用いられたために秦隷とも言う。古文字から金文字への

過渡的な文字である。一方、今隷は前漢から晋代にかけて用いられたために漢隷とも言う。篆書から隷書への変遷において、漢字の形態には隷変と呼ばれる巨大な変化が生じた。隷変により、小篆の丸みのある曲がりくねった線は、隷書のまっすぐな筆画へと変化した。これは、漢字の字形構造の一大飛躍であり、古今の漢字の変遷の分水嶺である。いわゆる四角い漢字（方塊漢字）というのは、隷変後の漢字のことであり、隷書の後の楷書は筆の使い方が隷書と違うだけで、基本的な筆画構造は隷書となんら違いはない。

　楷書は真書、正書とも呼ばれる。楷というのは模範、手本という意味である。楷書は前漢期に萌芽が見られ、魏晋南北朝期以降、次第に漢字の主要な書体となり、唐代には完全に成熟した。漢字の楷書への変化には、三国時代の書家、鍾繇〔しょうよう〕が大きく貢献したといわれる。鍾繇は若い頃から習字に励み、普段人と話をするときも、話しながら服の表面で字をなぞり、ときには小さな木の棒を手に、地面に字を書いて練習していたという。その後、王羲之〔おうぎし〕とその息子の王献之によって、楷書は隷書の影響を抜け出し、真に独立した書体となった。王羲之、王献之親子はともに、中国の書法史上最も有名な代表人物である。

第三節　草書と行書

　漢代の初期に草書が誕生した。草書は、隷書、楷書と同時期に流通した書体である。草というのは草卒、草稿という意味で、正式の書体に対応した非正式の書体である。漢隷（漢代の隷書）に対応した草書を章草と言い、楷書に対応した草書を今草〔きんそう〕あるいは狂草〔きょうそう〕と呼ぶ。ちなみに章草と呼ばれるのは、後漢の時代に章帝がこの書体を評価したためであるといわれている。漢の章帝の代に杜度という大臣が草書をよくし、これを章帝が好んで、杜度に草書で上奏文を書くことを特別に許したため、章草という名称になったという説もある。

　今草は章草が変化したもので、その最大の特徴は章草のような八分隷〔はっぷんれい〕の波磔〔はたく〕がなく、一筆で書かれるか、たまに連続していなくても途切れていないかのように続けて書かれる点である。また文字と文字の間にも繋がりがあり、一気呵成であると感じさせる。今草は、漢代の張芝と王羲之、王献之の父子が広めたといわれ、唐代になると今草が発展して狂草になった。張旭や懐素〔かいそ〕が当時の最も有名な狂草書家である。狂草は今草に比べてずっと自由度が大きい。張旭は酒好きで、しばしば酔っ払っては一気に

作品を書き上げたと伝えられている。張旭はいつも友人の賀知章と出かけて酒を飲んだ。酒を飲んだ後、字が書ける壁があれば狂草を書いた。それは往々にしてわずか数筆で、無限の変化に富み神秘的であった。張旭はいつも、酒を飲んだ後に頭を墨汁につけ、髪を筆に見立てて頭を動かし書を制作した。この書き方が奇妙であったため、当時の人々からは「張癲〔ちょうてん〕」（変人の張）と呼ばれた。

　張旭より少し後の懐素和尚も狂草書家である。懐素は有名な高僧玄奘の門人であり、小さい頃から懸命に書の練習をしていた。家が貧しくて習字に使う紙が買えなかったので、一計を案じて芭蕉を一万株以上も植え、芭蕉の葉が大きくなるとそれを取ってきて、葉に字を書いて練習した。芭蕉の葉をすべて使い切ってしまうと、今度は盆に漆を塗って字を書き、また板に漆を塗って字を書いた。繰り返し字を書いたため、しまいには盆も板も磨り減って、穴が開いてしまった。字の練習をするのに使った筆の数は数え切れないほどであったが、その筆先はすべて擦り切れてしまったという。懐素が擦り切れた筆を集めて埋めるとあたかも筆の墓のようだったので、皆から筆塚と呼ばれた。懐素はこのように苦労を厭わず字の練習に励み、最終的には有名な書家になった。懐素も張旭同様、酒に酔って一気に書き上げるので、「酔素」（酔っぱらいの懐素）と呼ばれた。張旭と懐素は当時の狂草書家を代表する人物であるため、二人をまとめて「癲張酔素」と呼び慣わしている。

　行書は楷書と草書の間に位置する書体で、後漢の終わりに誕生した。行書は劉徳昇という人が作ったと言われ、その特徴は、楷書が持つ決まりの厳しさがなく、筆画には連筆や省筆が見られる。しかし、草書ほど自由奔放ではなく、楷書のはっきりとした筆画と、文字と文字の間が繋がらないという特徴を保っているために読みやすい。文字を書く速度は楷書よりも早く、加えて草書の読みにくさがないため、漢字の正式の書体ではなかったにもかかわらず、行書は民間で盛んに用いられた。つまり、行書が実用的であることは明らかである。王羲之は行書においても深い造詣があり、後の人々から「書聖」と尊ばれている。唐の太宗・李世民は王羲之の行書作品『蘭亭序』を好み、王羲之の親筆を求め人を遣って全国各地を訪ねさせ、王羲之の親筆を手に入れることができた。この『蘭亭序』は太宗の副葬品となったため、今見ることのできる『蘭亭序』はすべて後の人が模写したものであり、王羲之の親筆ではない。

　行書は筆画関係がはっきりしていて、なおかつ速く書くことができるため、中国人は今でも漢字を書くときに多く行書を用いている。

第三章
許慎と「六書」

第一節　許慎の『説文解字』

　中国古代に漢字理論について書かれた『説文解字〔せつもんかいじ〕』という書籍がある。これは漢字の規範および発展への貢献が大きい。この有名な漢字研究書の著者は許慎という。許慎はどのような人であったのか、なぜこのような著作を行ったのであろうか。

　許慎は後漢の汝南〔じょなん〕郡（河南省）の出身で、初めは汝南郡で普通の役人をしていた。当時の中国にはまだ科挙制度がなく、人材を選抜する方法は多くは推挙によるものだった。その後、許慎の人徳と学問から推挙されて孝廉〔こうれん〕になり、ほどなく県令に昇進した。当時の中国人は儒学を信奉しており、人々は皆、儒家による経典を学び研究した。許慎も当時有名な儒学者の賈逵〔かき〕の元で儒家の古典を学んだ。皇帝は多くの人材を育成するために、古代の儒家の古典を大量に整理し始めると同時に、潜在能力のある若手を選抜し、当時の国家の最高学府で儒家の古典を学ばせた。許慎は人徳と学問が傑出していたので、選ばれて国家の最高学府で学んだ。当時の人々は、儒家の古典を高く評価していたが、書物によっては異なる字体で書かれていたために、研究者の間で派閥が形成され、それぞれ自分たちの古典に対する理解が最も正確だと考えて、異なる見解がもとでつねに激しい論争を展開していた。

　では、なぜ異なる字体で書物が書かれたのだろうか。秦の始皇帝が六国を統一すると、それ以前に分裂していた諸侯の国を郡県に改めた。ところが、儒者たちはこれに反対した。従来の礼制を遵守するべきだと考えたのである。秦の丞相〔じょうしょう〕・李斯〔りし〕は、新しい需要に合わせるために従来の制度を改めることができると考えていた。また李斯は、これらの儒家の従来の制度を改めてはならないという主張が民心を乱し、政令の執行貫徹に益さないため厳しく禁止すべきだと考えた。そこで、国有の書籍と秦国の史書以外、秦が六国を統一する前の史書も含めてあらゆる「諸子百家」の書籍をすべて焼却するよう提案した。また、個人の学校を開くこと、各種の社会政治思想を宣伝することを禁止した。社会政治および思想に関係のない書籍、例えば、医薬、卜占、天文暦法、農業の本は、残してかまわないとした。こうすれば始皇帝の統治に

益さない思想の普及を防止し、皇帝の権威を守ることができる。始皇帝はこうすることが自らの統治を守ると考え、李斯の提案を受け入れて、禁止する必要のある書籍を収集させ大量の書籍を焼却した。

　この焚書〔ふんしょ〕の次の年、日ごろ始皇帝に信任されている二人の方士〔ほうし〕が、始皇帝について、厳しい上に凶暴残虐であると陰で論じ合っていた。その後、二人は官職を投げ出して逃亡した。始皇帝はこのことを知るや激しく怒った。自分は日ごろこれらの方士に良くしてやっているのに、彼らは陰で批判していたのみならず、こっそり逃亡して自分を裏切ったと感じたのだ。この方士たちがそうだったのだから、長安の他の儒者もいつも自分のことを批判しているに違いないと考え、官吏に命じて長安の儒家たちを全員捕らえ、拷問にかけた。これらの儒家は拷問に耐えかね、自分が陰で始皇帝を批判したことや、始皇帝について良くない言論を行ったことを認めるしかなかった。始皇帝はこのことを聞くとさらに怒り、これらの儒家を皆殺しにするよう命じた。儒家の大量処刑を担当することになった官吏は早く任務を遂げるため、儒家たちを深い谷間に連れていき、石でその谷を埋めてしまった。これらの儒家を生き埋めにした後、始皇帝は天下には他にも多くの儒家がいることを思い出し、各地の役人に命じて現地で名望のある儒家を都に集めさせた。ほどなくして各地から700名余りの名望のある儒家が集まった。始皇帝はこれらの儒家を手厚くもてなしたので、儒家たちは、皇帝からの評価を受けて仕官できるのだと喜んだ。始皇帝は自分の腹心に命じて長安付近の谷間に果物を植えさせた。この谷の地下には温泉があったので、果物は冬でも多くの実をつけた。このことが長安に伝わると始皇帝はわざと驚いたふりをし、これらの儒家たちをその谷に派遣して調べさせた。儒家たちはそうとは知らず、喜んで出発した。その谷についてみると大きな実が積み重なっていたので、儒家たちは不思議に思ってあれこれ議論していた。そのとき、雨粒のような石が山頂から落ちてきて、儒家たちは押しつぶされて死んでしまった。これが歴史に知られる「焚書坑儒」である。

　始皇帝が全国で書籍を没収するように命じると、孔子の子孫は古代の文化的古典を保存するために、古代の書物を残らず始皇帝の使いに差し出すことはせず、一部を自分の住居の壁の中に隠した。これらの書籍はみな始皇帝が統一する前の文字で書かれていた。始皇帝が六国を統一した後で普及した文字に比べると、これらの文字は「古文」であるため、これらの書物は「古文経書」と呼ばれる。漢代の景帝の代に、ある貴族が自分の屋敷を増築していて孔子の子孫の住宅を取り壊したところ、これら「古文経書」が発見された。これらの経書は壁の中に隠されていたので、「壁中書」とも呼ばれる。一方、焚書坑儒のため

に、始皇帝が中国を統一して以降の経書はその多くが記憶に基づいて整理された。これらの経書は隷書で書かれ、「今文」と呼ばれ、これらの経書を「今文経書」と言う。

　これらが今日私たちが目にする「古文経書」と「今文経書」という２種のバージョンである。古文経書と今文経書は異なる漢字で書かれ、漢字の小篆から隷書への変化は、おおむね質の変化であることから、古文経書を学ぶと、当時使用された漢字と異なる文字に出くわす。これらの文字は、学者によって解釈が分かれ、トラブルの元となった。これも許慎が学ぶ過程で常に経験したところの、経書の違いに基づく派閥の間で常に論争が起こった原因だ。許慎は賈逵の元で経書を学ぶ過程で、古文経書への深い知識を得て、今文経書に誤記が多いことに気付いた。彼は、自分の考えをよりよく説明するためには、古文経書のいくつかの文字についてはっきり分析する必要があると考えた。そうすれば彼が誤っていると考える解釈に反論するときに説得力が増すというわけだ。許慎は20年余りの歳月をかけて資料を大量に集めたが、当時の儒家の経典の誤記がひどかったので、皇帝は古代の経書を整理するように命じた。許慎もこの大規模な古籍の整理事業に加わり、古籍を大量に校訂し、誤字脱字を整理した。この過程で、許慎は貴重な一次資料を累積することができた。

　許慎の最初の目的は、漢字についての言語学的著作を後世に残すことではなかったというべきであろう。彼の最初の目的はこれらの古文字について説明することではなく、主としてこれらの古漢字を識別することで古文経書を正しく解釈し、当時の皇帝の統治に奉仕することであった。しかし、『説文解字』が完成すると、主に漢字の変遷発展についての重要な資料を後世に残すという役割を果たすことになった。当時の文字学では独体字を「文」と呼んでいた。独体字というのは二つ以上の偏旁から構成されたものではなく、二つ以上の偏旁に分解できない漢字のことである。他方、二つ以上の偏旁からなる漢字は「字」と呼ばれた。説文とは、独体漢字の起源やその変遷発展の過程を説明することで、独体字がそれ以上分解できないことから「説文」という。合体字は、二つ以上の偏旁からなっていて分解できる。それで「解字」というのである。

　この最古の漢字学の著作は隷書より前の文字規範——小篆を主要な研究対象としている。全体で9,000余りの漢字を収録しているが、収録している漢字が多いため、調べるときに便利なように、許慎は漢字を部首の違いに基づいて分類した。500余りの部首にまとめ上げて部首を同じくする漢字は同じところに並べ、さらに部首を同じくする漢字の中では意味の近いものを近くに排列した。全体は15巻からなっている。『説文解字』は中国古代漢字の集大成で後世への

影響が極めて大きく、同書で創始された部首は今日でもなお使用されている。部首によって近い漢字を一緒に排列するという方法も、今日の漢字字典で用いられている。許慎がいた時代はちょうど漢字に隷変〔れいへん〕が起こり、漢字の変遷発展は次の時代へと引き継がれるポイントとなる段階にあったので、許慎の著作が後世に残した資料は極めて貴重である。また、その時代が始皇帝の焚書坑儒からさほど経っていないため、これらのデータは信頼度が高い。ただし、『説文解字』成立の年代には甲骨文がなく、金文資料も非常に少なかったため、許慎が依拠した主な資料は小篆と一部の籀文であった。甲骨文と金文から小篆への移り変わりの中で漢字の抽象性が増したため、一部の漢字は形状の変化が大きかった。そのため許慎の分析の中にも一部誤りはあるが、それでも『説文解字』は漢字研究の最初の著作であることに変わりはない。

　許慎は20数年の血のにじむ努力の末、この本を書き上げた。同書には正確な知識と優れた見解が多数散りばめられ、世に出るとすぐに注目された。かなり多くの類書が『説文解字』の体裁に倣っている。後の人々は許慎と孔子を比べ、許慎による漢字の考証や整理の意義は、孔子が経書の内容を重んじたことの意義にひけをとらないとしている。それというのも、漢字それ自体の意味をその起源に遡ってはっきりさせなければ、経書の内容を本当にはっきりさせることもできないからである。唐代になると科挙制度が大いに行われ、『説文解字』も科挙による人材採用の経典の一つとされたため、多くの学問をするものにとって必読の経典となった。『説文解字』は後の人々からも引き続き重要視され、多くの学者が研究を深めて多くの成果を出し、漢字理論の成熟と完成に大きな貢献を果たした。

第二節 「六書」とは何か

　六書〔りくしょ〕とは漢字を造字する六つの方法、即ち、象形、指事、会意、形声、転注、仮借を指す。この六通りの造字法は六書と呼ばれるが、象形、指事、会意、形声の四つが造字法だという見方もある。転注、仮借の二つは新しい漢字を生み出さず、すでにある漢字を利用して新しい意味を与えるだけであるから、漢字の応用方法としか言えず、造字法とは言えないというわけだ。六書という言い方が最初に見られるのは『周礼』だが、そこでは六書がいったい何なのか明らかにしていない。後漢の有名な歴史家・班固〔はんこ〕が『漢書〔かんじょ〕』の中で六書の具体的な内容を明確に示し、許慎は『説文解字』において六書について詳細かつ具体的に説明を行った。

象形というのは、事物の形状の描写によって造字する方法である。象形文字は、漢字の中での数量は決して多くはない。しかし、象形こそ漢字造字の基礎である。『説文解字』の象形についての説明によると、物体の輪郭に基づき線を用いてその形状を描くものが象形という造字法で、「日」「月」などがその例である。同様のものに、「牛」「羊」「瓜」「歯」がある。あるものは物体の全体の形を描き、またあるものは物体の一部の特徴を描き、さらにその事物に関連する別の物体の輪郭も含めて、漢字の中で具体的な事物を表す多くの漢字がこれに分類される。

　指事というのは、シンボルあるいは象形文字に記号を加えることによる造字である。『説文解字』によると、漢字を見ればその表すものが分かるが、よく観察して初めてその漢字の意味が分かるものである。例えば、「上」「下」。指事は大きく二つのタイプに分けられる。一つは純粋な抽象符号で一つの漢字が出来ているもの。例えば、方位を表す「上」「下」は、縦画と横画からなる基本構造に点ないし短い横画一つで方位を表している。このタイプの指事文字は非常に早い時期からあり、上古の契刻文字に由来する。もう一つのタイプは、象形文字に指示記号を加えたもので、漢字の意味を表す部分を目立たせたものである。例えば、「本」「末」「刃」。この三つはいずれも象形漢字の「木」「刀」に意味を表す点ないし短い横画を加え、新しく生み出された漢字の意味を強調している。指事文字は抽象記号に頼って漢字の意味を表すので、表意作用が象形文字ほどはっきりしない。加えて指事文字の表す意味は往々にして抽象的であるので、具体的な形によって把握することが難しい。漢字は主に形で意味を表すため、指事という造字法は漢字の中で多くは見られない。これら抽象的な意味を持つ漢字は、他の造字法と比べて造字機能が最も低い。

　会意というのは二つ以上の表意要素を組み合わせ、もともと独立した意味を持つ二つの構造によって一つの新しい漢字を構成し、同時に二つ以上の表意要素を結び付け、一つの新しい意味を生み出すことを指す。新しく生み出された漢字は、しばしば抽象的な意味を持つ。会意文字はおおよそ三つのタイプに分けられる。第一のタイプは、意味が同じか近い象形文字、あるいは表意要素で新字を構成するものである。例えば「北」は、篆書では二つの「人」が左右に並び、背くという意味を表す。「炎」は二つの「火」からなり、火の上に火が重なってとても熱いことを表す。第二のタイプは、二つの異なる意味の象形文字ないし表意要素で新字を構成するものである。例えば「析」は象形文字「木」と象形文字の「斤」から成り、斧で木を切るという意味である。また「采」は上下二つの部分からなるが、上側は手、下側は樹木などの植物を表し、手で摘み取

るという意味である。第三のタイプは象形ではない漢字ないし表意要素を組み合わせたもので、「尖」「掰（bāi 二つに割る）」などである。会意文字は漢字の中でも量が多く、その大半が動詞である。もともとの意味は、長期にわたる変遷の中で大きく変化している。そもそも異なる意味要素で構成されているので、その会意文字を構成している異なる意味要素が時間の変遷にしたがって変化し、この変化の影響で新しく作り出された会意文字の意味が変化するのである。

　形声とは、意味を表す「形符」と音声を表す「声符」によって漢字を構成する造字法である。形声の「形」は、形態や形状の意味である。漢字は事物の形を重視し、しばしば事物の形態や形状によって一定の意味を表すので、形声文字の中で形態を表す偏旁は常に一定の意味と関連している。そのため、形符は「意符」とも呼ばれる。形声の「声」という文字は音声の意味で、形声文字を構成する「声符」は、新しくできた漢字の中では意味を表さず、その新しい漢字の音を示すにすぎない。『説文解字』では形声について「ある種の共通の特徴を持つ事物を表す漢字は、この事物の共通の特徴を表す漢字もしくは表意要素を用いて形符とし、さらに音の異なる他の漢字を声符とし、この形符と声符を結び付ければ一つの新しい漢字になる。この漢字が形声文字である。」と説明している。例えば、「江」「河」という二つの漢字は共通の特徴を持ち、いずれも水と関係がある。したがって、この二字に共通の形符は「水」であり、さんずいで示されている。さらにそれぞれに異なる声符、「工」「可」を持ち、形声文字の音を示している。形声文字は、象形文字、指事文字、会意文字を造字素材に利用して、異なる文字に異なる造字機能を担わせることができる。ある部分は意味を表し、別の部分は音を示す。この方法は簡単で、意味を表す形符と音を示す声符が固定されているわけではないので、さまざまな組み合わせが可能で、臨機応変に姿を変え、大きな優越性を備えている。形声文字の声符は、表音文字における音素とは異なり、往々にして独自の意味を持った漢字であるとともに、形声文字の声符に充てられている。時代の移り変わりに伴って、声符に充てられた多くの漢字の音声に変化が生じた。この変化によって、形声文字の声符の読音と、単独で使用されたときの漢字の読音が違うものになった。そのため、声符だけに頼って形成文字を読むと、しばしば間違ってしまう。形声文字の誕生は、漢字の造字法に重大な変化をもたらした。象形漢字が物体の形状描写によってしか漢字を造れないという制限を打破し、また、指事文字と会意文字が抽象的すぎるという弊害を克服して、漢字の発展のために広い道筋を開拓したのである。中国語の中で、形声文字は誕生以来絶えず増加し、現在は90％以上の漢字が形声文字である。よく見られる形声文字の構成のタイプは次の六つで

ある。左が形符で右が声符のもの、例えば、江、湖、河、海。左が声符で右が形符のもの、例えば、鴿〔はと〕、鵝、鳩、期。上が形符で下が声符のもの、例えば、篆、空、草、芋。上が声符で下が形符のもの、例えば、忠、想、念、愁。外が形符で中が声符のもの、例えば、序、衷、裏、国。外が声符で中が形符のもの、例えば、問、聞、悶、圓などである。

　転注は、『説文解字』ではほんの少ししか説明されていないが、これについての学者たちの解釈は異なり、多くの論争を引き起こしている。許慎の考えはおそらく、「転注」はある部首のもとに意味がほぼ同じか近い漢字を配置すると、その中のいくつかは意味が完全に等しくなり、意味の等しい二つの文字が互いに注釈していることを指すと考えているようである。例えば、「考」と「老」、「項」と「顚」、「呻」と「吟」である。これら意味の近い漢字は互いに転注字になっている。つまり転注というのは二つ以上の漢字の間の関係について言うものであり、単独の漢字の字形構造を独立に分析するものではない。そのため、多くの学者は、転注は新しい漢字を生み出す方法ではないために造字法とは言えず、漢字を応用する方法でしかないと考えている。またある学者は、漢字研究において造字法とされている「転注」に特に注目する必要はないと主張している。それというのも、転注という用語を用いず、他の造字法だけを用いて漢字の構造を分析しても、漢字の構造を完全に明確に分析できるからである。したがって、許慎の転注についての説明にこだわる必要はなく、論争を続ける必要もないというのだ。

　仮借というのは、中国語の中に、音形はあるのに既成の漢字を持たない語があり、すでに存在する漢字を借りて、その音形に対応する漢字として用いることを指す。借用された元の漢字は往々にして借用した漢字と音声が同じか近い。この同音字は借用されたものなので、仮借字と呼ばれる。例えば、中国語において「其」というのは代名詞だが、中国語にはこの音形があるだけで、それを記録する漢字はなかった。そこでこの代名詞と音形が同じ漢字「其」を借りて、この音形だけで記録する漢字を持たない「其」の字形としたのである。その後、「其」の意味に変化が生じ、異なる字形の「其」となった。仮借字は仮借義を表すとき、純粋な表音符号となる。音形の一致ないし相似が仮借の基盤であり、仮借字の字義と仮借された字の字義にはいかなる繋がりもない。この造字法は言語の中に新しい語彙が誕生したものなので、初めは口頭語として活躍するだけで、音形はあっても、この新しい語彙に対応する漢字はなかった。そこで人々は中国語にすでにある字の中からこの新語と音形が同じか近い漢字を選び、その新語の漢字としたのである。中国語の中の一部の虚詞（の漢字表記）は仮借

法を用い、すでにある漢字の中から借用して生まれたのである。単語の中には、もともとその音形を記録する漢字を持っていたのに、おそらくは昔の人の筆の誤りから他の漢字を借用し、皆がそのように使ったために習慣化され定着したものもある。さらに、臨時に他の漢字を借用し、借用字と本来の漢字とが通用されているケースもある。仮借も新しい漢字を生み出さず、したがって仮借も造字法と捉えることはできないとし、仮借という方法は漢字が音声を重視し、漢字を節約して使用しようという内在的な傾向を表すと考える人もいる。英語などの完全な音声文字と比べて漢字の語彙量はずっと少ないが、意味を伝える上で英語に引けをとらないのは、漢字には意味を表す特徴だけでなく、音を表す特徴もあるためである。漢字は基本的には表意文字であっても、この仮借という方法を用いることで数量を減らし、漢字を学習、記憶する上での困難を減じているのである。ただし、同音字が大量であっても、それはそれで読む際に一定の問題をもたらす。

　漢字の六書の理論は、昔の人が漢字を研究した成果である。この理論は、漢字の構造の基本原則と特徴を明らかにした。許慎より前には、六書の内容が明確ではなかった。許慎による六書についての詳しい説明と例は、漢字の変化発展の法則に合致している。現在の漢字学習や研究は、依然として六書理論を離れることはできない。とくに漢字の起源を考察するにあたっては、しばしばこの六書という道具に頼る必要がある。とはいえ、許慎の六書についての説明にも不完全なところがあり、無理な説明をしている漢字もある。六書理論は、漢字の中に中国人の天人合一の考え方が体現されていることを明らかにした。象形は漢字造字の基本的な方法で、象形の最初は事物の輪郭、外形、形をかたどる対象とした。これを基盤にして、さらに抽象化し象形漢字を生み出した。中国人の見方では、万事万物は客体的な存在で、人は万物の霊であり、万物を利用し改造する知恵を持つ。人は道具を利用する過程で進歩発展した。そのため最初の漢字は、大半が自然、人の感覚器官、四肢および人々が日ごろ使用する器物の形をかたどって誕生したのである。これが漢字の誕生の核心的な意義であり、六書理論は漢字の基本構造の精神を捉えたのだ。したがって、全体的に見ると、六書理論は今でも、漢字を全面的かつ系統的に認識、研究する鍵なのである。

第四章
漢字の伝播

第一節　製紙術と活字印刷術

　最古の文字は亀甲や獣骨に刻まれ、あるいは銅器の表面に鋳造されていた。その後、持ち運びに便利なように、古代の中国人は、帛（しろぎぬ）、竹簡、木の板なども使用した。竹や木の利用は広汎に行われたため、古代においては竹や木を用いて字を書くのが最も一般的であった。

　竹を薄く削って、その竹の板の表面に字を書くのだが、竹簡はそれ自体に幅がないので、竹簡の幅では一つの漢字しか書き込めない。そこで古代人は字を書くときに、縦に一字一字、上から下へ書き、牛革の紐あるいは絹の紐でこれらの竹簡を繋ぎ合わせて一冊の本にした。これらの竹簡の長さやサイズはさまざまで、竹簡が短くなれば書ける漢字も少ない。一冊の本を書き上げるためには、往々にして多くの竹簡が必要であった。木の棒も簡にすることができ、また大きな木片を板にするケースもあった。これを方版や版牘〔はんとく〕と呼ぶ。版牘の長さは竹簡とほぼ同じであるが、版牘は一般的に竹簡に比べて幅がずっと広かった。そのため、一枚の版牘には何行もの漢字を書くことができた。なお木簡は一般的に本には用いられず、地図や手紙、公文書を書くために使われることが多かった。手紙を書くときの版牘は一尺であることが多かったため、当時の人々は手紙を尺牘〔せきとく〕と呼んだ。尺牘という言葉で漢字を指す言い方は、今日でも中国語で用いられている。

　竹簡は牛革の紐で繋がれていたので、長く使用していると竹簡が動くうちに紐が擦り切れてしまう。孔子は『易経』を読んでいたとき、非常に熱心で竹簡を常にめくり返していたので、竹簡を繋いでいる紐が何回も擦り切れたという。竹簡は春秋戦国から使用が始まり、当時の主要な筆記の素材として紙の出現まで使われ続けた。ただ、竹簡と版牘は素材そのものの限界から、一冊の本のために大量の竹簡を必要とした。そしてそれらの竹簡や版牘は重いため、閲覧に不便であるだけでなく持ち運びにも不便であった。そこで貴族たちは、帛を筆記の素材にすることが多かった。しかし一般の人はこういった高価な素材は使えない。そのため、手軽で経済的な筆記素材が求められた。多くの人が実験を行い、さまざまな材質の「紙」が現れた。その一つは繭で作られたもので、ま

ず繭を茹でてその繭を竹の席の上に空けて水に浸し、しばらく強く搗いて繭を砕くと、繊維が席の上に層になる。その席を水から上げて、層になった繊維と一緒に乾かしてから繊維をはがす。これが繭で作った「紙」である。昔の人はこの紙を「絮紙〔じょし〕」と呼んだ。絮紙は竹簡に比べずっと手軽で、帛より安価であった。しかし、絮紙は繭の繊維でしか作れず、繭は絹織物を作るのが主な用途であるため、大量に使用して紙にするわけにはいかない。絮紙はシルクを生産する過程で不要になった質が良くなくてシルクにすることができない繭を利用して、たまに少しだけ作られるにすぎず、筆記素材を大量に求める人々の需要を満たすことはできなかった。

後世の人々はこの繭による製紙からヒントを得た。繭を搗いて砕けば繊維が取れるのだから、他の似たものでも同様なものができるのではないかというわけである。そこで人々は多くの植物の葉と茎を探して実験した。その結果、麻を原料とすることで、質の良い植物繊維を取ることができると分かった。考古学の証明によると、麻を原料とする紙は、早くも前漢期にはすでに出現していたことが明らかになっている。ただ当時の技術が遅れていたため、これらの紙のサイズはばらばらであった。それでもこのような紙はすでに役割を発揮し始めていた。出土文物の中には、これらの繊維で製造された紙に地図が描かれているものがいくつか発見された。サイズがばらばらで作りの粗い紙は、実際の使用において問題が生じた。例えば、往々にして吸水性が強く、筆で書いた文字が滲んで字がつぶれてしまうことがよくあった。また麻という原料だけを用いることにも、いくつか技術的な制約があった。そこで、このごわごわした紙をきめの細かいものにするため、もっと良い製紙方法を見付けようと実験が行われるようになった。

後漢期になると、蔡倫という宦官が製紙技術を研究し始めた。蔡倫は宮廷で宮廷への物資献納を司る役人であり、地方に良い物品があれば皇帝に献上し、宮廷で使用する物品は各地に行って調達しなければならなかった。皇帝への献上品を管理する中で、蔡倫は、どの筆記素材にも大きな欠陥があるということに気付いた。竹簡はかさばって携帯に不便であるし、帛はコストがかかりすぎて一般の人は全く買えない。麻で作った植物繊維紙はごわごわしていて、使用の上でも多くの問題があった。蔡倫はもともといろいろな製造技術に興味を持っていて、紙の製造過程で起こる問題を目にし、品質が良くコストの低い紙を作ろうと心に決めた。そこで彼は製紙技術を研究し、製紙の過程を見るために製紙場へと足を運んだ。さらに、宮廷への献納品を管理する役人の身分を利用し、各地で製造された原料の異なる紙を収集した。蔡倫はこれらの紙の原料として、

植物の葉や茎が多いことに気付き、各種の植物の葉と茎を大量に用いて実験を行った。ところが出来た紙の質はもっと悪かった。そこで、原料にさまざまな材料を添加して、繰り返し実験し、ついに、樹皮と綿ぼろ、魚網を長時間水につけたあとで、これらを強く搗いて砕き、熱を加えることで、質の良い紙が作れることを発見した。蔡倫はさらに実験を繰り返してこの製紙技術を完成し、安価で質の良い紙を生産したのである。彼はこの紙を皇帝に献上して、皇帝に喜ばれた。そしてこの紙は瞬く間に全国へ広まり、当時の人々はこの紙を「蔡侯紙」と呼んだ。紙の発明は、廉価な筆記素材を提供し、漢字を運ぶ書籍の普及を可能にし、漢字の伝播に不朽の貢献をしたのである。

　漢字の筆記素材の問題が解決されたため、漢字の伝播はずっと楽になった。しかし、最初の竹簡、版牘、帛であれ、より進歩した筆記素材－紙であれ、漢字は手書きであった。これでは一冊の本を書き上げるのに、とても長い時間がかかる。一冊の本は通常、一人しか閲覧できない。本を複製しようとすれば、一筆一画、その本に書かれているすべての漢字を一通り書き写さなければならず、時間も手間もかかる。書籍を複製する速度が遅ければ、漢字の伝播する速度も遅くなってしまう。これらの問題を解決するために、印刷術の発明は時代の機運に応じてなされたのであった。

　最初の印刷術は、印章の製作技術が起源である。小さな硬質の石に漢字を刻み、朱肉につければ、その漢字を無限に複製することが出来る。こうして漢字を複製できるのであれば、他の彫りやすい素材を利用することが出来るのではないか。大量に漢字を彫れば、同様にして大量に漢字を複製することが出来るのではないか。昔の人は、同様の方法で平らな板の上に漢字を彫り、その版木を使って漢字を複製したのである。これが中国古代の木版印刷術である。

　木版印刷が印章や石に刻まれた漢字と異なる点は、印章は漢字を左右反対に刻んであり、石刻漢字は大半が漢字の線を石に刻み込んでいるという点である。これを陰刻という。木版印刷術は、印章と違って漢字を左右反転させて彫るのではなく、石刻のように漢字の線を彫るのでもない。まず板の上に漢字を書いてから、漢字の周囲の木を取り除く。そうすると漢字の線が、板の上に盛り上がるようになる。これを正刻ないし陽刻という。こうして出来た版木の上にインクを塗り、紙を敷いて押すと、白い紙に黒い文字がくっきりと出る。これが木版印刷術である。考古学によると、中国では唐代には比較的成熟した木版印刷品が出現していたことが判明している。木版印刷術の出現で、書籍の複製速度はずっと速くなった。唐代には仏教が中国で盛んだったため、当初、木版印刷は大半が仏教の経典の印刷に用いられた。こうして、経文を一字一字書き写

す必要がなくなった。複製したい経文を1ページずつ板の上に書き写してこの板を彫りさえすれば、絶えず複製を繰り返すことが出来るようになったのである。

ただ、木版印刷術にも欠点がたくさんあった。例えば、板に漢字を刻んでいて、一つでも失敗すると、その板全体が使えなくなってしまう。さらに、一冊の本を複製するためには何枚もの板を彫らなければならず、一枚の板を彫るのにとても時間がかかる。そのほか、これらの版木は特定の本を印刷するためのもので、他の本を印刷するためには、改めて彫らなければならず、元の版木はゴミになってしまう。これでは大量の時間や労力が無駄になるため、これらの問題を解決する方法に当時の人々の関心が集まった。北宋期に、畢昇〔ひっしょう〕という人が、一つずつ動かせる漢字を彫り、これまでの木版に固定されて動かなかった漢字に替えることを試みた。この動かせる漢字(活字)は繰り返し使えるので、別の書籍を印刷するときには、その書籍の内容に応じて随時、印刷版の漢字を調節することができる。これによって一冊の本しか印刷できないという木版の欠点を克服したのである。活字は板の上に固定するものではないため、畢昇は、粘土で漢字を製造し、これを乾かして焼き上げてから、粘着材で板に固定することを思い付いた。あるページを刷り終わると、これらの泥活字を取り外して他の漢字に替えることで別のページを刷ることができる。これが活版印刷術である。

その後、銅活字、錫活字、鉛活字が発明された。活版印刷術は国外に伝わり、全世界の印刷技術の勃興を促し、世界の文化の発展推進に大きな貢献を果たした。

第二節 文化典籍の伝説

人々が文字を発明した目的は、文明の成果を記録して、これら文明の成果を子々孫々に伝えることである。中国の歴史は悠久であるため、文明の成果を記録し保存する書籍も非常に豊富である。とりわけ、儒家の経典は千年にわたって途切れず、後の時代でも学習や研究が続けられている。

中国では古代にはすでに比較的成熟した古籍分類法が作り出されていた。隋代には「経、史、子、集」という分類法（四部分類）が使われ始め、この分類法は現在まで続いている。経というのは、儒家の経典およびこれらの経典についての研究、注釈書を指す。史というのは、歴史を記録した書籍およびこれらの歴史の書籍についての研究書を指す。子とは、主に儒家の経典を除く他の諸

子百家の著作を指し、広く天文、地理、歴史、哲学、文学、宗教、技術、軍事、経済、医学などの分野を含む。集とは、主に各時代の作家の文学作品を指し、詩、詞、賦、曲、散文などを含む。後の時代、大型の百科全書を編集するときにも、大半がこの分類法を採用している。

　最初の儒家の経典よりも前に、中国の古代には経典について極めて簡略な言い方があった。それは「三墳五典〔さんぷんごてん〕、八索九丘〔はっさくきゅうきゅう〕」というもので、すべて上古の典籍であるという。伏羲〔ふっき〕、神農、黄帝に関する書を「三墳」と言い、主に天地人の間の関係、法則について書かれている。これらの法則はみな最高の真理である。「五典」というのは三皇よりもやや後の、業績のあった部族指導者五名の書籍で、人々がよく用いる法則について書かれている。伏羲、神農、黄帝についての伝説は、先に文字の起源について紹介したときに述べたが、五帝の文明発展への貢献についてはまだ触れていなかった。「五帝」というのは、少昊〔しょうこう〕、顓頊〔せんぎょく〕、高辛、唐（尭）、虞（舜）を指す。彼らは黄帝のやや後に黄河流域に出現した部族連盟の指導者である。彼らは皆、中華文明の発展に極めて大きな貢献を果たした。中でも中国で広く知られているのは、唐（尭）、虞（舜）、舜の後継者である禹〔う〕の事績である。伝説によると、尭は今日の山西省の汾水流域一帯に住み、舜は今日の河南省北部に住んでいたとされ、今日でも河南省に虞城という名の都市がある。また、禹は今日の河南省南部に住んでいて、今日の河南省南部にも禹州という名の都市がある。尭の部族名は陶唐氏であったため、尭は唐尭とも呼ばれる。また、舜の部族は虞氏なので、舜は虞舜と呼ばれ、禹は夏后氏の子孫なので、夏禹と呼ばれる。

　尭舜禹の時代は聖賢が輩出した時代であった。伝説によれば、尭が在位していたときは、さまざまな部族の事物の管理が整然としていて、それぞれの業種ごとに決まった責任者が管理していたという。社会秩序が非常に安定していて、人々はそれぞれに職責を担い、人民は安心して生活し仕事に励んだ。尭は質素で民を大切にした。茅葺のあばら屋に住み、山菜汁を啜って玄米を食べ、黄麻の服を身に着け、気候が寒くなれば、毛皮で寒さを防いだ。自分の生活はとても質素であったが、他人の暮らしは気にかけた。飢えたり凍えたりする人があれば彼は自らを責めた。自分に至らぬ点があるために、その人が飢えたり凍えたりしていると考えたのである。また、過ちを犯して罰を受ける人があっても、彼は自らを責めた。自分が行った教育が至らなかったために、これらの過ちを犯した人たちが罰を受けることになったのだと考えたのである。彼はどこにいても自らが手本となって厳しく己を律し、人に対しては寛大だったので、皆の

尊敬を得た。尭はまた、皆の生活環境を向上させるのがうまかった。例えば、最も耕作の技術の高い后稷〔こうしょく〕に命じて、皆に一番良い耕作方法を教えさせ、部族の人々全員が進んだ耕作方法を学んだことで、大いに生産効率を高めた。収穫の時期が来て食料が大豊作になると、后稷は皆から「農神」と敬われた。尭はまた音楽を非常に重視した。美しい調べが疲労を解きほぐすだけでなく、仕事の後に良い休息を与えることに気付いたからだ。人々が調和のとれた音楽を聞けば、情操を育み道徳を高め、皆が上品になって、人と人の関係が調和するのである。そこで尭は最も音楽の才能のある夔〔き〕を楽官にした。夔は足が一本しかない怪人であったが、非凡な音楽の才能を持っていたといわれる。彼は自然界のさまざまな音がもたらすインスピレーションによって、人々の求めるところに合った楽曲を作り出すことができた。あるとき、谷に出かけて谷間を歩いているときに、平和の音が聞こえてくるのを耳にした。彼は谷を探し回り、それが灌木の茂みに隠された小川の音であるということをつきとめた。彼はその小川の川辺に静かにたたずんで長い間その音を聞き、家に帰って楽曲を作り、皆に演奏して聞かせた。聞いた人々はその音楽の中に浸って平和な気持ちになり、二度と他人と衝突をすることがなかったという。

尭は年をとると後継者問題を考えて、皆を集めて会議を開き、自らの後継者問題を検討した。彼は部族の中において自分以外に誰が高い威信を持っているかと皆に尋ねた。皆は一致して舜を推薦した。どうして舜を推薦したのかというと、舜は尭同様に己を律するのに厳しく、人に寛大な模範的人物だったからである。伝わるところでは、舜の母親が亡くなると、父親は新た妻を娶った。その後、継母が子を産んだ。これが舜の弟・象である。舜は継母や弟に良くしていたが、継母は自分の息子であり舜の弟の象だけに遺産を継がせるため、さまざまな方法で舜を陥れ殺そうとした。ところが舜はそのたびに危険を乗り越え、さらには事の真相を知っても恨みを抱かず、変わらずに継母と弟に良くしたという。

尭は皆の舜についての評価がこれほど高いことを知って、自ら舜をテストした。すると、舜は尭が命じた任務をすべて順調に終わらせた。尭は舜の家の付近に人を派遣して、舜についての噂が真実であるかどうか調べさせもしたが、すべて真実であることが確認された。伝わるところでは、舜は歴山で畑を作っていたが、歴山のあたりは土地が非常に少なく、わずかな土地のために日々争いが生じていた。ところが、舜が来てまもなく、ここの人々は互いに譲り合うようになり、土地のことで争うものはいなくなった。また、雷沢の漁民はどこで漁をするかで言い争っていたが、舜が雷沢に来るとすぐ舜の人徳の影響を受

け、漁のことで言い争うものはいなくなった。さらに、河浜〔かひん〕の陶器は品質が劣っていて壊れやすかったが、舜の河浜で製陶を始めるとすぐ、舜のリーダーシップでここの陶器は丈夫かつ非常に美しいものになった。このように舜の高潔なふるまいが現地に広く伝わっていて、人々は何かあれば舜に相談し、争いごとがあれば舜に解決への手助けを依頼した。皆、舜の人徳が高潔であるだけでなく、もめごとの処理も公平で合理的であると認めていた。多くの人々が舜に会いに行くのがもっと便利なようにと、舜の住むところへ引っ越し、隣近所となった。こうして舜の住む場所は、1年で村が出来、2年で鎮になり、3年で人口の多い大都市になった。このように舜がその優れた人徳で部族の人望を得ていたので、尭は部族のリーダーの地位を舜に継承させた。これが「禅譲」である。舜は部族の指導者の地位を継承し、尭の在位中の繁栄を引き継いだ。人々は引き続き、「日、出でて作し、日、入りて息う、井を鑿ちて飲み、田を耕して食らう」（日が出れば畑仕事をし、日が暮れれば休む、井を掘って水を飲み、田を耕して食べ物を食べる）という平和な暮らしを送った。舜は尭が音楽を重視した伝統を引き継ぎ、当時の音楽家に多くの美しい楽曲を作らせた。これらの楽曲は人々の精神を高めただけでなく、天の霊鳥・鳳凰がこの曲を耳にして舜への謁見を求めたという。舜の影響力の大きさがうかがえるエピソードである。舜はまた絵画芸術を重んじた。伝わるところでは、舜の妹が画家で、大量の壁画を制作したという。さらに、舜は部族の指導者になってからも、かつて自分を陥れようとした継母と弟に対して良くした。舜も年老いると全員を集め、後継者について話し合った。舜も尭が後継者を選んだときと同じように、皆に意見を求めた。皆が禹を推薦したので、舜は禹をテストした。たくさんの困難な任務を与え、禹の住んでいる地域に人を遣って禹の行いを調べさせた。

　禹の父親は鯀〔こん〕という名で、水利の専門家であった。尭が在位していた頃、鯀は洪水対策にあたるようになった。鯀の洪水対策は、主に水をせき止めるという方法だった。洪水が出ればそこに堤防を築いて洪水を防ぎ止め、長い年月をかけて洪水を一時的に防いだ。しかし、鯀が主に堤防を築く方法を採っていたため、洪水は行き場がなくなってすべて堤防内に溜まり、水位が上昇した。堤防だけでは良くないと忠告する人もいたが、鯀は聞き入れなかったので、鯀が治水に努めたにもかかわらず、水の水位はどんどん上昇して極めて大きな脅威となった。このとき舜がすでに部族を継いでいた。舜は鯀の尽力を知ってはいたが、方法が間違っていたために洪水の脅威が大きくなったとして鯀を罰した。舜は鯀を羽山に追放し、鯀の息子である禹に治水を引き継がせた。

　禹は鯀の経験と教訓を吸収し、あちこちで現地調査を行って水位を測量した。

さらに皆の意見を聞いて、堤防と浚渫〔しゅんせつ〕を組み合わせる方法を採用し、水位を下げて人々の安全を確保した。伝わるところによると、禹は治水のために結婚する暇もなく、ずっと独身で生活していた。その後、やっと結婚する時間を捻出したが、結婚して4日目にはあわただしく妻のもとを離れ、治水現場へ戻ったという。禹は外で治水に努めた13年間に、3度、自宅の前を通ったが、家の中の様子を確かめようともしなかった。禹は治水の現場で常に陣頭指揮を執り、自ら工具を手に土を担いで堤防を築いた。彼の手足には固いたこが出来、爪も擦れてなくなってしまった。その上、全身が病気になってもなお治水の現場で指揮を執った。禹のこの精神は治水に加わった人々を奮い立たせ、洪水を徹底的に防ぐことが出来た。河川はよく流れ、人々は安心して生活した。そのため、舜が後継者を選ぶ際、皆が禹を推薦したのである。禹の自己犠牲の精神は今に伝えられ、今では中国の多くの地方に、大禹の治水にまつわる伝説や関連の記念物がある。

　以上の三皇五帝、尭舜禹に関する物語は伝説にすぎないとはいえ、中国の古代文明の発展のある側面を反映している。特に、尭舜禹の時代、中国文明がすでに相当に発達していたという点が読み取れる。後世の人々が文明の起源について探究するときに尭舜禹の伝説を文明の端緒とするのは、これら伝説中の人物への崇敬の情を示している。また「三墳五典」というのも長く伝えられる伝説であるが、これらの経典を実際に見た人はいない。

　「八索九丘」というのも、同様に伝説中の書物を指している。「八索」とは八卦について記載された書物で、「九丘」とは九州（中国のことを昔、九州といった）の地理の書物を指す。しかし、三墳五典同様、これらのいわゆる経典も伝説の中にしか残っていない。

第五章
漢字と書法芸術

第一節　奥深い書法芸術

　書法は中国固有の芸術である。漢字は初め大半が事物の形状を描いて出来たものであった。これらの文字は、最もシンプルな絵画のようにその事物の輪郭をかたどり、それを見たことのある人は、文字を見れば何を表しているのかがすぐに分かるのである。このような書記法は英語、フランス語などの表音文字と比べて大きな違いがある。表音文字一つ一つから、それがどんなものを表しているか把握することは出来ないが、早期の漢字であれば、それぞれの文字が表す具体的事物が分かるのである。

　漢字が変化発展するにつれ、漢字はさらに抽象化した。甲骨文、篆書にみられる複雑な線は省かれ、漢字が隷書に発展すると、四角い形となった。漢字は点と線から構成され、点と線、線と線の間は、互いに連係しながらも距離を保っている。こうして漢字内部の構成要素の間、あるいは漢字と漢字の間に一定の筆記規則をもたらし、筆画は繋がっているようで切れており、一画ずつ独立した要素となっている。これと中国画はよく似た美的効果を持っている。中国画と西洋画は根本的に異なり、中国画は精神性を求め、写意を重んじる。主に、人物、花鳥、山水の精神や性格、風格、雰囲気、趣を表現する。西洋画は主に形を求め、事物の外在的な形の模倣を主要な表現形式としている。したがって、中国画が抜きん出ているのは、画家が到達した境地だ。つまり、画家が絵を描くことは、基本的には心で経験したところの境地を表現することなのである。中国画は線の応用を重んじ、線の疎密、多寡、曲直、剛柔によって描画対象を表現する。これと漢字を書くときの点と線、線と線の間の疎密が表現する美的効果は非常に似ている。そのため、書法家は往々にして、同時に画家、金石篆刻家なのである。

　漢字字体の象形性のために、書く者は自分の美学を筆の先に込める。すると漢字は単なる情報伝達の道具であるだけでなく、独特の風格を持った芸術となる。漢字の変遷過程についてはすでに紹介した。漢字は甲骨文、大篆、小篆から隷書、草書、楷書、行書と長い発展過程を経験した。また、製紙技術の進歩に伴って、次第に多くの人が漢字を学び、漢字を書くことが出来るようになった。

これに同調して、漢字を書く芸術も発展したのである。

第二節 書法家のエピソード

　中国の歴史には書法家が多く現れ、興味深いエピソードも多く伝わっている。例えば、有名な草書の書法家・張芝は毎日、字を書く練習を続けていた。彼は、字を池のほとりで書くことを好み、字を書き終えた後は池の中で筆と硯を洗った。彼はとても勤勉で毎日字の練習をしたため、時間がたつと池全体が墨で黒くなった。人々は彼に敬意を払い、勤勉な姿勢が学習に値すると評価していた。このことから、書法の練習をすることを「臨池」と言うようになったという。

　西晋の頃、楷書が現れ、書法芸術が成熟期に向かっていた。王羲之は当時最も有名な書法家であった。王羲之（303～361年あるいは321～379年）は東晋の男性書法家で、かつて「右軍将軍」と努めたことから、「王右軍」と呼ばれている。また、王羲之と鐘繇〔しょうよう〕は「鐘王」と称され、息子王献之とは「二王」と呼ばれている。王羲之は貴族の家庭に生まれ、7歳から書法を学び始めた。初めは叔父に習い、しばらくその指導を受けた後、当時の有名な女性書法家・衛夫人の元で学んだ。その後、王羲之はさまざまな書体の長所を取り入れて、ユニークな書法のスタイルを作り出した。彼の書法作品は筆勢が自由で、運筆の変化が無限であると同時に、構造が綿密であった。彼は作品をたくさん制作して、「兼撮衆法、備成一家」（多くの手法を取り入れ、それを備えて一家となす）とし、隷書、草書、行書、楷書のどれにも精通し、「書聖」として崇められた。楷書の代表作品には、『黄庭経』『楽毅論』、草書では『十七帖』、行書は『姨母帖』『快雪時晴帖』『喪乱帖』『蘭亭集序』『初月帖』などがある。その中で、最も有名なのは『蘭亭集序』である。

　この有名な書法作品は王羲之が33歳のときに書いたものである。この年の春、王羲之は40名余りの友人と蘭亭で集まった。春うららかに花咲く頃を迎え、彼らは郊外へ遊びに出かけ、盛り上がった。蘭亭の近くには川が流れていたので、彼らは川辺に酒と筆や硯を広げて杯に酒を注ぐと、その杯を川面に浮かべた。杯は川の流れに乗って移動し、杯が流れてきたところにいる人がそれを取って飲むことができる。そして飲み終わると、詩を作らなければならないという決まりである。皆は次々に酒を取り、詩を作った。こうしてほぼ全員が詩を作ることとなり、王羲之もたくさん酒を飲んで詩を作った。王羲之は皆の作品が優れているので詩集にすべきだと考え、酒興に乗じて筆を執り、この詩集の序を書いた。これが『蘭亭集序』である。

この書法作品は行書で書かれていて、計28行、324文字、運筆は細やかで、飄々として美しく、自然である。後世の人から「世で最も優れた行書である」と称されている。「之」という字を、全体で20個使っているが、一つとして同じものはなく、それぞれに味わいがある。皆はこの作品を見ると、口を揃えて褒め称え、この作品が神業の境地に達していると言った。言い伝えによると、唐の太宗が亡くなったときに『蘭亭集序』の直筆を墓に持ち込んだとされている。このことからも、王羲之の書法に対する尊敬と愛好が見て取れる。王羲之は名人に師事し、多くの優れたものを学び、創造力に富んで新しいものを生み出し、自らを「一家」と称していた。王羲之の書法は運筆が雄壮で自然の美しさを備え、構造は変化に富み、まさに「驚いた雁のように軽やか、自由に動き回る龍のようにしなやか」と評されて、後世への影響力が最も深遠である。代々の書道家、唐代の欧陽詢〔おうようじゅん〕、顔真卿、柳公卿、宋代の蘇軾〔そしょく〕、黄庭堅、米芾〔べいふつ〕、元代の趙孟頫、明代の董其昌なども皆、王羲之の影響を受けるとともに、畏敬の念を抱いている。

　王献之は、王羲之の息子で、小さいときから父の教えを知らず知らずのうちに見聞きして体得していった。王氏家伝の学問は奥深いものであったが、王献之自身はここに留まることなくさらに努力を重ね、前人の作風を継承するとともに、自らもさらに上を目指して新境地を開き、独自の作風を形成していった。その運筆は雄壮で「丹穴鳳舞，清泉龍躍，精密淵巧，出于神智」（鳳凰が舞うように淑やかで、龍が踊るように卓然としており、構成は緻密で隙が無く、運筆は麗しく美しい）と言われ、父と並ぶ地位を得ていった。ある方面ではその父をも超越した。書法史においてこの父子は「二王」と呼ばれている。王献之は行書と草書が最も有名であるが、楷書と隷書も優れている。しかし、王献之の多くの作品は残されておらず、残されている名作としては『洛神賦十三行』と宋代の米芾が模写した『中秋帖』だけである。

　「二王」以降も書法家は数多く出現した。これに伴い、北朝の書法は一方で鍾繇〔しょうよう〕らの書法を継承して荘重で優美なスタイルを保ち、他方、筆遣いが力強く構造が緊密で、質朴雄大なスタイルを形成した。清代にはこのスタイルを「魏碑体」と呼んだ。

　隋唐時代は書法芸術の全盛期であったが、これは隋唐期の経済発展および文化的興隆と切り離すことが出来ない。唐の太宗以降、書法芸術が非常に重視されるようになった。当時の学校教育には書法教育の課程が開設され、国子監には書法を専門に学ぶ学生がいた。この時代は書法家が多かっただけではなく、書法理論も空前の賑わいをみせた。

隋代に有名であった書法家は、王羲之の七世の孫であった智永和尚である。人は彼を「永禅師」と呼んだ。彼は王羲之の書法の真髄を体得していて、彼が書いた『千字文』は当時人気を博しただけでなく、後世でも高く評価された。多くの人が彼に字を書いてもらおうと彼の家を訪れたので、敷居が踏まれて潰れてしまった。新しい敷居に換えてもまた潰れたので、鉄の敷居に換えるしかなかったという。皆が如何に彼の作品を愛したか分かるエピソードである。隋代には有名な書法家がもう一人いて、名を房彦謙といった。彼は唐代の有名な宰相・房玄齢の父親であり、楷書が得意であったのみならず、草書も上手かった。彼の作品を入手した人は皆、宝物として大切に保存した。

　初唐には有名な書法家が4名いる。虞世南〔ぐせいなん〕、欧陽詢、褚遂良〔ちょすいりょう〕、薛稷〔せつしょく〕である。虞世南は智永和尚の弟子で、後に唐の太宗・李世民の書法の師となった。その書法は、外は柔らかく、内に力を秘めている。筆勢は刀で水を断つようである。彼の最も有名な作品は『孔子廟堂碑』である。

　欧陽詢も初めは王羲之の書法を学び、後に魏碑を学んで、この二つのスタイルを融合した自らのスタイルを作り上げた。これは「欧体」と呼ばれている。欧陽詢が書法を学ぶ様子は、しばしば狂気の域に達した。あるとき彼は郊外へ行って、先輩の書法家が石碑に刻んだ作品を目にし、吸い寄せられてじっくり鑑賞し研究した。他の人に促されてやっとその場を離れたが、すぐに引き返してその書法を研究した。こうしたことが数回あった後、彼は思い切って石碑のそばに座り込み、長い間、石碑を睨んで離れようとしなかった。日が暮れると彼はその石碑の脇に横になり、日が出れば起き上がって座り、石碑の文字の模写研究を続けた。こうして3日が過ぎ、彼は石碑の表面の字を研究し尽くして、心の中に刻み付けた。そうしてやっとその場を後にした。彼の作品は楷書が最も優れており、その構造は綿密でバランスがある。しっかりした字であっても硬くなく、柔らかい字であってもだらしなくはない。荘厳であると同時に瀟洒であり、全体として力強さを感じさせる字である。

　唐の太宗も書法家であった。しばしば書法に関して師である虞世南に教えを請うた。時間がありさえすれば、二人は一緒に書法について語り合った。虞世南が世を去ると、太宗は大変悲しんだ。誰も虞世南に代わることはできず、一緒に書法について語り合える良師とめぐり合うことはもうないと思ったのである。その後、太宗の寵臣・魏徴が虞世南の弟子・褚遂良を太宗に推薦した。太宗は褚遂良の腕前を余り信じず、その本当の腕前をテストしようと考えた。当時、太宗は王羲之の真跡をあちこちで集めていた。全国各地から皇帝へ献納があり、

王羲之の書を献納した地方も少なくなかった。そのため自然と贋作が多くあったが、当時は王羲之の書法の真髄を徹底的に理解している人はほとんどおらず、これらの書法作品の真偽を完全に見分けることの出来る人はいなかった。太宗は褚遂良を鑑定に当たらせた。すると褚遂良はこれらの作品の真偽をすべて鑑定したのみならず、その分析はいちいち筋道が通っていて、人を信服させた。太宗は褚遂良が王羲之の書法の真髄を完全に理解していると認め、自分の書法の師とした。

　初唐には薛稷という書法家もいた。彼は魏徴の外孫であり、魏徴の家には虞世南と褚遂良の書法作品がたくさんあった。薛稷は幼いときからこれらの著名な書法家の作品を真剣に学び、その真髄を把握した。その後、自らのスタイルを確立し、名の知られる書法家となった。

　唐代の書法芸術への貢献が最も大きかったのは顔真卿〔がんしんけい〕である。顔真卿は初め褚遂良の書法を学んだが、その後は張旭の指導を受け、篆書、隷書の筆遣いを楷書に融合させることを試み、楷書の横画を細く、他の筆画を太くした。この書体は王羲之の清新で美しいスタイルを改め、素朴で力強いスタイルを切り開いた。人々はこの楷書を「顔体」と呼んだ。この楷書は一見ごつごつとして拙いように見えるが、じっくり味わうと、これらの字が無駄に太くなっているのではなく、あたかも文字の中に筋骨があるかのように感じる。そのため、顔真卿の作り出した書体の特徴を、人々は「顔筋」と呼んでいる。

　安史の乱（755〜763年）のとき、顔真卿は反乱軍に反撃することを強く主張した。その後、彼と旧交のある節度使・李希烈が朝廷に背いた。顔真卿は朝廷から派遣されて説得を試みたが、李希烈は聞き入れないばかりでなく、逆に顔真卿に朝廷を見限って反乱軍に加わるよう説得した。顔真卿は断固拒否し、反乱軍によって殺された。そのため、後世の人々は顔真卿の書を崇拝しただけでなく、顔真卿の人柄も尊敬した。彼の書法作品と人格は同じように偉大であり、まさにその人格の高尚さによって、偉大な書法作品を書くことが出来たのだと考えたのである。顔真卿の書法作品は多く、多くの碑帖〔ひじょう〕が後世に伝わっている。例えば『多宝塔感応碑』『東方朔画賛碑』『元結碑』などがある。また彼の書法作品『争座位帖』は王羲之の『蘭亭序』とともに、後世の人々から書法芸術の「双璧」とされている。

　顔真卿と並び称される書法家に柳公権がいる。彼が生きた時代は唐朝が安史の乱を経験し、社会情勢が不穏で衰微の時代に入っていた。人民の生活水準は急速に下降し、芸術の繁栄にも影響が及んでいた。書法芸術の全盛期はすでに過ぎていたが、柳公権は先人の成果を真剣に総括し、独自の風格を持つ「柳体」

を作り出した。この書体は横画も縦画も均一に書かれていて、横画が細く縦画が太い顔体とは違っている。柳体の筆画は顔体よりも痩せていて、あたかも人が痩せていて骨が露になっているように見えるので、後世の人々は顔体と柳体を併せて「顔筋柳骨」と呼んだ。

　柳公権は人柄が率直であった。当時の皇帝が国政をおろそかにしていたので、柳公権は皇帝が政に勤しむよう説得したいと思っていたが、良い機会がなかった。あるとき皇帝が書を書いたが、自分自身で納得できず、柳公権にどうしたら自分の書法を改善することができるかと尋ねた。柳公権は間を置かずに「筆遣いは心にある。心が正しければ筆も正しくなる」と言った。これを聞いたとたん皇帝は顔色を変え、機嫌が悪くなった。しかし、皇帝は柳公権の人柄が率直であることを知っていて、柳公権が皇帝に書法の指導をする機会を借りて政に勤しむよう諫言をしたのだと理解した。

　当時の貴族や大臣高官は、自分が死んだ後には柳公権に墓誌銘を書かせたいと願い、もし子孫が柳公権に碑文を書いてもらえなければ不孝であると見なされた。また、中国へ来るときに柳公権の書法作品を購入するためのお金を準備してきた外国使節も数多くいた。

　宋朝が建てられると、文を重んじて武を抑える政策を採った。朝廷では科挙試験の規模を拡大し、文官の待遇を厚くし、文化芸術を重んじた。宋の太宗の時期、歴代の有名な書法の真筆を集め、編集、摹刻〔もこく〕したものが、当時最も流行した臨本であった。これが『淳化閣帖〔じゅんかかくじょう〕』であり、宋代に流行した帖学の初めである。

　帖学というのは、前王朝時代の有名な書法作品を各種収集しまとめたものである。これらの書法作品が「帖」である。人々が書法を学ぶときは、主にこの筆帖を真似た。ところが、筆帖によっては臨模〔りんも〕、翻刻する過程で元の形からずれてしまったものがあり、そういったものを手本にした人々も横道にそれてしまい、前の朝代の名書法家の真髄を継承できなかった。また宋代の人々が書法の練習をする際は、しばしば皇帝と権臣の書法の好みを規範としたため、スタイルがめまぐるしく変わった。そのため宋代の書法では大した革新は行われなかった。

　宋代で評価すべきものは「宋の四大家」と徽宗の「痩金体」である。宋の四大家とは蘇軾、黄庭堅、米芾、蔡襄を指す。蘇軾は著名な文学者であるだけではなく、書法家であり画家でもあった。蘇軾は書法において「尚意」が必要だと主張した。つまり、先人の成果を継承するとともに、先人の書法の真髄を捉えなければならない。具体的な筆法にこだわるのではなく、その書法の核心に

ある精神を理解することが大切だという考えである。蘇軾の字は変化に富み、字と字の間が互いに呼応し、自由闊達である。黄庭堅も有名な文学者であった。彼は周囲の事物によく心を留め、張旭、懐素らの狂草から書法の精妙さを学び取ったのみならず、あるとき長江で船頭が櫂を操る様子を見て、独特な筆法が閃いた。彼の字は瀟洒飄逸であるとともに、力強く落ち着きがある。米芾は宋代において書法家として名を馳せただけでなく、彼の書法鑑賞眼と書法理論もしばらくもてはやされ、徽宗は彼を書画学博士に任命した。彼は書法の学習にも熱心で、収集した前王朝時代の名帖をしきりに臨模していた。それは毎日続き、一日も休むことはなかった。寝るときにはこれらの名帖を箱の中に納めて自分の枕のそばに置いておき、いつでも取り出して眺めていた。時には、夢の中でも書法の練習をした。彼はこれらの有名な筆帖に非常に馴染んでいたので、「二王」の筆跡を臨模するとどちらが本物か分からないくらいであった。蔡襄は当時最高の書法家とされていた。蘇軾、黄庭堅、米芾は皆、彼の書法を高く評価していた。彼が書いた中では、『万安橋記〔ばんあんきょうき〕』が最高の作品だとされている。当時、蔡襄は泉州で太守をしていた。彼は万安橋の建造を提案し、橋が完成すると『万安橋記』を書いたのである。現地の人々は、蔡襄の功績を永遠に記念するために橋の南に祠を建て、祠の中に「万安橋記」と刻んだ石碑を立てた。その後、万安橋は洛陽橋と名を改めた。

　元明清代にも書法家が多くいて、それぞれ特色のある書法作品を制作した。有名な書法家には、祝允明、文徴明、董其昌、刑侗〔けいどう〕、張瑞図らがいる。清代には書法が再び活気を取り戻し、帖学の影響から抜け出し、碑学が大いに提唱されて、継承と革新に重きが置かれた。個人のスタイルが突出し、新しい局面が出現した。そして、鄭板橋、金農、何紹基、呉昌碩ら著名な書法家が多く出た。

第六章
漢字と民俗文化

第一節 十二生肖

　十二生肖（日本では十二支、干支と呼ばれる）とは、子〔ね〕、丑〔うし〕、寅〔とら〕、卯〔う〕、辰〔たつ〕、巳〔み〕、午〔うま〕、未〔ひつじ〕、申〔さる〕、酉〔とり〕、戌〔いぬ〕、亥〔い〕を指す。中国の伝統的な祝日のうち、最も大切なのが春節である。春節がくると、家々では爆竹を鳴らし、餃子を包み、年糕（正月餅）を食べる。年少者は年長者に新年の挨拶をし、年長者の「身体健康、万事如意」を祈る。親戚友人の間でも互いに新年の挨拶をし、祝福しあう。新年の祝福には縁起の良い言葉を言わなければならない。それはしばしば「猪年大吉、恭喜発財（猪年の大吉を祈り、お金が儲かりますように）」といった類である。毎年の縁起言葉は全く同じというわけではない。年によっては「猪年大吉」であるが、他の年には「鼠年大吉、牛年大吉、虎年大吉」などとなる。つまり十二種の動物の名前を「年」の前に入れて縁起言葉を作ることが出来るのである。この十二種の動物が、十二生肖ないし十二属相と呼ばれる。

　十二生肖とは中国特有のもので、年齢を記録するための十二種の動物である。中国人は一つの動物で一年を表したが、そのような動物が全部で十二種、つまり十二年分ある。順番に挙げると、鼠、牛、虎、兎、竜、蛇、馬、羊、猿、鶏、犬、豚の十二種で、十二年が一回りなので十二年が過ぎるとまた最初から繰り返す。生まれた年によって、どの動物の干支に属するか決まる。中国人同士が出会って相手の年齢を知りたいときは、相手が何年か（「何に属するか」）を質問する。相手の干支から年齢がおおむね判断できるのである。
　考古学の成果によると、中国では早くも戦国時代に十二支の図像があった。魏晋南北朝期になると中国人は広く十二生肖を用いるようになり、現在に至っている。では、どうして十二種の動物で年を表すのだろうか。いろいろな説があるが、その一つは陰陽説で、この十二種の動物は陰陽相合を表しているという見方がある。また、この習慣はインドから中国に入ったのだという見方もある。はたまた、十二生肖は、古代のトーテム崇拝や天文学中の天象（天体の現象）と関係があるという見方もある。昔の人が天文を観察したときにいくつか

の星座を目にし、これらに命名しようと考えていた。これらの星座を線で結ぶと、これらの星座と彼らの日常生活で日々出会う動物の形と非常に似ていた。そこでこれらの動物の名を、星座に命名したというものだ。中国古代の天文学において、動物の名称で命名された星座が大量にあることがその証明であるという。この見方にも証拠がいくつかある。伝わるところでは、中国の古代に星座の方位を示す器があり、これらの器の中で、二十八星座（中国の古代には二十八星宿と呼んだ）によって十二の時刻を表した。二つの星座、あるいは三つの星座で一つの時刻を表した。二十八個の星座は、その天球上に分布している方位に従って東西南北の四方向に分布している。覚えるのに便利なように、天文学で星座に命名する習慣に従い、二十八種の異なる動物でこの二十八個の異なる時間を表す星座を代表させた。この二十八種の動物のうち、十二種がちょうど十二生肖の十二の動物なのである。つまり、鼠、牛、虎、兎、竜、蛇、馬、羊、猿、鶏、犬、豚である。

第二節　対聯

　対聯〔ついれん〕というのは中国特有の文字表現形式である。上聯と下聯で構成され、横書きの句もある。上聯は一句、下聯も一句、上下聯の字数は必ず同じでなければならない。字数は、少ない場合は一字でもよく、逆に多い場合は上下聯合わせて千字あってもかまわない。

　対聯は上下聯の字数が一致することが求められるだけでなく、上下聯の対応する字、語の文法上の性質が同じこと、構造が同じこと、平仄〔ひょうそく〕も相対することが要求される。平仄が相対するというのは上聯に平声を使うと、下聯の対応する言葉には必ず仄声を用いなければならないということを指す。漢字には声調があり、あるものは平声で、あるものは仄声だからである。これは漢字がその読音の面で他の文字と異なる特徴の一つである。

　伝わるところでは、対聯の最初の作者はある皇帝であった。彼は春節の日に、自分の寝室の入り口に桃符（桃の木の板で作った魔除けの護符）を二つ、一つは左に、もう一つは右に掛けた。これは、桃符が魔除けの力を持つからである。実際、春節のときに入り口に桃符を掛ける習俗はずっと昔からあり、決してこの皇帝の考案ではない。しかし桃符の表面に字を書いたのは、この皇帝が初めてのことである。彼は桃符に「新年納余慶、佳節号長春」（新年に余慶を納〔い〕れ、佳節を長春と号す）と書いた。二枚の桃符にそれぞれ一句書いたのである。これが最初の対聯だった。現在の中国人も、春節になると依然として対聯を書

く習俗がある。現在の対聯は皆、赤い紙に書かれ、もはや桃符には書かれない。そのため現在の対聯はすべて入り口に貼り付けてある。春節の対聯に書かれているのは、その大半が生活の幸福や平安を祈るもので、その入り口を出入りするほど良い祝福の言葉であり、同時に春節のときに貼るものなので「春聯」とも言う。対聯は唐宋期にすでに広まっていたが、歴史上、対聯の全盛期は明清時代である。

　中国において対聯は西洋のクロスワード・パズルのようなものだ。しばしば中国古代のインテリが、お茶や食後の一時に行う頭脳ゲームの一つとなった。時に対聯は有事に対応する能力を測るテストとなった。例えば、明代にある官僚が江蘇に派遣されて現地の科挙試験を実施することになったが、彼が受験者のリストに目を通すと、ある受験者が自分と同姓同名であった。官僚は少し不機嫌になり、人を遣ってこの受験生を連れてこさせた。その受験生を見て、この試験官は次のように言った。「君は、君の名前と私の名前が同じであることを知っているだろうか。私は今から問題を出して、君の才能と学問を試そう。もしも君に才能があれば、君は引き続きこの名前を使ってよろしい。そうでなければ、君はもう二度とこの名前を使ってはいけない。なぜなら君がこの名前で文章を書けば、人は私が書いた文章だと思うだろう。もし君に私同様の才能がなければ、君に私と同じ名前を使う資格はない」。

　この受験生は落ち着き払って答えた：「名前は父が付けたのです。大人〔たいじん〕に失礼があったとは知りませんでした。どうかお許しください。しかしながら、父母からいただいたものですから、勝手に換えるのはよろしくないのではと思うのです」。

　試験官は言った：「私が上聯を出そう。もし君がすぐに下聯を合わせることができれば、引き続きこの名前を使ってよろしい。さもなければ、引き続きこの名前を用いる資格はない」。

　この受験生は少し考えたあとで応じた。

　試験官の出した上聯は「藺相如、司馬相如、名相如、実不相如」というものだった。

　藺相如〔りんしょうじょ〕も司馬相如も古代の名士である。しかし二人のいた時代は離れていて、なんら直接の関係はない。「相如」というのは「同じ、完全に同様」という意味である。この上聯の意味は、二人の名前はどちらも「相如」であるが、二人の間には何の関係もなく、二人の才能も全く違っているというものだ。試験官がこのような上聯を出題したのは、この受験生が才能もないのに才能のある自分と同じ名前を持っていることを諷刺したためである。

この受験生は試験官の込めた意味を汲み取ったが、怒りはせず、しばらく考えて、下聯を作った:「魏無忌、長孫無忌、彼無忌、此亦無忌」。
　魏無忌も長孫無忌も、歴史上有名な人物である。彼らの名は「無忌」だった。無忌には中国語で「必ずしも忌み嫌う必要はない」という意味がある。この受験生は同じく歴史上有名かつ同名の二人の人物を下聯にした上、この二人の名前は「同名であるからといって必ずしも忌み嫌う必要はない」という意味を持たせている。その官僚が上聯に込めた「同名であっても才能が違う」という非難に対し、巧みに答えただけでなく、対句もきちんと合っていた。この嫌がらせをした試験官はあらを探し出すことが出来なかったので、自らの言葉を取り消すほかはなかった。
　対聯という文学形式と漢字の特徴は密接に関わりあっている。それというのも、漢字の大半は意味を表す単音節文字で、漢字の中でこれら単音節文字は非常に頻繁に用いられ、同時にこれら単音節字の音声も非常に豊富だからである。中国人は対称美を求めるが、上下聯は形式の上で対称性を求められるのみならず、字数も等しいことが必須である。さらに内在的な対称性も要求されるのである。例えば、上下聯の文字の文法的性質が同じで、構造も同じであることが求められ、上下聯の内容は互いに関連を持つことが必須である。最も重要なのは上下聯の字が音声上も対称的で、読み上げたときに抑揚があり、音楽的な美しさがあるという点である。対聯にはこれほど多くの複雑な規則があるため、対句が揃っていて意味のある対聯を完成することは決して容易なことではない。次のような話もある。乾隆帝が「色難」と書かれた上聯を目にした。この上聯には二文字しかないが、乾隆帝は長い間考えても下聯が思い付かなかった。そのとき、当時『四庫全書』の編纂を担当していた紀昀〔きいん〕が目通りを求めて来た。紀昀は当時世に知られた才子であった。皇帝は紀昀に会うやいなや、この対聯はどうやって合わせるのかと紀昀に質問した。紀昀が「容易です」と答えたので、皇帝は「下聯は何か」と尋ねた。紀昀は、もう申し上げましたと答えた。皇帝はそのときたちどころに悟った。「容易」が「色難」の下聯であったのだ。
　「色難」という上聯のうち、「色」の中国語における意味は多様だ。「色彩」を表すこともできるし、人の容貌や顔色を表すこともできる。下聯「容易」の「容」の意味も多様だ。「容量」という意味もあるし「容貌」という意味もある。こうして上聯の「色」と下聯の「容」が揃い、「難」と「易」が対を成す。さらに、上下聯の内容がいずれも「人の顔色が変わること」を表すので、この対聯の上下聯は非常に整っているのである。

伝わるところでは、大文豪魯迅が私塾に学んでいた幼い頃、いつも対聯を合わせる練習をしていたという。先生は対聯の上聯をいくつも出題して、学生に下聯を続けさせた。魯迅はほとんど常に課題を上手にこなした。あるとき先生が「比目魚」という上聯を出題した。魯迅は長い時間かけても下聯が思い付かなかった。比目魚〔ひらめ〕というのは変わった魚で、二つの目が片側に付いている。そのために比目魚と言うのである。魯迅はこのような生き物を見たことがなかった上に、この生き物はとても珍しくて身の回りにはこれほど珍しい姿をした生き物はいなかった。

その後、魯迅はある本を読んでいるときに、古代の伝説中に角を一つ持った怪獣がいることを偶然知った。官吏が事件の審理を行う際、よく分からないものはこの怪獣に判断させた。この怪獣は自分の角で判断し、いつも公正な判決を下すことが出来た。魯迅はこれを読んで、「比目魚」という上聯を思い出した。彼はこの角のある怪獣を「独角獣」と名付け、下聯を「独角獣」とした。上下聯がどちらも動物で、一方は「魚」、もう一方は「獣」。「比目」に「独角」を合わせ、対句も整っている。

これらの例から、対聯は機敏な反応が求められるばかりでなく、大量の知識の累積も必要であることが分かる。

第三節 成語の典故

中国語の中には簡潔で力強い単語が固定されたフレーズがたくさんある。これらのフレーズの大半は古代の書物から要約されたもので、その内容は広く知られ、往々にして教育的な意義を持つ故事である。これらのフレーズは常に人々に用いられ、成語と呼ばれる。

成語のほとんどは四字からなっているが、四字を超える成語もある。これらの成語に含まれる歴史上の出来事は、その大多数が文化典籍の中に記録されている。そのためこれらの成語の故事も「典故」と呼ばれる。成語になった故事は社会生活のさまざまな面にわたり、多くの簡単な故事によって深い道理を明らかにしている。人々は日常生活の中で常に同様の問題に直面するが、成語を使用することで、これら参考意義のある道理を簡潔明瞭に伝えることが出来る。そのため少なからぬ成語が、千年のときを経て衰えることなく常用されているのである。

塞翁失馬、焉知非福。ある一家が二つの国が接している辺境に住んでいたという。この家族の父親は占術に精通した老人であった。父親には息子が一人いて、

馬を一頭飼っていた。ある日、この馬が国境を越えて向こうの国へ行き、行方不明になってしまった。このことを知った隣近所の人たちは、この家族を慰めに来た。すると占術に精通したこの老人は、「馬がいなくなったことを皆は悪い事だと考えているが、誰が良いことではないと言えるのか」と言った。数ヶ月が過ぎ、このいなくなった馬が戻ってきた。それだけではなく、良い馬を一頭連れてきたのである。隣近所の人たちはこれを知って、お祝いに来た。ところが老人は、「いなくなった馬が戻ってきた。しかも良い馬を一頭連れてきた。皆はこれを良いことだと考えているが、これが悪いことでないと誰が言えるだろうか」と言った。家に馬が増えたので、老人の息子は乗馬をすることを好んだ。しかし、ある日、彼は馬の上から転げ落ち、足を折ってしまった。皆は老人を手伝って息子を家に運び、老人を慰めた。老人は「息子が足を折ったことを、皆は良いことではないと考えているが、これがどうして良いことにならないのであろうか」と言った。それからしばらくして辺境地域で戦争が起こり、青壮年は召集されて武器を携え戦争に投入された。しかし、この老人の息子は足を折って、引きずっていたので、召集されなかった。戦争に加わった青壮年の大多数は、戦闘の中で犠牲となった。けれども老人の息子は足を折っていて従軍しなかったので、命拾いをした。この故事は、「禍福は互いに入れ替わるもので、悪い目にあったからといって絶望してはいけない。悪い出来事も良い出来事になる。良い目にあっても、調子に乗ってはいけない。良いことも悪いことになる」ということを説明している。

刻船求剣。昔、楚の人が船で川を渡った。船が岸を離れてすぐに、彼は自分の剣を川に落とした。船に乗っていた人々は早く引き上げるよう勧めたが、彼は少しも慌てずに、小刀を取り出して船体に印を付けた。皆は不思議に思って、彼にどうして剣を引き上げないのかと尋ねた。すると彼は「自分はさっき剣を落としたところに印をつけたので、対岸に着いてから、その印が示す場所にもとづいて剣を引き上げる」と答えた。皆は、「あなたは船べりに印を付けたけれども、船は対岸へ向かって進み、川の中に落ちた剣はその場で川の底に沈んでいったのだから、あなたが対岸についてからこの印の場所を浚っても、剣を引き上げることは出来ないはずだ」と説得したが、この楚の人は耳を貸そうとしなかった。船が対岸に着くと、彼は自分が付けた印によって川底を浚ったが、何も引き上げられなかった。剣が船と一緒に対岸まで移動することはありえないのだから、すでに深い川底に沈んでしまったのだ。この故事は、自分が正しいと思っていて、頑固に凝り固まっている人を諷刺しているのである。こういった人々は物事の表面で起こる現象しか見ず、物事の変化発展が分からないので、

経験ややり方で新しい問題に対応しようとするが、それでは壁にぶつかるばかりで成功するはずがない。

　毛遂自薦。戦国時代、趙に、趙勝という名声輝かしい貴族がいた。彼は趙王から「平原」に封じられたので、平原君と呼ばれていた。彼の屋敷には食客が大勢いて、彼らはそれぞれ特定の方面の才能を持っていた。平原君が彼らを必要とすれば、彼らは平原君のためにアイデアを出し、平原君が仕事を進めるのを手伝った。当時、秦が次第に強大になってきて、あるとき秦は兵を出して趙を包囲した。趙は自国の兵力では秦の侵攻に抵抗するのに十分でなく、楚と連合して共同で秦に対処しようと考えた。趙王は平原君を楚に遣いに出し、平原君が楚王を説得するよう望んだ。平原君は出立する前に、自分の食客の中から、才能のある人を選んだ。彼は自分が普段よく話をする食客から、誰に才能があるかを聞き出して推薦させ、最終的には自ら才能があると認めた人物を19名選んだ。これらの人は皆、弁論の才能があり、文武両道で名を馳せていた。平原君は20人目の人選を選ぼういろいろ検討したが、適当な人材が見つからなかった。ちょうどそのとき、毛遂という食客が平原君に自分を積極的に売り込んだ。平原君は彼に自分の家に来てどれくらいになるかと尋ねた。毛遂は、すでに平原君の屋敷に来て3年になったと答えた。平原君は「本当に才能がある人物であれば布袋の中に錐を入れたように錐の先がすぐに布袋を突き破って姿を現すものなのに、お前は家にいて3年になるというが何か特別な才能があるとは聞いたことがない。それに、だれもお前を推薦しなかった。私は今回、秦に遣いに行くので責任重大だ。お前は家の中にいなさい。私は本当に才能のある人物を連れて行きたいのだ。そうしなければ使命を果たすことが出来ない」と言った。これを聞いた毛遂は「錐を布袋に入れれば確かにすぐに先が出てくるに違いありません。でも私という錐は、これまで布袋の中に入れられなかったのです。もし私という錐をもっと早く布袋の中に入れたら、私はとっくに布袋を突き破り、ほんの錐の先だけではなく錐の柄さえ出てきたでしょう」と応じた。平原君はこれを聞いて半信半疑ではあったが、すぐに楚に使いに出なければならなかったので、それ以上随員を選ぶ時間がなく、気が進まないながらも毛遂の随行を受け入れた。楚につくと、平原君は楚王に謁見して宮殿で交渉に入った。毛遂と19人の随員は外で待っていた。平原君は朝から正午まで弁舌を尽くしたが、楚王は趙に兵を増派することに同意しなかった。平原君の随員は慌てて論じ合ったが、結論はまとまらなかった。この19人は平原君に選ばれ、才能があることを自認していたが、毛遂は自薦して随員に加わった。19人は、毛遂が選ばれたのは平原君に気に入られたからで才能や学問があってのこ

とではないと考え、皆の前で恥を掻かせようとした。そこで、全体一致で毛遂を中に入らせ、交渉の進行状況を見て来させることになった。毛遂は交渉している部屋に入ると平原君に言った。「趙楚両国が連合して秦に対抗すれば、両国にとって利益があるということは誰の目にも明らかで二言もあればはっきりするのに、あなたは朝から正午、そして今に至っても結果を出せないでいる。いったいなぜなのか」。平原君が毛遂を叱ろうとしたときに、楚王が口を開いた。「まだ下がらないのか。私とお前の主人が話をしているのだ。憚るということを知らないのか。ここはお前が口を挟むところではない」。毛遂は刀に手をかけて言った。「あなたが私のことを叱りとばせるのは、あなたが楚国の王で多くの臣民を従えているからだ。しかし今、私はあなたから10歩しか離れていない。楚国の臣民の数がどれほど多くとも、今のあなたを助けることは出来ない。あなたの命は私が握っているのだ。その上、私は趙国の使者の随員であって、趙国の代表として楚国に遣わされている。楚国の臣民ではない。それなのにどうしてあなたは思うままに私を叱りとばすことができるのか。歴史を振り返れば、商湯はわずか周囲七十里の土地だったにもかかわらず、諸侯の頭となることができた。周の文王も周囲たった百里の土地で、最後には諸侯の領袖となった。彼らは、人数や土地の広さ、軍隊の力に頼ってそうできたのではなく、民心を満たすことができたからである。今、楚国は、天下で他のどの国も持っていない広大な領域を持っている。しかし、秦の将軍白起は卑しくて能力がないにもかかわらず、秦軍を率いて楚国の土地を広く占領し、あなたがたの楚国を侮辱している。私たち趙国ですら大いに憎しみを感じているほどだ。私たちがあなたがた楚国と連合するのは、あなたがた楚国が復讐するためであり、我ら趙国自身の利益だけを考えてのことではない。今、私たちの平原君様が辛抱強く形勢を分析して、楚国がこの困難を乗り越えるのを助けようとしているのに、あなたはその勧めを聞き入れて趙国と連合しようとしないばかりか、大声で趙国の使者を叱りとばそうとした。これは一体、いかなることか」。楚王は毛遂の話を聞いて心を動かされ、趙と連合して秦に対抗することに応じた。

この物語には「毛遂自薦」という成語に加え、「脱穎而出（袋の中の錐が抜け出ること）」「因人成事（他人の力によって事を成し遂げる）」という二つの成語が含まれている。毛遂は、自らを推薦した上に自らの智慧によってついに任務を成し遂げた。後世の人々は毛遂の勇気、智慧と才能を称え、自分で自分を推薦することを「毛遂自薦」と呼ぶのだ。

第七章
避諱語と文字の獄

第一節 避諱語（諱み言葉）

　避諱という言葉は二つの漢字からなっている。「避」というのは避けること、「諱」というのは口にするのを避けることである。中国は長い間にわたって封建社会であり、皇帝ないし親族関係で目上にある者への畏敬を表すため、臣民ないし目下の者が皇帝や目上の者の名を口にすることを避ける習慣があった。その名に言及しなければならない場合でも、その文字を口にするのを忌んだのである。つまり、別の文字でその諱むべき文字を言い換え、皇帝ないし親族関係で目上にある者への畏敬を示したのである。

　避諱には主に三つの方法がある。改字法、空字法および缺筆法である。

　改字法というのは、諱むべき文字を他の字で代替することである。例えば、班固は当時の皇帝の名を諱み、『漢書』において「荘」を「厳」と表記している。また、晋代には、当時の皇帝司馬昭の名を避けるために、「昭」を「明」と表記している。宋代のある高官は「敬」という姓であったが、皇帝の祖父が趙敬という名であったために、これを諱んで「文」と改姓した。さらに、範曄〔はんよう〕という歴史家は、父親の名が範泰であったため、父の名を避けて執筆の際にはすべての「泰」という漢字を「太」で置き換えた。

　空字法というのは、諱むべき漢字の箇所に何も書かず空白にするか、あるいは小さな四角を書いておく、あるいは「某」という漢字を書いたり、諱むべき文字の箇所に「諱」という漢字そのものを書き込んだりして、その文字が諱むべきであるために書かれなかったということを示したものもある。例えば許慎は『説文解字』執筆にあたり、当時の皇帝の名を避けるため、その文字を書かれるべき箇所を空白にして「上諱」と書き込んだ。また唐代に史書を編纂する際、唐の太宗李世民の名を諱み、「世」という文字をすべて空白にした。

　缺筆法（欠画法）というのは、諱むべき文字の最後の一画を書かないという方法である。例えば、清代の皇帝康熙帝の名は愛新覚羅・玄燁といったが、清代にはこれを避けて、「玄」という文字が出てくるとすべて最後の一画を書かなかった。これを缺筆法と言う。

　避諱には国諱と家諱の二種類がある。臣民が皇帝に対して行うべき避諱が国

諱である。封建社会において国諱は皇帝の尊厳を示すものであり、みだりに国諱を犯せば厳しい制裁を受け、命すら失うこともあった。清代にある挙人が書物を執筆したが、皇帝の名を諱まなかった。皇帝はこのことを知ると、この挙人が大逆無道であるとして挙人を殺すのみならず、この挙人と繋がりのあるすべての人を皆殺しにした。一方、家諱とは親族の中の目下の者ないし地位の低い者が目上の者ないし地位の高い者に対して行うもので、話をしたり字を書いたりしているときに目上の者または地位の高い人の名を避けるものである。例えば、歴史家の司馬遷の父親の名は司馬談といったが、司馬遷は父親の名を避けるため、すべての「談」を「同」に換えた。また、唐代の有名な詩人杜甫の父親は杜閑といった。杜甫はすべての作品において「閑」という文字を避けている。

　この二種類のほか、避諱にはもう一種類ある。聖人の名についての避諱である。例えば、孔子は千古の聖人と尊ばれており、宋代以来、孔子の名も必ず諱むようになった。孔子の名は孔丘という。そのため「丘」という漢字は必ず避けなければならなくなり、最後の一画を書き入れてはならないだけでなく、読み方にすら変化が生じた。後に、もう一人の儒家の聖賢孟子の名も必ず避けるべき対象となった。

　避諱について、長い間語り伝えられている話がある。それによると、宋代に田登という高官がいた。「登」は「灯」という漢字と同音だったのであるが、田登は任地の民に対し、彼の名と同音のすべての漢字を諱むように命じた。これには、当然「灯」も含まれるが、中国の伝統的な季節の行事で正月の十五日に飾り提灯を楽しむという習慣がある。この日はどの家も提灯をつるして、来年も景気がよく幸せな生活を過ごせるようにと願うのだ。そこで田登は告示を出させた。役所の求めに従って提灯を飾って観賞するよう民に命じるものだ。田登は自分の名を避けるために、告示を書く人にすべての「灯」の字を「火」で置き換えさせたので、告示には次のように書かれていた。「本官按照慣例放火三天（本官は慣例に従い三日間火をつける）」。もともとの意味は、「慣例に従って三日間どの家も提灯をつるして観賞してよろしい」というものだったが、「灯」の字を避けて「火」に置き換えてしまったのである。「放火」という表現は中国語において「火をつける」という意味がある。これでは、人々に放火するように促すことになってしまい、あっという間に笑い話として伝わった。後にこの物語は「州の長官は放火しても許され、民は提灯に火をともすことも許されない」とまとめられた。封建社会が消え去るとともに、こういった厳しい避諱もなくなった。しかし、今日の中国においても人々はささやかな避諱の観念を守って

いる。例えば、親族関係で世代が下の者は、上の世代の人に向かってその人の姓名を呼んではならず、地位が低いあるいは年下の者は、地位が高いあるいは年長者の姓名を呼んではならない。また、父母や祖父母が死んだときに「死んだ」とは言わず、「走了（行った）」とか「老了（老いた）」という婉曲的な表現で置き換えるのが普通である。これは死者およびその家族への尊重を表すものであるが、同時に中国語において避諱の習慣がひっそりと残されていることを示している。

第二節　文字の獄

　中国の近代以前において、役人と一般の民は避諱を守らなかったとして罪に問われるのみならず、命を落とすことすらあった。時には、ある漢字が皇帝の尊厳を冒したとして、執筆者が捕らえられ首を斬られさえしたのだ。これが中国前近代の「文字の獄」である。

　清代より前にも、表記に問題があるとして捕らえられ投獄された事件はあったが、清代の文字の獄はその範囲と規模が最も大きく、件数も最も多かった。嘉慶帝の代に「文字の獄」という表現が公文書に現れ、固有名詞として用いられるようになった。当時、この種の事件がすでにかなり広がっていたことが分かる。

　清代最初の文字の獄は順治帝の代に起きた。その当時、満州族は政権を確立したばかりで、満州族の男性は弁髪の習慣があった。他方、漢族の習慣では、自らの体は両親から与えられたものだとして、頭髪を含む体にある一切を大事にしなければならなかったので、髪を剃り落とすなどはもってのほかで、むしろ大切にしなければならなかった。満州族である皇帝が全国の男性に辮髪をするよう命じると、すぐに大多数の漢族の反対に直面した。そこで「留髪不留頭（髪を留めれば頭を留めず）」といわれる強硬政策が行われ、多くの漢族の民はこのような高圧的な政策の圧迫のもと、自らの意思に反して辮髪を編まざるをえなかった。漢族は表面では満州人皇帝への服従を示したものの、内心は恨み骨髄に達していた。皇帝もこの状況を知っていたので、朝廷は漢族の言行について特に敏感になり、漢族のなんら問題ない言行の中にも満清政権に反対する意図があるように感じられたのである。さらに当時は清朝が成立したばかりであった。それまでずっと漢族の統治者から未開の少数民族と見なされていた満州族は政権を手に入れたものの、それは主に武力によって征服したもので、文化的には未発展であった。そのため、常に漢族の知識層が文化の面で自分たちを見

下しているのではと気にしていたのである。これが清代に文字の獄が起きた社会心理的な基盤だ。

当時の文字の獄はそのほとんどが科挙の試験に関わるものであった。当時科挙は「院試」「郷試」「会試」の三つのレベルに分かれていて、1レベル下の試験に合格しなければ、次のレベルを受験することができなかった。試験の内容は主に儒学の古典から選ばれていた。順治帝の代に初めて科挙が行われたが、何人かの答案に当時の摂政王ドルゴンについて順治帝が求めた呼び方に従っていないものがあり、順治帝の怒りを買った。帝は受験生を厳しく処罰するにとどまらず、主任試験委員を逮捕した。こういった事件は、当時の満州人皇帝の漢族知識人への警戒心をよく反映している。

順治帝の在位中には、ほかにも多くの類似の事件があった。明朝から寝返ったある役人が友人の詩集の序を書いた。その中に「明」という文字があった。ちょうど彼の友人は弾劾を受けていた。その理由は結託して私利を謀り、国政を乱したというものだ。弾劾の過程で彼とこの友人の関係が深いことが明らかになり、そこで彼が友人の詩のために書いた序に「明」という文字があるということが、言い逃れのできない物証となってしまった。順治帝はこれらの役人を捕らえさせて厳しく尋問し、結局、これらの役人は死刑を科された。

文字の獄は雍正帝の代に最も頻繁に行われた。当時広く伝わった物語がある。ある科挙の主任試験委員が、某省で科挙を実施したときの出題が取り沙汰された。試験当時は誰もその問題がおかしいとは思わなかったが、試験が終わると、この問題が皇帝を侮辱していて大不敬（皇帝への不敬）という重罪を犯していると、ある人が雍正帝に告発したのだ。試験問題にあった「維民所止（これ民のおるところ）」という文言の、最初の「維」という文字と最後の「止」という文字が皇帝を侮辱した証拠だというのだ。「維」という字は、まさに「雍」という字から上の二画を取り去ったもので、「止」という字は「正」から上の一画を取り去ったものだからである。「維止」というのは「雍正」の二文字から頭上の筆画を取り除いたもので、皇帝の頭を斬り落とそうと皇帝を呪っているというわけだ。雍正帝はもともと猜疑心が強いことで知られていたくらいであるから、この文言を見て大変憤り、直ちに出題した試験委員を捕らえるよう命じてこの試験委員の首を刎ねた。文字の獄の多発によって当時の知識人は誰もが身の危険を感じ、当時の政治について誰も自由に意見を表明することができなくなり、多くの学者は古籍の整理に没頭して世事に関心を持たなくなった。

第八章
姓名と地名の話

第一節　姓名

　姓名とは、その名が示すとおり姓と名からなっている。姓氏とは社会構造における血縁関係を示す記号である。民族の違いによって、世界における姓氏の制度は多種多様である。ヨーロッパの姓氏は宗教的な色彩を帯びていることが多いが、中国の姓名制度は主に中国人がある種の社会関係の維持を重んじる必要があることと一体となっていて、しばしば家庭的な色彩が濃い。姓氏となる漢字には深い文化的な内容が込められていて、決して単なる言語記号などではない。

　中国人は交際において初めて会ったときには、往々にしてまず相手の姓を尋ねる。これはヨーロッパ人が自分から初対面の相手に自己紹介する習慣とは、はっきり異なっている。そして興味深いことに、ヨーロッパ人はいつも自らのフルネームを名乗るのだが、中国人は往々にして自らの姓を名乗るだけで、フルネームを言う必要はない。お互いに相手の姓に敬称を付けて相手を呼び、初対面で相手をフルネームで呼ぶのは失礼だとされる。

　漢字の中で姓氏として用いることができるものは多くない。その上、由来を辿りさえすれば、姓氏として用いられるほとんどすべての漢字は歴史が古く、数千年前に遡ることができる。では、中国の姓氏はいったいいつ起こったのだろうか。中国が母系氏族社会であった時代にはすでに姓氏があったといわれる。当時の人々は母系の血統によっていくつかの氏族に分かれていて、どの氏族も他の氏族集団とは異なる自分たちの記号を持っていた。これが「姓」である。社会の発展に伴って集落の人口が増えると、一部が別の場所へ移動して居住するようになった。同じ集落は一つの姓を共有していたが、これらの集落から分かれて別の場所に移住した集団にも呼び方が必要になった。そこで、分かれ出た集団は異なる呼び方を持つようになった。これらの呼び方が「氏」である。これが中国人の姓名の最初の由来だ。

　周は建国後にそれまで王に従って功績を立てた者らを諸侯として封じ、封号を与えた。諸侯には土地を分け与え、その子孫に世襲させた。これらの貴族はしばしばこの封号を自らの姓とし、代々継承した。そして、国王から分封され

たところの諸侯もまた、自らの領地を部下に分配することができた。これらの封地の呼び名がまた封じられた者の姓となった。趙という姓を例にしよう。趙姓の先祖である造父はもともと周の穆王の御者で、最初は趙を名乗ってはいなかった。あるとき周王が外出する際、造父がその馬車を御した。見事な手綱さばきだったので、周王は大いに満足して造父をある土地に封じ、その領地に「趙」という名を授けた。これが趙姓の由来である。

　姓氏の起源には、上に挙げた二種類のほかにもいくつかの来源があり、官職を姓としたケースもある。例えば、司馬、司空、司徒などがあり、これらは古代には官職の名称であった。また、子孫の序列に由来する姓氏もある。例えば、中国では古代、「伯、仲、叔、季」を子孫、兄弟の序列として用いていた。人数の多い家族があれば、家族が決めた序列をそのまま姓として用いた。他に祖先の爵位や諡名を姓としたものもある。例えば、王姓、侯姓である。この二つの姓の先祖はかつて王や侯として封じられた。諡名〔しごう〕というのは古代の王の死後に送られた名前である。子孫が祖先を記念してその諡名を姓に用いたケースがある。例えば、武、穆、桓などである。

　貴族や領地を与えられた部下が領地の名や官職名を自分の家族の姓とすることができたのに対して、任官していない一般の民は、しばしば、自らの従事する職業や自らの居所の環境の特徴を自らの姓とした。例えば、池のそばに住んでいた人が「池」を姓としたり、柳のそばに住んでいた人が「柳」を名乗ったりした。城門の西側に住んでいれば「西門」を姓とした。この種の姓は他に「東方」「東郭」などがある。自らが従事した職業を姓にする人もいた。例えば「陶」と名乗るのは陶工であり、「屠」を名乗ったのは屠殺を生業とする人である。商代の末期に理徴という人が商の紂王の怒りに触れて殺され、その息子が山奥に逃げ込んで隠れていた。山奥で食べ物がなかったので、木になった果物を食べた。果物は木になった実なので、子供に似ている。そこで「木子」と呼んだ。この二文字を合わせると「李」となるが、ちょうど「李」という字の音が本来の姓である「理」と同じだったので子孫たちは「李」を姓とした。商代に比干というよく知られた大臣がいた。商の紂王の叔父だったが、紂王の怒りに触れて殺された。その妻は山奥に逃げ、木々の間で子を産んだ。その後、紂王は酒色に溺れ人民の支持を失った。周の武王が紂王に兵を挙げ、最後には商の紂王を破って周を建国した。周の朝廷では比干が忠臣であったとし、その子が民間をさすらっていると耳にすると、人をやってあちこち探させ、ついに子を見付け出した。比干の子が林の中で生まれたことから、周王は領地を与える際に「林」を封号とした。これがきっかけで比干の子は「林」を姓とした。また、漢の武帝の代

に田千秋という丞相がいて、年をとっていたがまだ隠居してはいなかった。年のせいでうまく歩けなかったので、皇帝は特別に田丞相が毎日車に乗って宮廷に出入りすることを許した。封建社会では礼節が非常に厳しい。大臣が皇帝にまみえるのに車に乗って行ってはいけないばかりではなく、歩く姿勢にも特別な規定があった。高齢のため車で宮廷に出入りすることを皇帝に特別に許された田丞相は「車」丞相と呼ばれるようになった。後に田丞相の子孫は「車」を姓とした。

　中国の前近代において姓氏は極めて重要だった。ある人の血統を示すのみならず、その人の身分や地位をも表した。厳しい門閥制度を行った王朝もいくつかあり、姓氏の違いで序列や貴賎の別が存在した。皇帝や貴族の姓はしばしば「大姓」であり、人数が多く、多くの特権を掌握し、社会の中で特権階級を形成していた。例えば、東晋では王と謝という二姓が当時の名門で、権勢を誇っていた。両家は著名な人物を多く輩出した。父子で書法家として知られる王羲之と王献之、叔父と甥で詩人の謝安と謝玄がその例である。当時は士族制度が行われていた。士族というのは世襲貴族のことで、士族以外は「庶族」とされた。庶族出身でも戦功や国家への大きな貢献により貴族となることはできたが、世襲することはできなかった。そのため士族出身の者は往々にして庶族を見下していた。当時、庶族出身の大臣が一人いて、朝廷の中での地位も高く、王、謝両家と姻戚関係を結ぼうとしたが、王、謝両家は首を縦に振らなかった。皇帝はこのことを知ると、この庶族出身の大臣に他の家と姻戚関係を結ぶよう説得したという。当時の門閥制度の影響力が大きいことがうかがえる。門閥制度の基本は、姓氏の違いによって手にする権力が決められていたということだ。士族と庶族は通婚せず、享受する権力も異なっていた。

　姓氏がこれほど重要であったため、中国人は一般的に家譜の編纂を大切にしている。家譜によって家族全体の変遷を記録するのである。白氏の家譜によると、唐代の有名な詩人白居易の先祖は戦国時代の秦の名将白起である。もともと白家は長らく今日の山西省太原一帯に住んでいたが、白家の子孫に任官するものがあったために一族揃って陝西に移り、その後また河南に移り住んだ。白居易は晩年洛陽で過ごし、その子孫も洛陽に住み着いた。現在でも洛陽のある村ではほとんどすべての人が白姓を名乗っている。中国人には強い郷土感情があり、ある一族がある地方に住んで時間がたつとその地を離れようとせず、現地でとても影響力を持つ。しかし、この一族の子孫が戦乱や任官、ビジネスなどの理由で一族の集まる場所を離れることがある。一族の集住する土地を離れた子孫は、もともと住んでいた場所をいつまでも忘れることができず、前近代中国に

おいてはこういった思いを「郡望」と呼んだ。郡というのは前近代中国の行政区画であり、郡望というのはもともと一族が集住していた土地を離れた者とその子孫が、自分の家がもとの居住地にあるといつまでも考えることである。例えば、劉姓は今日の江蘇省徐州を郡望とし、杜姓は今日の陝西省西安、張姓は今日の河南省南陽を郡望としている。いずれも、かつてこれらの一族が集住した場所であり、これらの一族から名望のある人物が出ているために、故郷を離れた者とその子孫が自らの郡望を誇りに思うのである。例えば江浙一帯の銭姓の先祖は、呉越の国王であり、呉越国は今の江浙一帯にあった。この国王は自分の息子たちをそれぞれ地方に遣って現地の地方長官に任じた。そのためこの銭姓の子孫は江浙一帯に広く分布し、多くの歴史上の人物を輩出した。例えば清代の銭謙益、銭大昕、銭大昭、近代以降でも銭玄同、銭学森らがいる。

　前近代の中国人は名を持つだけでなく、字を持っていた。字というのは名から発展したものであり、「姓名」は「名字（なまえ）」と呼ぶこともできる。現代中国語においてこの二つの言葉はほとんど同義である。前近代の中国人は長幼、貴賎の別を極めて重視した。名は通常、一族の年長者ないしは上司が、目下のものないし部下を呼ぶときに用いる。字は通常、一族の目下のものないし部下が、年長者ないし上司を呼ぶときに用いる。目下のものや部下が年長者ないし上司の名を呼ぶのは大変無礼である。

　字のほかに、前近代中国の姓名体系には「号」があった。号を付ける習慣は唐代から流行し始め、これは当時の文学の隆盛と無関係ではない。当時の文人は「号」という方式によって自らの嗜好、趣味を表現した。したがってある人の号が分かれば、その人の趣味や性格について大まかに知ることができる。有名な文学家たちはしばしば自分が住んだことのある場所の名を自らの号とした。例えば唐代の著名な詩人李白は「青蓮居士」という号を名乗っている。かつて青蓮郷で暮らしたことがあるためである。宋代の著名な文学家蘇軾は「東坡居士」という号を持っている。黄州の東坡に住んでいたことがあるからだ。明代の著名な画家唐寅の号は「江南第一風流才子」で、自信に満ちた性格を表現している。

第二節　地名

　地名は、民族の言語と民族の心理的特徴を反映する特別な文化現象の一つである。中国の歴史は長く、多くの地名の背後には美しい願いや歴史の物語が隠されている。例えば北京の海淀区には擺宴村 Bǎiyàn cūn という村がある。1900年の義和団事変で、迫りくる八カ国連合軍を避けて北京を脱出した西太后がこ

こを通ろうとすると、この地の地方長官が西太后に気に入られようとして盛大な宴席を設けた。それで擺宴村と呼ばれるようになった。しかし永遠に悪名を残すことを恐れたためか、この村名を書く際には「百顔村 Bǎiyán cūn」と表記している。これは媚びへつらいに対する民衆の嫌悪によって、現地の役人もこの輝かしくない歴史を後世に知らせることを望まなかったことを反映している。このような地名は他にもたくさんある。そのほとんどは、俗っぽい名称を上品に言い換えたものだ。例えば、「唖巴胡同 Yǎba hútong（唖横丁）」が「雅宝胡同 Yǎbǎo hútong」に改められ、「母猪胡同 Mǔzhū hútong（雌豚横丁）」が「墨竹胡同 Mòzhú hútong」や「梅竹胡同 Méizhú hútong」に改名された。また中国では地名に「屯、営、堡、寨」が付く地域が多い。これらの地域はいずれも前近代において軍隊の駐留地であった。清代には満州族が政権を握っていたので、中国語の中にも満州族の言語が残されている。例えば、北京には昔、「頭牛録（一番牛録）」「二牛録（二番牛録）」という横丁があった。牛録というのは満州語で軍隊の下士官を指す。この場所には二人の牛録が住んでいたので、頭牛録、二牛録と呼んだのである。北京には「諳達宮胡同」という横丁もある。「諳達」は満州語で仲間を表す。当時の皇帝は狩りを好んだので、常に皇帝の身の回りに付き添って、皇帝と一緒に馬に乗り矢を射る練習をする者が必要だった。これらの従者が「諳達」である。「諳達宮胡同」は、この皇帝の供をして馬や弓の練習をする者が住んでいたところである。今日の北京と内モンゴル一帯には、地名に「旗」という文字を含む土地が少なくない。この「旗」は「八旗」の「旗」である。満州族が清を建国する前、黄、白、紅、藍および鑲黄、鑲白、鑲紅、鑲藍の八つの色の旗を軍旗として軍隊を編成していた。平時において将兵は共に生活せず自宅で農業をしていたが、ひとたび戦争が始まるとこれらの将兵はこれらの旗の下に集まり軍隊を構成した。満州族はこういった特殊な兵役制度で、平時の食糧生産を保証した。こうすれば軍隊を養うために膨大な経費を費やさずに済むだけでなく、十分な防御力を持つことが保証される。こういった方法で、満州族は最終的には明朝の軍隊を破った。国家権力を掌握してからも、満州族は八旗軍を残した。現在の地名で「旗」の字がある地域は、当時、八旗軍が管轄し、駐屯した場所である。

　また、ある地名は文人詩人のエピソードと深く関わっている。唐代の著名な詩人白居易は杭州の地方長官に任じられたことがあり、西湖の大堤防を改め築造しなおして、増水期に氾濫した際、民衆に被害が及ばないようにした。現地の民衆はこの堤防を「白堤」と呼んで白居易を記念した。宋代の有名な詩人蘇軾も、杭州の地方長官になったことがある。蘇軾も西湖を浚渫したので、人々

は感謝を表すために、別の大堤防を「蘇堤」と呼んでいる。今でも、西湖の最も有名な風景の一つが「蘇堤春暁」と呼ばれている。

　また当時の周囲の環境から名付けられ、その後に時が移り、周囲の自然環境に変化が生じても、地名だけはずっと変わらずに残ったということもある。例えば北京には「天橋」という地名があるが、ここは清代にはあらゆる人々が集まることで知られる場所だった。多くの貧しい人々がここで露店を出し、見世物をして生計を立てていたが、ここには橋はない。どうして「天橋」というのだろうか。実は元代にはここに川があり、橋が架けられていた。当時の皇帝は祭祀のため天壇に向かう際にこの橋を渡ったが、皇帝は天子であるので、この橋を「天橋」と呼んだのである。その後、都市の規模の拡大に伴って城郭を築く際に、川は埋め立てられ橋も取り壊されたが、「天橋」という名前はずっと変わらず、今に至るまで用いられ続けている。また中国には吉祥と幸福を祈る意味合いを帯びた地名が数多くある。「福、泰、安、禄」といった良い文言を持った地名は、人民が幸せで健康な生活を求める美しい願いを反映している。河北のある川はいつも氾濫し、洪水が家や田畑を破壊し、現地の民にとって多くの災難をもたらしていた。地元の人々はこの川の水流が緩やかになって洪水が起こらないよう願い、この川に「徐水」という名を付けた。「徐」中国語で、「ゆっくり、おそい」という意味がある。こう名付けたのは、この川の流れが緩やかになるように願ってのことなのである。後に、この川に近い町も徐水と名を変えた。

　また、中国の地名には「陽」と「陰」の文字が多く使われている。これは周辺の山や河川と関係があり、山の南側または水の北側を「陽」、山の北側または水の南側を「陰」としている。例えば、洛陽は洛河の北岸に位置しているためこの名前となり、衡陽は衡山の南側に位置している。淮陰は淮河の南側にあり、華陰はこの町が華山の北側に位置していることを示す。

　中国には多くの省名に「南」「北」「東」「西」という方位を表す文字がある。例えば、河南、河北、湖南、湖北、山東、山西などで、これらの地名は、高い山や大河、大きな湖と関係がある。河南というのは黄河の南で、河北は黄河の北という意味である。湖南というのは洞庭湖の南、湖北は洞庭湖の北という意味である。

　美しい伝説を持つ地名もある。例えば黒龍江だ。黒龍江には怪物が住んでいたという。この怪物はいつも問題を引き起こしたので、地元の人の恨みは骨髄にたっするほどのものであったものの、どうにもしようがなかった。あるときこの怪物がまた問題を起こし、民衆に危害を与えた。この怪物が大きな災難を

もたらしていることを目にしたある少年が、自分が竜になってこの妖怪を倒し、この地の民衆を守りたいと思った。ちょうどそのとき稲光がして雷鳴が轟いた。人々は天に忽然と黒い竜が現れたのを見た。この黒い竜は空から川に飛び込み、怪物と七日七晩戦って、その怪物を倒した。周囲が平静さを取り戻すと、人々は少年がいなくなっていることに気付いた。そのうちに、人々はその少年があの黒い竜になったのだと知り、民衆に平安をもたらしたこの黒い竜を忘れないために川を「黒竜江」と呼んだ。

広州の別名は「羊城」である。初め広州はとても寂れていたという。住民が少なくて、地元の人々は生活が良くなるように衣食が足るようにと願っていた。その後、当地に伝わる話では、五人の神仙が神羊に乗って現れ、この地の住民に稲穂を授けたという。それは、この地の収穫が豊かになり、民衆に衣食の心配がなくなることを象徴している。それで人々は自分たちに幸運をもたらした羊を自分たちが住む場所の名とした。そのため広州は「五羊城」とも呼ばれるのだ。稲穂が幸せな生活を表すので、住民は広州を「穂」と略称している。

また広東には仏山という地名がある。初めは仏山という名前ではなかったが、唐代に地元の人が自分の持ち場で偶然、石碑一基と銅の仏像三体を掘り出した。石碑の記述から、ずっと昔、ここにはインドの僧侶がいて仏教を広め、講義場を建てたことが分かった。地元の人はこの石碑を見て、仏教が中国に伝えられた歴史がこれほど長いと知り、自分たちが仏教を広めるべきだと考えた。そこで石碑が出土した場所に寺を建立し、地名を仏山と改めたという。

中国の地名はあたかも鏡のようであり、地名の研究を通じて社会の変遷を知ることができる。われわれは地名の音の変化から中国語の変化発展の規則を見出すとともに、漢族の民族文化や心理の基本特徴を理解することができるのである。

中編 中国古代文学

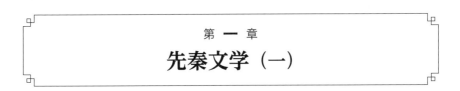

第一章
先秦文学（一）

　先秦時代とは、太古の昔から紀元前221年に秦の始皇帝が中国を統一するまでの長い時期を指す。先秦文学は原始社会、奴隷制社会および初歩的な形成がなされた封建社会という三つの異なる社会形態を経験している。文化面では主に詩歌、辞賦および散文を生み出した。『詩経』は中国で最も早い詩歌集であり、愛国詩人屈原の『楚辞』は中国の進歩的ロマン主義の創作方法の模範を打ち立てた。寓話と神話、伝説は古代の労働人民の知恵と想像力を体現している。

第一節　上古歌謡と神話

　一．上古歌謡
　上古歌謡は、生産力が極めて低く文字による記録のない原始時代に生み出された、最も早く出現した文学形式であり、上古の先人の集団的な口頭創作である。上古の歌謡は労働が起源となっている。先人が労働の過程で労働のリズムを揃え、疲労を減じ意欲を盛り上げるために労働の音頭をとったのである。その後、労働によって先人の思考能力、発音器官と言語能力が鍛えられ発達するにしたがって、リズムを持った声が次第に意味を持った言葉によって取って代わられた。こうして、音調豊かで、リズム感のある真の詩歌が生み出されたのである。さらに、リズムのある言語形式が次第に固定し、先人が生活を映し、感情を表現する固有の形式となったのである。
　内容、題材から分類すると、上古の歌謡はおおむね次のいくつかのタイプがある。

　1．労働歌謡
　上古詩歌のうち最も早く出現したタイプで、彼らの労働行為の再現と生産経験の要約である。黄帝時代のものと伝えられる『弾歌』は、現存する上古歌謡

のうち最も典型的な労働歌謡で、「断竹、続竹、飛土、逐肉」という詞は中国の狩猟時代の先人の労働生活を映し出している。彼らが弓矢を作り猟をする過程全体を再現し、もっと多く獲物を手に入れたいという無限の渇望が表現されている。

2．祭祀歌謡

このタイプの歌謡は上古の先人が神に幸福を願い、自然を自分の望み通りに従わせようという願望を表現していて、原始宗教意識を濃く帯びている。例えば、伊耆氏に伝わる『蠟辞』には「土、反其宅！水、帰其壑！昆虫、毋作！草木、帰其沢！」とある。これは豊作を祈り、神々を祭る呪術的な祭り歌である。どの句も命令になっていて、神格化された土、水、昆虫、草木に対して、人類に害をもたらさず農作物の成長を守るため、本来の場所に戻って務めを果たすように命じているのであり、先人の自然を征服しようという理想と自信を表現している。また『神北行』には「神、北行！先除水道、決通溝洫！」とある。これは日照りの神を追い払うまじないの祭り歌である。願望的な祭り歌の言葉によって日照りの神を追い払って生存を維持し、生産活動に有利な条件を作り出そうとしているのである。

3．トーテム歌謡

このタイプの歌謡は、先人がトーテム崇拝の基盤の上で創作した詩歌である。トーテムとは上古の先人が生命の源を探す過程で部族の始祖だと誤って考えていたもので、部族の守り神を兼ねる先祖であり、部族のメンバーから崇められ讃えられているものを指す。今日まで伝えられている上古のトーテム歌謡はほんのわずかしかなく、書物に書き残されているものはほとんどがトーテム舞踊の記載で、歌詞はいずれも不明である。例えば『玄鳥』では、葛天氏部族のトーテム・玄鳥（ツバメ）が歌われ、『雲門』では黄帝氏族の初期のトーテム・雲が歌われるなどである。現在でも伝わっているこのタイプの詩歌は、『呂氏春秋』音初篇に記録されている『燕燕往飛』のみである。

4．恋愛歌謡

上古時代の初め、恋愛は文明時代のような愛情のこもったものではなく、粗暴で野蛮な面を多く示していた。例えば易経屯卦の六二には「屯如、邅如。乗馬、斑如。匪寇、婚媾」とあるが、これは野蛮な略奪婚を描いた詩で、上古に確かに存在していた略奪婚の風習を反映している。中国の文学史上で最も古い

恋歌と讃えられる「候人歌」は、「候人兮猗」の四文字だけである。禹が治水に取り組んでいたときに、涂山氏の娘を妻とした。禹が南方視察に出かけて長い間会えなかった妻が歌った歌である。涂山氏の娘の纏綿たる想いを力強く表し、なんら作ったところのない、ひたむきな気持ちを伝えている。

5．戦争歌謡

戦争は上古社会において各部族が生存し領土を拡大する第一の手段である。当時の歌謡には戦争のさまざまな状況を伝えるものもある。例えば『周易』中孚卦の六三にある、「得敵。或鼓、或罷、或泣、或歌」という詩は、戦争の結果、勝利して戻ってきた情景を描いている。あるものは太鼓を叩いて威勢を張り、あるものは腰掛けて休み、あるものは親しい者を失って傷ついて涙し、またあるものは声高らかに歌を歌っている。わずか十文字でリズミカルに心打つ場面を描き出している。

二．神話

神話とは上古の先人がファンタジーという、ある種の非意識的な芸術の方法で自然現象および社会生活がもたらすイメージを描写・説明し、先人たちの自然を征服し、自然に打ち勝ちたいという強い願いと楽観主義、英雄主義を空想的な想像によって表したものであり、人類の早期における非意識的な進歩的ロマン主義芸術の創作である。

中国に現存する神話は、内容によって以下の数タイプに分類できる。

1．天地創造神話

このタイプは天地の始まりや万物のなりたち、人類の起源の神秘を探るもので、最も代表的なのは、盤古、女媧〔じょか〕神話である。盤古というのは南方神話の開闢神で、女媧は北方神話における開闢神である。これらの神話は、南方の上古の先人の天地創造に対する認識を表している。女媧は宇宙と人類の再創造の神であり、滅びかけていた世界を救ったのみならず、人類の始祖でもあった。『風俗通義』には、女媧が泥で人を作ったという神話が記され、北方の先人の人類が物質から生まれたとする原始的な認識を表している。また女媧のイメージは母系氏族社会の女性の地位とその影響を反映している。

2．自然神話

多くは、風、雷、鳥、獣、草、木を描写対象とし、先人の自然に対する畏敬

とそれを征服したいという心理を反映している。これらの神話は伝わるうちに、先人によって大いに人格化された。例えば「雷神」「海神」があり、それらの中で最も有名なのは「精衛填海」および「夸父逐日」だ。前者は東海で溺死した炎帝の娘「女娃」が変身した「精衛」が、人々の生存を左右する海の脅威を征服するためにその小さな体で西山の枝や石を銜えて大海を埋め立てるという話で、はるか昔の人民が勇敢に粘り強く大自然と戦おうとする決心を表している。後者は「夸父」が太陽を追いかけ、その途中で咽が渇いて死んでしまう話で、夸父の犠牲的で何も恐れない悲壮な精神と原始社会の人々の太陽について知り、征服したいという願望を表している。

3．英雄神話

英雄神話は先人の初歩の主体意識の覚醒を表している。彼らは人が世界の中心で、宇宙の主人であるとおぼろげに意識するようになった。主人公は半神半人ないしは神の力に支えられた「英雄」である。比較的有名なものに「鯀禹治水」と「后羿射日」がある。前者は上古の先人が洪水と格闘した現実を基礎に創作したものである。鯀が洪水のときに洪水の中から民を救い出そうとして、帝の命を待たずに息壌という土の怪物を盗み出し洪水を防いだために、羽郊で殺された。しかし鯀は志半ばで死に切れず、その腹から禹を産んで未完成の事業を継がせた。禹は経験を積み、浚渫することで治水を試みた。黄竜と玄亀の協力を得て、13年にわたる悪戦苦闘の末にやっと成功を収めた。「鯀禹治水」が治水の英雄である鯀禹父子を讃えているのは、先人の自然を征服しようとする願いと自然の法則についての新しい知識を反映しているのであり、先人の勤勉、勇気と智慧を表している。後者は人類の旱害克服の賛歌である。神格を持つ羿は弓の名人で、天にある十の太陽が人類の生活を脅かした際に、命を受けて九つの太陽を射落とし旱害に勝利したという。これは先人の自然と戦う自信と力をよく表している。

4．伝奇神話

このタイプは主に人の世界とはかけ離れた異郷、妖怪に関する神話であり、原始社会の人々が自然条件による制限を突破して、自らの生活環境を改造しようという願いと理想を反映している。奇想天外で面白く、超現実性、超自然性を持っている。このタイプの神話は『山海経』に多く記載されている。例えば、『大荒南経』の「人面、鳥喙〔ちょうかい〕、翼あり、海中の魚を食らい、翼によりて行く」という「驩頭〔かんとう〕」、『海外北経』の糸を吐く女、『海外南経』

の羽民国、長臂国、厭火国等である。

　上古の神話は、現実性を強く持ち、人を神格化し、人の力と人の社会性を重視して、中華民族の民族精神と民族的性格を体現している。それは、人生と人の生存を中心とする原始芸術精神の表れで、民族の未来の芸術思潮の特徴を明らかにしている。

第二節　『詩経』

　『詩経』には西周初年から春秋中葉まで約五百年間の詩歌、あわせて三百五篇が収録されている。これらの詩歌は先秦時代に一般に「詩」と呼ばれ、あるいはその概数から「詩三百」「三百篇」と呼ばれた。前漢の初めになると経典として尊ばれ、『詩経』と呼ばれるようになり、この呼び方が今に至っている。『詩経』の詩は、「風」「雅」「頌」の三種に大別される。周代の社会の姿を全面的に反映していて、中でも民歌が最も現実主義精神に富んでいる。『詩経』の形式は整った四言を主とし、言葉が多彩であり、素朴で美しく、音調が自然で調和し、芸術的な感化力に富んでいる。

　『詩経』の内容は、次に示すいくつかの面について描かれている。

一．祖先祭祀の歌

　上古は祭祀活動が盛んで、多くの民族で神々や祖先を讃え、魔除けや幸福を祈る祭歌が生み出された。中国でも古代、祭祀が特に重視された。周の王族の歴史の詩である「生民」「公劉」「綿」「皇矣」「大明」という五篇の作品では、后稷、公劉、太王、王季、文王、武王の事績を讃え、西周の建国の歴史を反映している。「生民」から「大明」にかけて、周が誕生して一歩一歩強大になり、ついには商を滅ぼして統一王朝を建てる歴史過程が全体的に表現されているのである。

二．農事詩

　中国の農業には悠久の歴史があり、早くから農業栽培活動を始めていた。新石器時代晩期の仰韶文化および龍山文化が農業の初期の発展を示している。また、周人が自分たちの始祖と農業の発明を結び付けていることから、周人社会および経済生活における農業の地位を知ることができる。『詩経』の時代、農業生産はすでに重要な地位を占めていたのだ。『詩経』において、農業生産生活およびこれにまつわる政治・宗教活動を直接描写した農事詩が生まれている。周初の統治者は農業生産を極めて重視し、一年の農業活動が始まるときには盛大

に祭祀儀式を行って神に豊作を祈った。天子が自ら諸侯、公卿大夫、農官を率いて、周の天子の藉田を訪れ、象徴的に田を耕すのである。秋の収穫の後も盛大な感謝の祭礼を行って、神の恩賜に返礼しなければならない。『詩経』の「臣工」「噫嘻〔いき〕」「豊年」「載芟〔さいさん〕」といった作品が、こういった祭祀の歌である。このタイプの作品は周人の農業生産にまつわる宗教活動と習俗儀礼とを現実性を持って記録したものであり、周初の生産方式、生産規模、周初の農業経済の繁栄、生産力の発展のレベルを反映している。

そのなかでも「七月」という農事詩の特筆すべきは史料的価値であり、古代の農業発展の状況、古代の気候を研究する学者は必ず参照すべきものである。この詩は七月から筆を起こし、農業行事の順序に沿い、平淡にして直截的な手法で伝統の風物と農民の生活を結び付け、西周の農民の生活状況を質素に生き生きと表現している。

三．燕饗詩（宴の詩）

『詩経』にはまた、君臣や親戚友人が集って宴を行うことを主な内容とする燕饗詩があり、上層社会の楽しみと交流を多く反映している。周代は農業宗法社会であり、宗族間の良好な関係が社会を結び付ける絆であった。周の君主、諸侯、群臣のほとんどが同姓の親戚ないし姻戚であり、周の統治者は血縁親族関係を非常に重視し、こういった宗法関係を利用して統治を強固なものにした。宴はたんに享楽のためだけではなく、政治的な目的があったのである。こういった宴会の中で発揮されたのが、親戚一族の関係である。『詩経』には、他の題材を持つ作品であっても宗法観念および親族間の温かい気持ちを濃く表現しているものが多い。例えば、「小雅・鹿鳴」は天子が群臣・貴賓をもてなす詩で、後に、貴族が賓客をもてなすのに用いられるようになった。宴会中の儀式は、礼の規則と人の内在的な道徳気風を体現している。

四．諷刺詩

西周中葉以降、特に西周末期になると、周の王室が衰えて朝廷の規律が弛み、社会が動揺して政治が闇に覆われると、社会的混乱を描き政治を批判した諷刺詩が現れた。例えば「節南山」「雨無正」は、厲王〔れいおう〕・幽王のとき、租税が重く、政治が真っ黒に腐敗し、社会問題が多発して民が安心して生活できない現実を反映している。「魏風・伐檀」「魏風・碩鼠」「邶風〔はいふう〕・新台」「鄘風〔ようふう〕・墻有茨〔しょうゆうし〕」「鄘風・相鼠」「斉風・南山」「陳風・株林」は、あるいは労せずして利益を手にし、飽くことを知らない者を

諷刺し、あるいは統治者の破廉恥さおよび醜悪さを暴いている。辛辣な諷刺の中に、強烈な憤りや不平が込められているのである。

五．戦争徭役詩〔ようえきし〕（戦役徭役詩）

戦役と徭役を主な題材とした叙事ないし抒情詩は戦争徭役詩と呼ばれ、このタイプの詩は約三十首ある。

戦役と徭役に就くことは、周人の必須の義務であった。周人は農業と家族を大切にしていたので、全体的に見ると、戦争徭役詩の大多数は戦役や徭役に対する不満を表現し、故郷や家族への思いがセンチメンタルに込められている。

例えば「小雅・采薇」は、出征した兵士がその帰途に作ったものだ。侵略者に勝利したという高まった感情と同時に、防人に出て久しく戻れないことや戦が止まないことへの不満、自らの境遇への悲痛な気持ちに溢れている。

また「豳風〔ひんぷう〕・東山」が表現しているのは、まさに兵士の厭戦気分である。出征して３年になる兵士が帰還の途において、悲喜交々、故郷の暮らし向きと帰宅後の気持ちに思いを馳せている。「我」は出征して久しく、いまやっと軍装を解き一般人の服装を身に着けることができた。もう二度と戦には出たくない。帰郷の道すがら、いたるところに戦後の荒廃のありさまが見られる。田畑は荒れ、家屋には蜘蛛やゴキブリが這い回り、鹿が歩き回り、蛍が明滅しながら飛び交う。しかし、このようなありさまは決して恐ろしくはない。それよりもずっと辛く感じるのは、妻が一人で家を守り「我」の帰宅を待ち望んでいることだ。新婚の当時の嬉々洋々と賑やかで幸せな情景に遥かに思いを致す。久しく別れて後の再会は、新婚生活よりも素晴らしいだろうか。ここには帰郷後の幸せな家族団欒への憧憬があると同時に予想のつかない将来への不安がある。

「王風・君子于役」では憂いに沈む婦人の口ぶりで、兵役政策への不満を表現している。黄昏時、牛や羊といった家畜はすべて時間通りに戻ってくるというのに自分の夫は戻ることができない、と眼前の風景に触発された思いを託している。田園牧歌的な農村の何気ない風景に、妻の尽きることない夫への思いと悲しみが滲み出ている。

六．恋愛詩

婚姻愛情生活を反映した詩作は『詩経』において大きな比重を占めている。量が多いのみならず、その内容も非常に豊かである。互いに恋慕い、愛し合う男女を詠った恋歌もあれば、嫁入りや家庭生活を描いた結婚生活詩もある。ま

た不幸な婚姻が女性にもたらした苦しみを表現する捨てられた妻の詩もある。

「氓〔ぼう〕」は、ある普通の女性の視点で、自らが恋愛して結婚し捨てられるまでの過程を描写している。全篇の叙事と抒情が相まって、出来事の経過と捨てられた妻の思いが絶妙に溶け合い一体となっている。ヒロインが自らの恋愛、結婚、その後、虐げられて捨てられた身の上を悔やみつつ述べる中に、果敢で気丈な性格が表現されている。

「谷風」は、具体的な事実によって、自らの苦労と貞淑および夫の薄情を訴え、夫の心変わりや移り気といった卑劣な行為を非難する。女性の不幸な運命が客観的に描かれている。

第三節 楚辞と屈原

一.『楚辞』

楚辞は戦国時代に楚国で出現した、屈原の作品を代表とする新しいスタイルの詩である。濃厚な地方的特徴と神話的色彩を帯び、豊かなイメージや華やかな言葉遣い、調和した韻律を持ち、進歩的ロマン主義精神に満ちている。楚辞は中原文化と楚国文化が互いに結び付いた産物である。『楚辞』はまた、屈原をはじめとする作家たちの詩文集の名称でもある。

二. 屈原とその創作

屈原（紀元前340～紀元前278年）は、名を平、字を原といい、楚王と同じ家系である。20歳頃に政の運営に加わり、懐王のもとで「左徒」（楚国の最高官職「令尹〔宰相〕」に次ぐ職位）の職にあり、懐王にとても信頼されていた。屈原の政治面での主張は、国内政策では有能な人物を登用し、法制を明確に定めて悪政を改革するというものであった。対外政策では、斉と結んで秦に対抗する合縦連合の堅持を主張した。この進歩的な主張が当時の楚の貴族の反対に遭い、貴族たちは屈原が功績を鼻にかけて傲慢であるとして誣告した。そのため屈原は懐王から遠ざけられ、二度にわたって流罪に処せられた。一度目は楚の懐王25年頃、漢北（現在の湖北省西北部）に追放され、二度目は頃襄王の13年頃、江南（現在の湖南一帯）に放逐された。その頃、屈原はすでに50歳に近く、放浪生活は9年に達した。この時期、このような逆境の中で屈原は「離騒」「九章」「九歌」「天問」といった不朽の作品を創作し、愚昧な楚王への恨みや憤り、国と民に災いをもたらす小人への憎しみ、そして祖国と人民への忠誠と変わらない思いを表現している。紀元前278年、秦の将軍・白起が楚国の郢

都を攻め落とすと、屈原は国家の没落および自らがそれを救う力がないことを痛感し、その悲憤から汨羅江〔べきらこう〕に身を投げ、身をもって国に殉じたのである。

言い伝えでは、その当時、汨羅江に出ていた漁師と岸にいた民が、屈原が身投げしたと聞いて次々と集まり、舟で屈原の亡骸を懸命に引き上げたり、また粽や卵を水中に投げ入れたり、漢方医たちが雄黄酒を注いで蛟竜や水棲の獣を失神させ、屈原の亡骸が傷つけられないようにしたという。それ以降、毎年旧暦5月5日の屈原の入水殉難日に、楚国の人民は川でドラゴンボート・レースをしたり、粽を投げ入れて、偉大な愛国詩人を記念したりしている。端午の節句の風習はこうして今まで続き、中国の伝統的な祝日の一つになったのである。

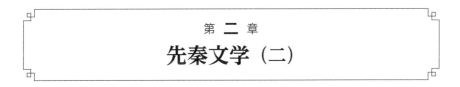

第二章 先秦文学（二）

先秦時代の歴史を記した散文は、紀言（人物の言説を記したもの）、紀事（出来事について記したもの）を主とする。殷周時代より散文形式で歴史上の事件を記載するようになった。『尚書』は中国で初めて古代の文献資料を集成した、散文による書物である。『尚書』以降、散文で歴史が記されるようになり、『春秋』は中国で初めての編年体の歴史の概略である。春秋戦国のとき、『左伝』『国語』『戦国策』という3巻の重要な歴史書が生み出された。それらは文体、出来事の記述、文言において、それぞれはっきりとした芸術的特色を持ち、先秦の散文の卓越した成果を示している。「諸子散文」は春秋戦国の社会発展の必要に応じて生み出され、その応用機能によって発展したものである。春秋戦国期は奴隷制の社会から封建社会への過渡にある大変動の時代だった。社会の生産力のさらなる発展に伴って思想の大解放が起こり、「士」階層が現れた。彼らは異なる階級と階層の利益を代表し、諸侯貴族に政治外交面で献策し遊説した。あるいは学生を集めて講義をし、書物を著して説を立て、自らの異なる政治的主張および治国の方策を世に問うた。彼らは互いに反駁し、論争が止むことはなかった。これが中国の歴史における百家争鳴の状況を形成した。諸子散文は強い政治性、哲学性を帯びた論争性の散文である。代表的なものに『論語』『孟子』『荀子』『老子』『荘子』『韓非子』『墨子』『呂氏春秋』がある。そのうち『荘子』と『孟子』は最も高い文学的到達を示している。

第一節　孔子と『論語』

一. 孔子

　孔子（紀元前551～紀元前479年）は、春秋時代の魯国の陬邑（現在の山東省曲阜）出身。字を仲尼、名を丘という。遠祖孔父嘉は宋国の大夫であり、内乱で殺された。孔父嘉の息子は魯国に逃れて陬邑に住むようになり、孔子の父である叔梁紇のとき、暮らし向きはすでに没落していた。孔子は若い頃は貧賤で、20歳の頃、倉庫を管理する小役人や牧畜をする下級官吏をした。周の文化に強く興味を持ち、15歳になると志を立てて周の文化を学んだ。30歳前後で学を修め、弟子を取って教育に従事した。その間、孔子は一度、魯国を離れて斉国を見物し、斉の景公の礼遇を受けている。その後、孔子は魯国に戻り、引き続き教育活動に従事した。51歳のとき、魯国の中都宰に任じられたのを機に政界に入り、自らの政治的主張を極力実現しようと努めた。しかし孔子の思想は比較的に保守的で、君主に忠誠を尽くして朝廷の力を強化することを主張していたため、魯国の政権を実際に掌握していた「三家」と賞される孟孫、叔孫、季孫と衝突し、55歳のときに官を辞すことを余儀なくされた。孔子は魯国を後にし、衛、陳、曹、宋、鄭、蔡といった国を前後して訪れ、自らの徳政教化思想を宣伝した

　そのような思想は、社会矛盾が激化し政治闘争が先鋭化した春秋末年には、現実とかけ離れたものであったため、各国の君主に採用されることはなかった。孔子は14年の遊説の後、68歳で再び魯国に戻り、専ら教育と文化典籍の整理に従事した。晩年の境遇は不幸で、息子の孔鯉や最も可愛がった弟子の顔回と子路が次々に世を去り、魯国の激動の情勢によって彼の政治主張は程なく終焉を迎えた。魯の哀公16年、孔子は世を去った。享年73歳であった。

　孔子が創始した儒家の教え（仁と礼）は周文化の伝統を継いでいて、ヒューマニズム精神に富み、当時の思想分野で影響力があった。この儒学は漢代以降の歴代の統治者から統治思想として遵奉され、伝統文化の幹となって、長い中国前近代社会および中華民族文化の発展に深く影響を及ぼした。

　孔子は文化典籍の整理においても大きく貢献した。司馬遷によると、孔子が「『詩』を序し、『易』を伝え、『礼』『楽』を正し、『春秋』を作った」という。これは必ずしも全面的に信用できないが、これら六経がすべて孔子によって整理、校訂編纂されたことは肯定できる。文化典籍の整理において、孔子は大きな貢献をしたのである。

　孔子は初めて私学を設立し、官府による独占を打破して文化教育の普及に新

たな道を切り拓いた。これは中国の教育史における画期的な試みであった。偉大なる教育家であったのは、弟子を受け入れる際に貧富貴賎を問わなかったことである。孔子の門下で優秀な人材の多くは家庭が貧しい者であった。例えば、顔回は陋巷〔ろうこう〕に住み、子路はもともと「郷野」の人で衣食にもこと欠き、仲弓の家には立錐の余地もなかった。『論語』には孔子の彼らに対する懇切な指導が記録されている。特に仲弓が勉強熱心で努力家であることについて、孔子は「山川、其れこれを舎てんや！」という比喩を用いて、特別に心にかけ励ましているのである。

二．『論語』

『論語』は、比較的忠実に孔子の言行を記述し、孔子の思想を集中的に反映している。今日に伝えられている『論語』は二十篇から成っている。

『論語』は優れた語録スタイルの散文集である。簡にして要を得つつ、含意が深い言葉で孔子の言論を記している。また、表情や語気の描写によって人物のイメージを表すことを得意としている。『論語』の描写の中心は孔子で、その態度ふるまいについての状態描写のみならず、その個性風格について迫真の描写がある。また『論語』は、孔子という中心を取り囲んで、孔門の弟子たちのイメージを浮き彫りにすることにも成功している。例えば、子路の率直で向こう見ずな性格、顔淵の才徳兼備、子貢の賢さと雄弁、曽晳の垢ぬけていて上品な点など、いずれも性格が生き生きと描かれ、印象深いものになっているということができる。孔子はまさに人を見て法を説いた。異なる相手には、それぞれの異なる素養、長所と短所、学習の具体的な状況を考慮に入れて、異なる方法で教えた。これは人を教えて倦まずという称賛すべき精神を示している。顔淵篇の記述によると、弟子たちが同じように「仁」の意味について質問しても、孔子は異なる答え方をした。顔淵に対しては「己に克ちて礼に復るを仁となす（己に打ち克ち、礼に立ち返ることが仁だ）」、仲弓には「己の欲せざるところ人に施す勿れ（自分が望まないことは人にしてはいけない）」、司馬牛には「仁者、其の言や訒（仁のある人は多くを語らない）」と答えている。顔淵は教養が深かったので「仁」の要点を示し、仲弓と司馬牛に対しては例を挙げて説明している。また、「聞けば即ち行わんや（聞いたらすぐに実行するべきか）」という質問に対して、子路に「父兄の在るあり。之を如何ぞ其れ聞けば即ち之を行わん（父兄があるのだから、どうして聞いたらすぐに実行できるだろう）」と答えたのは、「由や人を兼ぬ。故に之を退く（子路は積極性があるから、抑えたのだ）」と説明している。他方、冉有に「聞けば即ち之を行え」と答えたのは、「求や退く。故に之

を進む（冉有は遠慮がちだから、背中を押したのだ）」と説明している。つまり、子路は他人のことまで考えなければならないから始める前に良く考えるようにと言い、一方の冉有は尻込みをしがちなので、考えが決まったらただちに行動しなければならないと教えた。これは単に人を見て法を説くという教育の方法の問題に止まらず、孔子の弟子への強い責任感をも示している。

孔子は日常生活の中から道理を導き出すことに長けていた。あるとき孔子は陳蔡一帯で足止めを食い、7日間、米の飯を味わうことができなかった。ある日の昼、弟子の顔回が米を少し貰ってきて粥を炊いた。そろそろ出来上がるかという頃合に、孔子は顔回がなんと鍋の中の粥を手で取って食べているのを目にした。そのとき、孔子はわざと見て見ぬ振りをした。顔回が部屋へ入ってきて孔子に食べるように勧めると、孔子は立ち上がって言った。「たった今、夢で祖先が私に語ったのだが、食物はまず目上の人に差し上げて、初めて手をつけることができるのであって、どうして自分が先に食べてよいだろうか」。顔回はこれを聞くやいなや慌てて説明した。「先生、誤解です。さきほど私は煤が鍋の中に入ったことに気付いたので、煤で汚くなった飯粒を取り出して食べたのです」。それで孔子は溜息をついて言った。「人が信じることができるのは目であるが、目にも頼りにならないときがある。頼ることのできるのは心だが、心にも頼りにできないときがある」。ここから分かるのは、もし目にしたことと経験だけに頼るならば、同じ出来事が人によって異なる結果をもたらす。知らず知らずのうちに必要でない傷を作り、目標を誤ったために九仞の功を一簣に欠くということにすらなってしまうのである。

第二節 『孟子』

一．孟子

孟子（紀元前372頃～紀元前289年頃）名を軻、字を子輿という。また字を子車、子居とする。魯国の鄒（現在の山東省鄒城）出身。中国古代の思想家で、戦国時代の儒家の代表的人物である。著書に『孟子』があり、七篇が伝えられ、儒家の経典の一つとなっている。

孟子については、エピソードが数多くある。孟子は幼い頃、遊んでばかりいて、真似をよくした。家がもともと墓地の近くにあったので、孟子はいつも墓を作ったり泣いて死者を弔うのを真似た遊びをしたりしていた。孟子の母はこのままではいけないと考え、定期市の近くへ移り住んだ。すると孟子はなんとまた商売をしたり豚を屠殺するのを真似たりして遊んだ。孟子の母はこの環境もよく

ないと考え、こんどは学校の近くに移った。すると孟子は学生たちの後について礼節と知識を学ぶようになった。孟子の母はこれこそ息子が学ぶべきものだと喜び、二度と引っ越すことはなかったという。この話が歴史的に有名な「孟母三遷」である。

　孟子の母は、孟子の教育を非常に大切にしていた。孟子を学校へやるだけでなく、勉強するよう監督した。ある日、孟子が教師である子思のところから講義を抜け出して家に戻ってきた。孟子の母はちょうど機を織っていたが、孟子が抜け出してきたのを見て大変怒り、鋏を手に取るや織機に掛かっている布を切り裂いてしまった。これを見た孟子は非常に驚き、跪いて理由を問うた。すると孟子の母は孟子を叱って言った。「お前が学問をするのは私の機を織るのと一緒である。機織りは一段一段織って一寸進み、それが一尺になり、さらに一丈、一匹となる。そして、織り上がって初めて役に立つものだ。学問も日々の累積こそが基礎となる。昼と夜とを問わず精進して得られるのだ。お前がもし怠けて、しっかり勉強せず途中で投げ出すのなら、この切り裂かれた布同様、使い物にならなくなってしまうのだ」。孟子は母親に諭されて、大いに恥じ入り、その後は発奮してひたすら勉学に励み、身をもって聖人の教えを実践した。その後、子思を継いで孔子に次ぐ儒家の権威となり、「亜聖」と呼ばれ、孔子とともに「孔孟」と称されている。

二.『孟子』

　『孟子』は、孟軻の言行および孟軻と時の人あるいは弟子との問答を記した書物である。文章は雄弁で論戦の性質に満ち、高度な弁論技術が見て取れる。著者が対象に応じてその心理をつかみ、巧みな仕掛けで一歩一歩幾重にも迫り詰めるという、拒むことのできない勢いが表現されている。梁恵王章句上の「斉桓・晋文の事」と梁恵王章句下の「荘暴、孟子に見える」という二つの部分こそ、孟子の高い弁論技巧を体現した代表作である。

　「斉の桓・晋の文の事」の章は、孟子が斉の宣王に仁政による治国を説く会話の流れを記している。初め孟子は桓王・文王の話を巧妙に避け、諸侯の盟主となりたいという斉王の野心を利用して、斉王が王道を行って天子となることへ興味を持つよう誘導している。ついで「民を保ちて王たり」という主張を出し、「民を保つ」ことが「天下に王たる」ための根本であると強調する。そして斉王が牛の「觳觫〔こくそく〕」たる様を忍びなく思い、牛を羊に替えたという生き生きとした事例を挙げて、斉王に忍びないという心があるのは「仁術」の現れで、「民を保ちて王たる」品徳があると評価するのである。孟子は遠まわしに、

押したり引いたりする話術で斉王を喜ばせたり恥じ入らせたりして、仁政を行うことに興味を持たせているのである。つづいて孟子は「仁術」という言葉を取り上げて、斉王が「惻隠の心」を発揮し恩恵を施して民を愛すれば、「四海を保」ち天下を取ることができると勧めた。さらに斉王の欲する「大欲」という急所を捉えて、正反両方向から「大欲」が戦に負けて国滅ぶという結末をもたらすということを明らかにして斉王の思想にショックを与え、「大欲」に対して警戒を持たせ孟子の教えを従順に聞き入れざるを得なくしたのである。孟子は状況に応じて斉王が後々の被害を畏れる心理をつかみ、災い転じて福となす方法は根本に戻って仁を施すことであると指摘して、それこそが「天下に王たる」ための最良にして唯一の政策であるとはっきり教えたのである。これをもって斉王は孟子の思う壺にはまり、進んで教えを受けるようになった。孟子はこのように婉曲的に語り続け、ついに斉王の心の琴線を響かせたのだ。

「荘暴、孟子に見える」という話は、孟子が斉の宣王に「民と楽しみを同じくする」ことを勧める過程を記したものである。荘暴は斉王が音楽を好む事について、何も言うことができなかったが、孟子は巧みに仕掛け、斉王の「聞くを得べきか（訳を聞かせてもらえるだろうか）」という言葉を引き出しているのである。そこで孟子はこの話題に事寄せして自らの主張を繰り広げる。音楽の話題を政治のカテゴリーに、つまり楽（ガク）から楽（たのしむ）へ話を展開する。そして二つの問いでたたみかけ、斉王に「衆と楽して楽しむ」という主張を受け入れさせる。そしてすぐに、労を厭わず「楽しみを同じくせず」と「楽しみを同じくする」という二つの対立した政治状況をまざまざと描く。かたや民と楽しみを同じくせず、庶民は一家離散し君主を恨む。かたや民と楽しみを同じくし、庶民は君主を支持する。この対比によって十分に「民と楽しみを同じくする」ことのポイントを際立たせている。最後の一言で、斉王がもし天下統一を望むなら仁政を基盤にすべきだと指摘するのである。このようにして、孟子はそのそぶりを見せないまま、仁政を行うという道を伝える任務を完遂する。ここに『孟子』の弁舌の巧みさがよく見て取れる。

第三節　『荘子』

一．荘子

荘子（紀元前369頃〜紀元前286年頃）は、名を周、字を子休といい、戦国時代の宋国の蒙（現在の河南省商丘県東北、一説には安徽省蒙城）出身。戦国中期の思想家で、道家の代表的人物である。荘子は「世に憤り俗を嫉」み、現

実に対しては、ある種の消極的に逃避する態度をとった。自然に順応し、人為に反対するように説いた。是非についての客観的な基準を否定して、絶対的な精神の自由を追求し、社会について問題を暴き批判を加えた。

　荘子は、精神面での逍遥自在を主張した。そのため、外形においても外力に依頼することなく、達し得る逍遥自在の境地に達しようと試みた。また荘子は宇宙の万事万物はすべて平等で、人が万物の中に溶け込むことで宇宙と相終始すると説いた。また生命の主、即ち人の精神を養うために、自然の法則に従い、とき安んじて順に処ること（ときの流れに身を委ねること）を主張した。また、内在的な徳性の修養を重視するよう求めた。徳性が満ち足りれば、生命はある種の自足した精神の力を溢れさせる。荘子の思想は主に『荘子』に示されている。

二.『荘子』

　『荘子』は、しばしば生き生きとした喩えと、展開のある寓話によって抽象的な道理を説明している。文学と哲学が融合して奥深い道理に具体的なイメージを与えており、面白い。奇想天外で、人を引き付ける話が数多くある。

　「逍遥遊」が『荘子』の第一篇で、荘子の代表作である。逍遥遊は神秘的な魅力を持つ物語で始まる。鵬という鳥が南冥の海へ出発した。「水に撃つこと三千里、扶搖に摶ちて上ること九万里、而る後乃ち風に培り、南冥を圖らんとす（海面を波立てること三千里、風に羽ばたいて上昇すること九万里、それから風に乗って南へ向かう。南冥とは、天池なり。）」。どうしてこのような表現になるのだろうか。作者は、まず「野馬」「塵埃」「生物」が、息を以て相吹く（息を吹き合う）ことを挙げて「風」の意味を説明し、それから、湯のみ一杯の水、芥の舟の喩えを用いて「風の積むや厚からざれば、則ち其の力翼を負うや力無し（風が大きくなければ、鵬の翼を支える力がない）」ということを説明する。最後に、蜩（ひぐらし）と学鳩（小鳩）が鵬を嘲笑したのを、自惚れの浅はかな心の持ちようだと諷刺し、遠くへ行くには糧食をそれだけ多く準備しなければならないという道理を用いて、蜩と学鳩の浅知恵を批判する。そしてここから「小知は大知に及ばず、小年は大年に及ばず」という視点を導き出す。それゆえ、それらの才知は一つのポストを担当できるだけ、その行為は一つの郷をまとめることができるだけ、徳行が一国の主君の考えにそぐい信任を得られるだけで、それらは皆小知の人なのである。宋栄子はこれを笑ったが、では、宋栄子、列子のことを作者は十分に肯定していたのだろうか。そうではない。宋栄子、列子は、いずれも、なんら悪い点がなく逍遥自適であるという境地には達していないのだ。荘子の考えは、頼りにしたり拠りどころにしたりすることなく、「天

地の正に乗じて、六気の弁を御し、以て無窮に游ぶ者（天地の正常さに乗じ、六気の別を操ることにより、無限の中で游ぶ者）」こそが逍遙の境地に達することができるというものだ。言い換えれば作者の言う「忘我（物我一如）」の至人（至徳を備えた人）、または功を求めようとしない神人（神のような人）、あるいは名を求めようとしない聖人だけが、この境地に達することができるのである。『荘子』の秋水篇にはこう記されている。恵施が梁国で宰相になった。荘子はこの親友に会いに行こうとした。すると急いで恵子に報告した者がいた。曰く、「荘子が来るのは、あなた様のポストを奪おうとしているのです」。恵子は慌てて、荘子が来るのを阻もうと人をやって三日三晩にわたり国中を探させた。あにはからんや、荘子は悠然と恵子のもとへやってきてこう言った。「南方に、鳳凰という名の鳥がいるのだが、あなたは聞いたことがありますか。この鳳凰が翼を広げて飛び立った。南海から北海へ向かう間、梧桐〔アオギリ〕でなければ棲まず、栴檀〔センダン〕の実でなければ食わず、醴泉の水でなければ飲まなかった。その時、喜々として腐った鼠を食べているフクロウがいて、鳳凰はその頭上に差し掛かった。フクロウは慌ててその腐った鼠を守るようにし、頭を上げて鳳凰を見て言った。『カーッ』と。今、あなたもあなたの梁国を用いて私を脅そうというのだろうか」。愉快な寓話を用いて、有力者を腐った鼠のように見る荘子の姿勢を表している。

　『荘子』山木篇には、次のように記載されている。あるとき荘子がつぎはぎだらけの着物を纏い、藁縄でくくりつけたぼろぼろの履物を履いて、魏王を訪ねた。魏王が「先生はどうしてこれほど落ちぶれてしまったのだろうか」と言うと、荘子は次のように訂正した。「貧しさです。落ちぶれたのではありません。士人が、徳があるにもかかわらず発揮できないことが落ちぶれるということです。ぼろぼろの着物や履物を着けているのは貧しさであって、落ちぶれたのではありません。落ちぶれるというのは、時代に巡りあわなかったのです。王様は木の上を飛びまわるあの猿をご存知でしょう。大きなクスノキによじ登り、木の上を自由自在に行き来しています。弓の名人である后羿や蓬蒙が生き返っても、どうにも敵いません。しかし、もしこれが荊の茂みであったならば、その猿ですら横目に見つつ、びくびくしながら慎重に通り過ぎるのです。これは決して筋肉や関節が柔軟性を失って硬くなってしまったためではなく、状況のために能力を発揮できないためなのです。今、私は愚かな君主や横暴な大臣のはびこる時勢に立たされて、落ちぶれたくないと思ってもそれが許されるでしょうか」。こうして権勢を誇る者たちの無能を皮肉り、同時に逍遙を求めるという荘子の人生の目標を際立たせたのだ。

第 三 章
秦漢文学

　秦漢というのは紀元前221年に秦の始皇帝が中国を統一し秦王朝を建ててから、後漢末の献帝の建安元（196）年に至るまでの時期を指す。始皇帝が中国を統一すると、中央集権制による大帝国の建設に伴って、秦は一連の制度改革を実施した。これは中国の歴史の発展に積極的な作用をもたらした。しかし同時に秦朝は思想統治を強めるため極めて厳しく専制的な文化政策を行い、文化・学術の発展は阻害された。

　秦朝は二代目に至ると、大規模な農民蜂起により打倒されるところとなった。紀元前202年、劉邦が漢王朝を建てた。これは西漢と呼ばれている。西漢の初期、統治者は秦朝の教訓を鏡に、搾取を軽減し圧迫を緩和する措置を採ったので、社会経済の回復と発展の機会となった。漢初の数十年にわたる負担軽減により、特に「文景の治」を経て、武帝劉徹の代には社会的に巨大な富の蓄積が行われた。これにより漢王朝はそれまでにない統一されて強大な封建帝国となった。この基盤の上で、武帝はさまざまな大きな政策を実施した。例えば、「推恩令」「附益法」の施行。西南地域と西越を経営して、匈奴の脅威に対する守りとする。百家を追放し、儒学を独尊する。辞賦を振興し、楽府を拡充するなどである。これらのやり方ないし措置は、漢代の文化の発展においていずれも直接ないし間接的に大規模な推進作用があった。しかし、武帝の欲深さならびに贅沢や残虐さにより、広く人民に大きな災いと苦しみをもたらすこととなった。繁栄の背後に、深刻な社会危機が息を潜めていたのである。武帝の後、「昭宣の中興」があったものの、結局は日増しに衰えることとなった。西漢後期には領土の併合と賦税徭役が日増しに厳しくなり、社会矛盾も日々深く根を張って先鋭化し、結局は緑林・赤眉の蜂起軍により打倒されるところとなった。

　25年、光武帝であって劉秀が農民蜂起の力を利用して洛陽に漢朝を再建した。これは東漢と呼ばれる。東漢前期には統治者が人民に有利な政策を採ったため、階級矛盾が一時的に緩和され、社会経済が再び繁栄した。しかし、東漢中期以降、豪族の拡大によって政治が腐敗の路を歩み、朝廷の外戚と宦官の二大勢力が政権を奪い合う激しい闘争が出現した。これによって社会はずっと動揺し不安定であった。そのため、184年には黄巾の農民大蜂起が起こった。最終的に鎮圧されたとはいえ、これにより統一的中央集権の封建帝国は軍閥が割拠する分裂

の局面に陥り、有名無実化した。

第一節 李斯とその文学

　秦代で作品が後の世に伝えられ、評価されている作家は李斯ただ一人である。李斯は楚国上蔡（現・河南省上蔡県）の出身で、秦代の著名な政治家である。中国の歴史において優れた功績を残し、輝かしい名声を得ている。李斯は紀元前247年に秦国に入り、まず丞相・呂不韋の下で食客となった。呂不韋の信任を得た後、秦王・政（嬴政、即ち始皇帝）の近侍となった。李斯は秦王に近付く機会を利用して秦王に『論統一書（統一を論じる書）』を手渡し、この良機を逃さずに天下統一を実現するようにと進言した。秦王は李斯の提案を喜んで受け入れ、六国を併呑し天下を統一するための戦略を決定し、配置を進めるよう李斯に命じた。紀元前237年、韓の治水作業員・鄭国が秦でスパイ活動に従事したという口実で、秦国の王族である貴族が六国から来た客卿（他国出身の大臣）を追放するよう秦王に求めた。李斯もその対象の中に含まれていた。李斯は秦を追われる際に『諫逐客書（客卿追放を諫める書）』を書き、命令を撤回するように秦王に働きかけた。この『諫逐客書』では、大量の歴史の事実を列挙して客卿が秦を支えた功績を説明し、客卿追放のデメリットを力説し、統一という大事業を成し遂げるためには出身国や地域にこだわらず広く人材を集めるべきだと説いた。秦王は『諫逐客書』を読んで深く感動し、直ちに逐客令を取り消して李斯の官職を回復した。

　そして、まもなく李斯を廷尉に昇進させた。『諫逐客書』は、歴史文献として重要な価値を持つのみならず、人口に膾炙する優れた文章でもある。

　李斯は改めて秦王政に重用されると、卓越した政治的才能と将来を見通す見識で、歴史の発展の趨勢に従い、秦王政が六国を併呑し統一を実現する戦略を策定することを補佐し、そのための配置を助け、実行の段取りに務めた。わずか10年のうちに相次いで六国を滅ぼし、紀元前221年に中国の歴史で初めて統一された中央集権制の封建国家を建設し、統一の大事業を完成させたのである。秦朝が成立した後、李斯は丞相に取り立てられた。李斯は秦の始皇帝を引き続き補佐し、秦朝政権の確立、国家統一の維持、経済と文化の発展の促進などの面で、他には真似のできない功績を重ねた。李斯は、諸侯が群雄割拠して長い混乱が続く分封制を廃止して郡県制を実施するよう始皇帝に提案した。全国を三十六郡（後に四十一郡）に分け、郡には県・郷を設け、官吏を中央が任免して直接統治するようにした。また、中央においては三品九卿を設け、国家の職

務を分担させた。この封建中央集権制度は諸侯が分裂割拠することに繋がる原因を根こそぎ取り除き、国家統一を固めて社会の発展を促進する面で積極的な役割を果たした。そのため、この制度は秦以降の封建社会において二千年近くにわたって用いられ続けたのである。統一後は、それまでそれぞれの諸侯の国が長い間にわたって分裂割拠していたために言語や文字の面で大きな違いが生じていて、国家の統一と経済・文化の発展を遅らせた一つの障害となっていたため、李斯は始皇帝に文字を統一するという提案をし、自らこの仕事を担当した。李は秦国の文字を基礎として、異体字を廃し、字形を簡素化し、部首を整理して、簡潔な筆画、規範的な字形を持ち、筆記しやすい小篆（秦篆・斯篆とも呼ばれる）を作り出し、標準の文字とした。さらに自らこの小篆を用いて『蒼頡篇』を著し、これを手本として小篆を全国に広めた。小篆の出現は漢字発展史において大きな進展である。李斯はまた、法律、貨幣、度量衡および車幅などの統一においても大いに貢献している。

このほか、よく知られている「焚書坑儒」も李斯が提案したものである。古いものを良いものとして新しいものを否定し、朝廷の政治を誹謗するという反動的な儒学者に打撃を与え、中央集権を強固にするための例外的な措置であった。これは当時の歴史的条件の下でプラスの役割が無かったわけではないが、結局のところ中国の文化史における大きな災禍で、秦以前の文化資料に対して極めて深刻な被害をもたらした。

紀元前210年に始皇帝が死去すると、李斯は自らの既得権益を保全するため趙高とともに皇帝の遺言を偽造し、末子である胡亥を皇帝に立てた。趙高は実権を手に入れるとさらに陰謀を広げ、李斯に謀反の罪を着せて腰斬の公開処刑に処し三族を皆殺しにした。

第二節　司馬相如の文学

一．司馬相如

司馬相如（紀元前179頃〜紀元前117年）は、字を長卿という。四川成都出身で、漢代の文学者である。若いときに読書・剣術を好み、漢の景帝から「武騎常侍」に封じられた。しかし、これは司馬相如の初志とは合わなかったため、病気を口実に官を辞し、臨邛〔りんきょう〕の県令・王吉の下に身を寄せた。臨邛県には卓王孫という富豪がいた。その娘の卓文君は容姿が美しく、音楽が好きで鼓や琴の演奏もうまく、そのうえ文才があったが、不幸にして許婚が死に、未亡人となった。司馬相如は卓王孫に才色兼備の娘がいると聞いていたので、卓

家に客として招かれた機会を利用して琴で自分の卓文君への愛慕の気持ちを表現した。司馬相如と対面した卓文君も一目で惚れ込み、二人で駆け落ちをした。司馬相如とともに成都へ戻ってから家具の一つもないという境遇に陥ると、卓文君は何らこだわることなく臨邛の実家で居酒屋を開いて酒を売りはじめたのである。そしてついに面子を重んじる父親に二人の愛を認めさせた。後に、この二人のラブストーリーをもとにした『鳳求凰（鳳が凰を求める）』という琴の曲ができて、今に伝えられている。司馬相如は漢代の最も重要な文学家で、賦の評価が最も高い。賦というのは中国の文学の中で早くから認識されていた重要なスタイルで、戦国後期の楚国で生まれ漢代に盛んに詠まれた。その形式は詩歌と散文の中間に属し、内容は物事の描写が多くて感情を表現する機能も兼ね備えている。漢代には辞と賦を同じスタイルと見て、賦に辞をまとめ辞賦と総称した。司馬相如の賦は今、六篇伝えられている。『子虚賦』『上林賦』のほか、『哀二世賦』『大人賦』『美人賦』『長門賦』がある。

二．『子虚賦』と『上林賦』

『子虚賦』『上林賦』が司馬相如の代表作である。この二作品は実は一篇で、『天子游猟賦』の前半後半である。この前後両者のテーマは統一されている。即ち、贅沢に反対して倹約を大切にし、諸侯を抑えて天子を尊び、漢帝国の統一を守ろうとするものだ。その中にはまた、人民の生産・生活への心配り、天子の功徳、帝国の繁栄の様子についての思いがこもった賛美があり、漢代の人の自信に満ちた態度が反映されている。作品はフィクションで、子虚、烏有先生、亡是公の三人の人物像を描いている。子虚は楚国の使者であり、斉国へ使わされたときに、斉国の大臣である烏有先生に対して楚国雲夢澤が如何に繁栄して素晴らしく、領土が広々としているかをやたら自賛し、楚王の狩猟の盛況ぶりを極端なまでに誇張し、派手に振る舞って大げさに話をしていた。烏有先生は当然の如く面白くはなく、斉国の渤澥、孟諸の二か所で対抗し、「吞若云夢者八九于其胸中曾不蒂芥」（憂い事は浮き雲と夢の如く心の中では意に介することはない）とし、気迫で楚国を圧倒した。最終的に天子を代表する亡是公が上林苑の雄大な美しさと天子の狩猟の盛況ぶりなどを叙述し、斉国、楚国の諸侯であっても天子と比較してはならないと示す。文末では「精彩を放ち」、天子の贅沢な生活への反省と批判を行い、節約と倹約を提唱して贅沢な生活ぶりに反対するテーマとなっている。また、作者の人民に対する関心と王、侯爵などへの風刺の意味も込められている。

『子虚』『上林』の二つの賦は、漢賦の代表作である。作品の構成は壮大で文

彩に富み、雲夢澤、上林、渤澥、孟諸などの地が広々としていても、天子の狩猟が盛況であろうとも、話はよどみなく進み、波瀾万丈で極端なまでの誇張、大げさな表現を得意としており、芸術面での魅力に満ち溢れている。典型的な漢賦の体裁は、賈誼、梅乗から司馬相如の『子虚』『上林』の賦で確立され、その後の漢賦のほとんどがこの作品を手本、模範としている。

第三節　司馬遷と『史記』

一．司馬遷の生涯

司馬遷（紀元前145頃～紀元前87年頃）は、字を子長という。夏陽（現在の陝西省韓城県）出身。漢の武帝と一生を共にしている。代々史官として仕える家に生まれ、学識が豊かで、天文、歴史、『易経』および黄老の学（道家）に精通していた。その著『論六家要指』では、陰陽、儒、墨、名、法の五家に対してはいずれも分析し批判するという態度であったが、ただ道家についてのみ十分に肯定している。これは司馬遷の思想、学問研究の態度において深く影響を与えている。父である司馬談の死後、紀元前108年に父の後を継いで太史令となり、紀元前104年から『史記』の編纂を始めた。

司馬遷は青年期から中年期にかけて比較的大規模な旅行を三回している。最初は20歳ごろ、長江の中・下流域と山東・河南など多くの地方を訪れた。二回目は仕官して郎中になってから、今でいう四川および雲南の辺境一帯を公務で視察した。三回目は漢の武帝の元封元（紀元前110）年、泰山で封禅（天子が即位した際に天地を祭る儀式）を行う武帝に随行した後、さらに武帝に従って東は海まで、北は長城を超えて辺境を視察した。

この三度の周遊により、司馬遷の足跡はほぼ全国に広がった。司馬遷はこれらの旅行や使節として派遣される機会を利用して、各地の風土人情および経済・生活状況を観察し、古跡を訪れ、また伝説や文物史料を収集することで、自らの視野を広げ知識を豊かにした。これは後に『史記』執筆する際の揺るぎない基盤となった。

司馬遷が47歳のとき、李陵が匈奴と戦って敗れ投降するという事件が起きた。李陵は心から投降したのではないと考えた司馬遷は、李陵を擁護したために武帝の怒りを買い、囚われて「宮刑」を受けた。このことは司馬遷の思想に大きな影響を与えた。統治者の残忍さと上層社会の冷酷さを深く知る一方で、恥をそそぐためになお一層発奮して執筆に励んだ。司馬遷は『史記』の編纂を通じて邪悪を批判して正義を表彰することで、自らの理想と思想を寄託したのであ

る。

二.『史記』

『史記』は紀伝体の通史で、黄帝の伝説から漢の武帝の太初年間までのほぼ三千年の歴史を記している。全体は百三十篇。十二本紀、十表、八書、三十世家、七十列伝の五つの部分からなり、全体で52万字余りの分量である。「本紀」は歴代の帝王の業績を記したもの。「表」は各歴史時期の事件を記述したもの。「書」は、天文、地理、政治、経済、文化などの分野ごとの歴史。「世家」は歴代の王侯および漢を助けた功臣の事績。「列伝」は歴代の影響のあった人物の伝記である。この中で本紀、世家、列伝はすべて人物を中心とした紀伝で、これが全体の主体になっている。

『史記』は内容が非常に豊かで、漢代帝王の醜悪な正体も明らかにしている。例えば、「項羽本紀」では、劉邦の冷酷さ、狡猾さおよび強引な人柄を描き出している。劉邦は彭城から逃げる際、車を軽くするために、なんと三度にわたって息子の孝恵と娘の魯元を車から落とそうとした。広武での対峙では、項羽が劉邦の父親を殺そうというときに、劉邦はなんと「煮汁を分けてくれ」と頼んだ。これらは劉邦の身勝手で残忍な、ならず者の本性をはっきりと曝け出している。統治階級内部の醜い行いも明らかにしている。例えば「呂太后本紀」には、劉邦の死後、呂后が権力をほしいままにし、自分の一族を諸侯に封じ、劉氏の天下を奪おうという矛盾した闘争を行ったことが記されている。さらに呂后が残忍な方法で、劉邦が妾として寵愛した戚夫人を殺害した模様が描かれている。戚夫人の手足を斬り落とし、目玉を抉り取り、耳たぶを焼き、薬を飲ませて喉を潰し、便所の中に放置し、「人彘〔ジンテイ、豚人間〕」と呼んだ。こうした残虐な行為については、呂后の息子である恵帝ですら「これは人のすることではない」と語っている。「項羽本紀」において司馬遷は、項羽の勇猛さとまっすぐな性格および項羽が残虐な秦による統治を打ち破った事績を溢れる情熱を込めて記している。項羽を本紀に入れて、その秦を滅ぼした偉大な功績を熱く讃えているのである。

第四節　班固と『漢書』

一．班固の生涯

班固（32～92年）は、漢代の歴史家、文学者。字を孟堅という。扶風安陵（今の陝西省咸陽県の東北）出身。幼い頃から賢く、筆が立ち、賦を得意とした。

建武30（54）年に故郷へ戻り、前漢の歴史を詳しく記載した『漢書』の編纂を始める。

二.『漢書』

『漢書』は、本紀十二篇、表八篇、志十篇、列伝七十篇、計百篇からなっており、後人によって百二十巻に分けられた。漢の高帝・劉邦の元（紀元前206）年から、王莽の地皇4（23）年までの出来事を記している。

『漢書』の中で、「蘇武伝」は最も優れた名篇の一つに数えられている。蘇武が匈奴への使節として出向いたときに、脅しや懐柔にも屈せずに節を守り、度重なる苦難に耐えても使命を汚さなかった出来事を記載し、まさに「富貴も淫する能わず、威武も屈する能わず（富貴に耽溺せず、権力や武力にも屈しない）」という愛国の志士の輝かしい人物像を生きと描き出している。

なお、蘇武（紀元前140～紀元前60年）は、字を子卿といい、杜陵（今の陝西省西安市の西南）の人。天漢元（紀元前100）年に中郎将に任じられる。当時、中原地域にあった漢と西北異民族政権であった匈奴の関係は、悪化と回復を繰り返していた。紀元前100年に匈奴で新しい単于が即位すると、漢の皇帝は友好のしるしとして、蘇武率いる百人余りの使節団に多くの贈り物を持たせ匈奴へ派遣した。ところが、蘇武が任務を終えて漢に戻ろうとしていたところ、匈奴の上層部で内乱が起こった。そのあおりで蘇武一行は拘留され、漢に背いて単于に仕えるよう求められた。まず、単于は使いをよこして蘇武を説得しようとした。手厚い俸禄と高官の地位を約束したが、蘇武は厳しい言葉で拒絶した。匈奴は説得が効かないと見るや、肉体的に痛めつける方法をとった。時は厳寒の冬。ぼたん雪がこんこんと降っていた。単于は蘇武を地面に作られた吹きさらしの室へ閉じ込めるよう命じ、食べ物と水の共有を止めた。そうすれば蘇武の信念を変えることができると考えたのだ。蘇武はこの室の中であらゆる苦痛を受けた。喉が渇けば雪を口にし、空腹になれば着用していた上着の羊の皮で作った裏地を噛み砕いて食べた。何日もたって蘇武が瀕死の状態にもかかわらず屈服しようとしないのを目にした単于は、蘇武を解放するほかなかった。単于は柔軟な手段をとっても強硬な手段をとっても蘇武に投降の見込みがないと知ると、蘇武の気概にますます感じ入り、殺すに忍びなくなった。とはいえ、蘇武を帰国させたくなかったので、蘇武をシベリアのバイカル湖一帯に放逐し、羊飼いをさせることにした。出発に際して、単于は蘇武を呼んで言った。「おまえが投降しないのなら、羊飼いをさせるぞ。オスの羊が子羊を産んだら、中原に戻ることを許す」。蘇武は同行者たちと別れ、人跡稀なバイカル湖のほとりに

放逐された。蘇武の身の回りに残されたのは、漢の使節であることを表す使節棒と羊の小さな群れだけであった。蘇武は毎日この使節棒を手に羊を放牧しつつ、いつかその指揮棒を持って祖国へ帰ろうと思っていた。こうして、一日また一日、一年また一年と過ぎ、使節棒の表面の装飾はみな剥がれ、蘇武の髪の毛や髭もみな白くなった。バイカル湖での蘇武の放牧生活は19年の長きに達した。当初、蘇武を監禁するよう命じた単于も十数年前に世を去り、蘇武の祖国でも老いた皇帝が死んでその息子が皇位を継いだ。すると新しい単于が漢と和解する政策を採ったので、漢の皇帝は蘇武を帰国させるために直ちに使いをよこした。蘇武は漢の都で熱烈な歓迎を受けた。皇帝から庶民まで皆がこの民族の気概に富む英雄に敬意を表したのである。

第四章
魏晋南北朝文学

　魏晋南北朝は、後漢の建安年間から隋の文帝・楊堅が陳を滅ぼすまで（196〜589年）の計393年である。豪族や貴族が政権を牛耳り、大勢の労働に従事する大部分の人民の生活はとても苦しかった。思想の分野ないし社会の雰囲気としては玄学・清談が起こり、仏教・道教が流行した。宗白華は『藝境』において、この時期の歴史について深い洞察を行っている。宗によれば、漢末から魏晋六朝は中国の政治が最も混乱し、社会が最も苦しかった時代であるが、思想史においては極めて自由で解き放たれ、最も智慧に富み熱意溢れる時代であった。この時代は、三曹および建安の七子、陶淵明を初めとする文人とさまざまな文学の流派を輩出した。

第一節　建安の風骨から正始の音まで

　建安（196〜220年）とは後漢の献帝の年号である。文学史でいう建安期とは黄巾の乱から魏の明帝の景初の末年までのほぼ50年である。後漢末の並び立った群雄が中原に鹿を逐うといった領土の奪い合いの中で、曹操は北方を統一するという大事業を成し遂げるとともに大量の文士を惹き付け、曹氏父子を中心とし魏都鄴に集まる鄴下文人集団を形成した。建安の詩歌は分裂し、不安定な社会が統一へと向かう時代が生み出したのである。建安の詩歌に特有の悲

壮慷慨の気風は中国の詩歌に新しい局面を拓き、「建安の風骨」と呼ばれる詩歌の美学を確立した。建安文学を代表するのは、三曹や七子である。

一．建安の風骨

「建安の風骨」はまた「建安風力」「漢魏の風骨」とも呼ばれる。これは後世の人が、建安文学の特徴を一言で言い表したものである。「建安の風骨」というのは言葉遣いがはっきりとして充実した内容があり、鮮明で時代的な特徴と、重厚で雄々しく悲壮慷慨の個性を持つ独特のスタイルを指す。手柄を立てようという雄大な志および積極的な進取の精神を表現すると同時に人生の儚さや、壮志が報われない恨みや悲しみの感情が現れ出ている。激しい個性を表すと同時に、悲劇の色合いを濃厚に持っているのである。

1．三曹

曹操は、字を孟徳という。沛国譙郡（今の安徽省亳州市）の人。中国の後漢末の兵法家、政治家、また詩人。歴々たる宦官の家に生まれた。後漢末、黄巾の乱の鎮圧に参与し、次第に軍事力を充実させた。初平3（192）年、兗州〔えんしゅう〕を押さえ、青州黄巾軍を投降させると、建安元（196）年に献帝を迎えて許（今の河南省許昌東）を都とした。献帝の名義で命令を出し、呂布ら割拠している勢力を次々に滅ぼした。官渡の戦いにおいて名門出身の軍閥である袁紹に大勝し、次第に北方を統一した。建安13（208）年、丞相の職に就き軍を率いて南下したが、孫権と劉備の連合軍によって赤壁（今の湖北省武昌市の西）の地で破られる。後に魏王になる。曹操の死後、曹丕が帝位に就くと曹丕は亡き父に武帝という尊号を贈った。

曹操は策略が人並みはずれており、中国の歴史に極めて大きな貢献を果たした。軍事面での才気の他に、曹操は詩歌にも長けており、『蒿里行』『短歌行』『歩出夏門行』などの作品を残している。その多くは楽府旧題で個人的政治思想を披瀝し、雄壮かつ意気に溢れつつもうら悲しくあり、漢代末期の社会や人々の苦難を反映している。例えば、『蒿里行』は戦乱が頻繁に起こる後漢末期の現実と戦乱の中で苦しむ人々の苦悩を「鎧甲生虮虱、百姓以死亡、白骨露于野、千里無鶏鳴、生民百遺一、念之断人腸」（鎧には虱がわき、多くの庶民が死に、白骨がそこらに転がり、見渡す限り生命はなく／生き残ったのは100人に一人、悲しみで腹が張り裂けそうだ[1]）と描写し、後世の人々に「漢代の実録」と評

---

1 http://tabira12.wordpress.com/2006/02/27/%E3%82%82%E3%81%86%E4%B8%80%E3%81%A4%E3%81%AE%E4%B8%89%E5%9B%BD%E2%80%9C%E8%A9%A9%E2%80%9D%EF%BC%8D%E6%9B%B9%E6%93%8D%E3%81%AE%E8%92%BF%E9%87%8C%E8%A1%8C/

されている。『短歌行』では、曹操の天下統一の雄壮な志と業績を建て事績を残し、積極的な向上心が描かれている。詩のすべてが四文字で表現され、感情に満ち溢れ、意気に満ち、荒涼としており、多くの詩文が後世へ広く言い伝えられている。「對酒當歌、人生幾何、譬如朝露譬、去日苦多、慨當以慷、幽思難忘、何以解憂、惟有杜康」(酒を前にして歌おうではないか、人生など短いもの、例えば朝露の如く、日月は速やかに過ぎ去る、慷慨して鬱憤を晴らそうとするが、心にわだかまった思いは忘れようもない、どうしたらこの憂いを解くことができようか、ただ酒があるのみだ2)は、時の流れのはかなさや人生の短さを感慨したものである。「青青子衿、悠悠我心、但為君故、沈吟至今」(青青ある子が衿、悠々たる我が心、但だ君の為に故に、沈吟して今に至る3)、「山不厭高、海不厭深、周公吐哺、天下帰心」(山は高きを厭わず、水は深きを厭わず、周公は哺みしものを吐きしかば、天下の人は心を寄せぬ4)は、曹操の賢才を深く慕う気持ちが表現され、天下統一の有志の士を得て、天下統一という偉大な事業を成し遂げたいとの思いが描かれている。『歩出夏門行』は四章からなり、第一章『観滄海』の「秋風蕭瑟、洪波湧起、日月之行、若出其中、星漢粲爛、若出其裏」(秋風冷たく、大波起こる、月も日も、ここから昇る、きらきら銀河も、ここから出るぞ5)は、怒涛のように壮大な滄海の情景を通して、詩人自らの心の広さと豪胆な気概を表現している。第四章『亀雖寿』は、「老驥伏櫪，志在千里。烈士暮年，壯心不已」(老いたる驥の櫪に伏すも、志は千里に在り、烈き士は年暮いぬれど、壮んなる心は已まず6)は、思いやりが深く正義を通す人は老いてもますます意気盛んで、生涯力を尽くすことを奨励する言葉として今なお言い伝えられている。曹操は大きな志を持った軍事家でもあり、政治家でもあった。また、曹操の詩文は他のものとは異なり、楽府古題で時事問題を叙述し、言葉は簡潔明瞭で気迫と勢いがあり、作風はどこかうら悲しく、建安文学に新たな気風を吹き込んだ。散文では、漢代の駢、賦の誇張や派手さを改め、質朴な言葉で自由に作者の内心を描くようにした。作風は端正で美しく、魯迅は曹操のことを「文体改造の祖師」と述べた。曹操の詩文は、建安文学ならびに後世の文学に大変重要な役割を果たした。

　曹丕(187〜226年)は魏の文帝である。三国時代の魏を建てた。また文学者。220年から226年まで在位。字は子桓。沛国譙郡(今の安徽省亳州市)の人。曹操の次男で文学を好み、当時の文人とも交流が多かった。その作品「燕歌行」

---

2 http://hix05.com/Chinese/Gishin/g02.tanka.html　3 http://blog.livedoor.jp/hnnk0/archives/51491421.html　4 http://jp.hjenglish.com/new/print/9445/　5 http://homepage2.nifty.com/Booo/poem_caocao2.htm　6 http://www.h2.dion.ne.jp/~konoha/sitouta/sousou3.html

は現存する最古の文人七言詩である。著書『典論』の「論文」篇は、中国最初の文学批評書である。ほかに『魏文帝集』がある。

　曹植（192〜232年）、字は子建。曹操の四男。生まれつき聡明で、才華が抜きんでていた。現存する詩作は90首余り、辞、賦に長けており、その中でも『洛神賦』が最も有名。

　曹丕も曹植も曹操の子であり、ともに卞太后が産んだ実の兄弟だ。曹操は一度、曹植を跡継ぎに立てようと考えたことがある。曹植が兄の曹丕よりも優れた才智を持っていたためである。後に曹丕は帝位に就いて（魏の文帝と呼ばれる）からも、曹植の能力を妬んで迫害した。『世説新語』文学篇によれば、曹丕は皇帝になった後も才華に溢れる実の弟・曹植に嫉妬を感じていた。あるとき、曹植に次のように命じた。七歩歩く間に詩を一首作るように、もしできなかったら処刑すると。その言葉が終わらないうちに、曹植は六句からなる詩を詠んだ。「豆を煮るに豆がらを燃す、豉を漉して以って汁と為す。豆がらは釜の下に在りて燃え、豆は釜の中に在りて泣く。本は同じ根より生まれしを、相ひ煎ること何ぞ太だ急なる」。

　その大意は、「鍋で豆を煮ている。かすを濾して、汁で吸い物を作る。豆がらは鍋の下で燃え、豆は鍋の中で泣く。豆と豆がらはもともとは同じ根から成長したものなのに、豆がらはどうしてこのように豆を責め立てるのか」という内容だ。これはあきらかに曹丕への詰問である。「私はあなたと実の兄弟なのに、どうしてこのように追いつめるのでしょうか」と。この詩は七歩の間に作るようにという制限が課されていたので、後に「七歩詩」と呼ばれるようになった。曹丕はこの詩を聞いて、深く恥じ入った表情であったと伝えられている。曹植は詩作において臨機応変に口をついて出る言葉がそのまま優れた文章になるという非凡な才華を示して、曹植には及ばないと文帝に自覚させたのみならず、詩の中で、平明で生き生きとした比喩を用い、兄弟は同じ体につながった手足であって互いに疑ったり恨みあったりすべきではないと、道理を明らかにすることで、文帝が自ら大いに恥じ入っていたまれないようにしたのである。

　2．建安七子

　「七子」という呼び方は曹丕の『典論』論文篇にあり、孔融、陳琳、王粲〔おうさん〕、徐幹、阮瑀〔げんう〕、應瑒〔おうとう〕、劉楨〔りゅうてい〕からなる七人の詩人である。この七人はいずれも漢末の動乱を実際に経験し、政治面での志がある。そのため創作においても、共通する特徴を示している。

　七子のうち一番年上なのは孔融である。孔融は幼い頃から賢かった。4歳の

とき、家で梨を食べようということになると、孔融は一番小さな梨を一つだけ取った。父親は、これを見て喜び、わざと次のように尋ねた。「こんなにたくさん梨があって、お前に先に選ばせてやったのに、どうして大きいのを取らないで一番小さな梨を一つだけ選んだのか」。すると孔融は「僕は年下だから一番小さいのをもらって、大きいのは兄さんのために残したの」と答えた。すると父親はさらにこう聞いた。「お前には弟が一人いるんだよ。弟のほうがもっと年下ではないか」。孔融は「僕は弟より年上でお兄さんだから、弟のために大きいのを残したの」と答えた。孔融が梨を譲ったこのエピソードは語り継がれて今に至っている。

　孔融は、当時の性格がまっすぐな士大夫を代表する人物の一人。許昌にいた頃、しばしば曹操の施策について皮肉り、批判した。大尉であった楊彪〔ようひょう〕は袁術と姻戚関係があったため、曹操は楊彪を敵視し殺そうとした。孔融はこれを知ると朝服を身に着ける間もなく急いで曹操に会い、無実の者をみだりに殺して天下の人心を失ってはならない、と諫めた。そして「あなたがもし楊彪を殺したら、私、孔融は明日にも着物の裾をまくって故郷へ戻り、二度と仕官しません」と言い放った（『三国志』崔琰伝〔さいえんでん〕の注に引く『続漢書』）。孔融の筋の通った弁論によって、楊彪は九死に一生を得た。建安9年、曹操が鄴城〔ぎょうじょう〕を攻め落としたとき、その息子・曹丕が袁紹の息子の妻であった甄氏を妻にした。これを知った孔融は、曹操に次のような手紙を書いた。「武王が紂を伐したとき、姐己〔だっき〕を以って周公に賜る」。曹操はこれが自分たち父子に対する皮肉だと分からず、出典を尋ねた。すると孔融は「今を以って之を度（はか）れば、当に然りと想うのみ」と答えた。また当時、毎年兵を出し、さらに天災による凶作に見舞われたため、軍糧が不足していた。そのため曹操は禁酒を命じた。孔融はこれに対しても、何通も手紙を書いて反対した。曹操は、孔融がたびたび自分に反対するので、ずっと以前から妬ましく思っていた。建安13年になると、北方情勢が安定した。曹操は統一の大事業を行おうとする前に、内部の障害を排除するため、孔融への処分に着手した。曹操は丞相軍謀祭酒の路粋に指示して、孔融を誣告させた。建安13年8月、孔融は処刑されその屍は市中にさらされた。また妻と子供たちもそのときに殺害された。

　二．正始の音

　正始とは、魏の斉王・曹芳の元号（240〜249年）である。その当時、曹氏グループと司馬氏グループがそれぞれ徒党を組んで勢力を拡げ、権力をめぐって熾烈な戦いを繰りひろげていた。恐怖政治のプレッシャーに加えて老荘思想の影響

により、正始の詩歌はその内容とスタイルの点で、建安の詩歌とは全く異なる表情を見せている。深い理性的思考と突出した人生の悲哀こそが正始文学の最も基本的な特徴である。正始文学を代表するのは「竹林の七賢」、即ち阮籍・嵆康〔けいこう〕・山濤・向秀・劉伶・阮咸〔げんかん〕・王戎である。阮籍は酒に酔って気が触れたようにふるまい、世事に頓着しなかった。嵆康は結局、司馬氏への非協力的態度を公然と示したため殺された。この二人がこの時期の最も重要で最も代表性のある作家である。

阮籍（210～263年）は、字を嗣宗といい、陳留尉氏（現在の河南省内）出身。建安15年に生まれた。阮籍は、礼法の士を非常に軽蔑していた。礼法の士と呼ばれるのは、主に司馬氏父子に頼っていた文人たちである。これら礼法の士に対して阮籍が、「青白眼」の態度で接したことが最も知られている。評価している相手に対しては、喜びを表す青眼（黒い目）で接し、好きでない相手に対しては白眼視した。

嵆康（223～263年）は、三国時代の魏の文学者である。字を叔夜という。譙国銍県〔しょうこくちつけん〕（現在の安徽省宿県）出身。若くして父を喪い、家計は貧しかったが勉学に励んだ。文学、老荘思想、音楽にいずれも通暁していた。司馬昭は嵆康を取り込もうとしたが、当時の政争において嵆康は皇室側であり、司馬氏に対して非協力の態度をとったため嫉まれるところとなった。司馬昭の腹心の鐘会が嵆康と交わりを結ぼうとしたところ、嵆康が冷たくあしらい、そのために恨みを買ったのである。嵆康の友人の呂安が兄から不孝だと誣告されたとき、嵆康は呂安のために弁護した。これに対し鐘会は、この機に呂と嵆を殺すよう司馬昭に進言した。当時、太学で学んでいた三千人の学生が、嵆康に学びたいとして赦免を求めたが、司馬昭はそれを許さなかった。処刑の間際、嵆康は泰然自若とした態度で「広陵散」を演奏し、従容として刑を受けた。

王戎〔おうじゅう〕は字を濬沖〔しゅんちゅう〕といい、山東省の瑯邪臨沂の出身。恵まれた家庭環境で育った。7歳のときに他の子供たちと一緒に遊んでいると、道端のスモモの木にたくさん果実がなっていた。他の子供たちは皆我先にその実を採りに行ったが、王戎だけは動かなかった。このわけを聞かれると、こう答えた。「木が道端にあるにもかかわらずたくさんスモモの実が残っているということは、まずいからに違いないもの」。実際に食べてみると、はたしてその通りであった。こういうわけで王戎は神童と呼ばれた。王戎の一生は出世が順調で、高い地位を手にし国家の重責を担ったが、政には一つも貢献がなかった。ひたすら責任から逃れて、栄達を求めた。政治的な抱負をかつては持っていたが、権力を握ると事なかれ主義に徹し、全く貢献がなかった。

劉伶は、竹林の七賢の中でその経歴が最も明らかでない人物である。字を伯倫といい、江蘇の沛の人である。『晋書』の本伝の記載によれば、劉伶はいつも酒壺を抱えて鹿車に乗り、下男に鋤を持たせて車の後を追わせてこう言った。「もし私が酔っ払って死んだら、その場で私を埋めてくれ」。このエピソードは劉伶の自由奔放さと、命のように酒を愛したことを伝えている。劉伶には「酒徳頌」という詩がある。その内容は、「一人で跡形もなく出かけ、部屋には居ない。大空を屋根とし、大地に座り、心の欲するままにする。一箇所に居ようと、歩いていようと、つねに杯を手に酒を飲む。酒だけがすべきことで、そのほかのことなどどうして知っているだろう。他人がどう言おうと、自分は少しも気にしない。人が批判すればするほど、自分は却って酒が飲みたくなる。酔えば眠り、目覚めてもぼうっとしている。静けさの中に、雷が轟いたとしても聞こえない。泰山が目の前にあっても見えない。天気が暑いか寒いかも分からないし、この世の利益や欲望も分からない」。この詩に反映されているのは、社会が不安定で長期にわたって分裂状態にあり、文人たちに対する統治者による政治的な迫害のために、文人が酒の力を借りて憂さを晴らし、あるいは、酒によって禍を避け、酔っ払いの戯言として政権への不満を曝け出すことを余儀なくされたということだ。

第二節　両晋期の文学

　両晋期は150年余りに渡る。西晋が成立すると社会は短い繁栄を見たが、その後、災難や混乱が相次ぎ、不安定であった。独特の政情によって、詩壇も独特の風格を形成した。西晋の太康期には三張（張載、張協、張亢〔ちょうこう〕）、二陸（陸機、陸雲）、両潘（潘岳、潘尼）、一左（左思）を代表とする大勢の作家が現れた。東晋の末に現れた陶淵明は、東晋文学の代表として最も優れているのみならず、中国文学史において最も偉大な詩人の一人である。

　　一．陸機、潘岳と太康の詩風
　陸機（261〜300年）は、字を士衡といい、江東の有力な士族の出であった。陸機は百篇余りの詩が現存していて、太康詩人のトップと讃えられる。潘岳（247〜300年）は、字を安仁といい、容姿が美しくて当時一番の才華を誇っていた。潘岳が若い頃、車で洛陽城外まで遊びに出かけると、大勢の年頃の娘たちが潘岳に視線を注いだ。われを忘れて一緒に付いてきた者もいた。それで怖くなって家から出られなくなるということがよくあった。彼に近付くことができず、

果物を投げ付けてくる少女もいて、いつもたくさん持って帰った。それで、「擲果盈車（擲果車に満つ〔てきかくるまにみつ〕）」という表現が生まれた。潘岳は悲哀の気持ちを表現することが得意であり、詩では「悼亡詩」三首が最も知られ、後世に大きな影響を与えた。「悼亡」という表現が、専ら妻を悼むことを表すようになったほどである。

　言葉の美しさを追求し、描写はこまごまと詳しく、対句を大量に用いた。これらは、太康の詩風の「繁縟」（こまごまと手が込んでいる）という特徴の主な現れである。文学の発展の法則からすれば、素朴から華麗へ、簡潔から複雑へ、というのは必然の流れである。陸や潘が曹植の「辞彩華茂」（言葉が美しく茂る）の一面を発展させたことは、中国の詩歌の発展に貢献するものであり、南朝の山水詩の発展および詩の声律と対句技法の成熟を促進する働きがあった。

　二．玄言詩人

　玄学とは、魏晋期に起こった老荘思想を中心とする哲学思潮である。その影響の下で、西晋末の詩壇においてあっさりした作品で、玄学の思考法で深い道理への悟りに達しているものを「玄言詩」と呼ぶ。玄言詩は玄学の思考法で道理を悟り、哲理を論じるものである。また風物の描写を中心とするもの、あるいは主に風物を通じて哲学を表現した作品もある。例えば孫綽の「秋日」は仲秋の山林のうら寂しい風景を描き、自分が林野を散策した感慨を表現している。ここにみられる大量の自然の風物の描写が、山水詩の出現を促す働きを担った。

　三．陶淵明

　陶淵明（365〜427年）は、名を潜といい、潯陽柴桑（現在の江西省九江市）出身。没落した官僚の家庭に生まれ、幼い頃から良い教育を受けた。済世の理想と暗黒の現実との矛盾が陶淵明の一生を貫いていることが、出仕と隠居の繰り返しとして表れ、また隠居してからの内心の苦悶と悲憤として表れている。陶淵明の文学の業績は詩歌が最も顕著で、百二十数首の詩が今に伝わっている。散文および辞賦にも特色があり、十一篇が現存する。代表作に「飲酒」「帰園田居」「桃花源詩并記」がある。陶淵明が生活していたのは社会や政治がどす黒く、階級闘争が激しく、民族対立が激化していた東晋から南朝の宋への移行期であり、こういった動乱の時代がその生活、思想および創作のいずれの面でも深い影響を及ぼした。陶淵明の出現によって玄言詩による詩壇支配が打ち破られ、田園詩が創出された。陶淵明の詩文は思想的内容が斬新で、独特な芸術的風格を持ち、詩歌の創作に新たな領域を切り開いた。

陶淵明は生涯、名利や虚栄を求めなかったが、ただ、酒を飲むことを特に好んだ。陶淵明の飲酒に関する伝説は多い。例えば、いつも酒が熟成すると頭にかぶっている頭巾を取って酒を濾過し、濾過が終わるとまた頭巾を頭に戻したという。また、九江には陶淵明が土中に保存していた酒があった。ある農民が岩を砕いていると、石の箱が出てきた。その中には蓋のある銅製品があり、それは扁平な形をした酒の壺だった。蓋を開けてみると壺の中は酒で満たされており、その壺の側面には次の十六文字が刻み付けられていた。「語山花、切莫開、待予春酒熟、煩更抱琴来」（山の花よ、決して開かないでほしい。春に酒が熟すのを待ち、また琴を持って来てもらえないだろうか）。見付けた人々はこの酒はもう飲めないと考え、全て地面にあけてしまった。すると辺り一面に酒の香りが満ち、ひと月経っても消えなかったという。

　また、ある年の重陽節、陶淵明は自宅の東側の垣根のところで、菊を鑑賞していた。琴を奏でて歌っていると、突然、アルコール中毒症状が起こった。残念なことに家の中にはこの日を祝う酒の準備がなかったので、やむをえず、ゆっくりと菊の茂みに分け入って大きな菊を手折り、建物のそばにある垣根のところで落ち込んでいた。ふと眼を上げると、白い服をまとった人が酒を持ってきた。来意を尋ねたところ、酒を届けるための使者で、江州刺史である王弘に遣わされたという。朝廷は何度も陶淵明を任官させようとしていたが、陶淵明は全く応じなかった。王弘は陶淵明と交友関係を結ぶために、これまで何度も陶に酒を送っていた。今回、陶淵明は酒を目にして大いに喜び、すぐさま封を切り、花の茂みの中で心ゆくまで味わった。酔うと詩興が沸き、「九日閑居」という名詩を吟じたという。またこの「陶公詠菊」「白衣送酒」のエピソードは後世の文人が好む典故となった。

第三節　南北朝文学

一．南北朝における楽府の民歌

　南北朝の民歌は五百首余りが伝えられている。南北朝の長期にわたる対立、さらに両地の民族風習や自然環境面における差異のために、南北朝の民歌は異なる情調と風格を示している。大体において南方の民歌は清雅で纏綿〔てんめん〕としており、北方の民歌は朴直として剛健である。「西洲曲」と「木蘭詩」がそれぞれ南朝および北朝の民歌の最高の成果を代表するものである。

　1.「西洲曲」

「西洲曲」というこの抒情的な長詩は、南朝の民歌の中で芸術性が最も高い一篇である。この詩は異なる季節の風物の変化とヒロインの行動、服装、および容貌を描くことを通じて、人物の心の奥底にある思いを幾重にも掘り下げて示している。尽きない想いを極めて細やかで纏綿と、同時に柔らかく味わい深く表現している。例えばヒロインである西洲が梅の枝を手折る、門の内側で待つ、門から出て蓮を摘む、空を飛ぶ雁を仰ぎ見る、高楼に郎君を望む、切ない想いで眠りにつく、という連続した動作が、ヒロインの変わらぬ思いの丈を表している。同時に詩の中の風物の描写が季節の移り変わりを巧みに示すのみならず、主人公の想いを絶えず深めている。しかも、風物に関してしばしば比喩と掛け言葉を用いている。例えば「日暮伯労飛（日が暮れてモズが飛ぶ）」は、仲夏の季節を表すと同時に女性の孤独な境遇を暗に喩えている。「蓮心徹底紅（蓮心は徹底的に赤い）」というのは、秋がすでに深いことを暗示すると同時に、女性の恋人への愛の深さのメタファーでもある。

2．「木蘭詩」
「木蘭詩」というこの叙事的な長詩は北朝の民歌の中で最も傑出した作品である。この詩はリアリズムおよびロマン主義的な創作方法を用い、木蘭という不朽の芸術イメージを作り出すのに成功した。詩の中の木蘭は現実の人物であると同時に、人民の理想的な化身でもある。

木蘭は、花姓であるといわれている。商丘（現在の河南省商丘市）の出身で、幼い頃から父親について読み書きを学び、普段は家事を切り盛りしていた。また馬に乗って矢を射るのを好み、見事な武芸を身につけていた。ある日、役所の遣いが徴兵の通知を届けに来た。木蘭の父親を兵隊にとろうというのである。しかし、父親は年をとっているので、軍隊に加わって戦うことなどできようもない。木蘭には兄はなく弟も幼すぎる。年老いた父親を大変な目に遭わせるのが忍びなかった彼女は、女でありながら男の格好をして父の代わりに従軍することに決めた。木蘭の両親は娘を出征させたくなかったが、他に方法がなかったため木蘭が行くことを受け入れざるを得なかった。木蘭は軍隊とともに北方の辺境に到着した。彼女は自分が男装した女だという秘密が人に知られるのを恐れ、いろいろな点で気を付けた。日中行軍の際には、木蘭は隊列に遅れないようにしっかりとついて行った。夜の宿営の際は、一度も衣服を脱がなかった。作戦行動のときは身につけた武芸を頼りに、いつも先を切って突撃した。12年間従軍して木蘭は数々の殊勲を挙げたので、仲間たちはとても彼女を尊敬し勇敢な男だと称賛した。戦争が終わると、軍功のあった将兵が皇帝に招かれ、功

績に応じて褒美が与えられた。木蘭は仕官したいわけでも金や物が欲しいわけでもなく、ただ、すぐそれに乗って家に帰れるように駿馬を一頭下賜されることを望んだ。皇帝は喜んでそれを許し、木蘭の帰途を遣いに護送させた。木蘭の両親は木蘭が帰ってくると聞いてとても喜び、すぐに町の外まで迎えに出た。国のために手柄を立てた姉を慰労するため、弟は家で豚や羊を屠って準備した。木蘭は帰宅すると、軍装を脱いで女性の服に着替え、髪の毛を梳かしてから、また出てきて彼女を家まで送り届けた仲間に感謝を述べた。仲間たちは木蘭が娘の体をしていたのを見て、皆大変驚いた。12年間共に戦った戦友がまさか美しい女性だったとは思いもしなかったのだ。

二．南北朝の小説

小説という言葉は、『荘子』外物篇に出典が求められる。小説の由来を遡れば、およそ古代神話であれ、歴代の伝説、寓話物語、史伝文学ないし宗教的な物語であれ、小説の内容と形式に影響をもたらさなかったものはない。こうして中国の古典小説にはっきりとした民族的特徴と独特の風格が形成された。言葉のスタイルの違いによって、文言小説（文語小説）と白話小説（口語小説）の二大系統に分けられる。

魏晋南北朝時代は中国の小説発展史における重要な時期である。この時期の突出した成果といえば、志人小説と志怪小説である。

１．志怪小説と『捜神記』

「志怪」というのは怪異事件を記録したもので、今に伝わるものは三十種類余りある。そのうち、干宝の『捜神記』が最も有名である。

干宝（生年不明、336年没）は字を令升といい、新蔡（現在の河南省内）の人。史書によれば干宝が奇聞を収集して『捜神記』を著した主旨は、「古今の神祇、霊異、人、物、変化」（『晋書』干宝伝）をもって、「神道の誣（あざむ）かざるを明かすに足」（『捜神記』序）らしめる（鬼神禍福の話が作り話でないことを明らかにする）ことにある。

『捜神記』は内容が豊かで、そのうちのいくつかの物語は封建統治者の残虐淫蕩ぶりをまざまざと浮き彫りにしている。これは暴虐な政治に対する人民の反抗の表現である。例えば「三王墓」は、楚王のために剣を鋳造した名匠・干将と莫邪が無残にも楚王に殺され、その息子・赤が成長してから父の仇を討つという物語である。「韓凭妻」には、宋の康王が韓凭の妻・何氏を横取りしようとして韓凭夫婦を相次いで自殺に追いやったが、二人が埋葬された場所から一夜

にして二株の大木が聳え立ち、根も葉も交わり合い、ひとつがいの鴛鴦が住み着いて睦みあい、悲しげに鳴いたことが描かれている。この物語は暗黒の現実を映し出すと同時に、韓凭夫婦の夫婦愛への忠節を謳いあげている。また「東海孝婦」は、東海の孝行の婦人が冤罪で牢に入れられて辛酸を嘗め尽くし、処刑のときは鮮血が幟の竿に沿って天に噴き出し、その郡では３年にわたって大旱魃が続いたという痛ましい状況を記している。暴政に対する批判や孝行な婦人の悲劇的な運命への同情の表現であると同時に、作者の勧善懲悪の理想を託している。ほかに、労働人民の勤労さ、勇敢さ、善良さ、智慧といった優れた点を讃える作品もある。例えば、「李寄」は、李寄が蛇をたたき切って人々を守った物語を通じて、機知に富み勇敢な少女のイメージを作り出している。また『捜神記』には恋愛物語も一定数あり、青年男女の封建的な道徳のプレッシャーの下での苦しみと恋愛への一途な追求を表している。例えば「紫玉」では次のように書かれている。呉王夫差の末娘・紫玉が韓重と恋に落ちたが、親に阻まれ気が塞いで死んでしまった。紫玉の霊は韓重に墓の中に入るよう呼びかけ、夫婦の契りを結ぶ。もの悲しく、極めて心を打つ物語である。『捜神記』は、ほかにも神話物語や民間伝説をたくさん伝えている。例えば「董永」「嫦娥奔月」である。これらの神話および伝説は、題材としても芸術の手法としても後世の小説、戯曲に対しての影響が顕著である。

２．志人小説と『世説新語』

「志人」というのは、人物のこまごまとしたエピソードを記録することである。劉義慶の『世説新語』がこの種の小説の代表である。劉義慶（403～444年）は、彭城（現在の江蘇省徐州）出身。南朝宋の武帝・劉裕の甥。長沙王・劉道臨の子。『世説新語』は劉義慶とその門下が共同で著したともいわれ、主に人物の言行、事績を記している。

『世説新語』に記載されている人物の言行は、しばしば細かな断片であるが、簡潔でありながら意は尽されていて人物の個性や特徴を十分に伝えている。例えば「雅量」篇では祖約と阮孚、二人の優劣について書かれている。祖約の財物の管理のしかたと、阮孚が下駄に蝋を掛けるというディテールのみを通じて、一人がケチな守銭奴であり、一人がただ下駄への愛好から、そうしていることを示している。あっさり、わずかな文字数にもかかわらず、人物の性格を紙の上にありありと描きだしている。「忿狷」篇では、王述のせっかちさを描いている。卵を食べる際に箸で殻が割れないだけで怒り出し、脚で踏み付けた上に口の中に入れて齧って割り、吐き捨てたという。僅か数語でしかないが、当時の

激怒の状況を生き生きと表現している。

『世説新語』のうち言論について記したものの分量が出来事を記したものよりも多く、いずれもわずかな文のみで人物の性格を表すことができている。例えば「簡傲」篇では、桓沖が王徽之に官職が何であるか訊ねている場面を記している。王徽之はこう答えた。「時に馬を牽きて来るを見れば、是れ馬曹なるに似たり」。さらに、馬が何頭いるか、何頭死んだかを訊ねられても王徽之は答えられず、『論語』の中の言葉で答えた。このやりとりによって、名門の士大夫たちの常軌を逸していて世情からかけ離れている点を生き生きと描き出している。「尤悔」篇では、桓温が独り言を語る場面を描いている。「これを作って寂々としていれば、文（晋の文帝・司馬昭）・景（晋の景帝・司馬師）の笑うところとなるだろう」。続いて、「名声を後世に残せもしないし、悪名を一万年残すにも足りないなあ」。この短い言葉のみで、野心を滾らせた権臣の心理を描き出すことができている。

第五章 隋朝と盛唐期の文学

隋唐五代の期間は581年から960年までである。隋は前の時代を引き継いで次の時代を開いた王朝である。文帝と煬帝の在位が合わせて38年であり、この38年間に中国は政治、経済、軍事、文化のどの分野においても強化され、発展した。隋朝は中国の歴史上、二つ目にして最後の、二代にして滅びた王朝である。隋は強大な武力によって長年分裂していた中国を統一すると、それにすぐ引き続いて一連の改革を完成し、経済を発展させたが、これと同時に人民に大いに徭役を課して生活できなくしたため、一朝に政権をして失った。しかしながら、まさにこの時期の国家の物資財政の豊かな累積が、後世の発展のために良い物質的条件を作り出したのも事実である。これによって、それ以降の中華民族が誇りとする盛唐文化がもたらされたのだ。唐代の文化や思想はこれまでにない活況を呈した。儒家、釈家、道家の思想はそれぞれ自由に伝わって発展することができ、唐代の政治的な統一と比較的自由な政治によって、南北および内外の文化に頻繁な交流が行われるようになった。それらは互いに影響しあい、互いに融合して、唐代文化に多姿多彩な広がりを持たせ、空前の繁栄をもたらし

た。文化の繁栄により、唐代文学、特に唐代の詩歌は中国古典詩の発展の最高峰に達した。五代は五代十国とも呼ばれ、907年から960年までの期間を指す。朱温が唐に代わってから、趙匡胤が陳橋の変によって宋朝を建てるまでである。この時期は唐代から宋代への過渡期であり、唐末以来の軍閥の抗争が続き、また北宋による統一の前夜でもあった。この時期、国家は分裂の状態にあった。いわゆる「五代」は中国の北部を支配するに過ぎず、南部は「十国」のうちの一部の支配下にあった。

第一節　隋朝文学

　楊堅が581年に隋朝を建て、2世紀半近くにわたる南北分裂状況に終止符を打った。楊堅はさまざまな政策および制度について整理を断行し、経済の発展を促した。経済の回復と発展に伴って、隋の文化も栄え始めた。文学、史学、儒学、天文および医学が発展を見せた。仏教の興盛はその中でも抜きんでいる。隋の文帝・楊堅は仏教を信仰し、政権の力を背景に仏教を提唱したので、仏教が迅速な発展を遂げた。民間に流通した仏典の巻数が儒家の経典の百倍を超えたことを見れば、仏教の広まりようがよく分かる。

　伝えられるところによると、隋の文帝楊堅が般若寺で生まれたときに赤い光が部屋を照らし、瑞祥の気が庭に満ちた。その場にいた人々は、この異様な光景を見て皆驚いた。6月の気候は灼熱の暑さだったので乳母が団扇を扇いで楊堅に風を送っていたところ、楊堅は寒がって数回泣き声を挙げると、それ以上泣き声が出なくなった。ちょうどこのとき、ある比丘尼が現れて楊堅の父親にこう言った。「子供のために心配する必要はない。この子は神仏が守ってくださる」。そしてその場で楊堅に「那羅延」という幼名を授けた。これは梵語のナーラーヤナ（堅固で壊れないという意味がある）である。この比丘尼はまた、「このたび、この子を授かったのは尋常なことではない。この生家は汚く乱雑だから、この子は私が育てよう」と言った。楊堅の父母はこの比丘尼と知り合いでなかったから、愛する息子を人に預けようなどと思うはずがない。しかし、不思議なことに、那羅延はこの比丘尼を見るやいなや泣きやみ、この比丘尼が去るとまた泣き続けた。楊堅の家族はどうしていいやら分からず、つらさを呑み込んで那羅延をこの比丘尼に預けざるを得なかった。こうして文帝楊堅はこの非凡な比丘尼に引き取られ、生まれたときから出家した僧のように精進料理を食べ、仏を拝む生活を13年間も続けた。周の武帝による仏教弾圧の後、仏教は勢いを大いに殺がれていたが、隋の文帝は即位すると仏教を推進した。隋唐時

期の仏教の勢いは、歴史の分野においては黄金時代と呼ばれている。

　隋の文帝は24年間在位し、仏教を広めた。主に、得度、寺院の建立、仏塔の建立、写経など多くの面においてそれが示されている。得度については、開皇元年、文帝が周に代わってまず、社会各層の人々が自由に出家することを許すと天下に布告した。当時、曇延という僧がいて、「三宝を敬うことは広く福田を作る善行であるから、詔勅を出して自由な出家を許し、北周における仏法の衰えを回復させてほしい」と文帝に願い出ていた。開皇10（590）年、文帝が晋陽（現・山西省太原）に行幸する際に、曇延に供をするように命じた。曇延は道すがら、得度させることの功徳について大いに論じた。そこで文帝は「望んで出家するものは皆自由に出家を許す。これまで政府が認めなかった私度出家の者は、皆僧籍を認められる」との詔勅を出した。24年の間に隋の文帝が詔勅で得度を認めた僧は約五十万人いる。

　寺院の建立の面では、文帝が即位した年に、周の宣帝が建立した陟岵寺を大興善寺と改名した。また五岳にそれぞれ仏教寺院を一箇所、諸州県に僧寺、尼寺をそれぞれ一宇建てるように命じた。また文帝が通った四十五州それぞれに大興善寺を創建し、延興、光明、浄影、勝光および禅定といった寺を建立した。文帝が建てた寺院は全部で三千七百九十二箇所あるといわれている。仏塔の建立の面では、天竺の僧侶より仏舎利一包みを手に入れ、即位後、全国各州に舎利塔を建立して安置するよう、前後あわせて三回命じた。最初は仁寿元（601）年、自らの60歳の誕生日である6月13日、全国三十州に塔を立てるように命じ、名僧・童真や曇遷ら三十名に舎利を持って行かせて安置させた。二回目は、仁寿2（602）年の釈迦の誕生日に、名僧・智教、明芬らに全国五十三州に舎利を分けさせ、箱に入れて塔に納めさせた。三回目は、仁寿4（604）年、やはり釈迦の誕生日、三十州に宝塔を増設するよう命じ、名僧・法顕、静琳らに舎利を分けさせて全部で百十箇所に塔を建てた。統計資料によれば、隋の文帝の代に全国で約四五千箇所の仏教寺院および百十箇所の舎利塔を建造している。

　文帝は仏教義塾を提唱し、長安を中心として仏教を組織化した。当時の各学派で名の知れた学者を選りすぐって都に集め、五つのグループに分け、それぞれに一人ずつ「衆主」を立てて指導させた。その五つのグループとは、一、涅槃衆、二、地論衆、三、大論衆、四、講律衆、五、禅門衆である。

　以上、北周における廃仏の後、楊堅は北周後期の政策を転換して、大いに仏教を尊んだ。民衆が広く仏教を信仰していることを利用して人心を篭絡し、新しい王朝への支持を獲得しようとしたのである。全国を統一して、南北の四百年に及ぶ分裂状況に終止符を打った後、南北両地における異なる仏教の伝統を

尊重および発揚することに留意し、南北分裂のわだかまりを解消しようとした。ここから分かることは、文帝が仏教を伝えることに生涯力を尽くしたのは、ただ個人の思いや経歴のためではなく、民族対立を緩和して統一国家を再建するという政治的な必要に基づくものでもあったことである。

二. 唐初の詩人
1. 初唐の「四傑」

初唐の詩壇において、新しい創作傾向を示した詩人は、「四傑」と呼ばれる、王勃・楊炯・盧照鄰・駱賓王である。彼らは清新で剛健な風格を追求し、詩の題材、風格、形式の諸方面にわたって等しく新たな開拓があった。

王勃（649～676年）の作品は、想いを述べるもの、風景を描いて感情を述べるもの、旅先で故郷を思うもの、人との別れといった分野でいずれも傑作がある。『王子安集』の中の「送杜少府之任蜀川」（杜少府の任に蜀川にゆくを送る）は人口に膾炙する作品である。この詩は全体的に離別の情を基軸としており、送別のときの友人に対する作者の慰め、励まし、アドバイスなど、層を異にする想いを描いている。このことがこの送別の作品の悲しい様を一掃させ、格調高く積極的で、人を奮い立たせる力を与える傑作にしている。この種の高揚した格調と奮起の精神が、唐詩の新たな姿の基本的な方向を示している。

楊炯（650～693年）は、詩歌の面での成果は、王、盧、駱らに及ばないが、作品には『楊盈川集』十巻がある。楊炯が『王子安集』の序で示した革新への思いこそ、まさに「四傑」の詩歌革新精神の理論的概括となっている。詩歌作品では「従軍行」が最も知られている。これは、雄々しく高ぶった辺塞詩（辺境警備の詩）であり、当時の繊細な詩風に対して大きな衝撃を与え、盛唐の辺塞詩のさきがけとなった。

盧照鄰（637年頃～689年頃）の作品には、『幽憂子集』がある。盧照鄰は「四傑」の中でも出身が貧しく、辛い境遇であった。そのため作品にも悲しみや苦しみが多く反映されている。代表作は『長安古意』で、この詩は七十八句にも及び、当時あまり見られない巨編であった。

駱賓王（640年頃～684年頃）は、七言歌を得意とし、作品に『駱臨海集』がある。『疇昔篇』という作品は自らの境遇を描き、千二百字余りの七言古体詩の巨作で

ある。しかし人々に伝えられているのは五言律詩の『在獄詠蝉』だ。この詠物詩は、事物に仮託するという手法で、蝉から自分へ、自分から蝉へというように、事物と自分を対にして、それが融合し、描き出される悲しみに心打たれる、深みのある傑作である。きちんと対句が揃い、仮託による深みを重視しているこの作品も、「四傑」の刷新の精神を体現しているのである。

　2．陳子昂

　「四傑」の後、詩歌刷新の旗をさらに高く掲げたのが陳子昂（661～702年）である。理論と実践の両面で唐詩の発展の道を開いた。今に伝わる著作は『陳伯玉集』である。斉から梁にかけての詩が「彩麗競繁，而興寄都絶」（華やかな美しさばかり競って、仮託が全くない）という退廃した状態にあると批判し、「風骨」と「興寄」という二点を取り戻すべきことを重視し提案した。「風骨」というのは陳子昂の言う「漢魏の風骨」、即ち一般に「建安の風骨」と呼ばれるもので、漢末の建安期に現れた詩歌のスタイルである。当時の優れた詩歌のいくつかは、あるいは社会の動乱を反映し、あるいは国家統一を渇望する抱負を表現していた。内容に実があって高揚したムードを帯び、言葉も力強く、思想と芸術の両面において傑出した特色を示していた。陳子昂はこのような詩歌の伝統によって「彩麗競繁」の斉梁の詩風を置き換えようと尽力した。「興寄」というのは『詩経』以来形成されてきた思いを寄託する表現法、即ち物に託して思いを述べる、あるいは物に因んで志を喩える表現法で、これを用いることで、浮ついて華美で薄っぺらな形式主義の風潮を排し、詩歌に込められた意味に深みを持たせることができるのである。

第二節　盛唐文学

　玄宗の開元、天宝年間から「安史の乱」勃発までが唐代の「盛世期」であり、中国の詩歌史における盛唐である。盛唐の詩歌に特徴的な理想主義、英雄主義とロマン主義的な色合いが、何千何百年来の古典詩の中で仰ぎ見ることはできても到達することのできない高みを作り出している。王維・孟浩然を代表とする山水田園詩人、高適・岑参を代表とする辺塞詩人、とくに偉大なるロマン主義詩人・李白と現実主義詩人の杜甫が、盛唐の詩歌の傑出した成果を示している。

　一．李白

　李白（701～762年）は、字を太白といい、自ら「青蓮居士」と号した。祖

籍は隴西郡成紀県であるが、西域の砕葉〔スイアブ〕城（現キルギスタン国内）に生まれる。後に錦州昌隆県（今の四川省江油市）青蓮郷に移り、自らの号を「青蓮居士」とした。生涯のほとんどを蜀国を遊離し、士を求めて流離うことに費やしている。長安３年に再度漫遊し、戦乱など五つの時期を経験している。生涯のうち、二度にわたり広い範囲にわたって漫遊した。このことにより、祖国の素晴らしい山河を巡り、たくさんの友と知り合うことができた。そうして、抱負を描き、友情を表現し、祖国の山川を讃える詩を創作した。長安での３年間で、李白は玄宗後期の政治の暗黒と腐敗を目にしたことで、その思想と創作いずれにおいても大きな変化を生じた。若いときは積極的に仕官して、自らの政治的理想を実現しようとした。安史の乱では永王璘の軍に参加したため夜郎への流罪となり、許されてからまた前線への従軍を志願している。このことからも、李白の政治に携わり国恩に報いたい強烈な気持ちが読み取れる。漫遊のときには、杜甫と兄弟の契りを結んでいる。李白の生涯の創作は豊富で、現存の詩で九百八十首余りある。『李太白全集』三十巻もある。

　盛唐時期の偉大なロマン主義の詩人として、李白の詩歌は数量が多いだけではなく、作品の素材も広範囲に及んでいる。汚れた現実を暴露した作品もあれば、闇につつまれた政治を批判した作品や玄宗朝廷の暗黒を反映したもの、唐王朝の栄枯盛衰をイメージ的に表現した作品もある。また、自らが自由を求める強い意志や祖国の為に功績を建て事績を残そうとする偉大な理想が描写された作品、祖国の壮大な山河や自然を詠ったもの、純粋でひたむきな友情を賛美し、心の美しさを表現した作品などがあり、これらすべてが、李白の強いロマン主義精神の現れとなって表現されている。例えば、『古風』の第四十六首の「一百四十年,国容何赫然。隠隠五鳳楼,峨峨横三川。王侯像星月,賓客如雲煙。闘鶏金宮里,蹴鞠瑶台辺。挙動揺白日,指揮回青天……」（百四十年にもおよび、国家はかくも繁栄している。王室には、華麗で立派な建物が建ち並び、峨々として要害堅固である。貴族たちは星や月ほどの数がおり、賓客は雲煙の如く行き来をしている。闘鶏を王室で行い、蹴鞠を心行くまで楽しんでいる。気勢は大きく白日を揺らし、采配は青天、王をも左右する勢いである。）では、李白は唐朝の空前の繁栄ぶりを歌に託しつつ、繁栄の中に隠された統治階級の腐敗、堕落への憂慮も盛り込んでいる。『行路難』の「金樽清酒斗十千,玉盤珍羞直万銭,停盃投筋不能食,抜剣四顧心茫然。……行路難,行路難,多岐路,今安在」（金樽の清酒は斗十千、玉盤の珍羞は直万銭、盃を停め筋を投じて食う能わず、剣を抜いて四顧し心茫然たり。行路難し、行路は難し、岐路多くして。今安にか在る[7]では、

7　http://blog.goo.ne.jp/tiandaoxy/e/0e533fb0057e1cec74bda67a12b8f970

李白は功績を建て事績を残そうと壮大な志と偉大な政治的理想に燃えてはいるが、当時の暗い現実に直面し実現しがたく、詩歌で志が得られない不遇、壮大な志が得られない喪失感と苦痛を表現している。しかし、李白は萎縮することも、諦めることもなく「長風破浪会有時、直挂雲帆済滄海」（長風浪を破る　必ずときあり、直ちに雲帆をかけて、滄海を渡らん）とし、政治的失意後は、感情を風景に託し詩を詠んでいる。例えば、『夢遊天姥吟留別』では、「……我欲因之夢呉越、一夜飛度鏡湖月。湖月照我影、送我至剡渓。謝公宿処今尚在、渌水蕩漾清猿啼。脚著謝公屐、身登青雲梯。半壁見海日、空中聞天鶏……」（我は之に因り呉越を夢みんと欲す、一夜飛び度る鏡湖の月。我が影を照らし、剡渓に至らしむ。謝公の宿処今尚お在り、渌水蕩漾し清き猿啼く。脚には著く謝公の屐、身は登る青雲の梯。半壁海日を見、空中天鶏を聞く……）とし、李白は自然の美しい風景描写の中において、権勢がある身分の高い人を軽蔑し、自由と独立した思想と性格を追求している。また、『送孟浩然之広陵』と『贈汪倫』などの詩においては、李白の親友に対する真摯な感情と名残惜しさなどが描かれている。例えば、「送孟浩然之広陵、唯見長江天際流」（孤帆の遠影碧空に尽き、唯見る長江の天際に流るを。[8]）、「桃花潭水深千尺、不及汪倫送我情」（桃花潭水深さ千尺、及ばす汪倫が我を送るの情に。[9]）などの名句は今なお言い伝えられている。李白の詩風は雄大で奇観であり、想像力も奇異で、誠実率直、清新明媚で、ロマン主義的色彩と理想主義的清新に富み、後世の影響力も大変大きく、「詩仙」と称されている。

二．杜甫

杜甫（712～770年）、字は子美、原籍は襄陽（今の湖北省襄樊市）、河南省南鞏県。祖父杜審言は武后時期の著名な詩人である。杜甫は少年時代から勉学励み、24歳のときに漫遊して詩人の高適や李白らと出会い、李白と深い友情で結ばれる。とき正に開元の繁栄時期であり、時代の影響も受けて、青年杜甫は楽観的で自信に満ち溢れ、進取の気風に富み、発奮し向上する精神を持っていた。755年11月に安史の乱が勃発。この乱は唐朝の繁栄から衰退への転換点であり、杜甫の生活や創作活動の転換点ともなった。杜甫は難民とともに落ちぶれて流浪の生活を始めた。杜甫は国が破れ人民が血を流したことを、大変な悲痛として感じていた。代表作品としては『悲陳陶』『哀江頭』『春望』などがある。戦乱によって、杜甫は流浪することとなったが、その中で人民の苦しみを身をもっ

8　http://kanshi.roudokus.com/koukakurou-moukounen.html
9　http://kanshi.roudokus.com/ourinniokuru.html

て感じ取ることができ、統治階級の贅沢な生活を認識できたことでだんだんと人民に近付き、社会の現実をさらに認識したために杜甫の詩歌は現実主義の絶頂へと達した。56歳のときに年老いて病気がちになり、船に乗り故郷へ帰ろうとしたが、戦乱のために北上できず、湖北、湖南一帯を放浪していた。770年冬、譚州から岳陽へ向かうボロ船で病死した。西南地域を放浪した10年は、杜甫の創作活動が豊富で多彩な時期であった。この時期に作られた作品が杜甫の詩の三分の一を占めている。代表作には『茅屋為秋風所破歌』『聞官軍収河南河北』『壮遊』『昔遊』『遣懐』『咏懐古迹』『登高』などがある。また、「三吏」(『新安吏』『石壕吏』『潼関吏』)、「三別」(『新婚別』『無家別』『垂老別』)と『杜工部集』などが後世に伝えられている。

　李白を盛唐時期の偉大なロマン主義詩人だとすれば、杜甫は唐代の偉大な現実主義詩人である。現存する詩は1,400首余りあり、内容は豊富で感情は嘘偽りなく、多角的に多方面から唐代の繁栄から衰退までの歴史の過程、および統治階級の腐敗、安史の乱後の社会的動揺と不安、度重なる戦乱と人民の生活苦を反映している。そして杜甫の祖国への忠誠心と情熱、人民への深い同情心も描かれ、典型的な現実主義精神を表しているため、杜甫の詩は「詩史」と評されている。また、杜甫自身は「詩聖」と称されている。早年の詩『望岳』、「岱宗夫如何、齊魯青未了、造化鍾神秀、陰陽割昏暁、盪胸生曾雲、盪胸生曾雲、決眥入帰鳥、會當凌絶頂、一覧衆山小」(岱宗それ如何、斉魯　青未だおわらず、造化　神州を集め、陰陽　昏暁をわかつ、胸を動かして　曾雲生じ、眥を決すれば帰鳥入、必ず正に絶頂を凌ぎて、一覧すべし、衆山の小なるを)では、泰山の壮大な気迫と杜甫自らの青年期の意気盛んで、積極的進取の精神を描いている。特に人生哲理を含んだ名句「會當凌絶頂、一覧衆山小」(必ず正に絶頂を凌ぎて、一覧すべし、衆山の小なるを)は、今もなお広く膾炙している。『自京赴奉先県咏懐五百字』は、杜甫が長安から奉先県に妻子に会いに行くときに作成した長詩である。安史の乱前後の唐王朝の危機が至るところに潜んでおり、人民は拠り所を失い、餓死者が至るところにいる社会の現実を描き、杜甫の国と人民を憂うと同時に、才能に恵まれていても機会に恵まれない深刻さとやるせなさを描写している。その中の一句が「朱門酒肉臭　路有凍死骨」(朱門酒肉臭し、路に凍死の骨あり)であり、当時の貧富の差や階級の対立の深刻さを如実に描いていて、人心を驚かせる力を備えている。『春望』は、安史の乱以後、杜甫が長安に幽閉されていた際に作られたもので、国破れて一面廃墟となり、心痛めたときに感情の赴くまま発せられたのが、「国破山河在、城春草木深。感時花濺涙、恨別鳥驚心。烽火連三月、家書抵萬金。白頭掻更短、渾欲不勝簪。」

（国破れて山河在り、城春にして草木深し。時に感じては花にも涙を濺ぎ、別れを恨んでは鳥にも心を驚かす。烽火三月に連なり、家書萬金に抵る。白頭掻かけば更に短く、渾べて簪に勝えざらんと欲す）である。杜甫は情景を目にして情が芽生え、花が咲くのを見ても涙し、鳥のさえずりを聞いても心を驚かす。愛国の情は深くて祖国の痛みを露わに表現し、情を情景に託し、作風は沈鬱で抑えめで内心に感化し、示唆に富んで味わい深い。杜甫は長年にわたり貧困で落ちぶれた生活を送り、戦乱の苦痛も味わってきたため、下層人民への深い同情心を変わらず持ち続けていた。『茅屋為秋風所破歌』の中で自らの住居である茅葺きの小屋が秋風に吹き飛ばされたとき、「安得広廈千万間、大庇天下寒士俱歓顔、風雨不動安如山、嗚呼何時眼前突兀見此屋、吾廬独破受凍死亦足」（安にか広廈の千万間なるを得て、大いに天下の寒士を庇いて俱に顔を歓ばしめ、風雨にも動かず安らかなること山の如くなるを、嗚呼何れの時か眼前に突兀として此の屋を見ば、吾が廬は独り破れて凍を受け死すとも亦た足れり[10]）の詩を詠み、自分はどのような苦しみを受けようとも、さらに「凍死」したとしても、この世の貧民や人民が身を安める所がほしいと望んでいたところからも、杜甫の高尚な心情が見て取れる。『聞官軍収河南河北』の詩は、先人に杜甫の「生涯で最初の即興詩（快詩）」であると称されている。唐代の宗広徳元（763）年正月、史朝義は戦いに敗れて自殺し、配下の武官であった田承嗣、李懐仙も相次いで投降し、河南と河北は相前後して官軍に奪還され、7年余り続いた安史の乱はようやく平定した。当時詩人である杜甫は妻子を連れ四川省梓州をさまよっており、この勝利の吉報を聞くと大きな喜びを隠しきれず、興奮冷めやらない状況下で、これまでの沈鬱で抑えめで含みを持たせた詩風から、爽やかで活発、朗らかで奔放な言葉遣いへと変え、現在も人口に膾炙している七言律詩の名作を生み出した。それが、「剣外忽傳収薊北、初聞涕涙滿衣裳。却看妻子愁何在、漫巻詩書喜欲狂。白日放歌須縦酒、青春作伴好還郷。即從巴峡穿巫峡、便下襄陽向洛陽。」（剣外　忽ち伝う　薊北を収むと、初め聞いて涕涙　衣裳に満つ。却って妻子を看れば愁い何くにか在る漫ぞろに詩書を巻き　喜んで狂わんと欲す。白日に放歌して須らく酒を縦まにすべし、青春　伴を作して　好し郷に還らん。即ち巴峡より巫峡を穿ち、便わち襄陽に下って洛陽に向かわん。[11]）である。戦乱が収まり、詩人杜甫は感慨無量で、飲酒の後で歌を歌い、喜びのあまり涙を流し、日ましに懐かしさが募り故郷へ帰りたいと思うが、すぐに出発できないもどかしさが、詩全体で小気味良く、そして一気呵成に表現され、その情感のひたむきさは人の心を強く揺さぶる。

10　http://blog.goo.ne.jp/tiandaoxy/m/201004/1
11　http://blog.goo.ne.jp/ikiikiaki/e/0f0c548d78caf7658619ea26d44259f2

第六章
中晩唐期の文学

　安史の乱を経て、唐代は盛唐から中唐の約70年に移る。この間の社会の変動は複雑で激しく、この影響を受けた文学の姿も変化に富み複雑な様相を呈した。中唐は徳宗の貞元を境にして、前後の二期に分けることができる。前期は創作活動が停滞し、芸術的な成果の点では盛唐およびそれ以降の時期に比ぶるべくもなく、過渡期的な性格を持っている。後期は中唐文学創作の高まりで、それぞれに特色のある詩歌の流派が生まれ、広く影響を及ぼすとともに有名な詩人を多く輩出し、創作においても典型的な中唐期の特徴を示す。中唐期は詩人が多くさまざまな流派が創作活動を行ったが、これは唐詩の発展において最も豊かな時期である。しかし高まりを見せていた盛唐時代を特徴付けるロマン主義的色彩は姿を消し、これに代わって儒教文化が再興し、現実への冷静な観察と深い思考が行われるようになった。黄巣の乱から晩唐までの時期は、王朝末期に共通する特徴が現れる。文人たちは朝廷に僅かな希望を残しつつも、中唐期にあった国家や社会への自信が広く失われた。こういった心理を反映して元には戻れないという悲観的な気持ちが多く表現され、作家の視野も内向きになった。懐古、歴史および愛情を題材とした作品が大量に現れ、個人の思いを表現することに着目し、複雑で矛盾した内心の世界を表現した。その多くは個人の生活の趣に関連している。この時期の重要な作家として、杜牧と李商隠が挙げられる。とくに李商隠の詩歌は芸術面での独創性が比較的はっきりしている。

第一節　韓愈

　韓愈（768〜824年）は、唐代の文学家、哲学家である。字を退之という。河南の河陽（現在の孟州市）の人。昌黎の豪族の家系を称し、韓昌黎と呼ばれた。韓愈は中唐、また、中国古代における非常に重要な文学家である。一つには優れた詩文作品を大量に残し、また一つには文壇のリーダーとして広く文学仲間と交友を結び、後進を育成して文学集団を形成し、影響力のある新しい詩の潮流を開いた。韓愈の詩は三百余りが今に伝えられているが、最も際立った特徴は新奇で豪快な詩風である。もう一つ韓愈が始めたことは、それまでに詩に用いられなかった、もしくは用いるべきではないとされた題材や手法を導入

したことだ。代表作には、「南山詩」「陸渾山火」「山石」「八月十五夜贈張功曹」「左遷至藍関示姪孫湘」がある。後世における韓愈の評価はとても高く、唐宋八大家の筆頭と敬われている。

　文学創作の面では、韓愈は句の構成と言葉遣いの正確さを重視した。有名な詩人・賈島とのあいだに次のようなエピソードがある。賈島は苦吟派詩人として有名で、普段から詩の一句あるいは詩の中の言葉一つのために多くの心血を惜しまず、工夫に長い時間をかけた。数年をかけて詩を一首作り上げると、涙が溢れ落ちたが、それは喜びのみならず、そのような自分に心を痛めたからでもあった。あるとき、賈島はロバに乗っていて公用行列に突っ込んでしまった。それというのも、そのときちょうど詩の文言を推敲していたからである。それは「僧推月下門（僧が月下の門を推す）」という部分で、賈島は「推（おす）」という言葉ではなく「敲（たたく）」という言葉のほうが良いのではと迷いつつ、「推敲推敲」と呟いていた。そうして、自分でも気付かないうちに、高官であった韓愈の儀仗隊の列に当たってしまったのだ。韓愈は地位が高かったが、怒りもせずに列に突っ込んだわけを尋ねた。そこで賈島は、自分が詩を作ったものの、その中の一箇所で「推」を用いるべきか「敲」を用いるべきか決めかねていると説明した。韓愈はこれを聞いて大笑いをし、言った。「やはり『敲』を使ったらいいだろう。もし門に鍵がかかっていたら、推しても開かないではないか。それに、人の家に行って、しかも夜なのだから、やはり門を敲くのが礼儀であろう」。これを聞いた賈島は何度も頷いた。こうして、賈島は公用行列に突っ込んだことを罰されずに済んだばかりか、韓愈と交友を結ぶことができた。またこのことから「推敲」という言葉が、文章を作ったり何かをしたりするときに、繰り返し吟味し検討することを喩える言葉として、人口に膾炙することとなった。

第二節　白居易・杜牧らの文学創作

一．白居易

　白居易（772～846年）は、字を楽天という。祖籍は太原で、後に下邽（現在の陝西省渭南市）に移った。本人は河南の新鄭県に生まれ、29歳で進士に合格した。白居易のそれ以降の生活・思想および創作は、44歳で江州の司馬に左遷されたのを区切りにして、前後二つの時期に分けられる。前期は役人として順調で、思想面では天下救済を、詩歌は諷喩詩の創作を主としていた。進士に合格してからは、校書郎に任じられ、35歳のときに「長恨歌」を作り、36歳で

翰林の学士に抜擢され、翌年、左拾遺に任じられた。左拾遺の職にあった3年間に、白居易は現実主義の詩歌創作の高みに足を踏み入れた。『秦中吟』の十首、『新楽府』の五十首はいずれもこの時期のものである。その後、母の喪に服した3年間に、「采地黄者」「村居苦寒」「新製布裘」といった人民に同情を寄せたリアリズムの詩を書いた。この間に政治への情熱が冷め始め、「独善其身（独り其の身を善くす）」という思想が次第に育った。後期は、白居易が44歳のときに宰相を暗殺した者を捕らえるよう求めて上書したことで、有力者から讒言〔ざんげん〕されて江州の司馬に左遷されたがきっかけとなり、独善其身の生き方に転じた。江州の司馬に左遷されている間に「琵琶行」を作り、自らの不平と憤懣を詩に託した。「元九に与うる書」という有名な文学論もこの時期に書かれている。その後、忠州、杭州、蘇州の刺使に任じられ、民衆に有益なことを行った。55歳からは秘書監、河南尹、太子少傅を歴任した。晩年は洛陽の履道里に隠居して、自ら「香山居士」と号した。この頃、仏教思想の影響を受けて考え方が消極的になり、創作の面でも閑適詩が中心になった。

　白居易は16歳のときにはすでに世々伝えられる良詩を少なからず書き上げていた。そのうち最も有名なのは、「古原の草を賦し得て別れを送る」という五言律詩である。白居易が初めて長安にやってきたときに、老詩人・顧況のもとを訪問した。「居易」という名を聞いた顧況は、「長安は米が高いから、居るのは易しくないのではないかな」と冗談を言ったが、この詩の「野火、焼けども尽きず／春風、吹いて又生ず」というところまで読むと大いに賞賛し「これほどの文才があれば長安に居るのも難しくない」と言ったという。確かに、この詩から白居易に非凡な才能があることが見て取れる。最も名を知られ中国古代の詩歌の傑作と称される長編叙事詩「長恨歌」は、35歳で周至県尉になったときの作である。この詩は民間に伝わっていた唐の玄宗と楊貴妃の物語を題材に、フィクションを加えて生き生きと描き、評論家から唐代の歌行体の長編詩のうち最高の一首で、中国の詩歌史において抜きんでた地位を占めているとされている。この詩は、玄宗の退廃を躊躇うことなく批判し、また二人の深い愛情が描かれていて、かすかな諷刺とたっぷりの哀しみを併せもっている。永遠の別れの場面は、実に思いに溢れる筆致で描かれている。全体は、曲折のあるストーリーの中にいくつもの波が起こって錯綜した想いに満ち、読み手の心を大きく揺り動かす。白居易が45歳のときに作った歌行体の長編詩「琵琶行」も、同様に高い評価を得た詩である。白居易が江州の司馬に左遷され、潯陽江のほとりで友と別れる場面で、船上での別れの宴の感傷の中、不意に隣の船の琵琶の音を耳にする。船を移動させて迎え入れると、一人で船にいたのは齢がいって容

色の衰えた歌い女であった。その女にも果てしない悲しみがあり、内に秘めた恨みを琵琶に託す。白居易はその女の身の上を聞き、深く同情すると同時に自らの不遇を思い、「同に是れ天涯淪落の人／相ひ逢ふに何ぞ必ずしも曾ての相識たらん」という感慨を抱いて、この「長恨歌」と並ぶ長編詩を作ったのである。前の部分は歌い女の生涯、不遇な身の上を描き、「我、去年、帝京を辞してより／謫居して病に臥す潯陽城」から転じて自分について書いている。最後のところでは、「座中、泣下ること誰か最も多き／江州の司馬、青衫湿う」と詠んだ。「司馬青衫」という熟語はここから生まれた。

二. 杜牧

　杜牧（803〜852年）は、字を牧之といい、京兆万年（現在の陝西省西安）出身。宰相・杜佑の孫で、26歳で進士に合格。弘文館の校書郎に任じられた。ほどなくして、江西、宣歙、淮南の節度使の幕僚となってからは、観察御史、司勲員外郎および黄州、池州、睦州、湖州の刺史を歴任し、中書舎人となった。杜牧は政治、軍事いずれに対しても卓越した見識を持ち、時事と結び付けて書物を研究して『孫子』の注釈書を著したが、惜しいことに、統治者には用いられなかった。杜牧は詩文に優れ、その詩風は豪快にして清新、言葉遣いが絶妙である。後世の人は杜甫と区別するために、杜牧を小杜と呼んだ。また李白と杜甫を李杜と呼ぶのに対し、李商隠と杜牧を、小李杜と呼んでいる。このことから杜牧の文学史上の地位が見て取れる。作品に、『樊川文集』がある。

　杜牧の文章は晩唐においても他にはない風格を保っていた。杜牧による「上知己文章啓」（知己に文章を上るの啓）によれば、その手になる「燕将録」、「罪言」、「原十六衛」、「與劉司徒書」（劉司徒に与ふる書）、「送薛処士序」（薛処士を送るの序）、「阿房宮賦」は、みな現実の出来事に感じるところがあっての作品で、時事を批判する政治的な意味合いを持っている。また、「杭州新造南亭子記」（杭州に南亭子を新造するの記）は、杜牧の進んだ辟仏思想を反映している。文体について、杜牧は散文の使用を堅持し、筆鋒鋭く文意が明瞭である。また、晩唐の四六駢文体の流行の中で、中唐の古文運動の伝統を受け継いでいる。さらに、散文の筆遣いおよび文のスタイルを賦に導入し、「阿房宮賦」のような叙事、抒情、論述が融合した「散賦」という新しいスタイルの作品を送り出した。六朝・唐初以来、賦が駢文化を深め、聞こえのよさを重んじる傾向があったが、新しいスタイルでこれを打破したことは、その後の賦の発展に大きく貢献した。

　杜牧は若い頃に江南を旅し、湖州の少女と恋をして、その少女の父親に結婚を申し込んだ。杜牧は名門の出で宰相の孫であったが、当時は確かに一介の貧乏

学者に過ぎず、財産もなく、ただ志が大きいだけであった。そのため少女の父親に拒まれてしまった。そのとき杜牧は「3年後に必ずここの太守になり、改めて嫁に迎えよう」と豪語し、故郷を離れて学問に励んだ。作品が世に出ると広く評価され、長安と洛陽に名が知れ渡り、洛陽の紙価を吊り上げ、進士に合格し、それまでの評価が一変すると馬を馳せて湖州に向かい、太守の地位に就いた。杜牧は直ちにその少女が住むところを視察したが、その少女は1年前に人に嫁ぎ、すでに子供もいた。杜牧は嘆いてやまず、詩を一首作って「悵詩」と名付けた。「自是尋春去校遅／不須惆悵怨芳時／狂風落盡深紅色／緑葉成陰子滿枝」（自から是れ　春を尋ね　去ってしらぶること遅し／もちいず　惆悵　芳時を怨むを／狂風　落ち尽くす　深紅色／緑葉　陰を成して　子枝に満つ）。その後、杜牧は花街に入りびたり、恋にまつわるエピソードをたくさん残した。文学界で論争になっている晩唐の詩人・杜荀鶴の出自がその一例である。

　三．李商隠

　李商隠（813〜858年）は、唐代の詩人で、字を義山、号を玉谿生といい、また樊南子〔なんこ〕とも号した。原籍は懐州河内（現在の河南省沁陽市）だが、先祖が榮陽〔けいよう〕（河南省）に移った。李商隠の詩は六百首が残され、特に政治詩は感慨と諷刺に富み、深みと広さを持っている。その時々の政治に直接言及した詩も多い。中でも「行次西郊作一百韻（行きて西郊に次る作一百韻）」では、農村の荒廃や人民が安心して暮らすことができない情景から、唐朝二百年の盛衰を遡った。その作風は杜詩に近い。『安定城楼』はその政治的な志と憤慨を体現している。その詠史詩は過去の出来事をもって現在を諷刺し、大きな成果を挙げた。このタイプの詩はしばしば前の朝代や今の朝代の君王が堕落して国を誤ることについて皮肉ったり、詠史の体裁を借りて自らが不遇であるという思いを託している。また、律絶を多用し、歴史における特定の情景を切り取って色付けがなされ、一部から全体を見せ、少ない言葉で深い意味を表すという芸術効果をもたらし、「隋宮二首」「南朝」などの名作がある。李商隠の抒情詩はひたむきな思いがありありと表現され、濃厚な感傷が感じられる。例えば、「夕陽無限好／只是近黄昏（夕陽　無限に好し／只これ黄昏に近し）」（「登楽遊原（楽遊原に登る）」）という部分に見て取れる。李商隠の詩では、抒情にあたって思いをストレートに述べることは少なく、とりわけ婉曲に伝えることに尽力している。そのため含意が奥深く、余韻が尽きないものになっている。ただ、婉曲であることを重視するあまり、ときには難解であるという欠点もある。

　無題詩というのは李商隠の独創である。その大部分は男女間の愛情恋愛を題

材とし、熱い想いを婉曲に表現し、文章も雅やかで美しい。例えば、「昨夜星辰昨夜風（昨夜の星辰、昨夜の風）」、「相見時難別亦難（相見るとき難く、別るるもまた難し）」で始まる二首である。また、友人との付き合いや人生の感慨を託したものもある。例えば、「待得郎来月已低（郎の来るを待ち得るに月すでに低し）」、「何処哀箏随急管（何処なるか、哀箏の急管に随う）」の二首である。また、何を仮託しているか明らかでないものもある。ほかに、一部、華美であるが深みに欠ける恋愛詩もある。これらの詩は、特定のときに特定の場所で作られたものではなく、一貫した思想が貫いているわけでもなく、その多くは伝えようとすることを明言すると差し障りがあるか、気持ちが込み入っていてはっきり言えない状況にあるので、とりまとめて「無題」と名付けられている。これらの詩は比較的難解であることから、この何千何百年というものの解釈には諸説入り乱れている。李商隠の詩歌の基本スタイルは、思いが深く詞が婉曲で、美しさの中にも重厚さが失われておらず、後世の詩壇や詞壇に大きな影響を与えた。また、その詩は伝統を広く継承している。七言律詩として最高の作品で、杜甫の鬱屈を受け継ぐとともに、斉梁の詩の鮮やかな美しさと六朝の民歌の清々しい美しさ、そして李賀の詩の幻想的なイメージの手法を融合している。その難解な作風は阮籍の影響であり、「韓碑」といった長編古体詩は韓愈の作品に比較的近い。その憐みの情で書かれた小作品はしなやかで変化に富み、盛唐の絶句の味わいを失っていない。李商隠はまた晩唐の駢体文の代表作家でもある。その駢文作品は対句が整っており、典故の引用が適切で緩急のバランスがよく、自然で心地よい趣を持っている。

　ある年の春、意気盛んで才華溢れる李商隠は、洛陽で従兄の李譲山の隣家の柳枝という清らかな少女に眼をとめた。明るく活発で多芸多才な少女であった。若い詩人の心は、深く揺り動かされた。商隠は従兄に頼んで、極めて詩的な方法でこの少女の目を覚ましつつある青春の心の扉を敲いた。ある春の日に、譲山は柳枝の家の南側の柳の木のところで馬を下り、わき目も振らず高らかに商隠の「燕台詩」を読み上げた。「燕台詩」は、「春」「夏」「秋」「冬」の四首から成っている。どれもみな思いがこもっていて、婉曲な言葉遣いで心を打つ好い詩であり、若者の思いの丈を表現している。少女・柳枝はこの優れた詩に心を動かされ、自分の帯を引き裂いて結び目を作り、商隠に渡して詩を作ってくれるよう頼んでほしいと譲山に依頼した。翌日、譲山は商隠を連れて行き、柳枝と会わせた。人目を避けるため、彼らは偶然に出会ったように装い、3日後に会うことを約束した。ところが、約束通りに会うことはできなかった。というのは、商隠と一緒に都へ行くと約束していた友人がいたずらで商隠の旅行かば

んを持って先に行ってしまったため、商隠はそこに留まって予定通りに3日後に柳枝と会うことができなくなってしまったのだ。柳枝がどんなに失望し悲しんだかは想像に難くない。ほかならぬこの年の冬、商隠は長安で柳枝の不幸な運命を知った。東都を鎮守する高官が、柳枝を強引に奪い去ったのである。悲憤のあまり、詩人は五首の小さな詩と序を書き残した。これが清らかで心根のよい恋人を記念した「柳枝詞」である。

第三節　唐の伝奇

　唐代になると小説に新しいスタイルが生まれた。これが唐の伝奇小説である。その出現は、中国の文語小説が成熟段階に達したことを示すものである。まさに魯迅は『中国小説史略』で「小説も詩と同様、唐代に一変した。奇聞を取材して記すということから離れてはいないものの、叙述が婉曲で文章が華麗になった。六朝の、梗概をざっと記すものと比べ、歴然と進化を遂げている。特に、この時代から初めて意識的に小説が書かれるようになった点が注目される」と述べている。唐の伝奇小説の誕生と発展は、おのずからその社会、経済、歴史および文学等諸方面における理由がある。農業と手工業の高度な発展、都市経済の繁栄、市民階層の誕生が、伝奇小説に豊かで生き生きとした新しい題材を提供し、文人と市民階層の嗜好と娯楽の需要に合致したのである。仏教の盛行と神秘的な法術および因果応報説に対する人々の信仰が、唐の伝奇小説創作の繁栄を促進した。唐代の詩歌の繁栄、特に叙事詩の高度な完成が、ストーリーの曲折、婉曲な筆遣い、精緻な描写といった面で唐の伝奇小説に影響を与えている。また、文字使いが自由で生き生きと流れるような古文の隆盛が、伝奇小説の叙事に便利でぴったりな文体を提供したのである。

　唐の伝奇小説の中では恋愛伝奇小説が重要な地位を占め、大変高い水準に達している。瀋既済の『任氏伝』は、狐の妖怪を通して、人とその実際の生活を描いた最も早い作品である。それまでの邪悪な狐の化け物が人に害を及ぼすという伝統的な観念を覆し、賢くて美しく、夫想いでよく尽くす狐の妖怪というイメージを作り上げ、封建主義への対抗という意味を持っている。蒋防の『霍小玉伝』は、誠実な愛を求めた妓女・霍小玉が恋人の李益に棄てられ、恨みながら死んだ悲劇を描いている。白行簡の『李娃伝』は、娼妓の李娃とその愛する士人・滎陽公の息子が紆余曲折を経て、最後には願いがかなって一緒になり大きな栄光を手にするというハッピーエンドを描いた。これは作者の芸娼妓への同情とその品格への賛美を示し、理想の色彩が濃厚である。元稹の『鶯鶯伝』

は張生と崔鶯鶯の恋愛物語を通じて鮮明な個性を持ち、情が深く矜持のある女性のイメージを生み出した。李朝威の『柳毅伝』は落第した挙人の柳毅が、夫に虐げられた竜女のために手紙を洞庭湖に届けることにより、竜女が叔父・銭塘君の救援を得て実家に戻り、曲折を経て柳毅と夫婦として結ばれるという物語である。書かれているのは恋愛物語であるが、讃えられているのは、柳毅のような「富貴も淫する能わず、武威も屈する能わず」信義や約束を重んじる、極めて輝かしい知識人のイメージなのである。柳毅に作者の理想が映し出されているのだ。

第七章
宋・遼・金時期の文学

宋代は北宋（960〜1127年）と南宋（1127〜1279年）の二つの時期に分けられる。南宋の三百年間には、遼(907〜1125年)、金(1115〜1234年)、西夏(1032〜1227年) などの少数民族の国家も乱立していた。北宋の初期には戦乱も治まり、国家が統一された。北宋の中期になり、社会的繁栄を迎える。南宋の初期は人口が多く、豊かな江南地方が南宋王朝の政治、経済、文化の中心となり、社会的にも繁栄していた。南宋後期になると朝廷と地主階級が土地を合併し始め、多くの農民が次々に破産に追い込まれて、社会経済は次第に衰退していった。軍事面では藩鎮割拠した局面の再演を避けるため、北宋政府は中央集権を強化し、武人がのさばるのを未然に防ぐことで効果を上げたが、軍事作戦力を大幅に失ったことにより異民族の侵入を防ぐことができなかった。政治上は、文を重んじ武を軽んじた。執政の宰相、主兵の枢密使、財務の三司使から州郡の長官まで、ほとんどすべてにわたって文人がその職に就いていた。また多くの官職をもうけ、多種の官職の授与を制定し、膨大な手厚い待遇の官僚集団を形成した。人民に重い負担を負わせていたので、階級間の矛盾は日ましに激しいものとなった。宋代の文学、詞は最高傑作である。柳永、蘇軾は、詞で革新的な道を歩んだ。柳永の貢献は、「長詞」とそれにあった叙述の手法を作り出したことにあり、俗語俚諺を多用した。蘇軾は婉約派の他に豪放で闊達な詞の風格を拓き、詞の発展に画期的な貢献をなした。

南宋の民族紛争の激化によって人民の愛国心が広く高まっていく中で、愛国主義の文学が繁栄期を迎えた。有名な詞人である張元干、張孝祥、劉克荘など

は悲憤を詠い上げた。女性詞人李清照の詞風にも大きな変化があり、国破れて家亡くなる悲痛な思いを詠む作風が一時期中心的な内容となった。辛棄疾はさらに傑出した人物で、詞によって金国に対抗して国を救う意思を表現し、思想と芸術面で当時の最高水準に達した。南宋が滅んだ時、多くの愛国詩人がいたが、その中で最も代表的なのが天祥である。

遼は漢人との交流の中で漢民族文化の影響を受け、君臣、皇后妃などの多くが漢字を用い、詩を作成していたが、広まった作品は極少数である。金は、北宋文学の成果を受け継いで、詩人を輩出している。金と元時期の元好問はその中でも最も有名であり、国破れて家亡くなる現実を表現した作品が最高傑作である。董解元の『西廂記諸宮調』は鶯鶯と張生の愛情物語で、人民がこの好む現実主義の非常に優れた作品である。

第一節 蘇軾の文学創作

宋代の詩人で、業績が最も大きいのは蘇軾である。蘇軾が詩に使う題材は大変広く、社会、自然、芸術、宗教および個人の生活などに及んでいるため、政治詩や題画詩があれば、情景描写や文物に対する所感を述べた作品もある。政治詩では『呉中田婦嘆』『茘枝嘆』などがあり、当事者に対する批判や人民の苦しみに対しての同情心などが表現されている。

題材詩では『題王維呉道子画』などで、透徹した芸術の見解が表されている。当然ではあるが、注目しなければならないのはその数が最大の情景詩である。この類の詩の中には蘇軾の芸術的個性が表れており、また蘇軾の詩歌の最高傑作でもある。

蘇軾（1037～1101年）、字は子瞻、または和仲、号は「東坡居士」、北宋眉州眉山（現在の四川省眉山）出身、著名な文学者であり書画家でもある。蘇軾は父蘇洵、弟蘇轍と並んで文学で世に名を馳せ、一般に「三蘇」と呼ばれている。蘇軾は唐代韓愈、柳宗元と宋代欧陽修、蘇洵、蘇轍、王安石、曽鞏と共に「唐宋八大家」と称され、また黄庭堅、曽芾〔そうふつ〕、蔡襄と共に宋代書道を代表する書道家とされ、「宋四家」と称されている。

他の多くの中国文人と同じく、蘇軾も往々にして酒の勢いを借りて憂いを嘆き、酒の力で苦悩から逃れようとした。元豊2（1079）年7月、御士台官吏皇甫遵は命令を受け、汴京から湖州衙門に赴いて、その場で蘇軾を逮捕した。罪名は蘇軾の一部の詩文が朝廷を風刺し、皇帝を非難したというものであった。これで、蘇軾は監獄に130日間閉じ込められることとなった。これが世に知れ

渡った「烏台詩案」である。その後、蘇軾は張方平、範鎮などの助けで釈放され、黄州に左遷された。蘇軾が黄州で書いた詩の中にはほとんど酒の文字が含まれており、闊達なベールの下で依然として酒の力を借りて憂いを嘆こうとする気持ちを隠すことはできなかった。最も代表的な作品は『前赤壁賦』である。賦の中で、蘇軾と客人が赤壁で船遊びをしている様子を描き、船の上で酒を飲みながら歌を歌ったり景色を眺めたりして楽しそうにしている。続いて、客人は簫を吹くが、その音色はもの悲しく雰囲気は一気に楽しさから寂しさへと変わっていく。そして、歴史人物への懐かしさが書かれ、人生の短さや小ささに感嘆する気持ちを表している。最後に主人の慰みで「変」と「不変」の哲理が明かされている。そこで、客人は悲しみを喜びに変え、一緒に酒を飲み交わして朝までぐっすり寝た。賦の中で、蘇軾は闊達で現実への苦しさから逃れようとしたが、実際には逃れることができなかった。これは、陶淵明、欧陽修、李白などが酒の勢いを借りて憂いを晴らし、自らの気持ちを山水に託す心情と似ている。

　蘇軾は北宋の文壇のリーダー的人物であり、蘇軾の詩文は造詣が深く、北宋文学の変革における最高の成果だとされている。また、蘇軾の詞は意気に溢れ雄壮であり作風も多岐にわたり、晩唐五代以来の「詞は艶やかで」「詩は荘厳で、麗しい」といったもの柔らかな伝統を変え、詞の題材と表現内容を大胆に切り開き、豪放一派を開いてその後の南宋の辛棄疾などの詞人に継承され、有名な「蘇辛詞派」を形成し宋代の詞の発展に重要な影響を及ぼした。蘇軾の詞は素材が幅広く、理想や抱負を描き、雄雄しい志を言い表したもの、例えば『江城子 密州出猟』の「老夫聊發少年狂，左牽黃，右擎蒼，錦帽貂裘，千騎卷平岡。爲報傾城隨太守，親射虎，看孫郎。」(老夫　聊か發す　少年の狂，左に　黄を牽き，右に　蒼を擎つ，錦帽　貂裘，千騎　平き岡を卷く。爲に報ぜん　傾城して太守に隨せるに，親く　虎を射ん，孫郎を　看よ。[12])では、詞人は同僚およびお付きの者と狩りに行き、左手には猟犬を引き連れ肩には狩猟用の鷹を乗せ、孫郎と競って自ら虎を射に行き、自由奔放で万丈の豪気に満ち溢れ、敵を倒し祖国に報いたい英雄の気概が表現されている。『念奴嬌，赤壁懷古』、「大江東去、浪淘盡千古風流人物。故壘西邊、人道是三国周郎赤壁。亂石崩雲、驚濤拍岸、捲起千堆雪。江山如畫、一時多少豪傑。遥想公瑾當年、小喬初嫁了、雄姿英発。羽扇綸巾談笑間、檣櫓灰飛煙滅。故国神遊、多情応笑我、早生華髪。人間如夢、一尊還酹江月。」(大江は東に去り、浪は千古風流の人物を淘い尽す。故き壘の

---

12 http://www5a.biglobe.ne.jp/~shici/p10sujng.htm

西の辺り、人は是れ三国の周郎の赤壁なりと道う。乱石は雲を崩し、驚涛は岸を拍ち、千堆の雪を捲き起こす。江山は画の如し、一時多少の豪傑ぞ。遥かに公瑾の当年を想う、小喬は初めて嫁しぬ、雄姿英発し。羽扇綸巾し談笑の間に、檣櫓は灰と飛び煙と滅びぬ。故き国に神を遊ばせ、多情応に我を笑うべし、早くも華髪を生ぜしと。人間は夢の如し、一尊もて還お江月に酹がん[13]）の前半部分では、赤壁の美しい情景や祖国の素晴らしい山河が賛美されている一方、古代英雄への懐かしみと憧れも描写されている。後半部分では周瑜が風流で洒脱、若く有望で指揮が的確であったが、愉快な語り合いの中から「強虜灰飛煙滅」（強虜は灰と飛び、煙と滅びぬ）と感じ、自らはすでに高齢であるが官職への道は険しく、依然として功績と名声の無さの失意と感慨を表現している。しかし詞全体の運筆は雄雄しくたくましく、感情は激しく揺れ動き、詞の行間からは、詞人の闊達で楽観的、俗離れしていて勇壮な気持ちが溢れ出ており、豪放詞の代表作品である。『水調歌頭、明月幾時有』、「明月幾時有？把酒問青天。不知天上宮闕，今夕是何年。我欲乗風歸去，又恐瓊樓玉宇，高處不勝寒。起舞弄清影，何似在人間！轉朱閣，低綺戸，照無眠。不應有恨，何事長向別時圓？人有悲歡離合，月有陰晴圓缺，此事古難全。但願人長久，千里共嬋娟。」（明月幾時よりか有る？酒を把りて青天に問ふ。知らず天上の宮闕は、今夕是れ何れの年なるかを。我風に乗りて歸去せんと欲すれど、又た恐る瓊樓玉宇の，高き處寒さに勝へざらんことを。起舞すれば清影弄ひ、なんぞ似ん人間に在るに！朱閣に轉じ、綺戸に低くして，照らされ眠ること無し。應に恨み有るべからざるも、何事ぞ長に別かるる時に向いて圓なる？人に悲歡離合有り，月に陰晴 圓缺有り，此の事古より全きこと難し。但だ願はくは人長久にして、千里嬋娟を共にせんことを。[14]）では、丙晨（1076）年の中秋節、名月が空にかかり、蘇軾は月を愛でながら酒を飲み、官職への失意、親しい人への思い、自らの鷹揚な性格が上手く結び付き、千古に歌い継がれる名作となった。前半部分では、蘇軾は酒を把りて青天に問い「風に乗り帰り」たく乱れた世の中を去りたいと思う一方で、「高き處寒さに勝へざらん」と思い、月の下で舞いひとときの安寧を得る。後半部分では、節句の良き日に家族を思い心配で胸がいっぱいになるが、「人に悲歡離合有り，月に陰晴 圓缺有り，此の事古より全きこと難し。」とも分かり、自らが思う人たちが健康かつ長寿であるよう願い、遠く離れてはいても、ともに美しい月を愛でることができると思うのである。詞全体は、月を主題として月を望んで遠きを思い、言葉遣いも美しく境地に奥深さがあり、詞人蘇軾の積極的で向上心に

---

13 http://www.geocities.jp/sangoku_bungaku/others/nendokyo_sosyoku.html
14 http://www5a.biglobe.ne.jp/~shici/p36.htm

満ちた楽観主義的精神が表現されている。

第二節 李清照の文学創作

　李清照（1084～1151年頃）、易安居士と名乗る。両宋の社会混乱期に遭い、金人の侵入は彼女に大きな災難と不幸をもたらした。南方に移ってまもなく夫趙明誠が病死、後半生は孤独の中で生き抜き、死去。作品には、『漱玉集』がある。李清照は多方面での文学的才能のある作家で、詩、散文と詞においても成果を残しており、その中で最も得意としたのが詞である。李清照の詩は、奪われた土地を奪い返したい気持ちと現実政治への関心を示す積極的な精神が表現されており、風格も剛健で清心であり、詞風とは似通っていない。『夏日絶句』の「生當作人傑，死亦爲鬼雄。至今思項羽，不肯過江東」（生きては豪傑となり、死してまた英雄となれ。今項羽を思う、逃げずに自刎した彼を。[15]）は、南宋の統治者たちが享楽にふけるばかりで北上して戦わないことを風刺し激高し、自らの気持ちを述べたものである。散文『金石録後序』は個人の悲しみと喜びを国家の災難と結び付けて叙述し、感慨でもの悲しく、彼女の散文の代表作品である。李清照の詞の成果は最高であり、両宋時代に現れた傑出した女流詞人であり、婉約派の代表人物でもある。

　李清照の詞風は、前後二つの時期に分けることができる。前期は少女や青年時期の未婚女性の恋心を詠ったものが多く、婉曲的で含みがあり爽やかかつ清らかである。例えば、『如夢令・常記渓亭日暮』、「常記渓亭日暮、沈酔不知帰路。興尽晩回舟、誤入藕花深処。争渡。争渡、驚起一灘鴎鷺。」（常に渓亭の日暮を記す、沈酔し帰路を知らずを。興尽きて　晩きに舟を回す、誤まりて藕花の深き処に入る。争んで渡らん。争んで渡らん、驚き起こす一灘の鴎鷺。[16]）では、詞人李清照は、船遊びをしている情景を魅惑的に表現している。渓亭で酒を夕暮れまで飲んでいると、酔いが回ってしまい、帰り方が分からなくなって蓮の花の茂る奥へと迷い込んでしまい、鴎鷺の一群を驚かせてしまう。短い句ではあるが、詞人李清照の自然で活発、洒脱な性格と明るい性格が描かれている。『酔花陰』では、李清照の重陽の節句における他郷にいる夫への思いが表現され、女心が上手く表現された名作となっている。「薄霧濃雲愁永晝，瑞腦消金獸。佳節又重陽，玉枕紗廚，半夜涼初透。東籬把酒黃昏後，有暗香盈袖。莫道不消魂，簾捲西風，人比黄花痩。」（薄霧　濃雲　永き晝を　愁ひ、瑞腦　金獸に消へ。佳節

15　http://kansi.sankouan.sub.jp/?eid=946540
16　http://www.ccv.ne.jp/home/tohou/risisyou2.html

又　重陽玉枕　紗廚,半夜に　涼　初めて透る。東籬に　酒を把りて　黄昏の後,暗やかなる香　有りて　袖に盈つ。道ふ莫れ　消魂せざると,簾　西風に捲かるれば,人は　黄花　比りも　痩せん。[17]）では、前半部分は夫への思いが描かれ、終日憂い悩んで夜は寝返りを打ち眠れない様子が、後半部分は黄昏時に独り酒を飲みながら菊を観賞し、孤独と寂しさに落ち入る様子が表現されている。特に最後の三句「莫道不消魂，簾捲西風，人比黄花痩。」は、生き生きとして、イメージ豊かに描かれている。夫への思慕から虚ろで零落している自分は日ましにやつれていき、観賞している菊の花より憔悴しきっており、詞人李清照の遠く離れた夫への思いが伸びやかに上手く表現されている。靖康元年からの金人の中原への侵入に伴い、李清照も国が破れて家を失い、夫を亡くしたことから、長年にわたり落ちぶれ流浪する生活を送ったため、詞風にも変化が生じた。夫を亡くした痛み、離散の苦しみ、亡国の恨みがその後の李清照の後期の創作活動の主な内容となっていった。例えば、『武陵春』、「風住塵香花已盡，日晩倦梳頭。物是人非事事休，欲語涙先流。聞説雙溪春尚好，也擬泛輕舟。只恐雙溪舴艋舟，載不動，許多愁。」（風住み　塵香りて　花已に盡き，日　晩くして　倦みながら　頭を梳く。物は　是なるも　人は非にして　事事　休し，語らんと欲して　涙　先に流る。聞説く　雙溪　春　尚ほ好く，也た擬して　輕舟を泛ばすと。只だ　恐る　雙溪の舴艋舟，載せて　動かせず，許多の　愁ひ。）の前半部分では、春の終わりの情景を用い、内心奥深いところの悲惨さと憂慮を描いている。長期にわたる戦乱で、拠り所がなく流浪し、志を同じくした夫には先立たれ、目の前に広がる風景は以前と変わらないが、人は変わってしまい、悲しみが押し寄せてくる。後半部分では、その憂いは更に深刻で、「双渓に浮かぶ小舟」であっても、この詞人の溢れんばかりの憂いは積みきれないと詠み、例えが適切で、感銘を与える。『声声慢』の「尋尋覓覓，冷冷清清，凄凄慘慘戚戚。乍暖還寒時候，最難將息。三杯兩盞淡酒，怎敵他，曉來風急。雁過也，正傷心，却是舊時相識。滿地黄花堆積，憔悴損，如今有誰堪摘。守着窗兒，獨自怎生得黑。梧桐更兼細雨，到黄昏、點點滴滴。這次第，怎一個、愁字了得。」（尋し尋して　覓め覓めて，冷冷たり　清清たり，凄凄たり　慘慘たり　戚戚たり。暖にして　乍ち　還た　寒き　時候,將息　最も難し。三杯　兩盞の　淡酒は，怎ぞ　他に敵はん，曉來の　風　急なるに。雁　過ぐる也，正に　傷心，却って是れ　舊時の相識たり。滿地の　黄花　堆積すれど，憔悴して　損はれ，如今　なんぞ　摘むに堪へん。窗べによりそひ　君をまてど，獨りにて　怎生ぞ　宵

17　http://www5a.biglobe.ne.jp/~shici/liqingz6.htm

までを　すごさん。梧桐　更に　細雨を兼へ，黄昏に到りて，　點點　滴滴。這なる次第，怎ぞ一個の，「愁」字に了し得ん。[18]）では、詞人の限りない「憂鬱」の表現が異常なほど痛ましく、数多くの読者の心を深く揺さぶる。詞の始めは「尋尋覓覓，冷冷清清，淒淒慘慘戚戚。」と同じ文字が繰り返し用いられ、詞人の悲しみと寂しさが詠まれ、酒の勢いを借り、憂さを晴らそうとするものの、「怎敵他，曉來風急（夕ざれの風は強く、どうすれば耐えられよう）」となる。空を飛ぶ雁を見て、一家離散を思い出し、身内のいないことを感じる。深い闇の夜に雨がしとしとと降り、もの悲しくそして絶望感を表現している。詞人の悲しみは極限に達し、「這次第，怎一個、愁字了得（この気持ちは愁の文字では表せない）」と思わず口をついて出た。李清照の詞は物柔らかで含蓄があり、自然で描写が細かく、人の心を揺さぶる。また、叙事的な描写が自然で言葉使いが美しく、言葉で言い尽しているが、その境地は尽きることがない味わい深いものである。こうして彼女の独特の風格が作られ、それは「易安体」と称されている。この李清照の詞風は後世にも大変大きな影響力をもたらした。

第三節　遼・金時期の文学

　916年に契丹族のリーダー耶律阿宝機が契丹国を成立させ、947年に国名を遼とした。1115年には女真族完顔部のリーダー阿骨打が金を成立させ、1125年に遼を、翌年北宋を滅ぼし、南宋と対峙して1234年に滅亡した。この二つの歴代王朝は240年続き、この間に多くの作家の作品が誕生した。最も代表的な作家と作品は、元好問と董解元の『西廂記諸宮調』である。

　一．元好問
　元好問（1190～1257年）、字は裕之、号は遺山、太源秀容（現在の山西省忻県）出身。かつては金の県知事、左司都事などを歴任。元が金を滅ぼした後で故郷に戻り、文筆活動を始める。金時代の成果が最も大きい作家で、詩、詞、文ともに造詣が深く、その詩の成果は多くの人の注目を集めている。『元遺山集』がその一つである。
　元好問は金と元の王朝が代わる時代に生まれたため、詩の表現の多くは現実社会、とりわけ金と元の民族矛盾である。作品には『雁門道中書所見』『岐陽』『癸巳五月三日北渡』などがある。芸術的観点から言えば、元好問の詩は南方詩

18　http://www5a.biglobe.ne.jp/~shici/liqingz1.htm

人の華美な言葉の使い回しと北方人の力強さの両方を持ち合わせている。言葉は洗練されて正確であり、表現力が豊かなため、後世の元好問への評価は高い。

二.『西廂記諸宮調』

いわゆる諸宮調とは、宋金元朝に流行した歌唱を伴う語り物演芸である。同一音調の一部の調子をつなぎ合わせて短い曲を作り、異なる音調の短い曲をつなぎ合わせて長い曲を作り、叙述と歌唱を伴いながら物語を述べていく。言い伝えによると、その創始者は北宋末期の民間芸人孔三伝ということである。

『西廂記諸宮調』は現存する唯一の完全な形で残った諸宮調作品であり、その作者は董解元である。『西廂記諸宮調』は、唐代元稹の伝奇小説『鶯鶯伝』を改編して作られた。董解元は『鶯鶯伝』のあらすじは残し、4点で大きな改編を行った。思想面では原作者の張生が女性を弄ぶ行為へのえこひいきや女性への偏見を変え、婚姻の自由を歌う主題を際立たせることにより作品の本質的な向上を図った。人物像の面では主人公の性格を変えることにより、プラスの人物像に変え個性を鮮明にした。例えば、張生はもともと女性を弄ぶような人物であったが、董解元はその主人公を義理人情に深い人物へと変え、愛情に忠実なプラスの人物像とした。また、崔鶯鶯はもともと事なかれ主義の逆境に従う弱者であったのを、愛情を大胆に求める女性へと書き換えた。内容面では、佛殿相逢（仏殿で巡り会い）、月下聯吟（月下で詩を吟じたり）、兵囲普救寺（兵士が普救寺を囲み）、長亭送別（長亭で分かれ）、村店驚夢（村の店で夢から覚める）のシーンがあり、物語はより紆余曲折があり、生き生きとしている。芸術面では、古典の詩や詞の優雅な言葉や借景叙情的な手法を用い、情景描写や叙事、抒情が一体となり、『長亭送別』などのように作品をより詩的に仕上げている。

第 八 章
元朝文学

　元王朝の大統一により、北宋以来長年にわたる脆弱で不振な局面は改善され、中国の多民族国家の発展や中国の各友好民族の融合と経済文化の交流を促進した。しかし、モンゴル貴族が中原に入り、武を重視して文を軽んじ、残酷な階級の抑圧や民族抑圧政策があったことにより、社会経済や政治、思想文化に大きな変化が現れた。もちろんのことながら、文学の発展にも深刻な影響をもたらした。

　元王朝の統治者は人民を鎮めて統治を強固にし、各宗教を提唱し、最も仏道を重んじた。儒理学も提唱はされたが、その地位の影響力は以前ほどではなかった。儒家思想の束縛の緩和、社会環境の大きな変化、伝統文学への観念などにも変化が起こった。かつて軽んじられていた戯曲、元曲、小説などの大衆文学なども、多くの庶民に愛されるようになった。また、元のモンゴル貴族は文章語を好まずに戯曲や音楽と舞踏などを好み、高官や上層の文人なども鑑賞を楽しんで提唱した。これが、元王朝で各種大衆文学が勢いを増し発展した一方で、詩文などが相対的に衰えていった重要な原因の一つである。

　元王朝の統治者は民族抑圧と民族分化政策を行い、民族を蒙古人、色目人、漢人、南人の４等級に分け、この４等級の社会的地位と政治待遇はかなり不平等なものであった。漢族は最も低い地位に位置し、差別や抑圧を受けた。漢族文人や儒士も同様に差別、抑圧され、あるものは奴隷へと落ちぶれていった。その多くのものは、社会の底辺で生活し、「九儒十丐〔きゅうじゅじっかい〕」という低い地位に置かれた。元王朝は、長く続いていた科挙制度を廃止し、文人の出世の道を閉ざしてしまった。その一部の文人は民間芸人と同じ地位にまで追い込まれ、「書会」を形成し、寄席のために演目の脚本を書き、元の雑劇創作の先導者となった。特定の社会環境が特別な職業作家たちを作り出し、元朝文学の繁栄を促した。

第一節　元雑劇と関漢卿、王実甫

一．元雑劇

　元雑劇は新しい戯曲形式で、物語を演ずる総合的な舞台芸術である。豊富か

つ深い思想内容と斬新な芸術形式は、元朝文学の最高傑作となった。現存の演目は六百種あり、作品は百六十二種ある。元雑劇の発展は成宋大徳年間を境にし、二つの時期に分かれる。前期雑劇の中心は大都で、多くの優れた作家と多くの優秀な作品を輩出した。この時期が元雑劇の最も盛んな時期である。その中で関漢卿、王実甫、白朴、馬致遠は「元曲四大家」と呼ばれている。この四大家は中国の文学史上でも未曾有の新しいタイプの作家たちであり、長年下層市民の中で生活をしてさまざまな社会の暗い一面を目にしてきており、人民の苦しみや闘いをその目で見、自身も政治的抑圧や生活の苦しみを味わっていた。そのため、その作品は市民の声を反映したものとなり、強烈な現実性と闘いの精神を有している。同時に雑劇への創作や演出についても大変熟知していたため、彼らの作品は芸術レベルが高いものであった。これら「生まれが卑しい」作家は元雑劇の繁栄に傑出した貢献を行った。後期の雑劇の中心は南の杭州に移り、雑劇創作は次第にその勢いを失っていくが、優秀な作家と作品は依然輩出された。

二. 関漢卿

関漢卿、号は己齋叟〔さいさいそう〕、大都(今の北京)出身。生没年は不祥だが、おおよそ13世紀初めに生存していたと思われる。元朝社会の典型的な「書会」の編纂者であり、長年にわたって寄席や妓楼で生活し、戯曲の脚本を書いていた。関漢卿は優れた才能に恵まれ、博識でユーモアもあり多くの知恵も持っていたが、官吏となることを潔しとせず、性格は強情であった。一生の大部分を大都で活動し、晩年に杭州へ移る。生涯をかけて創作した雑劇は六十種余りあり、現存しているものでは十八種である。関漢卿の最も傑出した作品は『竇娥冤〔とうがえん〕』で、その他の名作としては『救風塵』『望江亭』『単刀会』などがある。関漢卿はまた有名な元曲作家でもあり、現存しているものでまとまりになっていないものが五十七首、まとまったものが十首余りある。

『竇娥冤』は以下のような物語である。貧しい秀才竇天章は、借金の肩代わりに7歳の竇娥を蔡婆の息子の嫁にするために売り渡し、自分は試験を受けに行く。13年後、竇娥は未亡人となっており、蔡婆と助けあって生きていた。その後、ごろつきの張驢児〔ちょうろじ〕親子が竇娥に結婚するように迫るが、断られてしまう。張驢児は竇娥を服従させるため、毒薬を買って来て蔡婆に飲ませようとするが、自分の父親を薬殺してしまう。張驢児は「姑を薬殺した」として竇娥を逆恨みし、役人の所へ連れて行く。汚職役人桃杌は白黒つけることなく竇娥に厳しく供述を迫り、最終的にはえん罪のまま死刑に処す。処刑の前、

竇娥は激しく汚職役人を罵り非難して、えん罪を着せられたことを示すために、三つの誓いを立てる。一つ目は、血で空に舞う白旗を染める。二つ目は、6月に雪を降らせる。三つ目は、3年間干ばつが続くことである。竇娥の死後、この三つの誓いは天地を唸らせるが如く、すべて現実のものとなっていく。3年後、竇天章は勅命を受けて処刑場の視察を行った時に、竇娥の亡霊が父親に無実を訴え、竇天章はもう一度案件を審査し直して、竇娥の無実の罪が明らかにされる。
　竇娥は封建的抑圧を受け、数々の苦しみを背負った女性である。彼女の性格は善良で、温厚である一方、剛健で反抗的な一面もある。天命を信じ、自らの身分をわきまえ、黙々と苦しみに耐え抜いている。彼女の善良さは特に姑への同情と配慮から見て取れるが、善良な竇娥は抑圧に耐えることのできない人物でもある。彼女は張驢児の虐めや侮り、迫害に対しては断固として戦う姿勢を見せ、法廷でも理に基づいて論争している。彼女は役所に対してももともとは期待を抱いていたが、残酷な現実により目が覚める。えん罪で死刑を言い渡された時、激怒して「始めから争い、最後まで争い抜く」と意思表示もしている。「処刑場」の一節では、一転して彼女の性格は大きな飛躍を見せる。天地をも罵り尽すかのように、社会の不公平さを訴え、譴責している。『滾銹球』の中では、封建社会の数多くの迫害された者の心の叫びが歌われている。この三つの誓いは暗闇の統治への激しい抗議と挑戦でもある。竇娥の反骨精神は大自然を正常な状態へと変化させ、この三つの誓いは奇跡的に現実のものへ変わっていく。竇娥の死後にえん罪を訴える亡霊は、彼女の反骨精神の継続と発展を表している。作者はこのように描写することによって、人民の理想をこの物語に託し、人民は抑圧に甘んじてはいないと説明している。よって、竇娥の人物像は抵抗することへの理想的な輝きなのであると作者は描写している。

　　三．王実甫
　王実甫、名は徳心、大都出身。生没年は不詳だが元朝前期に活躍していた。寄席生活を熟知し、優れた才能に恵まれ、関漢卿同様、元雑劇の最も優れた作家である。『録鬼簿』に王実甫の雑劇十四首が載り、現存の作品は三種。『西廂記』は、最も誉れ高い代表作品である。
　『西廂記』は、張生と崔鶯鶯の愛情物語は伝承過程が大変長く、最も早くは唐代半ばの元稹の伝奇小説『鶯鶯伝』に始まる。小説での内容は悲劇的であるが、鶯鶯の美しさや豊かな愛情、善良で弱々しい少女像を作り出している。そして、彼女の悲劇を通して、客観的に封建士大夫の冷酷さと私欲や封建社会の不合理性を暴露している。文章は美しく、描写は婉曲的で生き生きとしており、芸術

的魅力も十分にあり、宋、金時代に広く世に知れ渡った。金代には董解元の『西廂記諸宮調』、略称『董西廂』も現れ、内容も大きく変わった。『董西廂』は小説『鶯鶯伝』を改編し五万字余りの歌唱を伴う語り物演芸形式となり、根本的にその物語の枠組みを変えた。鶯鶯と張生がともに封建的礼儀と道徳に立ち向かい、自主的な婚姻を勝ち取る物語となり、全体的に新しい内容と反封建主義のテーマとなった。『董西廂』では、張生は軽薄で品行が良くない文人ではなく、愛情に忠誠な人物として描かれていて、小説の中での天命に任せる弱々しい鶯鶯を、果敢に抵抗し理想を追い求める貴族のお嬢様へと書き変えた。また、元の小説の中では性格が暗い女中紅娘を、情熱に溢れかつ機敏で、崔と張の結婚を勧める重要人物へと変えた。老婦人も封建勢力の人物となった。『董西廂』では紆余曲折した感動の物語が多く加えられ、言葉も生き生きとしてその芸術的成果も高く、『王西廂』の創作に確固たる基礎を築き上げた。王実甫の『西廂記』は、『董西廂』をもとに歌唱を伴う語り物演芸形式から雑劇へと改編されたものである。『王西廂』は、『董西廂』の優れた芸術的伝統を継承し、人物像と言語の面などで改善と刷新を上手く取り入れて成功している。

　王実甫の『西廂記』は、合計五冊で二十一折あり、優秀な愛情喜劇である。あらすじは、崔相国が病死した後、婦人鄭氏と娘崔鶯鶯はその霊を帰葬しに帰る途中で普救寺に立ち寄る。試験のために都に向かう途中の読書人張珙は偶然鶯鶯に出くわして一目惚れをし、口実をつけて寺に宿泊する。二人は壁越しに詩を詠み、法事場で気持ちを伝え、互いに慕い合う。この時反徒の孫飛虎が、鶯鶯を捕らえようと普救寺を兵士で取り囲む。老婦人は、兵士を撤退させたものに鶯鶯を嫁がせると宣言する。張生は白馬の将軍杜確に頼んで兵士を撤退させるが、老婦人は信義に背き婚約を解消してしまう。紅娘は張生に代わって怒り、張生に琴で思いを伝えさせ、それを月下で鶯鶯に聞かせることで、二人を相思相愛へと導いてゆく。紅娘は、崔と張の間で書簡のやりとりを手助けするが、鶯鶯は封建社会の礼儀と道徳に縛られる。張生にひそかに恋心を寄せる彼女は、面と向かえばわざと厳しく責め立てて、内心との矛盾が起こる。一方で、張生は思いが通じないことから病気で倒れてしまう。鶯鶯は思想面での葛藤を幾度となく繰り返し、紅娘の助けのもとでついに張生と結ばれる。老婦人はそれを察知して怒り紅娘を拷問するが、頭の切れる紅娘は最終的には老婦人に打ち勝って二人の婚姻を認めさせる。しかし老婦人は直ちに張生に試験に参加するように仕向け、長亭で別れるので、崔と張はしぶしぶながら離れ離れになることとなる。張生はトップの成績で試験に受かり、鶯鶯と結ばれることを待つが、鄭恒の結婚争いに巻き込まれ、デマが広がって中傷され、老婦人は再び婚

約を解消する。幸いにも張生はすぐさま帰り、鄭恒は自らを恥じ自殺してしまう。崔鶯鶯と張生は幾度の紆余曲折を経て最終的に結ばれた。『西廂記』は張生と鶯鶯との自由恋愛を通して、度重なる封建社会の圧力を打ち破り、幸せな婚姻を成し遂げる物語である。この物語は不合理な封建社会の婚姻生活を批判し、若い男女が婚姻の自由を追い求め戦うことを情熱的に讃えたもので、「気持ちがあれば必ず結ばれる」という理想を表現し、それは民主的な思想の表れでもあり、際立った進歩的意義を有している。

第二節 元朝の南劇

一．南劇

南劇は、南曲劇文の略称である。北宋末から南宋始めに浙江省温州一帯で、南曲形式で歌われていた民間戯曲である。その規模と構造は北雑劇より大きく複雑であり、形式は比較的自由で曲調はしとやかで抑揚があり、特に南方の人々に愛されている。元が滅び南宋になった後、南劇は二度ほど衰退したが、元朝末期になって南劇は再び盛んになった。現存の南劇の脚本で最も成果が大きいのは高明の『琵琶記』であり、また比較的有名なのは元朝末期の「四大伝奇」と称された『荊釵記』『白兎記』『拝月亭』『殺狗記』がある。南劇は元朝末期にほぼ形作られ、成熟していった。明清時代にはその姿を長編伝奇へと変えていく。『琵琶記』は高明が民間で伝わる南劇『趙貞女』をもとに改編したものである。蔡伯喈が都に赴き試験を受け、成績優秀であった蔡伯喈〔さいはくがい〕は牛丞相に婿入りするように迫られる。故郷は災害に遭い、両親は飢え死にする。蔡の妻である趙五娘は舅と姑を埋葬した後、琵琶を背負い都に夫を探しに行く。幸いにして牛家の娘は道理が分かる人であったため、一夫二妻は最後には上手くまとまる。改編の中で最も重要な改編箇所は、主人公蔡伯喈が親を捨て妻を裏切り最終的には雷に打たれて死んでいく否定的な人物像であったものが、誠意があり親孝行で肯定的な人物像へ変わり、劇の主題も両親と妻を捨てる譴責から忠誠心へと変わっているところである。

『琵琶記』は封建社会の道徳と礼儀を宣揚する一方で、生活や人物に対しての真実の描写が多くあり、生活感を反映させている。蔡伯喈は役人になることは望まず、田園でひっそり暮らしたいと願うが、大変軟弱で両親や宰相、皇帝による圧力をなすがまま受け入れ、逆らったり抵抗したりする勇気はなく、自らが矛盾した苦しい境地に追い込まれ抜け出すことができなくなる。蔡伯喈のこの軟弱で堪え忍ぶ姿は、封建社会の道徳と礼儀の抑圧の中での多くの知識人が

持っている性格を反映したものであり、蔡伯喈を通して「忠誠」を主体とする封建社会の道徳と礼儀が人間性を無視し、人間性を踏みにじる腐食の本質であることを見せている。また、趙五娘については、作者の意図するところでは、操を守り孝道を行う象徴を作り出そうとしている。彼女を通して封建的な道徳を宣揚しようとするが、劇中では趙五娘は概念化された人物ではなく、彼女の行動は個性的で特徴があり、特に舅や姑に対する態度には、下層の女性特有の自己犠牲的で強靱で貴ぶべき品性を持ち合わせていることを際立たせている。そのほか、『琵琶記』も客観的に封建社会の暗黒的な部分のほか、地方役人が賄賂をむさぼり法を勝手に変えたりする点を暴露している。飢えに苦しむ農村の真実を描いた点に関しては、一定の範囲内で人々の苦しみを反映し、作者の勤労大衆への同情も表現されている。

二．元朝四大伝奇

元朝の末期には南劇が復活し、大規模な演劇作品が相次いで出てきた。『荊釵記』『白兎記』『拝月亭』『殺狗記』は南劇の復活における重要な作品であり、「四大伝奇」と呼ばれ、または「古劇四大家」とも呼ばれている。作品の思想自体はさほど高くはないが、内容は曲折があり、悲喜・離合のすべてが含まれている。

1．『拝月亭』は四大伝奇の中で極めて優れた作品で、その芸術性は高い。この劇は、関漢卿の同名の雑劇を改編したもので、そのエッセンスを取り入れて再度作り直し、社会が不安定な状態で人々が路頭に迷う背景の元で悲喜・離合を描き、特に優れた芸術的特色のある作品である。物語は、金王朝が契丹族の侵略を受け、戦事が中都に迫ろうとした時、朝廷は南に移る。王尚書は使節として他方におり、彼の妻と娘瑞蘭も慌ただしく中都を離れ、一般市民たちとともに避難する。その途中で母娘は離れ離れになってしまい、瑞蘭は貧しい秀才の蒋世隆に出会って、しかたなく道連れとなる。蒋世隆は妹瑞蓮と一緒に逃げており、兄妹二人は途中で離散してしまう。瑞蓮はその途中で王夫人に出会い、養女として一緒に逃げる。瑞蘭と世隆は一路苦しい生活を送るが、愛情が芽生え、招商店で夫婦となる。しかし、不幸にも世隆はその店で病に倒れてしまう。この時王尚書は凱旋し、朝廷に戻る途中でこの店の前を通りかかって娘の瑞蘭を見付け、母娘が避難の途中で離散したこと、蒋世隆と道連れで逃げてきたことを知る。瑞蘭は父に蒋世隆に嫁ぐことを許してほしいと願うが、王尚書は家柄の違いを理由に許さず、病に冒されている蒋世隆を見捨てて娘を連れて行く。宿場では偶然にも王夫人と瑞蓮に出会い、一緒に都へと行く。その後王尚書は宰相となり、その年の状元を気に入って娘の瑞蘭を嫁がせたいと思うが、瑞蘭

は気が進まず、そして状元も面と向かって断った。この困った状況で、養女瑞蓮がその状元は自分の兄蒋世隆だと気付き、各人それぞれの憂いはすべてなくなり、最終的にはめでたく結ばれていく。

『拝月亭』は王瑞蘭の人物像を大変うまく描き出している。特に王瑞蘭の内心の微妙な変化や矛盾した心理描写などは、微に入り細に入りかつユーモアにも富んでいる。尚書の娘の身分として、広々とした野原で、惟一人孤独で頼るものもおらず、自分の傷も顧みることができない状況で、蒋世隆に連れて行ってもらうことしかできず、ましてや自ら「夫婦になる」ことを提案している。しかし旅館に着いて蒋世隆が正式に結婚の申込みをすると、彼女は心では望んでいるものの、わざとはぐらかしたりして名門のお嬢様気取りの様子を覗かせる。この人物像により、南劇の芸術レベルは新たな段階へと上がっていく。

2．『荊釵記』の物語の原型は文人王十朋が玉蓮を捨てる物語で、『王魁』『趙貞女』と同じタイプである。しかし、『荊釵記』がそれらと異なるのは、「義夫節婦」つまり死ぬまで変わらぬ夫婦愛を賛美していることである。『荊釵記』の改編では、儒家の価値観が塗り替えられた場面が多く見られる。例えば、王十朋が、玉蓮が亡くなったとの誤報を聞いた後も情を移すことなく、ひいては後継ぎがいないとしても再婚をしなかったことは、「不孝有三、無後為大」（不孝に三つあり、跡継ぎがないのが一番の不孝だ）との道徳観を打ち破っている。銭玉蓮は、を重んじ財を軽んじる人物で、自らの信念のためには死をも恐れず、彼女の「節」は封建制度の貞節的な原因もあるもののその多くは「富貴でその志は変えられず、力づくではその情を変えることはできない」性格を表現している。劇中においては、如何に貧賤、富貴に向き合い、如何に夫婦関係や継母と前妻との家庭関係を処理するかなどに物語は及んでいる。これらはすべて旧時代の下層市民が最も感心を寄せていた社会問題であったため、『荊釵記』が世に出ると、多くの人々の関心を引き寄せた。構成は特に精巧に作られ、劇的なシーンが多く、荊釵を手がかりに全編通して主張が一貫され、ストーリーの展開は目新しく特に演劇に適している。

3．『白兎記』は、登場人物の劉知遠が置かれた貧しくそして虐め侮られた屈辱と、最後に意気揚々になるところが特に描き出され、文体は痛快で読者を夢中にさせる。脚本では、李三娘の描写もうまく描かれており、苦難に堪え忍び、苦しみの中で夫の帰りを待つ善良な婦人像が描かれ、旧時代の多くの女性が味わった悲惨な状況を体現している。

4．『殺狗記』は、飲み仲間の無頼の心理と卑劣な行為への暴露であり、作品はある意味で忠告的な役割を果たしている。表現力豊かな台詞回しと封建的な

教訓話がおり混ざっている。しかし、劇中で強調されているのは、兄弟のように親しい間柄は信頼できて、悪友たちと付き合ってはならないという倫理道徳は肯定に値するという点である。劇中では、財産分与によって家庭崩壊の起こる社会現象などにも触れているが、それは宗法社会が広く注目している社会問題でもあり、現実的な意義を有している。劇中の言葉遣いは低俗で全くの話し言葉であり、一部の段にはおおざっぱな面もある。

南劇脚本には、上述の四大劇以外に著者不明の『破窯記』『金印記』『趙氏孤児』『牧羊記』『東窓記』があり、その影響力も大きい。その中では『破窯記』の完成度が比較的高いく、その後、これらの南劇脚本は光明正大な人によって上品に書き直され、礼儀道徳の要素を増し、上述の四大南劇にも引けを取らないまでになった。

第九章
明朝文学

　明の太祖朱元璋は1368年に明を建国し、明朝は1644年の滅亡まで277年間続いた。この間、政治経済の発展が異なる状況下で、文学現象もそれに伴い異なる段階を経た。朱元璋は政権を強固なものとし、社会矛盾を緩和し、経済的に一連の農業生産の回復と発展の措置を採り、商工業と手工業の発展に大いに力を入れた。これらの対策によって社会経済は次第に回復し、生産力も向上した。明朝半ばには土地の合併が激しく、皇室、官僚、地主・豪紳、大商人が特権に頼り、大量の土地を吸収合併して、租税をますます重くしていった。そのため、多くの農民が土地を失って途方に暮れることとなり、流浪農民による一揆が起きた。また、都市経済は発展したが、多くの流浪農民のなだれ込みにより、手工業と商業は廉価な労働力となった。明朝半ば以降、商業と手工業の発展は迅速に伸び、家庭の手作業以外に手工業の向上も始まった。蘇州一帯だけで見ても、当時労働力を糧に生活をしていた織物工業と染色工業の従事者で一万人はいた。その中で、機械労働者と機械所有者の間には既に労働者雇用と資本占有者間の関係ができており、資本主義経済の早期の萌芽が現れていた。明朝末期になると農業生産は好転するものの、租税がさらに重くなったり、地方役人の腐敗があったり、重税を搾り取られたりして、多くの農民が破産し故郷を離れることとなり、

それに加えて、自然災害や疫病の多発などで、社会経済は崩壊に瀕していた。

　思想文化的には、明朝は程朱理学を積極的に提唱し、これを社会の統治思想としていた。程朱理学はまた道学ともいわれ、北宋の程顥〔ていこう〕・程頤〔ていい〕兄弟が打ち立て、弟子の楊時などから羅従彦を経て李侗へと受け継がれ、南宋の朱熹で完成された。程朱理学では「理」または「天理」は自然の万物と人類社会の根本的法則であり、物、人の各自の理はすべて天理を源とする。また、「存天理、滅人欲」（天の理に従い、人の欲をなくす）の思想を提唱し、人々に倫理道徳である「三綱五常」を厳守することを求めた。程朱理学は儒学発展の重要な段階であり、封建統治階級に理論的な指針を提示し、思想面から人民をさらに上手く統治し、統治者が受け入れられるような働きかけを行ったために、南宋以降の官学となった。明朝文学の主要な成果は小説と戯曲である。歴史を題材とした章回小説（長編小説）『三国志演義』は中国長編小説の最初の作品であり、英雄伝奇小説『水滸伝』と並んで中国の小説世界の幕開けとなった。明朝半ば以降、小説は新天地へと進んでいき、中国初のロマン主義の神魔小説である『西遊記』や、文人独創の人情小説『金瓶梅』が相次いで現れ、中国長編小説の発展と開拓に新たな領域を切り開いた。この四作品は「四大奇書」と称されている。

第一節　明朝の演劇と湯顕祖

　一．明朝の演劇

　明朝の演劇は雑劇、伝奇の二つの路線から発展してきた。雑劇は元雑劇の余波で既に衰退の傾向にあり、南劇の影響のもと創作形式に変化が生じた。伝奇は演劇の主な成果である。明朝初期、統治者の演劇への介入と利用などにより、作家の作品数は多いものの価値のある作品は少なかったが、明朝半ば以降は劇壇が盛んに発展してきた。まず、偉大な演劇作家湯顕祖と画期的意義を持つ演劇作品『牡丹亭』が出てきた。その他、多くの優れた戯曲作家が現れ、特色ある芸術流派を作り上げた。主なものは湯顕祖を代表とする内容強調と華やかな色彩を重視する「臨川派」と瀋璟〔しんけい〕を代表とする音律を重んじる「呉江派」である。この二つの流派の影響力は大変大きい。さらには梁辰魚を代表とし、詞藻を重んじる「昆山派」がある。また、演劇作品の題材が幅広いものとなった。明朝の現実的題材からとった『鳴鳳記』、歴史あるいは民間の物語からとった『浣紗記』、寓言を題材にした『中山狼』などがある。さらに、戯曲形式の進展と表現方法が豊富になり、節回しも絶えず革新、多様化し、各種戯曲

形式が同時期に大量に現れた。最後には、戯曲理論が発展し、戯曲作品が多く刊行された。

　二．湯顕祖

　湯顕祖（1550～1616年）、字は義仍、号は海若、江西省臨川出身。中国の傑出した劇作家である。イギリスのシェイクスピアと同時期の16世紀下半期に活躍した。文名はさほどなく、中年期に中進士となり、いくつかの小さな役人を務めた。当時は政治の腐敗、皇帝の愚昧、宰相の職権濫用、宦官特務の横行が激しかった。湯顕祖は、もともと性格が実直で、悪に染まらず、権勢のあるものにも媚びなかったため、官職も不遇であった。また、幾度も朝廷を批判したこともあって降格され、晩年は郷里で隠棲した。

　『牡丹亭』は万暦26（1598）年に臨川で書かれた。物語は講談本『杜麗娘記』による。全劇は五十五幕からなり、内容は南宋初期の江西南安府太守に杜宝という者がいたが、その一人娘杜麗娘が年頃になるもまだ嫁いでいないというものである。杜宝は娘に教養をつけさせるため、陳最良を塾講師として迎える。麗娘は『詩経』の情詩の啓発で青春に目覚め、女中春香のもと花園いっぱいの春景色を楽しむ。大自然の美しい春景色がより彼女の恋情を呼び覚まし、ついには夢の中で書生柳夢梅と逢い引きをするが、夢から覚めると、夢の中での恋人を思いすぎたため、憂い悲しんで病に倒れ、まもなく亡くなってしまう。死後、その魂は南北を漂い続け、その恋人を探す。3年後、嶺南の書生柳夢梅が南安に学びに行く時、花園の中で麗娘の臨終前の自画像を拾い、自分が夢の中で見た女性だと知って、昼夜を問わず呼び続ける。麗娘もその声に応え、二人は出会うことになる。その後、柳夢梅は麗娘の魂の助言を受け、その墓を掘ると、そこから杜麗娘が蘇ってくる。その後、二人は夫婦として結ばれ、柳夢梅は中状元に合格する。しかし、二人の結婚は杜宝には認めてもらえず、皇帝が調停に顔を出し、最終的には丸く収まる。『牡丹亭』は『西廂記』の後に出てきた画期的な作品である。脚本は杜麗娘の愛情に因る死を通して、愛情に因って生まれたロマン主義のストーリーで、封建社会の礼儀と道徳の残酷性を深くえぐり出し、程朱理学による虚偽と反動を批判し、資本主義経済の萌芽期を反映している。若い男女の自由恋愛への渇望と個性解放の強い要求は、自らの理想を実現するため不撓不屈の闘いを謳っている。

第二節 明朝の長編小説

一.『三国志演義』

『三国志演義』の作者羅貫中（1330年頃〜1400年）は男性で、名は本、字は貫中といい、号は湖海散人である。賈仲明『録鬼簿続編』などの題材に基づくと、羅貫中の生存した年代は、元末から明朝初め頃と推定できる。元末期の動乱を経て、一度は反元朝運動に参加し、道理を持ち大望を抱いていた。

『三国志演義』は、184年から280年の歴史物語である。黄巾の乱から始まり、西晋統一までを描き、三国時代の各封建集団間の政治、軍事的闘いが重点的に展開されている。これらの互いに利用し合い、互いに惨殺を繰り返し、複雑に入り交じった闘いを通して、当時の社会の暗黒、混乱と封建統治階級の内部矛盾、そして人民の激動の時代における不安の中で被った災難と苦痛を指摘し、作者の戦争反対、平和希求への理想を描いている。全編は百二十回から構成されている。後漢末期に黄巾賊が農民を煽って壮大な農民一揆を起こすが、まもなく統治者に鎮圧される。しかし社会はこの乱をきっかけに不安定な時期に突入する。諸侯が割拠し、権勢家が並立し、縄張り争いと統治権争いをほしいままに繰り広げていた。混戦中の状況下において、曹操とそれを代表とする魏国、劉備とその蜀国、孫堅とその呉国が当時最大勢力として三つの政治集団を形成していた。天下統一のために、魏、蜀、呉三国の矛盾は日ましに激化し、絶えず戦乱を起こし、優劣を競っていた。まずは曹操であるが、陰険でずる賢く、天子を脅して諸侯に命令させ、漢献帝に都を許昌に移させ、これに乗じて北方を統一した。孫堅の地盤は長江の中下流域で、戦乱によって次第に周辺地域へと勢力を伸ばし、孫堅の死後は息子の孫策、孫権が相次いで権力を握り、勢力を拡大していった。劉備は「皇叔」のスローガンを掲げ、天下統一の壮大な志を持ってはいたものの、曹操と孫堅と拮抗するほどの力はなかった。そのため、まず曹操に帰依しているかのように見せかけて、その後は荊州の劉表の所に身を寄せ、「桃園三結義」（桃園の誓い）によって大将関羽と張飛を得、また南陽の臥龍崗では「三顧茅廬」（三顧の礼）でもって知謀に富み神のような先見の明のある諸葛孔明を下山させて役職につかせ、まずは荊、襄の二つの州を相次いで奪い、蜀国の基盤を打ち立てた。曹操は北方統一後、大挙して南下し、孫、劉を攻めて天下統一を目論んでいた。蜀国は力不足であったため、諸葛孔明は江東へ赴き、舌戦群儒を行って孫権にともに手を組み、曹操と戦おうと持ちかけた。赤壁の戦いは世の中を驚かせた。周瑜と諸葛孔明の卓越した指導の下で、孫、劉共同軍は十倍以上の力を備えた曹軍を打ち破り、魏・蜀・呉の三国鼎立の局面が形

成された。曹操の死後、息子の曹丕は献帝を廃位させて自らが王を名乗り、国号を魏とした。劉備は蜀漢政権を打ち立てて江南へ派兵して孫権を攻め、孫権によって打ち負かされた麦城の関羽の雪辱を果たそうとしたが、孫権の大将である陸遜に七百里にわたる兵営を焼かれ、劉備は怒りと病のために白帝城で死んでしまう。その後息子の劉禅が即位するが、愚かで何の役にも立たなかったため、「賢相」であった諸葛孔明が補佐役を務めるも劣勢を挽回するには至らず、蜀国は日ましに衰退していった。北方では、司馬氏一族が王位を奪還し、魏国の大権を得、それに続いて派兵して蜀国を滅ぼし、東に向かい東呉を滅ぼすと、天下統一を図り、三国をまとめて晋とした。

『三国志演義』の構成は広大で雄壮であり、ストーリーも複雑多変、人物像も生き生きと描かれ、長篇歴史小説の先駆けとなり、中国歴史小説の最高傑作となった。歴史演義の小説としては大小の戦乱が四十回あり、有名な三大戦役である官渡の戦い、赤壁の戦い、夷陵の戦いのすべてが手に汗を握る展開で、人々に深い感動を与え、心の琴線に触れ、人を夢中にさせた。一連の鮮明で生き生きした人物像の描き方も『三国志演義』が成功した点である。例えば、陰険でずる賢く「我が天下の人に背こうとも、天下の人が我に背くことは許さない」と述べ、非凡な才略を持った曹操、超人的な機知と巧妙な計略で非凡な才に溢れながらも、「命あるかぎり献身的に国事に力を尽くし」た「賢相」の諸葛孔明、人材を重んじ、その才能を上手に使った劉備、勇敢で威厳があり、光明正大で厳格であった関羽、太っ腹で豪放な張飛など、今もなお人々に語られている。そのほか、小説は平易な書き言葉で書かれ、適度に大衆化されており、簡潔で生き生きとして、教養のある人もない人もみんなが観賞して楽しむことができ、後世への影響力は計り知れないほど大きい。

二.『水滸伝』

伝えられているところでは施耐庵が『水滸伝』の作者とされている。施耐庵（1296年頃～1370年）は中国元朝末期から明朝初期の作家で名は子安、一説には名は耳という。興化（現在の江蘇省興化県）出身。原籍は蘇州。『水滸伝』は、宋江が農民一揆を指導した発展過程を描き、封建統治階級の暗黒と腐敗を深く掘り下げ、「官の抑圧と民の反抗」という社会環境と鋭い階級の対立を展開し、農民起義の英雄人物を情熱的に讃え、描写の中には一般市民感覚が多く盛り込まれている。

作品の始めの部分で、ずっと愛想を尽かされていた没落家の子弟高俅は、その蹴鞠の腕を瑞王に見初められる。その後この瑞王は皇帝（徽宗）となり、高

俅は殿帥府大尉に抜擢されるが、この皇帝もしょせんはごろつきとグルになる放蕩息子に過ぎなかった。彼の懐刀には蔡京や童貫、楊戩〔ようぜん〕などがおり、最高の統治グループを作って、蔡、高などは親族や取り巻きを自らの忠臣としていた。例えば、梁世潔、蔡九知、慕容知府、高廉、賀太守の類は、彼らの下で、汚職官吏や土豪劣紳が上から下までグルになって悪事を働き、良民を殺害して善良な人々を圧迫し、人々に対して残忍な剥奪や抑圧を行う統治網を形成していた。『水滸伝』はこれら汚職官吏や土豪劣紳が如何に人々を苦しめているかという罪業を暴いていくのだが、まず高俅〔こうきゅう〕が王進を迫害する。王進の父が若い頃に武芸の試合をした際、一発で高俅を打ち負かしたので、高俅は殿帥府大尉に就任した一日目から個人的な恨みを公の事で晴らそうとし、言われもなく王進を処罰し、そのせいで王進が連日母親を逃がそうとしたことから始まる。林冲は八十万近衛軍の武芸師範であり、高俅の息子が林冲の美しい妻を惚れたために、いろいろと策を講じて林冲を殺そうとし、林冲はやむを得ず梁山へ行くほかはなかった。山塞の首領である王倫は林冲に下山し殺人をさせようとするが、林冲は青面獣の楊志と出くわし、数回の闘いでも勝敗がつかず、林冲は梁山に入って第四のポストに就くが、楊志は梁山へ行くことを望まなかった。留守役の蔡京の娘婿は楊志の武術が気に入り、十万貫に値する生辰鋼を東京〔とうけい〕にいる蔡京の誕生祝いに送ろうとし、楊志をその護衛に就かせたが、晁蓋に奪われたため楊志は仕方なく強盗を働いてしまう。蔡京はこれが晁蓋〔ちょうがい〕の仕業だと知り、人を派遣し捕らえようとする。押司という下級官吏であった宋江は内々に晁蓋に知らせ、晁蓋は自らの荘園を焼き払って多くの兄弟分を連れ梁山へ向かった。梁山泊の首領王倫が晁蓋たちを留めることは望んでいなかったため、林冲は怒って王倫を殺害し、晁蓋を梁山泊の首領として擁護した。晁蓋が梁山に落ち着いた後、宋江に手紙を書いて感謝の意を伝えようとするが、書簡は不運にも閻婆惜に見つかってしまう。宋江は仕方なく閻婆惜を殺し、柴進宅に逃げ込んで武松と出会い、兄弟の契りを結ぶ。武松は素手で虎を殺せるほどの拳法の持ち主で、歩兵都督に任命された。武松の兄嫁である潘金蓮は元来風流な女性で、幾度となく武松を誘惑するが成功せず、現地で薬屋を営んでいた悪の頭目の西門慶とグルになって不義密通を働き、武松の兄武大郎を殺してしまう。武松はこのことを知って怒りにまかせて西門慶と潘金蓮を殺し、孟州へ流刑となる。武松はその途中で機を狙って四人の見張り役を殺し、孟州から逃げだして宋江と出会う。宋江は花栄を頼っていこうとするが、そこに着くと劉高に捕まってしまい、土匪と密通しているとされる。しかし、燕順、王英らが劉高を殺して宋江と花栄を助け、

ともに梁山へ向かい、宋江はそこで第二のポストに就く。その後晁蓋が戦死すると、宋江が首領となり、「替天行道（天に替わりて道を行う）」の杏黄旗を掲げた。梁山泊の威信は天下に鳴り響き、英雄たちがこぞって加盟し、大小グループの首領合わせて百八人となった。彼らは苦楽を共にし、朝廷の残虐な統治に反対した。しかし首領であった宋江には「投降帰順」の心づもりがあり、英雄豪傑たちが頑なに反対しているにもかかわらず、最終的に宋江は梁山の英雄豪傑を連れて皇帝への投降帰順を受入れ、遼軍の侵攻を防ぎ止めて各地の農民一揆を鎮めていった。長い戦いを経るうちに、梁山泊の義軍の損害は重大となり、死ぬものは死に、逃げるものは逃げて行った。宋江たちは見返りに地位を与えられたものの、高俅、蔡京などに毒入りの酒を飲まされ、殺されてしまう。すさまじい農民一揆はこれをもって最終的には失敗に終わってしまう。

『水滸伝』は中国文学史上初の長篇白話小説であり、農民一揆をテーマとした初の長篇章回小説でもある。小説では、農民一揆の発生、過程、結末などの全過程が具体的に生き生きと描写され、一連の義俠心と男気、何ものも恐れない農民英雄像が作り出されている。例えば、武術に優れ、現実に安んじて逆境にも耐え忍びながら反撃に奮い立つ八十万近衛軍の武芸師範だった林沖、粗雑で豪放、強権を蔑み弱者に同情を寄せる魯智深、大胆でいて心細かく、武芸の達人で虎を倒すほどの武松、そして正義のためには財を惜しまず、困っている人を助けたりもするが、譲歩に妥協して投降帰順に甘んじ最終的に悲劇の結末を遂げた梁山の首領宋江など、典型的な人物像が今なお語り継がれている。この他、小説には多くの生き生きとして紆余曲折し、多種多様に変化するストーリー展開があり、例えば、魯提轄が拳で鎮関西を殴るシーン、林沖の風雪山廟の殺陣シーン、呉用が生辰鋼を知恵で奪い取るシーンなどは精彩を放ち、人々を魅了している。

三.『西遊記』

『西遊記』は長篇神話小説で、その作者は呉承恩とされている。呉承恩（1510年頃～1582年頃）は男性で、字は汝忠、号は射陽山人、淮安府山陽（現在の江蘇省淮安市）出身。『西遊記』で主に描かれているのは、孫悟空が玄奘を守りながら西天に経典を取りに行く過程で、九千九百八十一の困難に遭う物語である。玄奘が経典をもらいに行くのは史実であり、今から約千三百年余り前、つまり唐太宗貞観元（627）年、齢わずか25歳の青年和尚玄奘が都長安を出発し、幾多の困難を経て身一つで天竺（インド）へと学びに行く。貞観19（645）年に玄奘は仏教経典六百五十七部を長安に持ち帰ってきた。西天に経典を取りに行

くのに、19年の歳月を費やし、数万里に及ぶその行程は伝記的な万里長征であり、一時世間を沸き立たせた。ここから玄奘の物語が世に広く知れ渡っていった。呉承恩もまた民間の伝説や講談本、戯曲をもとに苦しい経験を再創造し、中華民族が世界に誇る文学大書を完成させた。

『西遊記』の構成は壮大で、全編で百回あり、大きな枠組みから見ると三つに分かれる。第一回目から第八回目までを第一部とし、主に孫悟空の出世、弟子入り、天空での騒ぎなどが描かれており、全編を通して最も素晴らしい章節である。第一部では大変賑やかに、孫悟空が苦しむ様子から反抗的性格までが事細かに描かれている。第九回目から第十二回目までが第二部で、主に玄奘の出自と経典を取りに行く経緯が描かれている。第十三回から最後までが第三部で、この第三部では玄奘が西天に経典を取りに行き、その途中で、孫悟空、猪八戒、沙悟淨の弟子をとり、九千九百八十一の困難を経験して最終的には経典を手にし、悟りの果てを得る。『西遊記』は、きらびやかで色とりどりの妖怪世界が展開され、作者の豊かで大胆な芸術的創造性には驚き感心するばかりである。しかしながら、いかなる文学作品も一定の範囲内で社会生活を反映しているものであり、妖怪小説の代表作である『西遊記』も例外ではない。『西遊記』の中の幻覚的な妖怪の世界を通して、我々は現実社会の投影を見ることができる。例えば、孫悟空像では作者の理想がゆだねられている。孫悟空のあの不撓不屈の精神や、如意金箍棒を振り回して妖怪変化を全く畏れることなく退治していく気概は、人々の願望と欲求の表れである。孫悟空は正義感に満ち溢れ、人がすべての困難に打ち勝つという信念を表している。また、経典を取りに行く道すがら出くわす妖怪は、自然災害の異様な変化や邪悪な勢力の象徴でもある。妖怪の貪欲さ、残虐さ、陰険さ、狡猾さなども、正に封建社会における暗黒勢力の特徴である。この他、玉皇大帝統治の天宮や釈迦如来管轄の西方の極楽世界もまた、人間社会の色彩に色濃く染められている。

『西遊記』は、ロマン主義の傑作作品であり、独特で奇異な多くの芸術的想像力、生き生きとした込み入ったストーリー展開、真に迫る人物像、ユーモアたっぷりな言葉遣いなどで奇妙奇天烈な神話の世界を描き出し、美しくかつ不思議な神話物語を考え出して、中国文学史上に独特で特色ある芸術的「宮殿」を作り上げ、中国文学史上においても大変重要な意義をもたらした。作品の中で作り出されている孫悟空、猪八戒、玄奘、沙悟淨〔さごじょう〕、白骨夫人などの人物像は典型的で生き生きとしており、他の作品とは異なって個性的であるが、超自然の神がかったものをもっており、読者へのイメージも深く、小説に多くの彩りを与えている。例えば、「斉天大聖」孫悟空は千里眼を持ち、七十二変化、

とんぼ返りで十万八千里を飛び、天空で大暴れし、向かうところ敵なしであった。その後、玄奘を護衛しながら経典を取りに行く。一路、多くの妖怪を退治し、霊妙な力を振るい、知己と勇気に富んですべての妖怪と果敢に闘い、身を以って玄奘を守る。猪八戒はもともと天蓬元帥であったが、酔っ払い仙女をからかったため下界に下ろされた。猪八戒は実直でまじめである一方、よく食べ、うまい汁を吸いたがり、困難が嫌で、いざというときにたじろいでしまうような、現実味があって愛すべき人物像として描かれている。彼らの師である玄奘は時世を憂うるが、時として是非が分からないとこもあり、しばしば妖怪に惑わされ、安いお金に目がくらみ、妖怪に同情したり、ひいては孫悟空に無実の罪を着せて追い出そうとしたりする。しかし、幾多の困難を乗り越え、「三」弟子を引き連れて天竺へ向かい、最終的には経典を得る。

四.『金瓶梅』

『金瓶梅』は中国初の文人オリジナルの長編小説であり、明朝の隆慶から万歴の時期に作られたと思われる。作者は蘭陵の笑笑生で、蘭陵は今の山東省臨沂である。『金瓶梅』は全百回あり、小説中の三人の女性の名前、潘金蓮、李瓶児、龐春梅の一文字を取り、組み合わせたものである。小説は『水滸伝』の「武松殺嫂」の物語から派生し誕生したもので、街のごろつきである西門慶を主人公としている。西門家は落ちぶれた金持ちで、生薬店を営んでいるが、本業をおろそかにし、飲酒享楽にふけっている。権勢に迎合することには長け、知県、知府とは互いに結託し、税金を収奪したり富のために悪事を働いたりする。妻である陳子の死後まもなく、呉千戸の娘である呉月娘を正妻とし、遊女の李嬌児を妾とし、李嬌児の数千両に上る銀を得た。その後、富商の未亡人である孟玉楼を妾として多くの財産を得た。また、潘金蓮と密通して武大郎毒殺を計画し、武松に追われて殺されそうになるが、西門慶は命からがら窓から逃げ出し、武松はその後、誤認殺人の罪で孟州へ流刑されてしまう。そして、西門慶は潘金蓮を妾とする。その後に友人である花子虚の妻、李瓶児を妾とし、財宝を得る。多くの正妻と妾の他に、西門慶は龐春梅などの若い侍女、下男の妻、遊女などと結託し、節度なく酒色にふける。その後、西門慶は奸臣である蔡京にとり入ってその養子となり、地位も理刑の役職に上り詰めた後から、思うままに賄賂や汚職を繰り返し、悪事を多く働くようになる。ある夜、潘金蓮が与えた媚薬が量を超していたため、最終的には肉欲の赴くまま死んでいった。その死後、正妻や妾などは、それぞれ家を離れ、李瓶児は死に、潘金蓮や龐春梅は売り飛ばされる。潘金蓮はその後武松に殺され、孟玉楼や李嬌児は嫁ぎ、呉月娘は西門

慶の死後にその子を産み、僧侶の悟りの影響を受けて出家修行させた。小説は西門慶とその堕落した家庭生活を描くことを通して、明朝末期の社会と統治階級のさまざまな暗黒と腐敗を暴露し、深い現実批判の意味を持ち合わせている。

『金瓶梅』は中国の長編小説の新しい題材を開拓した。それまでの小説である『三国演義』『水滸伝』『西遊記』などは歴史物語や神話伝説から題材を取っていたが、『金瓶梅』は社会の中のごく普通の家庭の日常を描写対象としており、中国古典小説が新たな発展段階へと入ったことを意味している。また、その後に誕生する『紅楼夢』の探求や下地となっている。しかし、不行き届きな点としては、小説の中に猥褻な描写が多くあり、男女の性生活が過度に描写され、その後の小説の発展には悪影響を及ぼしたところもある。

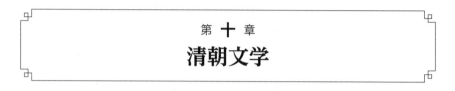

第十章
清朝文学

　清朝は、満州族の貴族によって成立した中央主権の封建専制王朝である。清朝の統治者は清朝の初期に一連の社会を安定させる策を講じ、生産を回復させた。この数十年の努力によって清朝社会は全盛期時代を迎える。この時期は康熙帝半ばから乾隆帝半ばまでの約1世紀にわたって続き、歴史的に「康乾盛世」と呼ばれている。道光帝の半ばになり、外国帝国主義の侵略によって清王朝は衰退の道を歩み始める。全体的に見ると、清朝社会の中央集権の封建専制主義は一層強化され、階級的圧迫や民族的抑圧は大変ひどく、思想の分野の闘争も激しかった。

　清朝時代の文学は、中国古典文学の終焉であり、また20世紀の新文学の萌芽期でもある。詩、詞、散文などの伝統文学や新興の小説、戯曲、歌唱を伴う民間文学などに、繁栄の兆しが見え始めた。清朝時代の文学は小説の創作の完成度が最も際立っている。短編小説に限ってみても、文語文体の短編小説が大きな成功を収めた。蒲松齢の『聊斎志異』は、怪奇、伝奇小説の集大成であるが、新たな創作もあり、中国文語文体の短編小説の最高傑作である。清朝時代の長編小説の完成度はより高く、中でも曹雪芹の『紅楼夢』の影響が最も大きい。清朝時代の戯曲は、元朝、明朝の戯曲をもとに新たな発展があり、『長生殿』『桃花扇』などの傑作がある。

　清朝は、中国古典文学が全面的に繁栄した時期であるが、清朝時代の文学は

三千年の中国古典文学の発展のエピローグであり、道光帝、咸豊帝以降、中国文学は近代文学の新たな段階へと入っていく。

第一節 『聊斎志異』

一. 蒲松齢

　蒲松齢（1640～1715年）は清朝の著名な文学者で短編小説家、字は留仙、一字は剣臣、号は柳泉居士といい、世間では「聊斎先生」と呼ばれ、山東淄川（現在の山東省淄博市淄川区）出身である。蒲松齢の出身は読書家の名家であり、幼い時から聡明で学識豊かであった。19歳で全県一位となり秀才となるが、その後は科挙試験に何度参加しても不合格で、その学識は広く知れ渡っているにもかかわらず、科挙の官職は始終かなうことがなかった。71歳になって、前例によって貢生（清朝では一生涯科挙試験を受けたが官職に就けなかったものに対して、70歳を過ぎた者の中から慰めの意を込めて作った官職）に就くが、その4年後に死去。科挙試験や官吏として仕える途中で、蒲松齢は幾度となく挫折を繰り返し、志を失ってしまう。また、生活に追われたために私塾の講師を務めるほかはなかった。官吏としての道については志を失うも、蒲松齢はその精力を創作活動に向け、教鞭を執りながら文学活動を行った。蒲松齢は20歳から怪奇小説を収集し始め、創作活動も始めた。科挙官途の失敗により蒲松齢は悲しみ怒ったが、生涯を通じての落ちぶれて惨めな生活は、苦労をしている平民たちに近付き、それを熟知するようになり、科挙と官界の闇と腐敗に深い認識を持つようになって、悲しみと不満を『聊斎志異』の創作にぶつけることとなった。齢40の時に代表作となる『聊斎志異』の大部分が完成し、その後は補充と修正を繰り返している。小説『聊斎志異』は蒲松齢の一生の心血が凝縮され、蒲松齢の文学創作の最高傑作であり、中国古典短編小説の最高峰であると言っても過言ではない。

二. 『聊斎志異』

　『聊斎志異』は内容が豊富で充実しており、突飛な物語が多く、社会生活の各方面に及んでいる。題材も民間や下層知識人の伝説から取ったものが多く、多くの物語が妖怪や鬼の類の描写を通して現実社会の生活を反映している。その中の多くの作品は寓意が多く、教育的意義も持ち合わせている。
　『聊斎志異』は文語文体の短編小説集であり、短編小説が四百三十一編入っている。その内容は大まかに四つに分けることができる。一つ目は、現実社会へ

の憤懣の気持ちを抱き、汚職官僚や土豪劣紳の貪欲さや残忍な面構えをえぐり出し、嘲笑したものである。この類の作品には『促織』『席方平』『商三干』『向杲』などの代表作品がある。二つ目は、科挙制度の闇の部分を無情にえぐり出し、試験官の愚昧と貪欲さを描き、科挙制度の知識人のしがらみと腐敗を描いている。作品には『司文郎』『考弊司』『書痴』などがある。三つ目は、人間の節操や純潔な愛情およびこの愛情のために努力し闘う、社会の底辺の女性や貧しい書生への心からの賛美を書いたものである。代表作品には『鴉頭』『細侯』などがある。『聊斎志異』には、さらに妖怪と人間との恋愛話やロマンチックな物語もある。この物語の中では紅玉、嬰寧〔えいねい〕、香玉、嬌娜〔きょうだ〕、蓮香などの容姿端麗で心清らかな女性像が描かれている。四つ目は、倫理道徳観を説明した寓意物語であり、教育的意義を有している。作品には『画皮』や『労山道士』がある。

第二節　『紅楼夢』

一．曹雪芹

　曹雪芹（1715年頃～1763年頃）、名は霑〔てん〕、字は夢阮、号は芹圃または雪芹、満州正白旗出身。祖先はもと漢族で、明代末期に満州正白旗に編入され、身分は満州貴族の下僕であった。曹雪芹の曾祖父である曹璽の妻は康熙帝の乳母。康熙帝即位後、曹璽は病死するまで江寧織造（宮中ご用達の物品調達機関）に従事。康熙帝はその子曹寅（曹雪芹の祖父）を蘇州織造に任命、その後は江寧織造を引き継がせる。曹寅は幼少期には康熙帝の付き添いとして勉強した。康熙帝の下僕であり友達でもあったため、康熙帝の信頼は厚かった。曹家はかつて勢力が極めて盛大であり、康熙帝の6回の南方巡行で、4回行宮に仕えている。曹家の祖先と清王朝の政治経済は密接な関係にあり、文学方面でも曹家には源の深い家伝の学問があった。これらはすべて曹雪芹に大きな影響と薫陶を与えており、『紅楼夢』の創作にとって優れた条件となっている。

　曹雪芹は、曹氏家が衰退する直前に生まれたが、彼が幼少の頃、康熙帝の後を継承した雍正帝が曹家第四代織造の曹兆を江寧から罷免して家財を没収し、北京に戻らせた。乾隆帝時期に曹家は天災人災に遭い、曹雪芹の何不自由なく暮らしていた貴族生活はついに終わり、この時期の尋常ならぬ経験は『紅楼夢』に大変大きな影響を及した。そこで彼は栄氏・寧氏の貴族生活の描写を、『紅楼夢』の深い芸術的イメージの中に溶け込ませている。

　曹雪芹は落ちぶれた生活の中にありながらも、『紅楼夢』の創作は頑なまでに

続けた。大変遺憾なことは、貧苦によって曹雪芹の才能溢れる生命があまりにも早く奪い取られてしまったことで、この心血を注いだ傑作も完成には至っていない。曹雪芹は40数歳で死去し、新婚間もない妻と残稿だけが残され、埋葬費用もすべて友人の資金でまかなわれた。『紅楼夢』は曹雪芹の死後30年経った後に出版され、全国を風靡した。現在では、後半四十回の作者は高顎であるとされている。

二.『紅楼夢』

『紅楼夢』は、賈、史、王、薛の四大家族を背景とし、物語は主線、伏線の二本の矛盾した展開で構成されている。一つは、賈宝玉と林黛玉の愛情を中心とし、これが全編を貫く主線である。賈と林の自由恋愛、婚姻の自由、そして個性解放の思想と封建制度、封建制度の礼儀と道徳間の矛盾を手がかりとし、最終的には封建制度と封建社会の礼儀と道徳に対して、二人の徹底的な裏切りと愛情の悲劇で終わりを告げる。

この線は第三回と第四回の二回から、林黛玉と薛宝釵が前後して賈府に来て、宝玉との愛情のもつれが始まりつつも矛盾の中で先に続いていく。第九十七回、第九十八回の二回になって、黛玉と宝釵は「哀」と「楽」が全く違い、「悲」と「歓」の強烈な対比のもとで、一人は「魂離恨天に帰し」、もう一人は「閨を出て、大礼と成り」、最終的には悲劇に終わるのだが、ここが主線のクライマックスでもあり、全編のテーマが集中している所でもある。後半二十一回は、クライマックスの余波の中で物語は次第に下降線を辿り、最終段階へと繋がる。この段階で賈家はまた引き出され、そして一時的に脚光を浴びる。最後には宝玉が仏門に逃げ入り、全編の展開が集結する。この主線は、封建制度、封建制度の礼儀と道徳の罪悪が描かれ、また若い男女の封建制度の礼儀と道徳に対する反逆的精神を讃えている。『紅楼夢』のもう一本の線は、寧氏と栄氏の両家とその社会関係を中心とし、互いに独立しつつも関連し合っているストーリーを物語の伏線としている。賈府とその親族の衰退を結末とし、主線の社会背景のほかに結局は主線と同じ運命を辿ることを描いて、封建制度の罪悪を厳しく批判している。

賈宝玉は小説の中心人物であり、栄国府の直系子孫として賈氏家族が多くの期待を寄せている後継ぎである。しかし、賈宝玉の考え方や性格は家族に逆らうものであった。賈宝玉は主に平等に人と接し、個性を重視し、各人が自らの意思によって自由に生活することをよしとする考えの持ち主であった。彼の心の中では、人は真偽、善悪、美醜の差があるだけである。また世俗的な男性を

憎み蔑んで、抑圧された地位にある女性と親しくし尊重していた。これと相まって彼は自らの出生を憎んでおり、自分と考え方や好みが似ている出身や出生が貧しい人物を慕い、親しみを持っていた。賈宝玉が個人的自由を求めることは、特に婚姻面によく現れている。封建社会の婚姻は両親に従わなければならず、家族の利益によって決められていた。しかし、賈宝玉は一心に真摯なよしみを求め、家族の利益など少しも顧みなかった。彼と林黛玉の相思相愛は、深くて厚い思想と感情を基礎としている。しかし賈宝玉の思想ではまだ君権や族権、つまり封建主義統治権の否定という高みにまでは達していない。彼自身が忌み嫌っているものは、正に彼が頼っているものである。彼自身は封建主義統治と完全に決別することはできない一方で、自らの民主主義の思想も放棄することはできないため、彼の活路は現実の中では存在できず、最終的には漠然とした超現実世界へと行くほかはないのである。

　林黛玉は、賈宝玉よりさらに悲劇的色彩の強いモデルである。彼女は衰退した封建家庭に生まれる。封建制度の礼儀や道徳、世俗の功利は彼女にとっては大変限りあるものである。彼女自身は純真な性格で愛したり憎んだりし、我が道を進んで後先の損得は考えない。両親が相次いで死んだため、彼女は気勢盛んな栄国府に身を寄せるはかはなかった。環境の権勢的差別や劣悪さによって、彼女自身は自尊心を持ち自らを戒めていた。そして、自らの率直さと才気で純潔さを守り、下品にそして汚されないように警戒した。この冷たい環境の中で、宝玉だけが彼女の心の拠り所であった。彼女は執心しかつ強烈に宝玉に対して互いを理解しようと求め、自らの真剣で一途な愛に忠実であろうとするが、二人の恋愛は運命により悲劇となる。両親の意と仲人の取り持ちという封建婚姻制度に逆らい、恋愛の反逆的思想の中核は封建主義全体と相容れずにぶつかり、封建家庭の根本利益と抵触し、わずかな妥協点すら見出だせなかった。ついには、林黛玉は純潔な愛と環境に対する怨恨を抱え、この俗世から永遠に去ってしまう。

　薛宝釵は富豪の皇帝商の家に生まれ、性格は林黛玉と根本的に違っていた。多くの詩や書物を読み、筆も大変立ったが、林黛玉は美しく豊かな精神生活を求め続け、薛宝釵は現実的な利益をしっかりと握り、ひたすら追い求めているのは栄耀栄華であった。薛家の母子三人が賈家に長年住み込んでいるのは、薛宝釵と賈宝玉の結婚を見込んでいるからである。薛宝釵は賈宝玉の愛情を得ることはできないが、現実的な婚姻を勝ち取る強みは握っていた。彼女は自らの人柄と才気で、次第に封建家長の心の中に「宝玉の妾」という彼女でなくてはならない地位を作り上げていく。それに加えて薛家は賈家が必要とする財産を

持っており、薛宝釵が求める婚姻もこの勢いで必ず上手くいくと考えていた。しかしながら、この婚姻の成功は薛宝釵の悲劇の始まりでもあった。『紅楼夢』は百科事典的な長編小説である。貴族家庭を中心として広い社会的歴史模様を展開し、社会の各階級と階層で生き生きと描写を行っている。『紅楼夢』のこの広く深い内容は、世界の文学史上においても稀なことである。

第三節　清朝の演劇

一.『長生殿』

1.洪昇

洪昇（1645～1704年）、字は昉思、号は稗畦、浙江省銭塘出身。出身は、「累葉清華」の名門豪族であるが、その後、家は困難に遭い没落していく。科挙の試験では志を得ることはできず、北京で20数年にわたって国子監で学んだ。民族的思想の持ち主で、詩文の中にも国を失った恨みや興廃の感が現れており、著名な演劇作品『長生殿』は1688年に世に出ると北京の劇壇を震撼させた。孝懿仁皇后の喪が明けない間に上演したため免職され、郷に戻り溺死した。洪昇は有名な詩人でもあり、詩には『稗畦集』や『嘯月楼集』がある。音律を好み、戯曲作品にも考証可能な伝奇が九種、雑劇が一種ある。現存する雑劇は『四嬋娟』、伝奇は『長生殿』などがあり、『長生殿』が洪昇の代表作である。洪昇は『長生殿』の伝奇を書き記し、「三回原稿を変え、ようやく成す。」と述べている通り、完成までに10数年かかっている。『沈香亭』を書き始め、李白の才能がありながら発揮できなかったことを表現し、その後『舞霓裳』と題を変えて李泌が粛宗を補佐し中興する様子を描こうとし、最終的に『長生殿』とした。この修正過程において、作品のテーマがどんどん深まっていくのである。

2.『長生殿』

『長生殿』は洪昇が書いた脚本で、唐代の詩人白居易の長詩『長恨歌』と元朝劇作家白朴の演劇作品『梧桐雨』から題材を取り、物語は唐の玄宗と妃の楊玉環との愛情物語である。しかし、洪昇はもとの題材から二つの重要なテーマを生み出していく。一つ目は当時の社会と政治面の内容を大幅に増やした。二つ目は愛情の話を作り変え、より充実させた。物語は玄宗が楊玉環を寵愛して終日遊び暮らし、その兄楊国忠を右相に付け、その三人の姉妹を夫人とした。その後、玄宗はその妹である虢国夫人〔かくこくふじん〕を寵愛し、個人的に梅妃と呼んで楊玉環を不快にさせたが、最終的に二人は仲良くなり、七夕の夜長

生殿で彦星と織姫に生涯添い遂げることを誓う。楊玉環の機嫌をとるために、玄宗は大量の人力と物力を使う。楊玉環のために海南島から新鮮な荔枝を持ってこさせ、道中は農作物を踏みつぶし、道行く人を踏み殺すこともあった。玄宗は、終日楊玉環との遊びに興じ、政治に携わらず、楊国忠と安禄山を寵愛し信用していたが、安禄山の謀反を招く。玄宗とおつきの役人は長安を離れるが、四川の馬嵬坡〔ばかいは〕で下士官が突然反乱を起こし張本人の楊国忠と楊玉環を処刑するように強く迫ってきた。玄宗はしかたなく楊玉環を首つり自殺させる。楊玉環の死後はひどく後悔し、神仙の許しを請う。郭子儀は兵を連れて安禄山を壊滅させ、玄宗は長安に戻って日夜楊玉環を想い、方士を海外に派遣し蓬莱仙山を探し求めるように命じ、最終的に天孫の織姫を感動させて、二人は月の宮殿で再会を果たす。

全体的に見て、脚本は玄宗の贅沢のかぎりを尽くした生活を譴責したものであるが、玄宗と楊玉環との愛情への同情心も表現されており、間接的に明朝の統治への同情と美しい愛に対する理想も託している。

二．『桃花扇』
１．孔尚任

孔尚任（1648～1718年）は孔子の第六十四代目の子孫で、子供の時から儒家の正統教育を受ける。1684年、康熙帝が南巡北帰の途中で曲阜の孔子祭に立ち寄った際、孔尚任は康熙帝の前で経典を唱えてその才能を買われ、北京国子監博士に任命される。1688年に淮揚一帯に行って治水を行い、官僚の腐敗と人民の苦しみを目の当たりにして、史可法の墓の前で偲んだり明末期に朝廷に仕えた多くの遺老を尋ねたりし、『桃花扇』の思想的、題材的準備を十分に行った。

当時の清朝の都北京では、戯曲の演出が盛んに行われていた。孔尚任は公務の時間の合間に戯曲創作に力を入れた。康熙33（1694）年に、顧采と共作『小忽雷伝奇』を景雲部で演出し、多くの観客の称賛を得た。康熙38（1699）年6月、10数年かけた苦心の作品、伝奇劇『桃花扇』を書き終える。同劇は著名な文人侯方域と秦淮の名妓李香君の愛情物語を主線とし、南明王朝の滅亡を広く深く描き、強大な芸術の感染力で多くの読者と観客を魅了した。王侯貴族や高官などは先を争って転写を重ね、清朝の宮廷と著名な昆劇団は演出を重ねて一時北京を風靡した。康熙帝は人を遣わせ、『桃花扇』の原稿を取りに行かせている。当時『長生殿』の作者洪昇と並び、「南洪北孔」と呼ばれていた。

2.『桃花扇』

『桃花扇』は南明王朝の興亡を内容とした歴史的悲劇であり、計四十幕の物語は次のようなものである、明末期、帰徳郷の文人侯方域が南京に江南郷の試験を受けにきて、落第したが帰らずに莫愁湖畔で仮住まいをし、閹党〔えんとう〕に反対する復社に参加し、その後画家楊龍友の紹介で秦淮の名妓李香君と知り合う。二人の間に愛が芽生え、婚約の日に方域が詩を書いた扇子を結納品として香君に送る。これが閹党文人の阮大鋮の耳に入ると、すぐさま大金をはたいて花嫁道具を揃え、契りを結んだ兄弟楊龍友に託し香君に送った。その意図するところは復社の文人侯方域を自分の所に引き込むためであったが、香君は方域に阮からの贈り物を受け取らせまいと拒む。阮はこのことを根に持ち、左良玉が兵を南京に移す機会を見計らって方域が左軍に内通するように陥れようとする。災いを避けるため、方域は一人南京を離れて揚州督師史可法の所に行き、軍務の相談に乗ってもらう。崇禎帝が北京で首を吊った後、奸臣馬士英などは南京で福王を迎え入れ、南明朝廷を成立させる。愚昧な王や奸臣は朝政にはたずさわらず、歌ったり踊ったりして太平を祝い、復社文人を迫害した。この時、馬、阮などは香君を追い詰めて信任する漕撫の田仰に嫁がせようとするが、李香君は死んでも嫌だと言い、頭を地面にぶつけ、当時方域が詩を書いて送った扇子を血で染める。楊龍友は花を摘み、その扇子を桃色に染める。馬、阮は賞心亭で雪見酒をしているが、香君はこの酒席を借りて恨みを晴らす。その後、方域は南京に戻るが、阮に捕まり投獄されてしまう。清朝の兵士が南下してきた時に愚昧な王や奸臣は逃げてしまい、方域は出獄後、棲霞山に避難し、香君と白雲庵で出会って、張道士の勧めのもと、二人とも出家し入信する。

『桃花扇』の芸術の成果は、主に人物像が完全なイメージとして体系作られているところにある。侯と李の愛情を主線とし、多方面での社会的矛盾を形成し、構成自体は整然とし、きちんと整っている。その他、戯曲の台詞回しも大変流暢で美しく、文才に富んでいる。作者の創作の意図は「離合集散の情を借り、興亡の感を書く」ことにあり、侯方域と李香君の悲喜と離合集散の愛情物語を通して南明朝の滅亡の歴史を描き、明朝三百年の亡国の歴史的経験を総括し、豊富で複雑な社会的、歴史的内容を表現している。

下 編 **中国近現代文学**

第一章 第一の十年（1917 – 1927）

第一節 概要

　1917年、中国では文言文に反対して白話文を提唱し、旧文学に反対して新文学を提唱する文学変革運動が起きた。それは中国「五四」新文化運動の重要な部分であり、中国文学史において重要な意義を有している。この短い数年間に、中国文学は古典文学から現代文学への転換を成し遂げたのである。

　この文学革命は、陳独秀が創刊した雑誌『新青年』に端を発する。1917年1月、『新青年』に胡適の『文学改良芻議』が掲載された。そこで胡適は進化論の観点に始まり、その時代にはその時代の文学があると主張して、文学の改良は「八つのこと」から始める必要があると説いた。それは即ち「内容のあることを書く、古人を模倣しない、文法を重んじていたずらに感傷的にならない、陳腐な修辞をやめよ、典故を用いない、対句にとらわれない、俗字俗語を避けない」である。胡適は旧文学の教条主義と形式主義の悪習に反対し、白話文こそが「中国文学の神髄」であるべきだと主張した。同年2月、陳独秀は『新青年』二巻六号において『文学革命論』を発表し、文学革命の「三大主義」をはっきりと提唱した。それは即ち「曰く、彫琢阿諛〔ちょうたくあゆ〕の貴族文学を推倒し、平易抒情の国民文学を建設す。曰く、陳腐鋪張の古典文学を推倒し、新鮮立誠の写実文学を建設す。迂晦艱渋〔うかいかんじゅう〕の山林文学を推倒し、明瞭通俗の社会文学を建設す」である。旧文学のさまざまな弊害に対して徹底的に否定と批判を繰り広げ、文学革命のスローガンを掲げた。銭玄同、劉半農、傅斯年らは積極的にこれに賛同し、それぞれ文面で旧文学や模倣した駢文〔べんぶん〕、散文を激しく非難し、「桐城派はろくでなしで、文選学は魔物だ」と責めたて、広く社会の注目を浴びて、文学革命の広まりと発展を促した。こうして文学革命が凄まじい勢いで社会に広まる中、1918年4月、胡適は『建設的文学革命論』を発表し、さらに進んで氏の文学革命観を明らかにした。同年12

月、周作人は『人的文学』を発表し、そこで周氏の人道主義文学観を述べ、内容と思想の面において文学革新するべきだと指摘し、文学革命の内容をさらに具体化した。1919年の暮れ、李大釗は『什麼是新文学』を発表し、新文学には「深遠な思想、学理、確固たる主張、優美な文芸、博愛の精神」が欠かせないと指摘し、白話文学の思想と内容について理論的解釈を行った。『新青年』とその後創刊した『毎週評論』や『新潮』などの雑誌は文学革命の主な媒体となった。文学革命家たちは新文学を大いに提唱し、概念と理論について明確な境界線を定め、詳しく解き明かしていった。その一方で、当時の落ちぶれた封建復古を支持する「黒幕派」「鴛鴦蝴蝶派」「学衡派」「甲寅派」および白話文に反対する文化保守主義に対して激しい論争と批判を行い、文学革命の思想をさらに明確なものとして文学革命発展の妨げとなる障壁を一掃した。

　また、文学革命の先駆者たちは多くの外国文学作品の翻訳本や西洋文学思想を世に出し、新文学の発展に寄与した。例えば、『新青年』はこれまでツルネーゲフ、オスカー、チェーホフ、イプセンなどの作家の作品を掲載し、これと同時に四巻六号から『イプセン特集』を刊行し、個性の解放と個人の自由を提唱して封建制度とその抑圧に反対した。『小説月報』『新潮』『文学週報』などの刊行物にも多くの外国文学の翻訳が掲載された。わずか数年の内に、西洋の現実主義、ロマン主義、象徴主義、印象派、人道主義などの重要な文芸思想が相次いで中国に紹介され、社会に広まり、人々に学ばれ、試されていった。そして多くの作家が新しい文学概念と形式を見習い、実際に用いるようになり、新文学の創作を試みた。これまで触れてきた信仰や文学思想、文学の創作方法が異なるため、異なる傾向にある作家らがそれぞれに文学団体を設立した。そしてすべての文学団体が自らの文学を主張し、ほとんどすべての文学団体が自らの文学刊行物を発刊し、多くの文学作品を発表して、文学革命は早期の創始期から建設期へと入っていった。中でも、最も影響が大きかったのは文学研究会と創作社である。文学研究会は1921年1月、瀋雁冰（茅盾）、周作人、鄭振鐸、葉紹鈞、王統照ら十二人によって北京で発足し、「人生のための芸術」を主張した。彼らは現実主義の文学創作手法を用い、人生と現実社会の諸問題を描写し、社会の闇の一面を暴露した。魯迅、茅盾などの小説がそれである。また、創造社は1921年7月、郭沫若、郁達夫、成仿吾、張資平、田漢、鄭伯奇、陶晶孫らによって日本で発足した。早期には「芸術のための芸術」を主張し、ロマン主義と耽美主義の創作手法を用い、文学は作家の「内なる要求」を忠実に表現しなければならないと強調し、客観的かつ冷静な現実描写を控えて主観的かつ叙情的色彩が色濃く表現された。郭沫若の新詩、郁達夫の小説、田漢の劇作など

がそれである。その他、1923年に胡適、徐志摩、聞一多、梁実秋などによって成立した新月社、1924年に成立した語糸社、1922年に成立した浅草社、これらはすべて当時影響力のあった文学団体で、新文学の構築と発展に重要な役割を果たした。

　文学革命は烈火の如く展開し、全国に影響を及ぼしていった。1921年、当時の教育部が低学年の国語の教科書を白話文に統一したことで、白話文は全面的に普及し始めた。また、大量の外国文学思想や文学団体の成立は、新文学が発展する上での重要な基盤となった。胡適、周作人がそれぞれ言語形式と思想内容において新文学を理論的に構築したというのであれば、魯迅、郭沫若、郁達夫らの小説や詩歌は、文学革命の精神に基づく創作の成果だといえる。1918年5月、魯迅は白話文による短編小説『狂人日記』を発表し、その「的を射た表現」と「独特な文体」は、中国現代小説の幕開けに相応しいものとなった。その後、魯迅はまた『孔乙己』『阿Q正伝』『薬』などの小説を著し、それら小説は、内容から形式に至るまで現代小説の雛形であるといえる。文学研究会は、「文学は人生で一般的な問題を表現し語ること」を提唱したことにより、「問題小説」と「人生写実小説」の盛り上がりを引き起こした。羅家倫の『是愛情還是苦痛』、葉聖陶の『這也是一個人？』、氷心の『死人独憔悴』、王統照の『沈思』『微笑』などが前者の代表である。後者は主に郷土小説作家の王魯彦、彭家煌、台静農などがその代表である。創造社の郁達夫の『沈倫』『蔦羅行』などは自我を中心とした表現で、中国現代小説史において自らの感情を表現する道を切り開いた。この他に、倪貽徳〔げいいとく〕、葉霊風、張資平と廬隠、馮沅君〔ふうげんくん〕らがいる。現代小説は、ここに至って揺るぎない文学の地位を確立した。詩歌においては1921年『新青年』で発表した胡適の白話新詩や、その後出版された『嘗試集』、ならびに周作人、瀋尹黙、康白情などが相次いで発表した新詩は、白話による自由な運筆、韻律にとらわれない新詩の手本となった。郭沫若の『女神』は新しい詩風を切り開き、中国現代新詩の基礎となる作品となった。

第二節　胡適と白話文

一．作者紹介

　胡適（1891～1962年）、男性、字は適之、安徽省績渓県出身。近代の著名な学者であり、詩人、文学者、哲学者でもある。官吏兼茶商人の家に生まれ、幼い頃から私塾教育を受けた。1904年に学問を求めて故郷から上海に赴き、梅渓学堂と中国公学で学んだ。1910年には北京に行き、庚子第二期政府奨学金に合

格してアメリカに留学、コーネル大学にて政治、経済を専攻し、同時に文学と哲学も学んだ。1914年に学位を取得してからは、コロンビア大学で哲学を専攻。哲学者のジョン・デューイに師事し、ジョン・デューイの実用主義哲学に大きく影響された。1917年1月、当時まだアメリカに留学していた胡適は、『新青年』に文学革命初の著作となる『文学改良芻議』を発表し、文学の改良と白話文学を提唱した。同年帰国し、北京大学で教鞭を執り、『新青年』の編集部に入社。五四運動の時期には文学革命を提唱したことで新文化運動の立役者の一人となり、『歴史的文学観念論』『建設的文学革命論』『談新詩』などを続けて発表するなど執筆活動に積極的に取り組み、自らの文学革命観をより明確なものへとしていった。また、1920年には詩集『嘗試集』を著し、これは中国現代文学史上初の新詩集となった。胡適はまたノルウェーの作家イプセンの『人形の家』を模倣した一幕物の『終身大事』を創作し、1919年3月に『新青年』で発表した。この物語は女主人公の田亜梅が、両親が結婚相手を決めてしまうことに反対し、大胆にも恋人と家を飛び出してしまうというものである。これは婚姻恋愛の自由を提唱し、女性が解放と自由を手に入れることを奨励するもので、当時の社会に大変大きな影響を与えた。1920年から1930年までは中国古典小説の考証と研究に携わり、著書には『中国章回小説考証』や『紅楼夢』の考証などがある。1938年には中国駐アメリカ大使を、1946年には北京大学学長を歴任している。1949年に再度アメリカへ渡り、台湾駐国連代表、台湾中央研究院院長などを歴任し、1962年、台湾で心臓発作により死去した。

二．胡適と白話文

胡適は新文化運動の立役者の一人で、中国の文学史において最も早く旧文学から新文学への改革を提唱した人物である。胡適は『文学改良芻議』『建設的文学革命論』『歴史的文学観念論』『論短編小説』『文学進化観念与戯劇改良』などの一連の重要な論文を発表し、白話文学を体系的に構築することの必要性と重要性を指摘し、白話文学の発展のために、文学の形式、内容、文学創作の原則、方法などすべてにわたって理論的指導を行った。1917年1月、胡適は『新青年』で発表した『文学改良芻議』において、文学改良のための「八つのこと」を掲げた。それは即ち「内容のあることを書く、古人を模倣しない、文法を重んじていたずらに感傷的にならない、陳腐な修辞をやめよ、典故を用いない、対句にとらわれない、俗字俗語を避けない」であり、「活きた文学」と「人の文学」を提唱し、白話文での執筆を大いに提唱した。胡適にとって、いわゆる白話文とは人々が日常生活の中で用いている俗言や土語であり、簡単明瞭で飾りすぎない表現

のことである。1918年4月、胡適は『建設的文学革命論』を発表し、「国語を用いた文学、文学としての国語」を主張して、「死んでしまった文字では活きた文学を生み出すことはできない。中国がもし活きた文学を望むのであれば、白話文そして国語を用いるべきであり、そして国語を用いた文学が必用不可欠である」と述べた。つまり白話文学が必要であると考えたのである。さらに、「その時代にはその時代の文学がある」ことを強調し、文学は時代の変遷とともに変化し、白話文が「文言詩文」に取って代わり、中国文学の「神髄」になるべきだとした。また『談新詩』『論短編小説』『文学進化観念与戯劇改良』などにおいて、胡適は白話学の創作手法、素材、構成などについても具体的な見解を示しており、さまざまな角度から白話文学の理論的主張を確固たるものとしていった。

　新文学を確立するため、胡適はまた積極的に新詩の創作を試み、1917年2月に『新青年』で白話文新詩を数本発表した。これは白話文を特に意識した作品で、1920年には中国現代文学史上初となる白話新詩集『嘗試集』を出版した。『嘗試集』の初版は二編から構成され、第一編には計二十一首が集録されている。これは、作者が1916年から1917年までのアメリカ留学中に著したもので、白話文を用いながらも、そのほとんどが五言句、あるいは七言句になっており、旧詩の枠から抜けきれていない。第二編には計二十五首が集録されており、1917年9月の帰国後から1919年末までに書かれたものである。この詩集においては旧体詩の格律の束縛から完全に抜け出し、形式は比較的自由で、言葉の長短にこだわらず、音韻も平仄にとらわれず、言語形式的にも比較的大きな進展と革新であったといえる。胡適はまた、やや自由で活発な詩体を創り、それは「胡適之体」と呼ばれて多くの作家が競ってこれを模倣した。この詩体はまた中国の新詩の発展に大きく貢献した。例えば『蝴蝶』では「両個蝴蝶、双双飛上天。不知為什麼、一個忽飛還。賸下那一個、孤単怪可憐、也無心上天、天上太孤単。」（二頭の黄色い蝶々が空を飛んでいる。なぜだか一頭だけが戻ってきた。残ったもう一頭は孤独でとても寂しくなって、空にいる気がなくなってしまった。空はあまりに寂しすぎる。）また、『鴿子』では「雲淡天高、好一片晩秋天気！有一群鴿子、在空中遊戯。看他們、三三両両、回環来往、夷猶如意、忽地里、翻身映日、白羽襯青天、鮮明無比！」（うす雲空高く、晩秋の美しい空。そこをハトの群れが自由自在に飛んでいる。ほら、二羽三羽と一緒になって飛び回っている。平然と、自由に。突然、ハトたちが夕日に向かって飛び始め、青空に白い羽が映えてなんと鮮明なことよ！）今日これを読むと、『嘗試集』には実験的な要素が感じられる。旧体詩の痕跡を残しているだけでなく、多くの

詩が未成熟のものとなっていて、芸術的観点からみると 1921 年に出版された郭沫若の『女神』には及ばない。しかし、これは早い時期に出版された白話文詩集であり、新たな風を吹き込んだ作品であるといえる。中国における新詩の発展のために最初の雛形を示し、当時大きな反響を呼び、出版によって文学界や学術界で広く論争を巻き起こすこととなり、大変研究価値の高いものである。

第三節 魯迅と『阿Q正伝』

一．作者紹介

　魯迅（1881～1936 年）は現代中国の偉大な文学者で、新文化運動の基礎を固めた人物である。本名は周樹人、字は豫才。1881 年 9 月 25 日、落ちぶれた官僚家庭に生まれる。1898 年、南京に赴いて水師学堂で学び、その後南京路鉱学堂に転学した。1902 年 4 月、公費で日本に留学、仙台医学専門学校で医学を学んだ。その後は医学から転じて文学に目覚め、1909 年 8 月に帰国。帰国後、魯迅は積極的に「五四」新文化運動の渦中に身を投じた。1918 年 5 月、「魯迅」というペンネームで『新青年』において中国現代文学史上初となる白話文小説『狂人日記』を発表した。これを機に、『孔乙己』『薬』『祝福』『肥皂』などの多数の小説を次々と発表し、小説集『吶喊』『彷徨』として出版した。これらの小説は、思想面においても芸術面においても中国現代小説の基礎であり、また名作、名著である。その中でも、1921 年 12 月から 1922 年 2 月にかけて著した『阿Q正伝』は、中国現代文学史上最も秀でた作品の一つで、主人公の阿Qは国内外の文壇の手本となった。魯迅は小説だけでなく多くのエッセーも書いており、『墓』『熱風』『華蓋集』『二心集』『偽自由書』『且介亭雑文』など多数の散文集を出版している。その他、詩集『野草』、回想録的散文である『朝花夕捨』、さらには膨大な量の手紙や日記、訳本なども出版されている。1981 年には『魯迅全集』全 16 巻が人民文学出版社により出版された。1936 年 10 月 19 日、上海で病に倒れる。魯迅は中国新文学の発展に大きな貢献を行い、毛沢東は「偉大な文学者であり、偉大な思想家であり、偉大な革命家である」と述べている。

二．『阿Q正伝』

　中編小説『阿Q正伝』は魯迅の代表作品として広く社会に受け入れられ、1921 年 12 月から 1922 年 2 月まで北京の『晨報副刊』に連載され、その後小説集『吶喊』に収められた。この小説は、貧しく蒙昧であり、気位は高いが自らを卑下し、自分も他人も騙してしまうような農民、阿Qの人物像を描き出すこ

とに成功している。阿Qは辛亥革命前後、辺鄙な未荘という農村に暮らしていた。ひとかけらの瓦もないわずかばかりの土地で貧しい生活をしていたため、地蔵堂を借り宿とし、家庭も仕事もなく、麦刈りと言われれば麦刈りを、米つきと言われれば米つきを、船漕ぎと言われれば船漕ぎをするという日雇い作業で生活していた。姓名や原籍すらはっきりせず、いつも誰かにからかわれていた。村の趙旦那の息子が秀才に合格したとき、阿Qは酒を二杯飲んで有頂天になり、自分の姓は趙で、趙旦那と同じ家系だと言って浮かれていたが、二日目に趙旦那に思い切り引っ叩かれ、地保と呼ばれる徴収兼治安係に説教された上、二百文の酒代を持っていかれた。それからというもの誰一人として趙の姓を名乗る者は現れなくなった。現実の生活の中ではいつも馬鹿にされ侮辱されるが、阿Qの心はいつも勝利と満足で満ち溢れ、独自で哀れな「精神勝利法」を有していた。例えば、誰かと口喧嘩をした際、相手をにらみ付けながら「昔は……お前なんかより俺らの方が金持ちだったんだぞ！」と言い放った。閑人に汚れた弁髪をつかまれ、壁に四五回叩き付けられると、「息子に殴られるようなもんだ。世の中どうしてしまったんだ」と心の中で思い、勝ち誇って得意気に立ち去るのであった。阿Qは自分が一番自らを卑下できる人間だと思っており、この「自らを卑下する」という点を除けば、「一番」だけが残るので、この点を人変誇らしげに思っていた。なぜなら状元も「一番」だからだ。博打をするときはいつも負けが多く、「不幸にも」勝ったときは、まるごと人に盗まれてしまい、失敗の苦酸をなめるが、すぐにまた開き直り、右手を振り上げて自分の頰を二回ほど殴り付け、激しい痛みを感じつつも、そのことでまるで誰かを殴ったような気になり、満足して眠りにつくのであった。阿Qは損をするのが常であり、そして常に自分より弱い人をいじめた。他人から頭にたくさんできた疥癬あとのはげを馬鹿にされ嘲笑されると、阿Qは「口下手なくせに人を小ばかにし、力もないくせに人を殴るのだった」。彼は偽毛唐に「泣き杖」で殴られたかと思うと、静修庵の若い尼をいじめた。なんで今日はこんなにも「運が悪い」のかと思ったらお前に会ったからだ、とその若い尼に唾を吐きかけ、尼の刈ったばかりの頭をなでて顔をつねると、見ていた周りの人が笑い出したので、得意になって「運が悪い」ことへの仇討ちをした気になり浮かれるのだった。

　魯迅はかつて、阿Qは「農民的素朴さ、愚鈍さがあり、遊び人の悪賢さを兼ねている」と述べたことがある。それは非常に矛盾した複雑な人物像である。阿Qは土地も金銭も地位も失い、悲しみと屈辱のどん底に瀕し、自らを卑下することしかできず、「精神勝利法」に頼って敗北を勝利に変えることで、自分を騙すのであった。そうかと思えば、思い上がって弱い者をいじめ、王胡には「そ

の頬髭は見るに堪えない」と罵り、小Dには「痩せ細って無力で、阿Qの茶碗を盗んだから」と罵ったりした。しかもすべての「未荘の住民」は彼の眼中に入っていない。未荘の人たちは世間知らずだというのが阿Qの考えだ。また、彼は町の人も馬鹿にしている。「長凳」のことを「条凳」と呼ぶからと見下し、魚を焼くのに未荘の人たちは半分に切ったネギを入れるのに対して、町の人たちは白髪ネギを上に乗せるだけのことで、愚かだと見下していた。革命に対しては全くの無知で、革命とは「自分が欲するものだけをして、自分が好きなことだけをするのである」と思い、革命に勝手な思いを馳せていた。しかし、革命には参加できず、結果的に革命党と封建勢力の妥協による犠牲者となり、斬首台へと連れて行かれるのであった。魯迅は小説の中で、風刺、誇張、客観的事実のみを描く白描などの手法を用いて、悲しくも趣があり、憎らしくも愛らしい典型的な人物像を描き出し、この人物像を通じて「国民の魂」を表現し、国民性を変えようとしたのである。

第四節 郭沫若と『女神』

一．作者紹介

郭沫若（1982～1978年）、男性、本名は郭開貞、四川省楽山出身。1892年11月16日に地主兼商人の家庭に生まれ、幼少時から私塾教育を受ける。1913年に故郷を離れて日本へ留学し、福岡の九州帝国大学医学部で学ぶ。その後、医学から転じて文学に従事し、1921年夏、郁達夫、成仿吾らと「創造社」を設立して、初の詩集『女神』を出版した。この作品は中国の伝統的な詩歌の格律の殻を破り、「五四」時代の精神を充分に反映し、中国文学史に新しい風を吹き込んで、中国における新詩の礎を築くものとなった。1923年4月に帰国してからは文学の創作活動に取り組み、マルクス主義理論を体系的に学び、プロレタリア文学を提唱した。1927年7月には北伐に参加し、国民革命軍政治部の副主任を務めた。大革命が失敗した後は日本で10年に渡る亡命生活を送り、学術の研究に没頭し、『中国古代社会研究』や『甲骨文字研究』などの学術的価値の高い著書を残した。1937年に抗日戦争が勃発したのを機に帰国し、抗日救国運動に参加した。40年代初頭には歴史劇『棠棣の花』『屈原』『虎符』『高漸離』『孔雀胆』『南冠草』の六作品を創作し、歴史をテーマとした作品を通して当時の社会を風諭し、現実社会を批判した。中でも、当時上演後社会に大きな反響を呼び起こした『屈原』は、郭沫若の歴史劇の代表作品といえる。1949年の新中国成立後、郭沫若は中華全国文学芸術界連合会主席に選ばれ、政務院副総理兼文

化教育委員会主任、中国科学院院長、全国人民代表大会常務委員会副委員長などの職を歴任し、中国共産党第九、十、十一回中央委員に選出された。著名な歴史劇に『蔡文姫』『武則天』および詩集『新華頌』などがあり、編集責任担当の『中国史稿』と『甲骨文合集』もある。1978年6月12日、北京で死去した。そのすべての作品は『郭沫若全集』として文学、歴史、考古の三種、全三十八巻に編纂された。郭沫若は現代中国における著名な詩人、文学者、学者、歴史学者、古文字学者、社会活動家である。郭沫若の多くの作品が、日、露、仏、英など多くの言語に翻訳され、大変高い評価を得ている。

　二.『女神』

　『女神』は郭沫若の詩歌の代表作品で、1921年8月に上海泰東出版社より出版された郭沫若最初の詩集である。この詩集は中国現代文学史における大きな成果であり、大きな影響を及ぼした新詩集である。『序詩』の他に、『女神』には合わせて五十六首の詩が収められており、三部分から構成されている。第一部には三部の詩劇『女神の復活』『湘累』『棠棣の花』、第二部には『鳳凰涅槃』『天狗』『炉中煤』『地球、我的母親』など三十首が集録されており、郭沫若の当時の詩歌の代表で、「五四」運動時期の「一切を破壊し一切を創造する」という時代の精神の現れでもある。第三部には二十三首の詩が収められており、この中には最も早期に書いたものと比較的晩期に書かれたものとがあって、「五四」の活動が高まりを見せた時期とは異なる作風となっている。『女神』の中で描かれている思想というのは、まず「自我」に対する発見と肯定である。しかし、「五四」運動が猛烈に繰り広げられていた時代にあって、この「自我」はアイデンティティを解放する反逆者のイメージとなった。すべての封建の束縛を打ち破り、すべての破壊者を謳歌し、自我を押し出し、アイデンティティを尊重し、自我の内心の表現を主とした。『女神』の中で、アイデンティティ解放の声は、「自我」の発見と自我の価値を認めることを通して表現されている。例えば、「啊啊！不断的毀壞、不断的創造、不断的努力喲！啊啊！力喲！力喲！力的絵画、力的舞踏、力的音楽、力的詩歌、力的律呂喲！」（嗚呼、絶えず壊し、絶えず創造し、絶えず努力することよ！嗚呼！力よ！力よ！力の絵画、力の踊り、力の音楽、力の詩歌、力のメロディよ）（『立在地球辺放号上』）や「我是一条天狗呀！我把月来吞了、我把日来吞了、我一切的星球来吞了、我把全宇宙来吞了。我便是我了！」（私は天狗だ。私は月を呑みに来た、太陽を呑みに来た、すべての星を呑みに来た、全宇宙を呑みに来た。私は即ち私なのだ）（『天狗』）、また「我崇拝偶像破壞者、崇拝我！我又是個偶像崇拜者喲！」（私は偶像崇拝の破壊者である。私を

崇拝しろ！私もまた偶像崇拝者であることよ！）（『我是個偶像崇拝者』）などがそうである。この鮮明な「自我」のイメージは『女神』の中で終始貫かれており、「五四」運動が凄まじい勢いで繰り広げられている時代背景を受け、「自我」の発見と「自我」の力を謳歌している。また、『女神』の中には多くの重要な詩編があり、これもまた郭沫若の愛国心を歌い上げるものとなっている。祖国に対する深い思いと明るい未来への希望を表現し、積極的かつ進取の精神に満ち溢れている。例えば、『晨安』では「千載一遇の朝の光を浴び」ながら「若々しい祖国」と「新生の兄弟姉妹」に向かって、一気に二十七回にも及ぶ「おはよう」を歌い上げている。『炉中煤』では、詩人は祖国を「若き娘」に喩え、それでいて自らは今まさにかまどの中で燃える石炭となり、「嗚呼、若き娘のこの私！私は優しさを裏切りません。あなたも私の思いを裏切らないで。私は親愛なる人々のために、こんな風に燃えているのよ！」と表現した。その他に、例えば、『地球、我的母親』では、「母なる地球よ、これまでも、今でも、これからも、私が食べるもの、着るもの、住むところもすべてあなたです。私はどうすればあなたにこのご恩をお返しできるのでしょうか。」と自然に対する敬意を表しており、『太陽礼賛』では「遥かな大地を照らし、今にも現れ出しそうだ」「現れた！現れた！眩しく煌めく後光よ！私の瞳から金色に輝く無限の光が太陽に向かって放たれている。」のように、「新しく登る太陽」が詠歌されている。『夜歩十里松原』では、大自然がしなやかで美しく感じられ、「海はもう眠りについた。遠くを眺めれば、まっ白な光に包まれ、波の音は全く聞こえない。嗚呼、宇宙よ！なぜそんなにも高尚で、自由で、雄大で、清らかなのだろうか！」と表現するなど、これら自然に対する詠歌と礼賛もまた、『女神』で歌われる詩の重要な要素である。

芸術的表現では、『女神』は鮮明な革命ロマン主義的特徴を表しており、象徴、比喩、誇張などの手法を多く用いて詩人の強い感情を表現し、形式的には旧体詩の格律の枠を越え、「絶対的自由、絶対的自主」を追求し、生き生きと自由な運筆で新しい詩風を切り開き、中国における新詩の発展の盤を固めた。『女神』は時代の特色、独特な芸術の色彩、風変わりな想像力、神話的色彩が鮮明に表現されており、これらはその後の詩人と詩歌の創作に大きな影響を及ぼした。

第五節　郁達夫と『沈淪』

一．作者紹介

郁達夫（1896～1945年）、名は文、字は達夫、現代中国の著名な小説家であり、散文家であり、詩人でもある。1896年12月7日に浙江省富陽で生まれ、7歳

で私塾に入り、人生の啓蒙を始める。幼い頃から古典詩文を好んで読み、『三字経』『百家姓』『千字文』を熟読していた。郁達夫は1911年から旧体詩を書き、新聞に投稿し始めた。1913年9月に一番上の兄と日本に留学し、1914年7月に東京第一高など学校予科に入学。世界の文学と哲学の名著を幅広く読みあさり、小説創作を試みるようになった。

1921年6月、郭沫若、成仿吾、張資平らと東京で新文学社団創造社を設立し、『創造季刊』を編纂、「文学作品はすべて作家の自叙伝である」と主張した。1921年10月、短編小説『沈淪』を発表し、文壇を震撼させた。同年10月、上海泰東図書局より小説集『沈淪』が出版され、ここに郁達夫の『沈淪』『南遷』『銀灰色的死』の三作品が集録された。これは中国現代文学史上初となる白話短編小説集で、文壇に大きな影響を及ぼした。1922年3月に東京帝国大学を卒業して帰国し、小説『春風沈酔的晩上』を発表。1923年から1926年までの間、相前後して北京大学、武昌師範大学、広東大学で教鞭を執る。1938年にシンガポールに渡り、1945年にスマトラで死去。郁達夫の主な作品には、小説『沈淪』『茫茫夜』『春風沈酔的晩上』『薄奠』『遅桂花』『她是一個弱女子』などがあり、また散文集には『達夫散文集』や『達夫遊記』などがある。

二．『沈淪』

短編小説『沈淪』は郁達夫の出世作である。この短編小説は日本留学中に書かれたもので、小説の主人公「彼」は封建の迷信に反対し、自由とアイデンティティの解放を求めたがゆえ、学校から除名処分となる。一番上の兄について日本に留学したが、「弱国の民」という身分から民族差別と日本社会の冷遇に遭った。「彼」は青年同士の誠意ある友情と純情な愛を渇望しながらも、日本の学生に嘲笑われ、彼らと疎遠になっていった。敏感だった「彼」は異国の地でより一層憂鬱で卑屈になり、孤独と感傷に落ち入ってしまう。「彼」には友人がおらず、学校をも嫌がるようになった。「彼」は時折クラスの真ん中に座っていながら、この上ない孤独を感じるのであった。学校の教科書は蝋をかむように味気なく、「彼」はよく愛読の文学書を提げて人気のない山奥に入り、大自然の懐の中で自らを「孤高で世人を見下げる賢人」や「超然と孤立した隠者」だとし、時として心の中に現れてくる農夫と話を交わすのであった。しかし、「彼」は依然として孤独と寂しさに蝕まれ、「なぜこんな苦労をしてまで日本に来て学問を求めるのか」、「故郷には美しい自然と花のような美女がいるではないか」と時折涙しながら後悔した。日本人の冷たい視線と差別を感じるとき、「彼」はまた「中国よ！なぜ豊かになれないのか」と嘆き、「彼」は「異性との愛情」を渇望した。日記

の中で「もし私の苦痛を理解してくれる美女が一人いるなら、その彼女が死ねと言えば私は死ねる」「もし一人の婦人が、美しかろうとそうでなかろうと心から愛してくれるなら、その婦人ために死ぬことだってできる」と書いてある。心の寂しさと「性への苦悶」により、「彼」の鬱病は日増しに重くなっていく。「彼」は沈淪することは望まずも、そこから抜け出す力もなかった。「彼」は官能的快楽と満足感を求めていつもフランス自然派や中国の官能小説を読み、大家の娘の入浴を覗き見たり酒屋や遊女屋で遊んだりして落ちぶれていき、いつも最後に残るのは後悔であった。「彼」はみるみる衰弱し記憶力も衰退していき、未来に希望が持てず、最後には絶望の中をさまよいながら海で投身自殺を図る。「彼」は死ぬ直前、「祖国よ！お前のせいで私が死ぬはめになったんだ！早く豊かに、そして強くなってくれ！まだまだたくさんの子どもたちがお前のもとで苦しんでいるんだ！」と大声で叫んだ。「彼」の叫びは、まるで当時の半植民半封建社会の中で生きる青年達が、封建道徳や帝国主義の迫害に反対し、自由と解放を追求し、祖国が豊かになることを渇望する心の声と願望のようであった。

郁達夫はかつて「文学作品はすべて作家の自叙伝である」と語っている。『沈淪』も同じく自伝体小説であり、「内なる葛藤と苦悶」を非常に重視した現代叙情小説で、強い「自叙伝」の色彩を帯びている。『沈淪』は日本の「私小説」とフロイトの精神分析学の影響を強く受けており、大胆かつ深く登場人物の孤独と苦悶、迷いと病的な心理的変化を描写しており、憂鬱さ、苦悶、矛盾した社会の「はした者」のイメージを描き出すことに成功している。作品が出版されると「五四」文壇は震撼し、無数の若い読者が共感した。『沈淪』はまた、強い主観叙情的特徴を有しており、この作品は中国現代叙情小説の道を切り開き、その後の文学の創作に深い影響をもたらした。

第六節　志摩の詩

一．作者紹介

徐志摩（1896～1931年）は浙江省海寧の豊かな商人の家に生まれ、中国現代詩壇における著名な詩人の一人である。20年代末から30年代に一世を風靡した「新月派」の立役者でもある。1916年北京大学に入学し、1918年アメリカに留学。1921年にはイギリスに渡り、ケンブリッジ大学で2年学んで西洋教育の薫陶および欧米ロマン主義と唯美派の詩人の影響を強く受け、1921年から詩歌の創作を始めた。1922年に帰国。大学で教鞭を執りながら、新聞に詩文を発表するようになった。1923年に新月社の発足に参与し、文学研究会にも加入

した。1924年には胡適、陳西瀅らと週刊『現代詩評』を創刊し、同時に北京大学の教授を務めた。インドの著名な詩人タゴールが中国を訪れた際は、タゴールの通訳を務めた。1925年にソ連、ドイツ、イタリア、フランスなどのヨーロッパ諸国を巡った。1926年には北京で『晨報』の文芸欄『詩鐫』の編集長を務め、聞一多や朱湘らとともに新詩格律化運動を繰り広げ、新詩の発展に大きな影響を及ぼした。また、同年上海に移り住み、光華大学、大夏大学、南京中央大学で教鞭を執った。1927年には胡適や聞一多らと「新月書店」を創立し、雑誌『新月』を刊行し、同年にイギリス、アメリカ、日本、インドなどの国々を回った。1930年冬には北京大学と北京女子大学で教鞭を執り、同年陳夢家、方瑋徳と季刊『詩刊』を創刊し、ペンクラブの中国支部理事に選ばれた。1931年11月19日、不幸にも自身が乗っていた飛行機が山東省済南付近で事故を起こし、徐志摩は33歳の若さでこの世を去った。主な作品には詩集『志摩的詩』『翡冷翠的一夜』『猛虎集』『雲遊集』などがあり、散文集には『巴黎的鱗爪』『自剖』『落葉』『秋』など、小説集には『輪盤』、劇作に『卞昆岡』、日記に『愛眉小札』『志摩日記』などがあり、訳本には『曼殊斐尓小説集』などがある。2005年には天津人民出版社から『徐志摩全集』全八巻が出版されている。

　二．志摩の詩
　胡適はかつて『追憶志摩』の中で、志摩の人生観は三つの言葉で表すことができると指摘し、「一つは愛、もう一つは自由、そして美である。……彼の一生はただただこの単純な信念の実現にあった」と述べた。愛、自由、美。それはまさしく徐志摩が詠歌し追い求めた内容である。そこに詩人の理想、アイデンティティの解放に対する弛まない追求が表現されている。『雪花的快楽』『我有一個恋愛』『落葉小唱』『両個月亮』『雲遊』『海韻』などの作品はまさにそうで、いずれも真摯で人を感動させ、優しく新鮮である。「もし私が舞い落ちる雪の一粒なら、ひらひらと空を自由に舞い、決して自分の方向を間違うことはない――高く高く舞い上がる、この地上のどこかに私が降りるべき場所がある。」私は愛しの人を見付け、彼女の上に舞い降りた。「そのとき私は身軽さをいいことに、そっと彼女の襟元に引っ付いた。そして彼女の柔らかな波のような胸元に寄り添った――融ける、融ける、融ける――ついに彼女の優しい胸の中に融けてしまった！」。詩人は自然界に舞い落ちる「雪」を用いて自己の愛情への執着を象徴し、そしてそれは誠意に溢れ、同時に詩人は客観的な事物と内心の感情を一つにし、俗離れした躍動感のある境地を創り出している。また、『両個月亮』『雲遊』なども天に輝く月、地上を流れる水を用いて間接的に愛を表現している。『落葉

『小唱』では夢の中での愛情を描写し、あるいは心にこもる深い情を、夢でも見ているかのように水のように穏やかに、夢の如く幻の如く不思議なものであると表現した。『我有一個恋愛』では、詩人は「私には一人恋人がいる、——私は空の星を愛している、私は星々の輝きを愛している、地上にはこれほど異様な光はない。……私はこの正直な胸の内を曝け出し、輝く星々に捧げます。人生が幻であろうとなかろうと、地球が存続しようがしまいが、空に永遠に変わることなく星があるなら。」と詠んでいる。詩のタイトルは「恋愛」であるが、恋愛を題材としながらも自己の美しい理想への渇望と憧れをも表現している。その他、『灰色的人生』『先生！先生！』『廬山石工歌』などの詩歌の中で、徐志摩はその時代の中下層に生きる人々の苦難も映し出し、軍閥の混戦がもたらした罪悪をあらわにし、詩人の同情と不甲斐なさを表現している。

中国現代文学史における重要な詩人として、また新月社の盟主として、徐志摩の詩歌には非常に高い芸術的成果が見られる。彼の詩は感情豊かで構想が巧みであり、イメージが斬新かつ複雑で韻律の調和がとれ、情緒がしなやかでリズム感が強く、音楽美に富んでいる。彼の名作『再別康橋』の「私は静かに去ります。私が静かに来たように。静かに手を振ります。西の空の雲に別れを告げる。……私はこっそりと去ります。私がこっそりと来たように。私は袖を少し振った。一つの雲も持ってゆかない」のくだりでは、しっかりと韻を踏み、何度も繰り返すことで、ある種の紆余曲折と無限の悲しみ、恋々と思い切れない情を映し出し、人を感動させる。『沙揚娜拉』では、「最たるものは、その頭を下げる優しさ、一輪の睡蓮花がそよ風に吹かれて恥じらうように、一声一声大切に、その一声の中にこもる優しい憂い——さよなら！」と、たった数行の中に、日本女性の謙遜と礼儀正しさ、優美さを描き出しており、別れを惜しむ気持ちを色濃く感じさせる。さらに、彼が困惑し、さまよい、失意した詩歌である『我不知道風是在哪一個方向吹』もまた格律が整い、人に感動を与え影響力のある作品となっている。「私は風がどこへ向かって吹いているのか分からない——、私は夢の中、夢の悲哀の中で心砕けている！ 私は風がどこへ向かって吹いているのか分からない——、私は夢の中、暗闇は夢の中の輝きだ」と。

第七節 氷心の文学創作

一．作者紹介

氷心（1900～1999年）、女性、本名は謝婉瑩、福建省長楽市出身。1913年、父親ともに北京に移り住む。1918年、協和女子大学理系予備科に進学。1919年

8月、初めて「氷心」というペンネームで『朝報』に小説『両個家庭』を発表し、重大な社会現実問題を取り上げて関心を集めた。その後、『斯人独憔悴』『去国』『秋風秋雨愁』など一連の「問題小説」を創作した。1921年、氷心は文学研究会に入る。1923年に相前後して小説集『超人』と詩歌集『繁星』『春水』を出版し、母の愛情・童心・大自然を存分に讃えた。氷心の運筆は言葉遣いが美しく構造が巧みであったため、「五四」文学界でも独特の風格があった。その後はアメリカに留学するが、留学前後から次々と『寄小読者』という通信散文を発表した。1926年、散文集『寄小読者』を出版し、中国現代文学において最も早い児童文学作品となった。1926年、氷心は修士の学位を取得後に帰国、燕京大学をはじめ北平女子文理学院や清華大学国文学科などで教鞭を執るほか、散文集『桜花賛』『小橘灯』などを発表した。1958年と1978年にはさらに児童文学として『再寄小読者』『三寄小読者』を著し、児童の人気を得ている。20世紀80年代以降、80歳代の氷心は『空巣』『万般皆下品』『遠来的和尚』などの小説を始め、散文『想到就写』『我的自伝』『関与男人』『伏枥雑記』などを発表した。これらの作品の内容は豊富で、独特の作風であり、氷心の文学造詣は新しい境地に達した。

二．氷心の文学創作

氷心が初期に発表した作品のほとんどは、「五四運動」の時期に流行していた「問題小説」である。「問題小説」とはある社会問題を暴くために創作される作品であり、例えば、『両個家庭』という作品では、二つの家庭の比較を通して、古い家庭を改造し新しくかつ合理的な家庭を作るという問題を提起した。『斯人独憔悴』では、穎銘、穎石兄弟が愛国学生運動に積極的に参加するが、父親に反対されて抑圧、監禁された。彼らは、父親との矛盾をなくすことができず、封建的な家庭の束縛から抜け出すこともできず、苦悶し、憔悴しきっていく。『去国』では、留学生の英士は愛国心を抱いて外系企業の高給待遇の誘いを断り、祖国に恩を報いることを決心した。しかし、当時は腕を振うところもなく、悲憤と苦痛を抱いて祖国を離れ、「去国」、つまり国を去らざるを得なかった。英士は、「哀れだ！これは、俺の初志ではない。俺はわが国を捨て去るのではなく、捨て去られたのだ！」と嘆く。知識人の恩恵に報いたいという気持ちはあっても、行き場のない苦痛と悲しみに苛まれるだけであった。

小説の他に、氷心の最も重要な文学の功績は散文と詩歌である。1923年に出版した詩歌集『繁星』『春水』は、初期に創作された抒情格言詩歌集、短詩300首を集録し、そのほとんどがインド詩人タゴール氏の『飛鳥集』の影響と啓発を受け、雑感的な細かい思想の断片である。詩では、氷心の「愛の哲学」およ

び母の愛情、童心、大自然への賛美と憧れが貫かれている。例えば、『春水』第百五首では、「造物者，／倘若在永久的生命中，／只容有一次極楽的応許。我要至誠地求着：／「我在母親的懐裏、母親在小舟裏、小舟在月明的大海裏」（造物主よ／永久の生命の中で／一回だけ極楽へ向かう許可を与えたまえ。私は敬虔に祈る：母親の懐にいる、母親は小船にいる、小船は明月の下に漂っている）」と書かれている。『繁星』第百五十九では、「母親啊！／天上的風雨来了/鳥児躲到他的巣裏，／心中的風雨来了，／我只躲到你的懐裏」（母親よ！暴風雨が来た、鳥は巣にこもって、心の暴風雨が来た、あなたの懐に身を隠す）と書かれており、母の愛情の偉大さ、純粋さと無私を褒め讃えた。自然美、海、名月、星の光などを、氷心は詩の中で思う存分賛美し、無限の情熱と懐かしみを表した。例えば、『繁星』第一首では、「繁星閃爍着，／深藍的太空，／何嘗聴得見他們対語？／沈黙中／微光裏他們深深的互相頌賛了。」（繁星がきらめいている、濃紺の天空に、かつて星たちの対話を聞いたことがあるか？沈黙のうちで、微かな光のうちで、星光たちは深く賞賛しあっている。）とあり、『繁星』第百三十一首では、「大海呵，／那一顆星没有光／那一朶花没有香？／那一次我的思潮裏／没有你波濤的清響。」（大海よ、どの星が光なかろう、どの花は香なかろう、どの私の思考の中に、お前の波濤の清き響きがなかろう）、『春水』第十四では、「自然喚着説：「将你的筆尖児，浸在我的海裏！人類的心懐太枯燥了。」（自然はこう呼びかけている：筆先を私の海に浸からせてください、人間の心はなんと味気ないことか」とある。大自然が渾然としており、母の愛と子供の無邪気さが人間の天性であって世の中で最も純粋的な感情であると、氷心はひたむきにそれを詠った。「優しさに満ちて、少しの憂愁を帯びる」、細密、含み、繊細さ、哲理を極め、中国の古典詩とタゴール氏の哲理短詩の特徴を備え、爽やかで清々しく、独特の芸術的魅力がある。これらの短詩は「繁星体」と呼ばれ、当時大変高く評価された。

第二章
第二の十年 (1928 – 1937)

第一節　概要

　1928年から1937年は、中国現代文学が発展する第二の10年間である。大革命の失敗と国共合作の終焉に伴って中国革命の発展の方向と政治情勢が変わり、文学思想の重心も五四時期の新文化運動と思想文化変革からプロレタリア革命思潮とマルコス主義文芸理論の宣伝や応用に移った。1928年前後、旧ソ連から西欧、日本、北朝鮮まで、国際プロレタリア文学運動が大規模にすさまじい勢いで行われ、中国人作家もその流れの大きな影響を受けて奮起した。1927年冬、蒋光慈、銭杏邨、洪霊菲などは上海で太陽社を立ち上げたが、メンバーの多くは革命に参加した共産党員であった。新たな革命情勢に応えるため、1928年初め、太陽社と創造社が力を合わせてプロレタリア革命文学運動を主張した。日本から帰国した創造社の後期メンバー李初梨、馮乃超、朱鏡我などは、創造社前期の浪漫と感傷的な作風を変え、文章形式で自らのプロレタリア文学観点を明らかにし、文学の階級性、政治性と社会価値を強調し、文学に新しい概念と働きをもたらした。これを機に、新文学陣営の中では「革命文学」たる論争が引き起こされ、1年間にも及んだ。1930年3月2日、中国共産党の指導のもと、太陽社、創造社、魯迅および魯迅の影響を受けた作家が手を組んで、上海で「中国左翼作家連盟」、略称「左連」を設立した。上海で「総盟」（本部）を設立したほか、北京、日本、広州、南京などの各地に「分盟」（支部）と小グループを設立し、大勢の文芸青年の加入を促した。左連が設立された後、「マルクス主義の芸術理論と批評理論を確立する」ということを明確に規定し、相前後して『開拓者』『萌芽月刊』『世界文化』『北闘』『文学月報』などの刊行物を創刊した。さらに、多くのマルクス文芸論述の基準となる著作を翻訳して中国に紹介し、加えて多くのプロレタリア作家の作品も翻訳し出版した。例えば、ゴーリキーの『母親』、ファジェーエフの『壊滅』、セラフィモヴィッチの『鉄の流れ』、ジャック・ロンドンの『野性の呼び声』、小林多喜二の『蟹工船』などの翻訳作品は、この時期、そしてその後の文学創作に大きなイニシアティブ的役割を発揮した。それと同時に、左連の作家たちは「マルクス主義理論」を武器とし、当時の「新月派」「論語派」「現代評論派」などの文芸流派を批判し、論争を展開してマル

クス主義の中国における影響力を拡大していった。

　左連は新人を育てることも重視し、新しい作家が絶えず現れて、創作上でも大きな業績を残し、文学創作の題材、主題と手法に新しい道を切り開いた。魯迅のこの時期の小説の多くは神話伝説と歴史物語を主な題材としており、主に1936年に出版された小説集『物語新編』に集録された。魯迅は思想と芸術面において一層の模索を続け、進展を遂げた。最も目に付くのは、その筆鋒鋭い雑文である。現実に目を向け、時代の誤りを指摘し、大きな影響力を残した。茅盾、巴金、老舎、曹禺などは中長編小説もしくは戯劇でこの時期に社会的意義のある重大な題材と主題をもたらし、より多くの社会的な内容を題材とした作品を残している。茅盾の『子夜』、老舎の『駱駝祥子』、巴金の『家』、曹禺の『雷雨』なども中国現代文学史上で最も傑出した作品で、最も重要な文学成果であると見なされている。蒋光慈の『少年漂泊者』『短褲党』『咆哮了的土地』（即ち『田野的風』）などの作品は自らの生活と社会発展の状況を反映し、共産党の指導のもとでの労働者運動と農民武装運動の実態を呈した。柔石の『二月』では作家の現実に対する不満と知識人の前途に対する考え方を表し、『為奴隷的母親』では下層社会にある労働者を踏み込んで描写し、悲惨な運命を辿った母親の姿を描いた。丁玲は1927年から小説を発表し始め、『夢珂』『莎菲女士的日記』など早期の作品では主に、五四運動以降の反逆するプチブルジョアの女性の苦悩を描き、感傷的色彩が色濃く表れていた。1930年の『韋護』や『一九三零年春上海』では当時流行していた「革命と恋愛」をテーマとして、知識人青年の革命と恋愛、個人と集団の間での難しい選択を描いた。1931年に発表した短編小説『水』と『田家沖』およびその以降の『消息』『法網』『夜奔』などはそれまでの知識人を題材としたテーマから抜け出し、労働者と農民たちの思想と生活に着目し始めた。張天翼の『包氏父子』『笑』『歓迎会』と後期の著名な短編小説『華威先生』は、皮肉と誇張の手法を用いて、嘘偽り、俗っぽくちょっとした知識人、ちっぽけな公務員、地主官僚や無知蒙昧な下層人民などを描き、彼らの弱点をさらして魂を酷評した。「左連」の後期、葉紫、艾蕪、蕭紅、蕭軍などの青年作家も多くの優秀な作品を世に送り出した。女性作家蕭紅の『生死場』、葉紫の『収穫』、蕭軍の『八月的郷村』は「奴隷叢書」として出版され、当時重要な影響力を及ぼした。

　この時期、「左連」とそれが宣揚するマルクス主義は、疑いなく30年代の文学の主流になり、その他、中国文壇では「左連」以外で活動し、厳密な組織にも属さず、芸術を重視し、自由主義を唱える文学者が多くいた。例えば、北京派の周作人、朱光潜、瀋従文、廃名、蕭乾〔しょうけん〕、師陀と、上海派の張

資平、葉霊風、劉吶鴎、穆時英、施蟄存〔しきょうそん〕などである。彼らの文学理論と創作は中国現代文学史上の自由な一流派であり、「左翼」文学と対立しつつも互いに補い合い、それは 30 年代の文壇の文学発展における重要な現象であった。北京派とは 30 年代に北平（北京）で活動していた文学流派を指している。すべての作者の思想が完全に一致しているわけではないが、文学に対する見解はほぼ似通っており、素朴かつ原始的なヒューマニティーやヒューマニズムを描くことに長けており、文学的審美観を重視し、和らげて含みがあり、意味深長であり、言葉遣いが簡潔で、「左連」が文学の社会機能を強調するのとは著しく異なる。上海派は、張資平、葉霊風の都市小説と、劉吶鴎、穆時英、施蟄存の新感覚派小説である。張資平の『最後的幸福』『上帝的児女們』および葉霊風の『菊子夫人』『姉嫁之夜』『紫丁香』などの小説は主流文学の政治性と社会性から遠く離れ、主に大都市上海で生活している男女たちの退廃した生活、性愛、さらにねじれた心理状態を描き、形式の革新を重視している。一方、劉吶鴎、穆時英、施蟄存は日本の新感覚派とフロイド精神分析学の影響を強く受け、意識の流れ、心の独白、感覚、跳躍的な構造などを運用して人の情緒と心理を表現することに長けていた。代表作品は、劉吶鴎の『都市風景線』、穆時英の『上海の狐舞』、施蟄存の『鳩摩羅什』である。

第二節　茅盾と『子夜』

一．作者紹介

茅盾（1896 〜 1981 年）、男性、本名は瀋徳鴻、字は雁冰、浙江省桐郷県烏鎮出身。父親は、科挙試験に合格した「秀才」であり、開放的な思想の維新派人物である。母親は文章が上手く、遠大な見識がある人であった。茅盾は幼い頃から優れた家庭教育を受けた。1913 年、茅盾は北京大学別科に入学、卒業後は家計を助けるため学業から遠ざかった。1916 年 8 月、上海商務印書館に入社、編集に従事し、『学生雑誌』『学灯』などの刊行物に文章を発表し始めた。五四運動以降は新文学運動に積極的に参加した。1920 年 11 月、文芸誌『小説月報』の編集長を務め、この文芸誌を全般的に刷新した。1921 年 1 月、鄭振鐸、葉紹鈞らとともに文学研究会を立ち上げ、主に文学理論の検討、文芸評論と外国文学の翻訳に携わっていた。1921 年初頭、茅盾は上海共産主義グループに参加した。同年 7 月、中国共産党が成立したが、茅盾は最も早く中国共産党に入党した一人である。1927 年 9 月から 1928 年 6 月まで、茅盾というペンネームで『触』の三部作（『幻滅』『動揺』、追求』）を完成させ、大革命前後のプチブルジョア

の思想と生活経歴についてリアルにかつ細かく描写した。同年7月、上海を離れ日本に渡り、1930年4月帰国後まもなくして、中国左翼作家連盟に入り、「左連」の執行書記の職に就いた。1932年、相前後して長編小説『子夜』と有名な短編小説『林家舗子』『春蚕』などの作品を執筆。1938年3月には中華全国文芸界抗敵協会が漢口で成立し、茅盾は理事に選ばれた。同年4月、主編を勤めた『文芸陣地』が広州で創刊され、同時に香港『立報』の特集欄『言林』の編集も勤めていた。1939年3月に新疆に行って新疆学院で教師を務め、新疆文化協会の仕事にも携わっていた。1940年、新疆を離れて内陸部に戻り、途中で延安を経由した際、そこに留まって短期ではあるが教鞭を執った。1941年、「皖南事変〔かんなんじへん〕」の後、茅盾は長編小説『腐蝕』『霜葉紅似二月花』と脚本『清明前後』を執筆し、国民党が革命を破壊し人民を蹂躙する罪行を暴きだした。1949年7月、中華全国文芸工作者代表大会に参加し、中華全国文学芸術聯合会（全国文連）の副主席と文学者協会の主席に選ばれた。新中国が成立後、茅盾は中央人民政府初代の文化部長となり、雑誌『人民文学』の編集長を務め、長年にわたって文学芸術と文化事業の活動に従事した。1979年11月に開かれた第四次中華全国文学芸術関係者代表大会で、全国文連の名誉主席、中国作家協会の主席に選ばれた。茅盾は現代中国における著名な作家、文学評論家、文化活動家、社会活動家であり、そして五四新文化運動の先駆者でもあり、中国の革命文芸の基礎を固めた人物でもある。人民文学出版社が1983年から出版した『茅盾全集』四十巻に茅盾すべての文学作品が集録されている。1981年3月27日、北京にて病死。優れた長編小説の創作活動を奨励するために、自らの貯蓄で文学賞金（「茅盾文学賞金」）を設立した。

二.『子夜』

『子夜』は1933年1月に発表され、茅盾の長編小説の代表作品である。中国現代文学史上で最も傑出した革命を描いた現実主義の長編小説の一つであり、出版されると当時の文壇が沸き立つほどであった。小説は30年代の広範な社会生活を背景に、民族資本家の呉蓀甫と買弁金融家、趙伯韜〔ちょうはくとう〕の矛盾と闘争をメインにし、人物の生活と運命の発展を通して、20世紀30年代初期の革命が発展時期の中国社会に深く浸透していく様子を描写している。呉蓀甫〔ごそんふ〕は『子夜』の主人公で、30年代の中国民族資本家の典型的な人物である。彼は平凡で能力がないわけではなく、なかなかの腕利きでしっかりしていて、魅力、学識、手腕を備え、欧米を回って学んだ近代企業の管理知識もあり、愛国心もあり、中国の民族工業を発展させるという理想と抱負

を持つ人物である。彼は故郷の双橋鎮の実業の発展に進んで全力を尽くし、発電所を基礎とする自分の「双橋王国」を築き上げようとしていた。彼は中国の民族工業を発展させようとしたが、その目的は企業を発展させて煙突の数を増やし、販売市場を拡大することにあった。半ば瀕死の状態にある企業家を打倒し、その企業を自分のものにするという野望があり、頭をひねって多くの小規模な工場を買収していく。政治と企業の関係もよく分かっていて、いつも「一つの目で政治を見つめて」いる。野望が大きくて冒険心にも富んでおり、民族企業をよりよく発展させるために各方面の有力者と手を組んで、銀行を立ち上げ、益中信託会社を設立し、自分の金融流通機関として使っていた。また、交通、鉱山などを経営するため、そして中国の民族企業を発展させ振興させるため、もっと潤沢な資金を欲しがっていた。

　しかし、当時の中国は帝国主義国家の侵略下にあったため、彼の壮大な志は幻想に終わってしまう。故郷の双橋鎮で異変が起き、農民一揆が起こったので、彼の故郷での産業が大きな損失をこうむった。工場でストライキが相次いで起きたので、彼はいてもたってもいられなくなり、あらゆる方法を使ってストライキを鎮めた。以前はあれこれ考え、知恵のかぎりを使って買収した多くの小規模工場のことは、自らでは脱ぎ捨てることのできない、「濡れたシャツのようだ」と厄介に思っていた。帝国主義にべったりと頼っている金融資本家、趙伯韜と腹の探り合いでは互いに争い、その争いで益中信託会社が欠損を出し、呉蓀甫は資金繰りを余儀なくされた。そこで、やむを得ず労働者から搾取し、賃金をピンはねしたり勤労時間を延長したりするなどしている間に、新たなストライキが起こった。以前使ったことのある「労働者組織を分化して崩す」やり口は見破られたので、もう通用しない。趙伯韜はこの機に乗じて呉蓀甫の銀行に投資し株を買収しようとしたが、呉蓀甫は背水の陣を強いて一戦交えることを決心し、自分の製糸会社と公館を全て抵当に入れる。しかし、趙伯韜の仕業で再起不能の状態にまで陥り、最終的に破産してしまった。

　呉蓀甫は『子夜』で力を入れて描かれている人物であり、彼の中には典型的な民族資本家の血が流れており、性格は複雑かつ矛盾して、鮮明な時代の痕跡が残っている。一方で、帝国主義の抑圧と封建主義の観念に縛られつつも、「民族工業側に立つ義憤」は持っている。しかし、同時に、「個人的に利害に対する思い」も忘れてはいない。帝国主義や買弁〔ばいべん〕階級に抵抗し、民族工業を発展させ振興させようとする一面もあるが、労働者から搾取して農民運動を敵視する一面もあり、時代の特徴と階級性の両方を備える独特な個性を持つ人物である。呉蓀甫以外にも、『子夜』は多層的、多面的に一連の典型的な人物

像を描き出している。例えば、横暴で悪賢く、残酷で墜落していた買弁資本家の趙伯韜、「機知に富み、落ち着いて、度胸があり」、細心で頭は切れるがずる賢い、使い走りの屠維岳、卑怯で愚かな「寓公」馮雲卿、権門に身を売り、資本家に頼って生活している教授の李玉亭や詩人の範博文などの人物像もそれぞれに特徴があり、生き生きと描かれている。『子夜』の言葉遣いは簡潔かつ繊細で、生き生きとして表現力に富んでいる。全体の構成は壮大かつ緻密にできていて、全部で十九章からなる。登場人物が多く、ストーリー展開が複雑ではあるが、筋道が立っていて乱れたところは見受けられない。『子夜』は多方面から当時の広範な社会の様相や複雑な社会関係と社会矛盾を見ることができ、多くの鮮明な人物像を描き出していて、中国現代文学史上おける叙事詩的な作品である。

第三節 巴金と「激流」三部曲

一．作者紹介

巴金（1904～2005年）、男性、本名は李尭棠〔りぎょうとう〕、字は芾甘〔ふつかん〕、四川省成都市出身。封建的官僚地主の家庭に生まれる。幼い頃から下層の人と一緒にいることを好み、下層の人民に同情を寄せると同時に、封建的家庭の暗黒と墜落を目のあたりにして懐疑を抱き、反感を感じていた。五四運動中、巴金は個性解放と各種の民主主義、社会主義、無政府主義などの新思想の影響を受けて、1923年に家を離れ、上海、南京に遊学。1927年初めにフランスへ留学、1928年末に帰国し、留学期間中に処女作となる中編小説『滅亡』を執筆した。1929年初めにはそれが『小説月報』に連載され、大きな反響を呼んだ。1931年、『時報』で有名な長編小説『愛情三部曲』（『霧』『雨』『電』）を連載し、愛情をテーマとして当時の知識人青年の生活と闘争の姿を描き、彼らの複雑で矛盾し苦悶した思想と精神を描き出し、多くの青年読者に愛読された。1931年、長編小説『家』を執筆。その後1938年と1940年に長編小説『春』と『秋』を書き、『激流三部曲』と名付け、巴金の代表作品となった。その中でも『家』の影響力がもっとも大きい。日中戦争の期間中に文芸創作、研究や指導などの活動に携わり、1938年、中華全国文芸界抗敵協会の理事に選ばれ、転々と漂泊する抗日戦争中の生活の中で、『抗戦三部曲』の『火』を執筆した。その後、抗日戦争の終盤には、中編小説『憩園』『第四病室』と長編小説『寒夜』を書き、まさに没落しようとする旧社会、旧制度を反映して、否定し非難した。この時期において、運筆が優美かつ感動的な随筆と散文を数多く書いた。1949年、第一回全国文芸関係者代表大会に出席し、文連常務委員に選出された。1950年に

は、上海市文連副主席となった。1960年には中国文連副主席と中国作家協会副主席に選ばれたが、「文化大革命」で残酷な迫害を受けた。1978年から香港の『大公報』で散文『随想録』を連載し、それは本当の思想と真摯な感情を記録する「自省文」のような随筆であった。巴金は、五四新文化運動以来中国でもっとも影響力のある作家の一人であり、20世紀の傑出した文学界の巨匠でもある。人民文学出版社より1959年から1964年の間に出版された『巴金文集』は計十四巻に上る。1986から1994年には『巴金全集』計二十六巻が出版され、散文集『随想録』は1987年に三聯書店から出版されている。2005年10月17日、上海で病死した。享年101歳。

二.「激流」三部曲

巴金の小説の中では『家』『春』『秋』の三部の長篇小説からなる『激流三部曲』の成熟度がもっとも高く、影響力も最も大きい。小説は、五四運動後、中国の閉鎖的な内陸部にある四川省成都市を背景として、代表的な封建的家庭である「高家」一族の腐敗、罪悪と没落の歴史を描き、青年インテリが「五四」の新しい思潮の影響で、覚醒、抗争、決裂、逃走をし、旧式家庭の束縛から抜け出して革命に向かい、封建的勢力と断固とした闘争と革命をすることを描き、褒め讃えた。『家』はもともと『激流』と名付けられ、1931年4月から1932年5月まで上海の『時報』に連載された。1933年5月には『家』に変更され、上海開明書店から出版された。『家』は主に、封建的官僚の地主家庭の高家内部の祖父と孫との矛盾と衝突を描いている。高老太爺はこの家族の封建的家長であり、封建的家族と封建倫理制度を頑なに守り、家族の中では封建的専制統制を実施し、本人の意思を無視して婚姻を強制して、覚新、鳴鳳、梅芬、瑞珏などの悲劇を引き起こした。六十数歳にもなる孔教会長の馮楽山が妾を持とうとしたので、自分の家で働く女中の鳴鳳をやり、鳴鳳が屈服することなく湖に身を投げて自殺したため、婉児を強制的に身代わりにした。彼の息子、克明、克安、克定を代表とする第二世代は資本階級となり、投機的な取引をする者もいた。例えば、克明は官僚を辞めて弁護士となり、田地を買わず株を買う。「飲む打つ買う」のどら息子である克定と克安は財物を盗んで売り飛ばし、遊女を囲い、酒色に溺れ、封建的家族の崩壊と衰退に拍車をかけた。高老太爺の孫、覚新、覚民、覚慧らは、「五四」運動の新しい思想に影響された世代であり、封建的家族の反抗者かつ反逆者である。覚新は一番上の孫で、いとこの梅芬を深く愛していたが、双方の母親の間で軋轢があったため、婚姻は破局となった。彼は耐えて家長の意思に従い、結局のところ瑞珏と結婚したが、愚かな封建迷信によって瑞珏は

命を落とし、彼は苦痛のどん底に落とされるがなす術はなかった。彼は「五四」運動の新しい思想の影響を受け、封建的家庭の腐敗をはっきり見て取っていたが、封建的倫理観が身にしみこんでいたため、軟弱にも妥協してしまった。高覚慧は、封建的家庭の頑な反逆者であり、「五四」運動の新しい思想の影響を受け、積極的に学生運動に参加し、雑誌を作り、平等を主張して、下層の女中である鳴鳳と愛し合う。長兄、覚新の事なかれ主義で自らの意思を曲げてまでも折り合っていくやり方に不満を抱き、二人目の兄である覚民の結婚反対を支持して後に引けなくなり、家を飛び出して新しい生活に向かった。

　『激流三部曲』の第二部『春』は1938年3月、第三部『秋』は1940年7月に上海開明書店から出版された。『春』『秋』では『家』での高家の矛盾と衝突を引き続き描いている。封建的家長である高老太爺が亡くなった後は克明が家事を切り盛りするが、高家が破綻百出で、どんどんと落ちぶれていく。克明の死後、克定と克安は分家のことでもめ、最終的には先祖代々居住してきた高公館を売り飛ばし、典型的な封建的大家族が崩壊してしまう。覚民の性格はいっそう強くなり、結婚から逃れた後で本当の愛情を得て、自分の手で運命を変えることができると自信をつけた。軟弱な覚新は、血の教訓をさまざまに経験し、逆境に甘んじる事なかれ主義を捨てて覚慧を積極的に助けた。その後、淑英が家から逃げたことと封建的家庭の崩壊により、覚新は解脱の機会を得、後に自らの小さい家庭を作った。『激流三部曲』は、20世紀20年代の封建的家庭である高家がばらばらになり没落していく歴史を如実に再現し、封建的専制制度の罪悪を暴きだした。同時に30〜40年代の多くのインテリ青年が旧式の封建的家庭の垣根から抜け出して革命に身を投じることに、啓蒙的な役割を果たした。芸術面においても高い成熟度に達し、高老太爺を代表とする「堕落した頑固派」、覚新を代表とする「妥協派」、覚慧を代表とする「反抗派」などの人物像を生き生きと描き出し、それによって新旧交代の時代的特色を反映している。長篇小説で登場人物は多いがストーリー展開はしっかりしており、構成も膨大であるが厳密に仕上がっている。ストーリー展開は変化に富んでおり、言葉遣いが情熱に溢れ、人物の思想と感情の変化ならびにその時代の歴史的風貌を正確に表し、中国の現代文学史上において重大な意義と影響力を持ち合わせている。

第四節　老舎と『駱駝の祥子』

一. 作者紹介

　老舎（1899〜1966年）、本名は舒慶春、満州族、北京出身。1899年、北京

の貧しい家で生まれ、1918年に北京師範学院を卒業後、1922年、南開中学校で教師を務め、短編小説『小鈴児』で文壇デビューした。1924年、イギリスのロンドン大学東方学院に中国語教師として赴任、その間、『老張的哲学』『趙子曰』『二馬』など三編を執筆し、その後『小説月報』で発表して文壇の脚光を浴びた。1930年帰国、斉魯大学・山東大学で教鞭を執るかたわら、長篇小説『猫城記』『離婚』『牛天賜伝』、中編小説『我這一輩子』と短編小説『断魂槍』『月牙児』『柳家大院』などを執筆した。1936年、長篇小説『駱駝祥子』が『宇宙風』で連載された。この作品は老舎の代表作であり、老舎の中国現代文学史上における地位を固めた。1938年、「中華全国文芸界抗敵協会」が成立し、老舎は総務部主任に選出された。1946年にアメリカの招聘を受け、1949年帰国。渡米期間中には有名な長篇小説『四世同堂』を書いた。新中国成立後、老舎は北京文連主席、中国作家協会副主席などの職を歴任し、『方真珠』『龍須溝』『茶館』など多くの脚本を書き、北京市政府から「人民芸術家」の称号を受けた。老舎は多くの作品を残した作家であり、生涯千部ほどの文学作品を創作し、それらは約七、八百万字に上る。1961年から1962年にかけて自伝的物語『正紅旗下』を執筆するが、残念ながら未完である。

二. 『駱駝祥子』

　長篇小説『駱駝祥子』は老舎の代表作である。作品は、人力車夫の祥子が自分の努力で貧しい生活から抜け出そうとするが結局は失敗して堕落してしまう物語であり、軍閥混戦の旧社会における下層市民への搾取と迫害を非難している。祥子はごく普通の農民であり、18歳のときに生計を立てるため、農村を離れて町に来た。彼は若くて丈夫な体が取り柄で、善良かつ正直、喫煙や博打をすることもなく、苦労に耐えることのできる人物像である。彼は人力車の仕事を始め、3年間歯を食いしばり耐えに耐えて100元を貯め、やっと自分の人力車を手に入れた。祥子は絶好調で、さらに多くの人力車を買うために、そして自分の人力車の会社を立ち上げるために、仕事にいっそう精を出した。ある日、高給を得るために危ない仕事を引き受け、危険を冒しつつも軍隊が現れる場所まで人力車を引いていった。その途中で、十数人の兵士に捕まってしまい、新しい人力車も押収されてしまった。夜中、兵営の混乱に乗じて、命からがら逃げ出すことに成功するが、逃げ出す前に兵隊の三頭の駱駝を掠め取り、途中で出会った老人に35元で売り飛ばしてしまった。それ以降、周りの者からは「駱駝祥子」と呼ばれるようになった。しかしこのことがあって以降、祥子は大病を患ってしまう。しかし、彼はまだ希望を失っておらず、治ってから再び人和

車廠〔しゃしょう〕に行って車を借り、30元を劉四爺のところに預けた。祥子は最初からやり直し、お金を稼ぎ、いち早く自分の新しい人力車を買う決心をした。

人和車廠の親方である劉四爺の37歳の娘、虎妞は、実直でまじめな祥子に惚れていて、祥子を誘い込む。祥子は恥ずかしく思い、人和車廠を離れることにした。しかし、虎妞は自分が妊娠したと伝え、祥子の30元を彼に返却し、劉四爺の喜寿で機嫌を取り、うまくいけば婿入りを許してもらえるよう働きかけることを祥子に求めた。そんな中、祥子は人力車を引く途中、以前兵営で自分を捕まえた孫探偵に出くわしてお金をすべて騙し取られてしまい、お金を貯めて新しい人力車を買う希望も砕け散ってしまう。劉四爺は貧しい祥子を婿入りさせようとしないので、虎妞は家を出て長屋に部屋を借り、半ば強引に祥子と結婚した。結婚後、虎妞は祥子に100元の人力車を買ってやった。虎妞は怠け者な上に口卑しくて全く体を動かさなかったため、出産したときは胎児が大きすぎ、難産で腹の子とともに死んでしまった。虎妞の葬式のために、祥子はやむを得ず人力車を売る。隣人の娘、福子は彼と所帯を持ちたいと願っていたので祥子は再び希望が持てるようになり、人力車を引いて福子を養おうとした。しかし、福子は家庭を養うために遊郭へ入って遊女となり、その苦しみに耐えられず、最後は首を吊ってしまう。ここに、祥子のすべての希望が泡と化してしまったのである。本来、善良で正直だった祥子は、それ以降堕落してしまう。たばこを吸い博打をするだけで何もせず、喧嘩をしたり、不正に利益を得たり、わずかのお金で仲間を裏切ったりし、自暴自棄に陥っていった。昔の「立派で、負けず嫌いで、夢を持ち、丈夫で偉い」祥子は、「堕落し、利己的で、不孝な社会的産物となり果てた個人主義の犠牲者」になってしまった。小説は、祥子の波乱に富んだ悲劇的な運命を通して、普通の労働者が自分の努力で出世する方法は、当時の社会では通用せず、善良、正直かつ腕の良い祥子の人生は、無望の中で一歩ずつ堕落と壊滅へと向かっていくことを描写し、重々しい悲劇的な効力を醸し出している。

第五節 曹禺と『雷雨』

一．作者紹介

曹禺（1910～1996年）、男性、本名は萬家宝、字は小石、本籍は湖北省潜江市。1910年9月24日天津の官僚家庭に生まれる。実母は早くに亡くなったが、継母が演劇好きで、しばしば戯曲や文明劇につれていったため、小さい頃から

演劇の影響を深く受けている。1922年秋、南開中学に入学し、当時、全国でも有名な学校演劇団体・南開新劇団に参加した。後に主力メンバーとなり、イプセンの劇作『人形の家』で主役のノラを演じるなど演劇活動に参加した。1928年、南開大学政治学部に入学、翌年には清華大学西洋文学科に転校し、古代ギリシャの悲劇からシェイクスピアの劇作まで、また、チェーホフ、イプセンおよびオニールの作品に至るまで幅広く研究し、同時にショーペンハウアーやニーチェなど東洋と西洋の哲学著作も読みあさった。1933年、大学を卒業する前に四幕話劇『雷雨』を完成させ、翌年に『文学季刊』で発表すると大きな反響を呼んだ。この作品がデビュー作であり、出世作であり、また、代表作品でもある。1935年、二作となる『日出』を創作し、1936年に『文季月刊』に連載。この二作品に次いで、『原野』（1937）、『蛻変』（1939）、『北京人』（1941）など一連の劇作品を発表し、中国近代劇作史上において重要な地位を築き上げた。新中国成立後は、中央戯劇学院副院長、北京人民芸術劇院院長、中国文学芸術界連合会執行主席、中国戯劇家協会主席などを歴任した。主な作品は『胆剣篇』（1960、共作）、『王昭君』（1978、『人民文学』第11期）などがある。1992年、「全国優秀脚本創作賞」は「曹禺戯劇文学賞」に変更された。

二.『雷雨』

四幕話劇『雷雨』は曹禺の代表作品で出世作でもあり、中国近代話劇史上においては重要な地位を占めている。物語は、一日中（午前から深夜2時まで）、二つの場所（周家の客間と魯家の部屋）で展開され、周家と魯家の30年にも渡る複雑な関係を集中的に描いて物語が展開されていき、厳密かつ巧みな手法で作品を構成している。主人公の周朴園はある炭鉱の会長であり、私利私欲をむさぼり、冷酷、専横、しかも偽善的な男で、本作のあらゆる衝突の根源でもある。30年前、彼は召使であった梅媽の娘、侍萍を誘惑し、二人の息子を生ませた。しかし、「金持ちで名門の令嬢と結婚する」ために心を鬼にして、大晦日に次男を生んだばかりの侍萍を棄てた。途方に暮れた侍萍は入水自殺したが助けられ、後に子供をつれて魯貴と結婚し、娘の四鳳を生んだ。魯貴と四鳳は、周家で召使として勤めていた。18年前、周朴園は若い美人の繁漪を騙して嫁にし、息子の周沖を生ませていた。しかし、冷酷で専横な封建家長である周朴園は、常に繁漪が自分の意志に従うよう命じていた。繁漪は「五四運動」以降の資産階級の新世代女性で、聡明で容姿端麗、自由と愛情を求める一方、わがまま、軟弱、孤独という弱点もあり、周朴園に精神的に苦しめられていた。結局、苦しみが鬱積し耐え切れなくなった繁漪は、周朴園の長男、周萍と近親相姦の関係になっ

てしまう。ところが、周萍は後に繁漪を捨て、真相を知らないまま、異父妹となる四鳳と恋に落ち、愛し合うようになった。繁漪は、四鳳を周家から追い出そうとして侍萍を呼びつけたことがきっかけとなり、周、魯両家の関係がばれてしまう。真相が分かった後、四萍は苦痛に耐えられずに感電死し、助けようとした周沖も感電死してしまう。悔恨の情にかられた周萍は銃で自殺し、侍萍も繁漪もショックで気がおかしくなり、残された周朴園は気落ちして孤独な結末を迎え、周家は完全に瓦解する。

『雷雨』は周家と魯家の間にある 30 年間の恩讐と葛藤を道徳、倫理および人間性に対する分析と結び付け、内容豊かで時代性のある社会悲劇である。また、すべての衝突を一日に圧縮しているため、ストーリー展開には緊張感が生じ、曲折も多くなり、観客は心を強く惹かれる。その他、『雷雨』は人物の感情の葛藤から着手し、鮮明であると同時に、複雑で多重な性格を持つ人物を多く描き出している。例えば、冷酷で専横な周朴園、心に矛盾と弱さが満ちている繁漪、不幸で軟弱な侍萍などが挙げられる。さらに、『雷雨』のストーリーは複雑で変化に富み、周朴園と繁漪との衝突を表だったストーリーとし、侍萍との関係を伏線にすえ、この二つが互いに影響しながら物語を展開していく。それに加えて演劇に必要となる鋭い対立、厳密な構成、雄渾かつ沈鬱な格調、濃厚な悲劇的雰囲気により、本作の芸術レベルと完成度はそれまでの劇作家をはるかに上回っている。曹禺は、昔の成果を受け継ぎ未来を切り開く、中国の話劇史上において重要な人物である。作品は中国古典戯曲、ギリシャ悲劇およびイプセン、オニールの作品から深く影響を受け、中国近代話劇の象徴となり、話劇の成熟を促した。さらに、想像力に富んだ実験的な創作は中国近代話劇の発展において新たな表現領域を切り開き、限りない豊かな可能性と果てしない将来性を作った。

第六節　瀋従文と『辺城』

一．作者紹介と作品

瀋従文（1902～1988 年）、湖南省鳳凰県出身、ミャオ族。中国近代文学史における独特な小説家、エッセースト、歴史文物研究家。出身地の湖南省西部の沅江〔ゲンコウ〕流域は、湖南省、四川省、貴州省の境が接し、トゥチャ族やミャオ族などの少数民族の集落である。瀋従文は 15 歳で小学校を卒業、地方の部隊に入って事務職を勤め、転々としながら 6 年間の軍隊生活を送る。1923 年、湖南省から北京に移し、独学や北京大学で授業を聴講するとともに執筆活動を

始める。1924 年、デビュー作のエッセー『一封未曽付郵的信』を『晨報副刊』に発表、その後、『現代評論』『小説月報』などでエッセーと小説を発表し続け、次第に 2、30 年代の著名な作家となる。1928 年、上海に進出、丁玲、胡也頻と共に雑誌『紅黒』を創刊。1929 年から 1930 年にかけて中国公学と青島大学で教員を務めながら、『鴨』『旅館及其他』『石子船』『虎雛』『月下小景』『八駿図』などの作品集を発表、当時の新文学の領域において発表小説数が最も多い作家の一人となる。1934 年、『大公報・文芸副刊』を主宰するかたわら、有名な中編小説『辺城』を完成。1938 年春、昆明に赴任、西南連合大学中文学部で教授を務め、小説創作の授業を担当した。日中戦争後、北京大学で教鞭を執るほか、『大公報』『益世報』副刊の主編集者を務めた。1949 年以降、中国歴史博物館や故宮博物館で勤務、長期にわたって出土品、工芸、美術、古代服飾を研究、後に『中国絲綢図案』『唐宋銅鏡』『龍鳳芸術』『戦国漆器』『中国古代服飾研究』などの学術著作を発表。1982 年、『瀋従文文集』十二巻が花城出版社と生活・読書・新知三聯書店香港支店より共同刊行された。

　瀋従文は中国近代文学史における有名な作家であり、代表作品に中編小説『辺城』、長編小説『長河』、散文集『湘行散記』『湘西』がある。作品の多くは、故郷の湖南省鳳凰県沅江流域の風土と人情を背景にした淡淡しく詩的な運筆で、田舎と都会の兵士、船頭、漁師、行商人、遊女、労働者、学生など世俗の人々と彼らの日常生活を描写しており、広い取材範囲と独特な視点から「人間性」と道徳の美を謳歌している。瀋従文の作品には、都会と田舎の二つの世界がある。瀋従文は、遥か湖南省鳳凰県から近代文明の大都市北京に居場所を移して「田舎者」と自称し、「田舎者」の目線で都会人の卑俗と虚偽を風刺したり、さらに批判したりする。『紳士的太太』『都市一婦人』『八駿図』などがそういった作品である。しかし、これらの作品より、湖南省西部人々の素朴な愛情と生活を描写する作品の方が、よりいっそう瀋沈従文の独特な芸術性を反映し、社会においてより大きいな影響力を持ち、読者にもより深く親しまれている。代表作品で、有名な中編小説『辺城』はまさにその一例である。

二．『辺城』

　『辺城』は瀋従文の代表作である。1934 年初頭に完成し、まず『国聞週報』に連載され、後に『従文小説集』に収録された。作品は、茶桐という湖南省西部にある風光明媚で、純朴な人が住んでいる小さな山間の町を舞台に、船頭の老人と孫娘翠翠との平和な生活と、翠翠と現地の船問屋、順順の二人の息子、天保と儺送〔なそう〕との悲しくて美しい恋愛を描いている。小さな山町、茶

桐の近くに小川があり、小川の側には小さな白い塔がある。この白い塔の下に、老人と少女翠翠および一匹の黄色い犬が住んでいる。翠翠の母親は翠翠を出産した後で愛情の為に命を絶ったので、祖父と翠翠が残されて二人きりになり、渡し船で生計を立てていた。月日が経つにつれ、翠翠は「風と日差しを浴びて育ち、肌色が黒っぽくなっている。山と川の緑をいっぱい見てきたため、目が澄んでいてまるで水晶の如し。大自然に育てられた彼女は無邪気で元気よく、小動物のように可愛い」というような、13歳の可愛い少女になっていた。現地の船問屋、順順は気前がよくて友達の多い人物で、二人の息子がいた。兄の天保は父親似で、太っ腹で物事にこだわらず、弟の儺送は無口な美少年で、二人とも翠翠に恋心を持っていた。天保はいち早く仲人を立てて結婚を申し込んだが、翠翠の心にはすでに弟の儺送がいた。現地の自衛団の団長は、粉引き場を嫁入り道具として、自分の娘と儺送との結婚を取り持とうとしていた。しかし、翠翠に心惹かれた儺送は、こういう贅沢な嫁入り道具ではなく、あえてぼろぼろの渡し船を選ぶことにした。二人の兄弟は互いの思いを知り、歌を歌って翠翠を引きつけたほうが勝つというロマンチックな方法で勝負をすることにした。歌が得意な弟に勝てるわけがないと分かっている天保は意気消沈し、外へ出て商売でもしようと思い立って辰州への船に乗ったが、水難に遭い帰らぬ人となる。兄の死に心が咎めた儺送は、家族から自衛団団長の令嬢との結婚を催促され、やむなく家を離れて桃源に行ってしまう。息子の死が原因で船問屋の順順と船頭の老人や孫娘の関係は冷え込み、順順はこれも翠翠のせいだと考えて、縁談のことを棚上げにした。老人は孫娘の縁談に心を痛めたが、船問屋親子の理解は得られず、雨風が激しい夜に息を引き取る。祖父を失った翠翠は老人の旧友楊馬兵に見守られ、渡し船から離れず、意中の儺送が帰ってくるのを待つことにした。しかし、「その人はもう永遠に帰ってこないのかもしれないし、『明日』帰ってくるのかもしれない」のだった。瀋従文は、『辺城』について、「『人生の形式』を表したかった。それは優美で、健全で、自然で、しかも人間性に背かない人生形式だ」と述べたことがある。作品は素朴で新鮮な言葉を用いて、萌んだばかりの純粋な愛情、隣近所の和やかな友情、親子の情、祖父と孫娘の情などを描写し、辺城の人々の純朴で自然、誠実で健全な人間性の美を表している。また、湖南省西部の質素であるが生き生きとした風俗、習慣、安らかで美しい自然風景、そして地方色が溢れる世態人情を描き出している。これらの描写により、作品は優美な風土や人情が漂う絵画のようでもあり、悠揚で詩的情緒が溢れる田舎牧歌のようにも感じられる。

第三章
第三の十年 (1937 – 1949)

第一節　概要

　1937年7月7日の盧溝橋事件から1949年中華人民共和国成立まで、中国は8年間の日中戦争と3年間の内戦を経験した。戦争の展開と情勢の変化につれて、全国は国民党の支配地域（略称、国統区）、共産党が率いる解放地域（略称、解放区）および日本軍によって占領された地域（略称、陥落区）に分られていた。この時期の文学も多様化を呈し、国統区、解放区および陥落区の文学はそれぞれに独立して発展し、各々が鮮やかな地域の特色を形成し、40年代の複雑な文学環境を築き上げてきた。

　国統区では1936年に中国「左翼作家連盟」が解散後、1938年3月27日「中華全国文芸界抗敵協会」（略称、文協）が武漢で成立し、「次の10年」で活躍した各々の文芸家（マルクス主義者、民主主義者、自由主義者など）が連携、抗日民族統一戦線を結成した。「文協」は「文章は農村部へ、文章は軍隊へ」というスローガンを掲げ、文学の理念を統一する。「日本に対抗し祖国を救う」という歴史背景のもとで、愛国主義、ヒロイズム、ならびに楽観的な戦闘精神は日中戦争初期の国統区文学の主題となり、個人の理想を犠牲にしてもこれを貫く作家すらいた。しかし、戦争の中期に武漢が陥落し、戦況が相拮抗する段階に入り、特に1941年皖南事変の勃発で中国の内政情勢は急激に変化した。戦争初期には闘志満々で楽観的であった作家たちは現実の前で冷静になり、全国人民の統一戦線を唱えて国共分裂に反対すると同時に、現実を改めて考え直し、批判や伝統文化と民族の性格に対しての分析と検討を行い、より深い歴史感や責任感、使命感を作品の中に注ぎ込むようになった。長編小説、多幕劇および長編叙事詩はこの時期の主要な文学形式になり、沈鬱で荘重な作品がたくさん現れている。例えば、茅盾の『腐蝕』『霜葉紅于二月花』、老舎の『四世同堂』、曹禺の『北京人』『家』、蕭紅の『呼蘭河伝』、郭沫若の『屈原』などがある。これに対し、路翎の長編小説『財主的児女們』、沙汀の『困獣記』、李広田の『引力』、夏衍の劇作『法西斯細菌』、宋之的の『霧重慶』（戯劇）、陳白塵の『歳寒図』など、知識人と人民の関係をめぐって、知識人の運命および生きる道を模索する作品が多く現れ、この知識人を題材とすることもブームになる。この時期、艾青の

詩『向太陽』『松明』『吹号者』『他死在第二次』などは、国のために身を投げ打つ願いおよび重々しい愛国主義の情熱を描写している。日中戦争の後半と内戦の時期、国民党が次第に敗退し、国統区で民主運動が盛んになる中、文学の主題は国民党の暗く腐敗した統治に対する風刺と批判に転換し、大量の風刺小説、風刺劇、雑文が現れる。代表作には、銭鐘書の『囲城』、張恨水の『八十一夢』『魍魎世界』などの小説、陳白塵の『昇進図』、呉祖光の『捉鬼伝』、宋之的の『群猿』などの劇作、袁水拍の『馬凡陀山歌』、臧克家の『宝貝児』、杜雲燮の『追物価的人』などの詩、馮雪峰と聶紺弩の雑文などがある。

　陥落区の文学は主に、1941年12月上海陥落後の孤島文学、1931年満州事変後の東北陥落区文学および1937年の盧溝橋事件後の華北陥落区文学によって構成される。植民地主義の圧迫のもとで、文学は隙間に生存して独特な格調を樹立し、40年代の文学の重要な一部となる。1937年11月から1941年12月の太平洋戦争の勃発まで、上海の租界は日本軍勢が囲む孤島となるが、一部の作家はそのまま残ることを選び、闘争と文学の創作をやり抜いて大きな実績を残した。例えば、師陀（芦焚）はまず『万象』誌で長編小説『荒野』を連載し、その後に短編小説集『果園城記』を発表。秦痩娟の長編小説『秋海棠』は無数の読者を惹き付け、一世を風靡した。その中で、最も有名な作家は張愛玲であり、その小説の多くは上海と香港の上流社会から取材して、女性をモデルとし、古典小説と近代小説の両面から叙述方法を吸収している。また、象徴や暗示、イメージ法などの手法を用い、男女の恋愛と病的状態、異常なあるいは不幸な婚姻と愛情を描写し、沈鬱感と荒涼感に満ちている。代表作には『金鎖記』『傾城之恋』『半生縁』などがある。蘇青は張愛玲に劣らない有名な女性作家で、婚姻に異変が起き、生計を維持するために文筆活動を開始。1943年に出版された長編自伝小説『結婚十年』は多くの読者に人気があり、後に『続結婚十年』を出版。東北の陥落区では蕭紅と蕭軍は自費で小説集『跋渉』を出版し、東北人民の屈辱の歴史と戦う状況を描写している。袁犀〔えんさい〕と梅娘は華北陥落区の名作家である。袁犀の長編小説『貝殻』と『面紗』は人間性の美とインテリ青年の困惑と矛盾に焦点を当て、梅娘は張愛玲と並んで『南玲北梅』と呼ばれ、代表作に短編小説集『蟹』と『魚』がある。

　解放区では日中戦争の開戦後、多くの先進的な作家が全国各地から延安および各抗日根拠地に赴いた。特に1942年毛沢東の『在延安文芸座談会上的講話』が発表された後、解放区の文学は「工・農・兵のため」を新たな文学の方向性として確立させた。作家たちはこのスローガンの下、農村に入り、労働者、農民などの労働人民と「一つとなり」、さらに庶民に好まれ、中国風で中国の気概

のある文学作品を創作した。趙樹理とその作品は、この時期の解放区文学の重要な作家と代表的作品である。農村に生まれ育ち、農民と農村の生活に非常に詳しい彼は、さまざまな角度から農村の社会変化と農民の思想を描写することに長けており、作品は鮮やかな民族化と大衆化の作風である。代表作に『小二黒結婚』『李有才板話』『李家荘的変遷』などがある。孫犁は、農民の内的な美と心の美を描写することが上手く、小説『荷花澱』『嘱咐』などは構成が自由で散漫としていており、ムードが優美で詩的空気が漂い、叙情エッセー的である。丁玲の『太陽照在桑干河』、周立波の『暴風驟雨』、柳青の『種谷記』、欧陽山の『高幹大』、康濯の『我的両家房東』、馬烽・西戎の『呂梁英雄伝』、孔厥、袁静の『新児女英雄伝』は、この時期の解放区文学の重要な成果である。その他、長編民歌叙事詩では、李季の『王貴与李香香』や阮章竞の『漳河水』は民間の歌謡からインスピレーションを得たもので、詩というものを民族化・大衆化し、そして、真の意味で民間化して多くの一般庶民にも好まれるようになった。また、劇作では、歌劇の大作『白毛女』があり、これは、詩、音楽、舞踊、民間の旋律などを用いて、極悪地主の罪行を訴え、当時の影響力は非常に大きかった。しかし、工・農・大衆、民間形式および政治的服務の面を重視しすぎたため、この時期の解放区文学には、文学審美観の軽視、題材の単一化、創作の公式化、または概念化の偏頗〔へんぱ〕や不足点もある。

第二節 趙樹理と『小二黒結婚』

一．作者紹介

趙樹理（1906〜1970年）、男性、山西省沁水出身。農村生まれ、農村育ちのため、農村生活と農民に詳しく、民間芸術を好む。1925年に山西省立第四師範学院に進学したが、1929年、先進的学生運動に参加した理由で逮捕され、翌年釈放される。1937年抗日の事業に身を投じ、新聞社の編集者を務めると同時に、一連の農村生活を反映し人々に広く愛読される小説を創作した。1943年、有名な短編小説『小二黒結婚』を発表し、一躍有名人になった。同年10月、長編小説『李有才板話』を発表し、その後、1945年長編小説『李家荘的変遷』を完成。50年代に入ってから、全国文学芸術連合会委員、中国作家協会理事、中国曲芸工作者協会主席を歴任し、その期間中に、長編小説『三里湾』、短編小説『登記』『鍛錬鍛錬』『実干家潘永福』『套不住的手』、長編講談脚本『霊泉洞』（上）などを創作し、その他、数多くの講談本と地方劇の創作や整理および改編などを行ってきた。趙樹理は、正真正銘の民間出身で、農民生活を熟知している作家であり、

農村を描く「奇才」「名人」と呼ばれる。彼の小説はいつも農民の立場から農村の現実問題を反映し、ストーリー性が強く、郷土の匂いが濃厚で、言葉遣いがユーモアで分かりやすく、人を魅了する力に富んで構成も新鮮で生き生きとしているため、広く愛読されている。

二.『小二黒結婚』

『小二黒結婚』は趙樹理の出世作であり、代表作品でもある。劉家峻の新世代の農民である小二黒と純情で美しい女の子の小芹による自由恋愛は、双方の親、二諸葛と三仙姑、また、村の悪徳勢力である金旺兄弟の嫌がらせと邪魔によってうまくいかないが、区政府の教育と助けで、最終的にはめでたく結婚する内容である。作品の冒頭は、「劉家峻に、周辺で知らない人がいないほど有名な仙人が二人いた」と始まる。一人は小二黒の父である二諸葛で、何をするにも必ず陰陽や八掛などで占い、黄道吉日を選ぶ。もう一人は小芹の母である三仙姑で、旧暦の1日と15日ごとに赤い布をかぶってよろよろして神に扮する。小二黒と小芹は、2～3年付き合ってきたが、双方の親に反対されている。二諸葛は「小二黒は金の命、小芹は火の命なので相克している。また、小芹は10月生まれで縁起が悪い。それに三仙姑の評判もよくない」といった理由で二人の結婚に反対。さらに、逃げてきた人の中から小さい娘を引き取ってもらい子にし、生辰八字を調べ、これぞ「千里の姻縁、線一本でつながる」と言って、小二黒の童養媳（訳注：トンヤンシー、将来息子の嫁にするために子供の時から引き取られた女の子）として育て始める。当然、小二黒はこれを嫌がり、親子の関係もぎくしゃくしてくる。三仙姑は、45歳という年齢になっても、靴に花模様、ズボンに縁飾りを付け、顔に白粉、頭に髪飾りを付けるなど、若作りに精を出している。彼女は村の若い男を好きになるが、男たちは小芹だけにしか目が向いていない。三仙姑はイライラし、早く娘を嫁に出したいと思っていると、そこに、小芹を見初めたいい男が現れる。この男は金持ちで、かつて閻錫山の下で旅団長を務めた退職軍人であり、最近、妻と死別したので、仲人に依頼して縁談を持ち込んできた。三仙姑は勝手に同意したが、「死んでもいやだ」という小芹は、母と激しい口喧嘩をし、結納の金品を床に叩き付けて壊してしまう。小芹は密かに小二黒を呼び出し、二人は手をつないで秘密の場所であった洞穴で相談するが、金旺、興旺一味に見つかり、捕まってしまう。

金旺と興旺は村の悪徳権力者で、乱暴な不良のため、誰もが恐れている。小芹の美貌に惚れた金旺は二回も手を出そうとしたが、厳しく断られたために恨みを抱き、ずっと復讐を企んでいた。金旺と興旺は二つの批判会を開き、人民

武装委員会は小二黒を、婦女救国連合会は小芹をそれぞれ批判する。当然、二人は「自由恋愛の何が悪い」と抵抗する。後に村長の斡旋で事件はどうにか収束するが、二人が密かに話し合うのを見た金旺は、一味を率いて縄で縛り、「押さえるなら今だ」などと声を上げ、軍法で処分しようと区委員会に送る。しかし、区長は人を派遣して詳細を調査した後、金旺と興旺を留置し罪状を収集して県に送った。悪行三昧の兄弟は懲役 15 年を言い渡される。そして、区長は二諸葛と三仙姑をこんこんと教育し、自主的結婚に関する法律を教え、二人の若者の結婚は合法的だと説明した。三仙姑は年齢にそぐわない若作りをやめ、しっかりした母親の身なりに直し、また、30 年も人をたぶらかしてきた祭壇を取り除く。二諸葛も陰陽や八掛などの占いを二度としないことにした。二人の若者は結婚し、相思相愛で、村一番の鴛鴦夫婦と呼ばれるようになった。

『小二黒結婚』は三つの異なるタイプの農民をうまく描き出している。それは、小二黒と小芹のような新世代の農民、二諸葛と三仙姑のような考え方の立ち遅れた古い農民、そして、金旺と興旺を代表する農村の極悪権力者である。作品は彼らの衝突および新世代の農民が個性の解放と婚姻の自由を手に入れたことを描き、新しい時期の中国の農村における新たな進歩と発展を反映している。言葉遣いは分かりやすく、素朴でユーモアに溢れ、生き生きとし、中国の人々に好まれる中国風の作風と中国の気概に富んだ作品である。

第三節 艾青の詩

一．作者紹介

艾青（1910～1996 年）、男性、本名は蒋正涵。浙江省金華県の地主家庭の出身。生まれたときに母が難産だったため両親から受け入れられず、田舎に送られて 5 歳まで貧しい農婦に育てられる。1928 年、杭州国立西湖芸術学院絵画学部に入学、翌年フランスに留学、パリでアルバイトをしながら絵画を学び、また、ベルギーの詩人、ヴェルハーレンの影響を受け、詩を書き始める。1932 年に帰国し、5 月に上海で中国左翼美術家連盟に参加、魯迅などの革命者とともに革命文芸活動に加わったが、やがて逮捕される。獄中で自伝詩『大堰河——我的保姆』を創作し 1933 年に発表、文壇を揺るがして一躍有名になる。1935 年出獄、1936 年に九つの詩を集録する最初の詩集『大堰河』を出版。清新で切々たる文字が人々を深く魅了した。1941 年、延安に赴き、『詩刊』のメイン編集者を務めると同時に、『北方』『向太陽』『松明』『野原』『黎明的通知』など九つの詩集を出版し、戦争が人々にもたらした苦痛と不幸を描いた。中華民族の敵愾心お

よび祖国のために戦うことを謳歌し、祖国と人民に対する深い感情を述懐した。作品は運筆が雄渾で、情熱がみなぎっている。1945年、日中戦争後、華北連合大学文芸学院副院長を務め、また、1949年以降は『人民文学』副編集者、中国作家協会副主席、中国美術家協会理事、全国文連（中国文学芸術界連合会）委員などを歴任している。出版された作品には、詩集『宝石的紅星』『黒鰻』『春』『海岬上』『帰来的歌』『彩色的詩』『艾青選集』、論文集『詩論』『艾青談詩』などがある。艾青は、中国の新詩発展史における重要な詩人であり、作品には切々たる感情、雄渾な運筆および沈鬱な作風が特徴であり、郭沫若と聞一多に続いて新しい境界を切り開いた。作品は十数種の言語に訳されて海外で発表され、世界でも名声を博した。1985年3月にはフランス芸術文化最高賞を受けている。

二. 艾青の詩

艾青はかつて「詩と時代」という文章の中で、次のように述べている。「もっとも偉大な詩人は、いつも自分の時代を忠実に代弁する。最高の芸術品は、いつも誕生した時代の感情、流行、趣などの最たる真実の記録である」。そのため、1932年、詩の処女作『会合』の発表から1936年最初の詩集『大堰河——我的保姆』の出版まで、艾青は終始一貫して祖国、人民と地盤にある土地に深く関心を寄せ、作品もいつも自分の悲しみと喜びをその時代と結び付け、民族と人民の苦難および運命を反映し、現実の生活と闘争を表し、時代の叫びと人民の声を伝えている。1932年、獄中の処女作『会合』は、アジアからパリへ留学する学生が祖国の不幸と戦争が人民にもたらした苦難に直面したときの、心の苦痛と憤慨、また、現実を変えようと闘う激しい情熱をありのまま描写している。出世作『大堰河——我保姆』は、詩の形式を通して幼い時の乳母である大堰河に思いを寄せ、勤勉で善良、親切で素朴な大堰河は、旧中国で苦しんでいる女性の象徴であると詠っている。「大堰河、私の乳母。彼女の名前は即ち生まれた村の名前。彼女は童養媳。大堰河、私の乳母。私は地主の息子であり、大堰河の乳で育った大堰河の息子でもある。大堰河、私を育てることはいわゆる自分の家を維持すること。この私は、あなたの乳を飲んでから育ったのだ。大堰河よ、私の乳母」という内容で、大堰河に対する深くて切々たる感情を表すとともに、彼女の苦痛の運命に鬱憤と不平を感じ、人々を迫害して不公平な旧社会を告発している。「大堰河は涙のまま去っていった。四十数年に渡るこの世の生活の虐待とともに、数えきれない奴隷の苦しみとともに、四元に値する棺と何束の稲わらとともに、棺を埋める数尺の長方形の土地とともに、一握りの紙銭の灰とともに、大堰河は涙のまま去っていった」。作品は叙事と叙情を結び付け、類似の並列構造や畳

語、対比などの修辞的手法を大量に用い、自由にそして十分に感情を表している。詩の旋律は和やかで美しいほか、表現は素朴かつ自然で、大変美しく味わい深い。『大堰河——我的保姆』の発表後、艾青は労働者の悲惨な運命に共感を得ている。『北方』『雪落在中国的土地上』『手推車』『私愛這土地』『乞食』などの作品は、中国が外国に侵略され、中華民族が生死存亡の正念場に立っている時期を重点的に描き、戦争が中国にもたらした苦痛と不幸を描写し、民族、国家、人民への憂慮と関心および民族主義の感情を表している。例えば、『私愛這土地』では、艾青は次のようにしみじみと歌っている。「たとえ私は鳥であっても、しわがれた声で歌うべきだ。この嵐に襲われた土地、この私たちの悲憤が永遠に沸いている河、この止まることなく激しく吹いている怒りの風、森の中のこの上なく優しい黎明……そこで、私は死んだ。羽さえ土地の中に腐っていく。なぜ私はいつも涙ぐんでいるだろう。それはこの土地に対する愛が深いからだ……」と。その他、艾青の作品には、光明への憧れと追求を歌い上げているものもある。多くの作品は敵と直接戦う勇士を称賛するほか、美しい物および未来への憧れをも情熱的に謳歌している。例えば、艾青は『向太陽』『黎明』『春』『笑』『煤的対話』『他起来了』『吹号者』『他死在第二次』などの作品の中で、希望を持ち、雄渾の作風と沸き上がってくる気持ちで屈辱から立ち上がった人民が、土地と民族の尊厳を守るための勇敢極まる戦いや闘争中の人民の輝かしい未来に対する楽観的な信念を歌い、また、作者自身の強い戦闘的な個性と革命への憧れを表している。

　艾青は独特な詩人で、終始一貫して崇高な民族的情熱と粘り強さで国家と民族の生存ならびに発展に注目し、人民と共に祖国の憂慮と民族の苦難を担っている。作品は民族の苦難に思いの丈をぶちまけ、祖国の戦いを歌い、時代の精神を深く反映し、まるで当時の時代の「ラッパ」のように重々しく雄壮な旋律を吹き鳴らし、敵と命がけで戦おうと民族を鼓舞している。

第四節　張愛玲と『傾城之恋』

一．作者紹介

　張愛玲（1920〜1995年）、女性、上海の貴族出身。祖父は清朝末期の有名な大臣で、祖母は清朝の役人である李鴻章の長女。母親も名門の出身であったが、後に離婚したため、張愛玲は幼いときから母性愛に恵まれず、『紅楼夢』『三国志演義』などの古典小説を読んでいた。1931年に上海聖マリア女学校に入学、処女作となる短編小説『不幸的她』と散文『遅暮』を校内誌に発表、1933年に

は『牛』『覇王別姫』などの小説を発表した。1938年、監禁されていた父親の家から逃げ出し、その後香港大学文学専攻に入学する。1941年には太平洋戦争が起こって香港が陥落したため、学業をやめて上海に戻り、文章を書いて生計を立てるようになり、文学創作活動を始めていく。『沈香屑―第一炉香』『沈香屑―第二炉香』『紅玫瑰与白玫瑰』『茉莉香片』『心経』『傾城之恋』『金鎖記』『封鎖』『半生縁』などを次々に発表して人気作家となった張愛玲は、1940年代の上海文壇において右に出るものがいない女性作家となった。小説は主に上海や香港の女性を描き、両性の心理、特に女性心理の微妙な変化の描写に長けていた。小説は想像力に富み、真髄を捉え、目新しい言葉遣いを用い、作風は沈鬱で荒涼としており、伝統小説、特に『紅楼夢』の物語の展開方法と描写手法を取り入れただけでなく、新感覚派やフロイド思想といった現代派小説の色彩も漂っていた。その他、主な作品には、散文集集『流言』『張看』、短編小説『流言』『伝奇』、映画シナリオ『不了情』『太太万歳』などもある。1952年、張愛玲は再び香港に行き、その後アメリカに定住し、1995年9月8日にアメリカのアパートで死去した。

二.『傾城之恋』

1943年、中編小説『傾城之恋』は月刊『雑誌』に掲載され、数回にわたり舞台化とドラマ化をされて高い評価を得た。女性主人公の白流蘇は離婚して実家に7～8年住み、離婚で得たお金も兄たちに無駄遣いされてあまり残らなかった。先夫が亡くなったと分かった後、家に戻って墓参のついでに「子供を引き取り、何10年間か我慢すれば、日の目を見る日は来る」と勧められた。しかし流蘇はそれを望んでおらず、兄と兄嫁から「生まれつきの不吉者」と見られ、「結婚すれば、その夫は必ずろくでなしになる。実家に戻れば、その実家も必ず衰えていく」と言われた。白流蘇は寂しくなり、家族に嫌われて実家には住めなくなったと気付いた。しかも、教育もさほど受けておらず、体力もなく、重い荷物も運べず、それに淑女と言うプライドもあり、店員やタイピストにもなりたくはなかった。途方にくれたとき、偶然に偶然が重なって範柳原と出会った。範柳原は30代で、父親はスリランカとマレーシアに多くの財産がある有名な華僑であった。両親の死後、財産を受け継いで、「飲む打つ買うの全てをやり、少しも家庭の幸せなどを考えない」プレーボーイであった。しかしながら、範柳原は流蘇のお眼鏡にかなった。流蘇は範氏を愛したわけではなかったが、途方にくれていたため、その人に賭けたかったのだ。「自分の未来に賭けると決めた。負けたら名が地に落ちる」、「もしこの賭けに勝ったら、みんなが虎視眈々と狙

う範柳原を得、胸中の鬱憤をはき出すことができる」。このことのために、範柳原の招きに応じ香港に行って婚約をしさえすれば、その後の生活が安定すると考えていた。

しかし、範柳原はもともとかっこ良く、結婚をする気のないプレーボーイで、女性を信じておらず、自由を好み、さらには彼を愛していない女と結婚して縛られることなどまっぴら御免であった。白流蘇は香港で範柳原と愛を語らう中でもあれこれと知力を働かせ、無言の駆け引きを行うのだが、範柳原の心を捕らえることはできず、願いはかなわなかった。白流蘇は上海の白公館に戻り、冷やかされ皮肉を言われても、範柳原が「比較的良い条件」で妥協することを望んでいた。秋を待っていた白流蘇は、自分が２歳年をとったと感じ、範柳原の電報を受けて再び香港に行き、自分の年を考えて自らの敗北を認め、範柳原の愛人として囲われることとなった。しかし戦争と爆撃が始まり、二人は戦火の中、互いに頼り合って生きていた。香港が陥落した一瞬に、激動の世界において何も大切なものはなくなり、わがままに生きてきた二人は互いに本心を見せ、互いが理解し合って結婚へと辿り着き、二人の結婚が新聞に載った。戦争で都市は壊滅的となったが、白流蘇は結婚をしてようやく範氏の妻という身分を得た。しかし、柳原は彼女と今までのように遊ばなくなり、その洒落た言葉もよその女に聞かせるようになった。戦争で白流蘇は婚姻を勝ち取り、経済的困窮や家族の冷ややかな視線から抜け出しはしたが、心は依然としてうちしおれたままで、範柳原の自分に対する忠誠心や愛を独占することは永遠に望めなかった。小説には、張愛玲の悲愴かつもの寂しさが漂っており、登場人物の心理状態と性格を細かくありのままに描き、ストーリー展開が巧みで、読者を夢中にさせる。イメージ、象徴、連想などの手法も取り入れられている。一つの都市の陥落が一人の女の不完全な愛情を皮肉にも成熟させるといった、何とも言えないやるせなさともの悲しさが漂っている。

第五節　銭鍾書と『囲城』

一．銭鍾書

銭鍾書（1910～1998年）、字は黙存、号は槐聚、江蘇省無錫出身。近現代の小説家で、有名な学者でもあった。1929年、清華大学に受かり、数学は15点しか取れなかったが、中国語と英語の成績がずば抜けていた。特に英語は満点で、例外的に清華大学外国語学部に合格した。1935年にオックスフォード大学に公費留学し、卒業後はパリで研究に取り組むようになった。1938年、中国に帰り、

清華大学に教授として招聘された。虚弱体質であった父親の面倒をみるため、1939年に父の勤める国立蘭田国立師範学院の教師となる。当時の銭鐘書は外国語学部主任で、父親は中国語学部主任を務めていたことが美談となる。またその頃から『談芸録』を書き始めた。1941年、真珠湾攻撃が勃発したため、銭鐘書は上海から出ることができなくなり、震旦女子文理学校で教師となる。その期間に『談芸録』と散文随筆『写在人生辺上』を完成させ、『囲城』の創作を始めた。1945年、抗日戦争終了後、銭鐘書は上海暨南大学外国語学部で教授を務めながら、南京中央図書館の英語館内誌『書林季刊』の編集者も務めた。その後の3年間、短編小説『人・獣・鬼』、長編小説『囲城』、詩評『談芸録』が相次いで出版されると、学術界に大きな反響を引き起こした。1949年からは清華大学外国語学部の教授となり、1953年に中国科学院文学研究所研究員、哲学社会科学部学部委員を務めた。銭鐘書は、20世紀末まで人文社会科学の研究に取り組んだ。志を変えず名声に執着せず、孤独に耐えて熱心に研究に取り組んだため、国内外の名声は高く、国と民族に卓越した貢献を残し、何世代もの学者を育て、中国の貴重な宝となった。主要な作品に長編小説『囲城』、短編小説『人・獣・鬼』、散文集『写在人生辺上』、文学理論『七綴集』『談芸録』『管錐篇』などがある。

二.『囲城』

『囲城』は銭鐘書の唯一の長編小説であり、誰もが知っている近代文学の権威的作品の一つで、現代中国において最も偉大な小説の一つでもある。この小説は1946年2月から『文芸復興』での連載が始まり、1947年に上海晨光出版会社から出版され、幾度にわたって再版された。『囲城』は海外留学から戻ってきた方鴻漸を主要人物とし、その愛情、婚姻、仕事などを通して、日中戦争時期の知識人のさまざまな生活を描いている。『囲城』の主人公である方鴻漸は、大学時代、まだ会ったことのない婚約者が突然亡くなったため、心を込めて弔問の手紙を出したところ、意外にも相手の周氏から欧州留学の費用を支援してもらえることとなった。しかしながら、4年間の留学にもかかわらず全く成果がなかったため、父親と岳父に催促され、アメリカクレイトン大学のニセの博士号学位書を買って帰国せざるを得なかった。また帰国の客船でマカオの若い女性である鮑氏に誘惑され一夜限りの情事となったが、客船が香港に着いて鮑氏が夫の胸に飛び込んでいく様子を見て、侮辱され騙されたと思った。上海に着いた後、フランス留学をしていた蘇文紈博士が頻繁に方氏に好意を示し、方鴻漸は曖昧に対応する中で、蘇氏の従妹で政治学科の大学生、唐暁芙を本気で好

きになってしまう。純真でかわいく、綺麗な唐暁芙を追い求め、うまくいきそうになるが、蘇文紈〔そぶんがん〕に邪魔をされ実らぬ恋となってしまう。上海に留まりたくなくなった方鴻漸は、友人の趙辛楣とともに湖南省の三間大学に行き何となく生活しているうちに、同じく三間大学の教師をしていた孫柔嘉と結婚をしてしまう。しかし、方氏は三間大学で知識人の派閥争いに巻き込まれ、後にクビになった。妻と上海に戻り、日常生活の中での口喧嘩が多くなったり心が離れていったりと矛盾が多くなり、結局は離婚してしまう。方氏の状況はますます悪くなり、仕事、生活の何も成し遂げられなかった。

　『囲城』には、多重の象徴的な意味が込められている。イギリスやフランスの「婚姻は金の鳥かごみたいな物で、鳥かごの外の鳥は鳥かごの中に住もうとするが、中の鳥は外へ飛び出したい」という格言のように、婚姻もまるで「一つの城みたいなもので、城外の人は一所懸命城内に入ろうとするが、城内の人はどうしても城外に逃げたい」というものであり、この小説では、作者の人生、生活、世界に対する考え、見方を表している。方鴻漸は留学して帰国し、仕事探し、恋愛、結婚、希望から失望まで、一つの「囲城」からもう一つの「囲城」に入ったかのようだった。人生は一つ一つの「囲城」、全ての人はここから逃げるため、あるいはここ入るためにいろいろ考え、この「囲城」へ出たり入ったりを繰り返している。『囲城』も方鴻漸の体験を通して30年代、40年代の欧米留学生と大学教授からなる知識人層の問題を暴き、批判している。例えば、赴任の際に多くの薬を持ち出し、国難の時期に儲けようと考えた李梅亭教授、妻の姻戚関係で学部主任になった汪処厚、買った外国のニセ卒業証書を持ってあちこちで人を欺く韓学愈など、多くの地位の高い知識人が腹を探り合い、縄張り争いをしたり、互いに攻撃したりする。それに対し、作者は、機知に富んだユーモラスな方法で、辛口の皮肉と批判を行っている。

第四章
50年代から70年代の文学

第一節　概要

　1949年10月1日、新中国の成立に伴い、中国は革命的な争いから大規模な社会主義の平和建設へと移り、中国文学も新しい発展の段階、つまり中国現代文学の段階に入った。社会の歴史背景の変化により、文学の発展とそれに関連する文学の政策は新しい考え方と要求を求められるようになった。1949年7月、第一次中国全国文学芸術関係者代表大会（略称、「第一次文代会」）が北平（北京）で開かれ、毛沢東の文芸思想を新中国の文学芸術の発展の指導思想と定めた。1942年には毛沢東の『在延安文芸座談会上的講話』を新中国の文学芸術の発展の指導方針として発表し、「文芸為工農兵服務」（文芸は工農兵に服務する）という方向を新中国の文学芸術の発展の主要な方向と定め、文学批評は「政治基準第一、芸術基準第二」であり、文学作品の作風は民族化ならびに大衆化して、さまざまな面から文学に新しい概念と規範を与えた。それと同時に文芸界には一連の議論と批評の動きがあり、例えば映画『武訓伝』の封建思想への批判、蕭也牧の『我們夫妻之間』の知識人を高く評価して労働者と農民などを「貶め」る「プチブルジョア思想」への批判、『紅楼夢』における兪平伯の「唯心論」研究への批判、胡風が文学創作の中で強調した「主観戦闘主義精神」と「精神奴役創傷」への批判などがあった。以上のものは、第一次文代会に定められた文学の方向性と創作の規範にそぐわないため批判、闘争したことで、毛沢東文芸思想の支配的地位がさらに固まった。重大な題材について書き、英雄像を描き出し、言語面では大衆化と民族化を求めた文学創作がこの時期の主な特徴であり、50年代とその後の文学の発展に極めて重要な影響を与えた。

　この時期において、「文化大革命」が起こる前の50～60年代の文学は「17年文学」と呼ばれ、小説、特に長編小説で成果があり、題材が広く叙述が多種多様で、たくましく明るい雰囲気を呈していた。農村生活を題材とする小説、革命と歴史を題材とする小説、都市と工業を題材とする小説は、作家や作品の数などで程度の差はあるものの、ある一定の発展を成し遂げた。40年代の解放区文学の特徴を受け継ぎ、この時期の農村生活を題材とする小説にも、新しいテーマが現れた。趙樹理が1955年に発表した長編小説『三里湾』は、農村の合

作化を題材とした中国初の小説であった。また、周立波がこの時期に書いた『山郷巨変』も、農村合作化改革を描きつつ、多くの矛盾、衝突や階級闘争などをも描き出している。柳青の『創業史』は、史詩のような勢いのある長編小説であった。この作品は、村で異なる階級に属する人物の考え方、行動、心理の変化を通して、中国の農村においてなぜ社会革命が発生し、どのように進んだかという問いに答えようとした。この時期、孫犁の『鉄木前伝』、李準の『不能走那条路』、趙樹理の『鍛錬鍛錬』、西戎の『頼大嫂』などは一般庶民の経験を通じて農村のさまざまな問題を表しており、この時期の中短編小説の代表的作品である。農村生活を題材とする小説の他、革命と歴史を題材とするものもこの時期の小説の重要な流れである。杜鵬程の『保衛延安』、呉強の『紅日』、梁斌の『紅旗譜』、羅広斌と楊益言の『紅岩』は主に革命の歴史的争いを描き、理想主義を掲げ、英雄像を描き出し、史詩の作風と読者の心を揺さぶるだけの力があった。王願堅はもともと戦場記者であり、『党費』『七根火柴』『三人行』などの小説は、革命の歴史を振り返ることによって革命闘争時期の先人の苦しい闘いを描いた。峻青の『黎明的河辺』『老水牛爺爺』『党員登記表』などの小説は、自らが経験した生活をもとに、闘争中の同郷同士や英雄的な人々の壮烈さを描いた。一方、同じく革命と歴史を題材とする小説ではあるが、孫犁、茹志鵑、劉真などの作品は明らかに違った叙述の手法を用いている。これら作品はより多くの個人的な感情を述べ、散文のように詩の趣きに富んだ美しい作品となっている。例えば、孫犁の短編小説『山地回憶』『呉召児』、長編小説『風雲初記』、茹志鵑の『百合花』『静静的産院』、劉真の『核桃的秘密』『長長的流水』などにはそのような特徴がある。知侠の『鉄道遊撃隊』、馮志の『敵後武工隊』、曲波の『林海雪原』などは、中国の革命の歴史描写の中にも、中国古代の伝奇と義侠小説の特色が多く含まれており、他の歴史小説とは極めて異なっている。他にこの時期の小説で、楊沫の長編小説『青春之歌』は知識人を主体とし、主人公の林道静がプチブルジョア思想の若い知識人により闘争の中で徐々に革命者へと変化していくプロセスを描いている。艾蕪の『百錬成鋼』や草明の『乗風破波』は、この時期の都市と工業を題材とする小説の代表的作品である。欧陽山の『三家巷』は、都市の家庭の日常生活を通して当時の社会の現実を表している。周爾復の『上海的早晨』は、中国当代文学で初めて資本主義商工業の社会主義改造を描いた長編小説であった。この時期、以上の重大な題材の小説が「17年文学」の主流であるとすると、それら以外に疑問視され批判された小説もあった。例えば、蕭也牧が50年代に発表した『我們夫妻之間』、路翎がこの時期に発表した『戦士的心』『窪地上的「戦役」』『初雪』など、また宗璞の『紅豆』、特に王蒙の『組織部来的年

軽人』は1956年発表されたあと「現実問題」と「生活への干渉」を反映しているとされ、多くの熱の入った議論が起こり、作者はこの理由で「右派」とされて強制的労働を強いられた。

　詩歌の面では、新中国成立当初、多くの詩人は祖国成立への感動と国家の主になった喜びを、新中国の誕生、社会主義建設と新しい時代を褒め讃える詩に傾けていった。例えば、郭沫若の『新華頌』、何其芳の『我們偉大的節日』、胡風の『時間開始了』、艾青の『国旗』『我想念我的祖国』などは、長編詩の形式を用いて成立したばかりの新中国および共産党の賢明な指導への賞讃を表し、勢いが強く心を揺さぶる作風であった。田間、李季、阮章競、聞捷などのこの時期の詩人は40年代の解放区の詩歌の叙述スタイルを受け継ぎ、新中国成立後の人民の幸せな生活を主に描いた。例えば、田間、聞捷は辺境地域の生活を描き、李季は油田を、阮章競は鉄鋼の生産地を視察して詩を書き、公劉、李瑛などは軍隊の生活を詩で表現した。これらの詩歌は客観的な生活の反映であり、作者の感情を客観的生活の中で表していたので、「生活抒情詩」と呼ばれた。この時期に最も際立っていた詩歌の形は、賀敬之と郭小川を代表とする「政治叙情詩」である。建国後の賀敬之の『回延安』『桂林山水歌』などは民歌の形で風景を描き、人口に膾炙する抒情短詩であった。それに対し、『放声歌唱』『十年頌歌』『雷鋒之歌』『中国的十月』は勢いがあって情熱が溢れており、新中国建設においての重大な出来事と重要な人物を表し、鮮明な革命的ロマン主義と崇高な理想主義があった。郭小川は自分が「一人の宣伝員として」、「政治性のある文を書きたい」と願っていた。50年代、郭小川の『向困難進軍』、『投入火熱的戦闘』（組詩の『致青年公民』）は、若者に絶大な情熱で盛んに行われている社会主義建設へ身を投じるようにと呼びかけていた。その後の『白雪的讃歌』『深深的山谷』『致大海』『望星空』において、作者は詩の中に革命への情熱を表しただけでなく、個人の社会への思考と感情をも加えた。『林区三唱』『甘蔗林──青紗帳』『廈門風姿』などにおいて、作者は借景で感情を表し、あるいは事物に託してその志を表現していった。甘蔗の林、青いシルクのとばりなどの独特のイメージを繰り返すことで、重大な意義のある社会と政治の主題を反映していた。

　1966年から1976年までの「文化大革命」の時期には多くの作家と芸術家が批判され、ひいては「打倒」あるいは「全面否定」された。そして多くの文学の権威ある作品、伝統と成果が覆されたか、それらが全面的に否定されたことにより、「工農兵の英雄を描く任務」が「文化大革命」文学の根本的な目標になった。「三突出」（すべての登場人物は正義の味方で、その中から英雄を作り上げ、そしてその英雄からメインとなる英雄を作り上げる）は、この時期の文学創作

の基本的な原則となった。革命模範劇は「文化大革命」文学の主要な形式となり、京劇『紅灯記』『沙家浜』『海港』『奇襲白虎団』『智取威虎山』、舞踏劇『紅色娘子軍』『白毛女』、交響楽『沙家浜』は名作とされ、当時の文学の創作と批評の八つの「模範」となった。小説の面では浩然が代表になり、またその作品が「模範」になった。浩氏の長編小説『艶陽天』は、1957年夏に北京の郊外にある農業合作社において土地と食料などの問題をめぐり一連の矛盾が起こったという内容である。小説の題材は特殊なものではないが、浩然は階級闘争の理論に長けていたので、激しい階級間の対立と階級闘争が小説には満ちていた。1972年に出版された『金光大道』は、「三突出」の文学創作の原則を使い、「背が高く、度量が大きく、全身全霊人民に尽くす」の英雄像を描き、「文化大革命」時期の文学の手本となった。

第二節　柳青と『創業史』

一．作者紹介

　柳青（1919〜1978年）、男性、原名は劉蘊華、陝西省呉堡出身。1928年に共青団に入団、1936年に共産党に入り、西安学生聯合会の刊行物『学生呼声』の編集者となる。1938年、延安に着き、編集者や従軍記者などを務めた。『誤会』『犠牲者』『地雷』『在故郷』などの長編小説を十数編書き、その後、初の小説集『地雷』に収録された。1947年、初めての長編小説『種谷記』が出版され、出世作となった。1948年、陝西省に戻り、さまざまな分野を取材し、翌年に長編小説『銅牆鉄壁』を完成させ、1951年に人民文学出版社から出版された。1949年、北京に戻って『中国青年報』の創刊に携わり、編集委員と文芸欄の編集長となる。1952年、陝西省に戻って実生活を体験し、陝西省長安県の県委副書記を務め、黄甫村に定住し、長編小説『創業史』などの文学作品の創作に取り組んだ。1959年、代表作『創業史』の第一部が完成し、50年代の中国の農村における合作化運動を描き、1960年に中国青年出版社から初版が出版された。建国後は中国作家協会の理事、陝西省作家協会の副主席などを務めた。文化大革命の時期には迫害を受けたにもかかわらず、創作活動を続けた。1973年に重病のため陝西省に戻り、旧作品に手直しを加え、逝去する直前に『創業史』の第二部（上、下）が出版された。

二．『創業史』

　『創業史』は柳青の代表作品であり、もともと四部構成で中国の農村合作化の

プロセスを描く計画であったが、文化大革命で「四人組」に迫害されたため、第一部と第二部しか完成しなかった。第一部では主として農村合作化運動の初めの段階を描いている。つまり主人公の梁生宝が皆を率いて互助組を立ち上げてから初期の合作社を設立させるまでのプロセスである。1929年、陝西省で旱魃が起こり、下堡村蛤蟆灘の梁三の妻が亡くなったので、難民として逃れ来る宝娃とその母親を家に連れて帰り、家庭を作って宝娃の名を梁生宝とし、もう一度やり直そうとした。梁三は十数年間にわたってまめまめしく働いたが、生活は好転せず暮らし向きは貧しいままであった。梁生宝も大人になり、仕事を始めようと18畝〔地積単位：ムー〕の水稲を植え、朝から夜まで働いたが、収穫を全て地代、高利貸しに取られてしまう。中国の解放前に国民党の徴兵を逃れるため、梁生宝は終南山に隠れ、家に帰ることもできなくなった。梁家の数世代に渡る創業の夢は、結局夢として終わってしまう。

　中国の開放後、大地主、富農の姚士傑などが「打倒」され、土地が農民に戻された。蛤蟆灘にも大きな変化があり、梁家は十数畝〔ムー〕の稲田を割り当てられた。梁三は気がおかしくなるほど嬉しくなり、こつこつと働いて、豊かになろうとする志が再び芽生えてきた。養子の梁生宝はすでに共産党員となり、互助組に一心に取り組んでおり、同郷同士を率いて創業しようとしたために、親子の間に矛盾と確執が生じた。それとともに、富農の姚士傑、上層中農の郭世富などは互助組と影に日向に争いを繰り広げ、村民代表の郭振山も自分の家だけが豊かになることばかりを考えていて、村民の利益にあまり関心を寄せなくなった。そのため、梁生宝と互助組はさまざまな困難と難題に直面し、決心が揺らぎ始める人が出たり、諦めたりする人さえ出始め、もともと八世帯あったのが三世帯になった。しかし梁生宝は諦めずいろいろなことに取り組み、新しいメンバーを受け入れ、メンバーを率いてまめまめしく働いた。そして、ようやく難題を乗り越え、最終的には豊作となって生産高は単独生産している人の二倍になり、郭世富や姚士傑は負けを認めざるを得なかった。村代表の郭振山は党の教育を受けて考え方が変わり始め、再度集団のことを考えたり人民のために働いたりするようになる。梁生宝は互助組のメンバーを率いて県で研修に参加し、村に戻った後はこの地域の初めての合作社を作り、その合作社の長を務めた。年配の梁三も互助組の良き点や息子の仕事に理解を示すようになり、心からその仕事を支持するようになっていった。

　柳青は、長期にわたって農村生活をしたため、農村生活と農村の人の考え方を熟知していた。そして生活体験と素材を多く積み重ねてきた。『創業史』は農村生活を題材とし、当時の農村の生活の様子と農民の思想がありのままに表さ

れ、生活の雰囲気が色濃く反映されている。また、小説は下堡村蛤蟆灘のことを国の政策と結び付け、時代の息吹がみなぎり、時代感が強く表現されている。小説の登場人物である梁三、梁生宝、郭振山なども典型的な人物像であり、中国農村社会の変革を表す「叙事詩的」な長編作品である。

第三節 楊沫と『青春之歌』

一．作者紹介

楊沫（1913～1951年）、女性、原名は楊成業、原籍は湖南省湘陰、北京出身。1928年、北京温泉女子中学校に就学し、後に家庭が破産したため学校をやめ、小学校の教師、家庭教師や本屋の店員などを務める。1934年に文学創作を始め、処女作『熱南山地居民生活素描』を隔週刊『黒白』に発表した。1936年、中国共産党に入り、翌年、晋察冀辺区で女性と普及活動の業務に取り組み、『黎明報』『晋察冀日報』などの新聞の編集者を務めた。新中国成立後、北京電影制片場の編集者、北京市文学芸術界連合会の職業作家、北京市作家協会の副主席、全国人民代表大会常務委員などを務めた。1958年、長編小説『青春之歌』を発表し、一躍有名になった。その後、小説は本人によってシナリオ化され、同じタイトルで映画化されて人気を博した。楊沫のその他の作品には、中編小説『葦塘記事』、短編小説集『紅紅的山丹花』、長編小説『芳菲之歌』『英華之歌』（『青春之歌』の続編）、散文集『楊沫散文集』『自白——我的日記』、長編ルポルタージュ『不是日記的日記』および『楊沫文集』七巻もある。

二．『青春之歌』

長編小説『青春之歌』は楊沫の代表作かつ出世作で、1958年に作家出版社から出版された。小説は楊沫の経験をモチーフに、1931年の「九一八」事変と1935年の「一二九」運動を背景として、林道静という若い知識人が革命闘争の中で徐々に成長していくプロセスを描いている。小説の主人公である林道静はもともと青年学生であり、封建家庭の親同士が決めた結婚に反対し、家から逃げて一人で新しい道を探し始めた。まず結婚相手を探したが見付からなかったため、止むを得ず小学校の教師になった。しかし校長に陥れられて地方の土豪と結婚させられ、途方にくれた林氏は海に投身自殺するが、北京大学の学生、余永沢に助けられた。二人は互いに愛し合い、結婚する。しかし、暮らし始めて互いが分かるようになると、余永沢が自分勝手で度量が狭く、周りに無関心なことが次第に明らかになってくる。そんな中、林道静は、仕事を探し独立し

ていく過程で、愛国思想とその持ち主の学生に出会い、大きく影響を受ける。その後、林道静は、共産党員の盧嘉川と江華に出会い、新しい革命理論と思想を教えられた上、革命活動に積極的に参加するようにと励まされた。しかし余永沢に反対され、革命の正しい道を歩んでいくことを阻まれたため、二人の間の矛盾は大きくなり、最終的に林道静は弱さとためらいを乗り越え、自分勝手で卑属な余永沢と離れようとした。家を出て先進的な学生運動に取り組んだ林道静は、逮捕され投獄される。刑務所の中で、林道静はまた革命者、林紅の助けと指導を受け、中国共産党に入り、普通の知識人、ひいては「プチブルジョア」思想の知識人から、自主的で成熟した革命の戦士となっていく。出獄後、林道静は江華を愛し、二人はともに抗日戦争での祖国救済の荒波にのまれていく。

『青春之歌』は典型的な知識人の「出世小説」である。林道静の個人の変化と新しい命を通して、青年知識人が革命闘争の荒波の中で成長し進歩する過程を描きながら、当時の中国共産党が率いていた学生運動をもう一つの側面から描いている。小説は作者である楊沫自身の経験をモチーフにし、人物描写や事物の叙述はありのままで生き生きとしていて、多くの読者を引き付けた。特に女性主人公、林道静の思想の変化は非常に細かく、ありのままに描かれて芸術的魅力に富んでいる。林道静の他にも、いろいろと違ったタイプの知識人のイメージ作りに力を入れている。例えば、信念を守り抜き敵に屈しない共産党員の盧嘉川、冷静な江華、死を少しも恐れない林紅、自分勝手な余永沢、裏切り者の戴瑜などの登場人物も鮮明な性格の持ち主で、読者に強い印象を残した。小説は規模が大きく、構成が緻密でリズム感があり、ストーリー展開も変化に富んで感動的であり、感情に満ち溢れ、鮮明な時代の色彩が強い。1959年には同名で映画化され、深い感動を呼んだ。

第四節 茹志鵑と『百合花』

一．作者紹介

茹志鵑（1925〜1998年）、女性、原籍は浙江省杭州、上海出身。貧しい生活を送り、幼い頃に母親を亡くし、父親が家を出たため、祖母との二人暮らしであった。11歳から教会学校と塾へ通うようになる。1938年、祖母が亡くなった後、上海キリスト教会の孤児院に送られ、後に浙江省武康県中学校に入学。1943年、新四軍に参加し、文工団組長、分隊長、創作組副組長などを務めた。1947年、中国共産党に入る。1953年に退役して上海に戻り、『文芸月報』の編集者を務めた。1960年から文学創作に集中し、中国作家協会上海分会副主席、中国作家

協会理事、『上海文学』副編集長などを務める。1940年代から作品を発表し始め、初の小説『生活』が1943年11月に上海の『申報』の文芸欄『白茅』の第三十六期に掲載され、1958年短編小説『百合花』を発表。爽やかな運筆と独特なスタイルで、茹志鵑の出世作、代表作となった。その後、新しい時期の力作『剪輯錯了的故事』が1979年全国優秀短編小説賞を受ける。小説集には『高高的白楊樹』『静静的産院』『百合花』などがあり、散文集には『昔花人已去』、『母女同遊美利堅』（娘の王安憶と共著）があり、長編小説には『她従那条路上来』がある。

二.『百合花』

短編小説『百合花』は茹志鵑の代表作であり、1958年『延河』の第三期に発表された。小説は戦争時代の物語とはいえ、直接的には巨大な戦争シーンを描いておらず、日常生活の平々凡々とした出来事を選び、登場人物の心の美しさを描き、解放軍と人民の親密な関係を描写している。小説の中の「私」は軍隊の文工団のメンバーであり、仕事のために通信兵に護衛されて第一線の医療所に行く。その時、第一線は激しい戦場であり、多くの負傷者が前戦から運び込まれ、看護の必要があった。ある通信兵は19歳の若さで、「背が高く」、「丸顔で若くみえる」容貌であった。「私」が女性であったため、この通信兵は恥ずかしそうに、そして照れくさそうにしていた。「私」を護衛するとき、彼はさっさと歩き、「私」から「遠く離れ、私を置き去りしがちになり」、そして「いつも私とは一丈ほどの距離を保っていた」。道ばたで休息をとるときは遠く離れた石の上に座り、「私に背を向け、私がいないかのように振る舞った」。「私」の何気ない会話に対しても、恥ずかしそうに、罰が悪そうに落ち着かない様子だった。時々「顔を急に赤くしたり」、緊張して汗をかいたりすることもあった。19歳の若さであり、まだ子供で純真、善良で素朴な通信兵は、戦火を交えていた時代に、人民を解放する重い任務を背負っていた。目的地の医療所に着いてみると、そこの条件は厳しく、負傷者に必要な掛け布団すらない。そこで「私」と通信兵は、現地の住民に布団を借りにいった。通信兵は新婚のお嫁さんに布団を借りようとして断られたため、そのお嫁さんを「頑固で封建的な奴」だと思い、やりきれなくなった。しかし、その人が「私」に布団を貸してくれたとき、その掛け布団が結婚したときの唯一の嫁入り道具で、そのお嫁さんが結婚前の少女時代に作ったものだと分かった。誤解していた通信兵は自分を恥ずかしく思い、掛け布団を返そうとした。布団の貸し借りの前後における通信員の態度の変化は、素朴さとかわいらしさを描き出している。「私」に自分の連隊に戻る

ようにと言われたとき、彼は「すぐ元気を取り戻し」、カバンの中から乾いて堅くなったマントウを取り出して「私」に食事にするようにと二つ渡してくれた。そして背負った銃剣の先にもう一本「菊の花」を挿した。また、心を揺さぶられるのは、この通信兵は戦友と人民を守るため、敵の手榴弾の上にうつ伏せになってその若く貴い命を落としてしまうことである。先ほどの新婚の花嫁は目頭を熱くし、通信兵の服の穴を一つ一つ根気よく縫い合わせ、純潔なユリをまき散らした新たな布団を通信兵に掛けた。

『百合花』は題材が斬新で、ストーリー展開は単純明快、叙情的であり、全篇すべてにわたって第一人称の「私」で叙述し、親近感と真実感に満ち溢れている。女性作家に独特な創意工夫がみられ、当時の文壇の「壮大な叙述」を避けている。戦争を書いた作品ではあるものの、小説全体は生活感の色彩が強く、小説の中で作り出された英雄は、純粋で実直、恥ずかしがり屋の19歳の若い通信兵であり、そのひたむきさに感動を覚える。

第五節　曲波と『林海雪原』

一．作者紹介

曲波（1923～2002年）、男性、山東省黄県出身。1938年に八路軍に入隊し、1943年に膠東抗日軍政大学に入学。卒業後、膠東軍で『前線報』の記者となり、共産党政治委員や同政治局長などを歴任。自ら小隊を率いて東北部の牡丹江一帯に広がる森林において国民党の残党と戦闘を演じ、相手軍を殲滅した。著作『林海雪原』は、当時の経験をモチーフにしたものである。重傷を患ったため1950年に地方へ配転され、機関車製造工場の党書記を初め、設計院の副院長、鉄道部工業総局の副局長、中国作家協会常務理事などの職務を経験した。1957年に作家出版社および人民出版社より初の長編小説『林海雪原』が出版され、好評を得る。この小説は後にドラマ化や映画化され、舞台でも上演されるなど全国的な反響を呼んだ。1959年から1962年には、長編小説『山呼海嘯』および『橋隆飆』の初稿を書き上げた。これらは文革の後に出版されている。また従軍医療関係者の生活を描いた長編小説『戎萼碑』が1977年6月に山東人民出版社より出版されている。

二．『林海雪原』

『林海雪原』は曲波自身と戦友が東北戦争に参戦したときの経験を描いた長編小説であり、彼の代表作かつ出世作である。1946年に中国で内戦が始まり、

国民党の残党部隊が東北地区で依然として猛威を振るっていたため、政府軍のトップが少剣波参謀長を中心とする精鋭軍を派遣し、林海雪原で残党を追い詰め全滅させる作戦を行った。残党部隊は多勢で、森林に潜伏していて行動がつかみにくかったため、少剣波は選りすぐりの36名の部隊を結成した。メンバーは、力持ちで、「戦車」の異名を持つ劉勲蒼、持久力があり、「長足」と呼ばれる孫達得、ユーモア溢れる岩登りの名手「サル」欒超家〔らんちょうか〕、そして敵軍の隠語が分かり東北の風土に詳しい一騎当千の楊子栄などにより構成された。彼らは状況判断に優れ、作戦を練りながら残党勢力と戦闘を繰り広げた。数々の攻防で最も激しかったのは、威虎山の占領作戦であり、これは京劇の舞台でも演じられ非常に有名である。楊子栄が敵軍の胡彪に変装し、巧みにアジトに侵入して手にした連絡図を手に直接敬礼を行うと、すぐさま敵軍の司令官で、ずる賢くしたたかな座山彫の信頼を勝ち取った。それから、敵軍による隠語での問い詰めや私用での問いかけなどがなされ、さらに座山彫からは突然軍事演習テストをされたが、楊子栄はいずれも巧みに対応した。これらの舌戦の末、最終的に座山彫による疑いは晴れ、少剣波は敵軍の情報および侵攻計画を手に入れた。大晦日、威虎山で「鶏の丸焼き宴会」の準備していた際、楊子栄は座山彫に対しての鶏を大ホールに並べるよう求めた。これは相手軍を一網打尽にするためである。宴会で、楊子栄は敵軍一人一人に酒を勧め、敵軍は千鳥足の泥酔状態に陥った。ここで少剣波率いる小隊が到着し、楊子栄と息を合わせて敵軍を一人残らず全滅させ、大勝利を収めた。

　『林海雪原』は、中国の伝統小説や言い伝えなどの影響を大きく受けた。ストーリー性や人物像が明確であり、波乱万丈でスリリングな展開が大変特徴的である。小説は、小隊と敵軍の4度にわたる虎狼巣への奇襲作戦、威虎山の占領作戦、綏芬草原における応戦、四方台の大戦によって構成されている。また林海雪原に広がる美しい景色、神話伝説、さらに美しい看護師の白茹と若きヒーロー少剣波とのラブストーリーなどが織り交ぜられている。英雄主義やロマン主義といった革命的思想がふんだんに盛り込まれた内容で、言葉遣いも平易で読みやすく、講談的な要素も盛り込まれている。小説ならびに同名の映画作品や舞台劇はいずれも大ヒットとなった。

第六節　周爾复と『上海的早晨』

一、作者紹介

　周爾复〔しゅうじふく〕（1914－2004年）、男性、本籍は安徽省旌徳、南京

出身。1933年に上海光華大学英国文学部に入学し、詩や小説の創作、文学作品の編集を始める。卒業後、1938年延安で文芸、編集およびその普及活動に従事。1939年に共産党に入党し、晋察冀民主抗日部隊に加わった。当時の経験はその後の作品のモチーフにもなっている。1943年に延安で党の研修を経験した後、1944年に重慶に派遣され、『新華日報』で月刊誌『群衆』の編集を担当し、かつ文芸界の統一戦線に携わった。このとき小説集『第十三顆子弾』を発表している。抗日戦争後の1946年に新華社通信の記者として華北や東北地区に派遣され、賀龍、聶栄臻、劉伯承、羅栄桓といった愛国主義者や民主化運動家への取材と報道を行った。同年に香港へ渡り、『北方文叢』で月間『小説』の編集長を担当した。新中国の建国後に共産党の上海市統一戦線部副部長や文化部部長などを歴任。代表作『上海的早晨』（計4編）は、建国初期における上海の資本主義ビジネス界での社会主義改革を描いた作品であり、壮大なスケールと独特の題材で国内外に大きな反響を呼んだ。また長編小説『白求恩大夫』『燕宿崖』『長城万里図』など、中編小説『西流水的孩子們』、短編集『春荒』『山谷里的春天』など、散文『諾璽曼・白求恩断片』『晋察冀行』、詩集『夜行集』、散文集『火炬』『掠影集』『懐念集』『浪淘沙』などの作品がある。

二.『上海的早晨』

長編『上海的早晨』は、周而復が一躍名を馳せた出世作であり代表作でもある。四部構成になっていて、第一、第二部はそれぞれ1958年と1962年に、第三、第四部は1980年代に出版された。建国後の上海におけるビジネス資本家たちの社会主義改革の途上での思想や生活、行動などについて描かれており、また共産党の指揮下における労働者達とブルジョアとの間で繰り広げられた闘争なども織り込まれている。1949年春の上海解放で多くの資本家が悪影響を懸念した中、頭の切れる優秀な経営者であった滬江紡績の徐義徳社長（「計算高い奴」と呼ばれている）は、当時すでに香港やニューヨークへの移転を準備していたが、上海の資産も捨てがたく、一攫千金を企んでいた。熟慮の末に、国民党のスパイである陶阿毛、さらに賄賂によって税務局の幹部を味方に付け、国家経済情報を盗み、手抜き工事や粗悪品販売などにより多額の不正利益を得た。上海ビジネス界の上層部は「星二食事会」を開催しており、徐義徳はここに潜り込んでビジネス界の大物との関係作りを行った。この中には父親の財産である紡績工場を受け継いだ、大学を卒業したばかりで血気盛んな馬慕韓や、上海紡績業界の大御所である潘信誠、ビジネス界の花形人物である馮永祥などがおり、さらに二番目の妾の弟を巻き込んで金儲けを狙う腹黒い薬品商人、朱延年も引き

ずり込んだ。これらの資本家はこの「星二食事会」を通じて共産党の政策を徹底研究し、多額の利益をせしめようとしていた。

1950年に入って「三反」（汚職、浪費、官僚主義）や「五反」（贈収賄、脱税、横領、手抜き、情報漏洩）運動が本格化し、長寧区統一戦線部の楊健部長が特捜団を率いて滬江の工場の実態調査を開始した。労働者は特捜団の先導のもと、徐義徳と激しく争い、不正行為を次々と暴き立てた。徐義徳も策を講じて抵抗を試みたが、結局は隠しきれずすべての不正を認めることとなる。薬品の投機商人である朱延年はかたくなに否認を続けていたが、自らの薬品店に勤めていた若者に告発され、最後には逮捕された。「星二食事会」は実質解散したが、水面下での活動はまだ収まらず、徐義徳はその後も馮永祥、馬慕韓、潘信誠などと共に会食を重ねて策を講じ、馮永祥、馬慕韓と共に紡績連絡会を結成して、資本家の利益を守るため民主党派の上海支部における重要なポストに就いた。しかし馬慕韓は、政府の指導および思想改造のもと、考慮と躊躇の末に綿織業界で初めて公私共営の経営方針を打ち出した。これにより、上海では他の民間企業でも官民一体改革が進んだのである。徐義徳はあまり乗り気ではなかったが、滬江工場も労働者の後押しを受けて経営改革を行い、健全で発展的な路線を歩み始めた。『上海的早晨』のスケールの大きさと題材は独特で、1930年代の矛盾の『子夜』を除けば、中国のブルジョア階級を描いた数少ない文学作品である。周爾復の『上海的早晨』はまれにみる優れた作品で、国内外における影響力も大きい。また、この作品は上海解放40年優秀小説受賞作品でもある。

第七節 王蒙と『組織部新来的年軽人』

一．作者紹介

王蒙（1934年〜）、男性、本籍は河北省南皮、北京出身。1940年に北京師範学校付属小学校入学、1945年に私立平民中学校入学、1948年に共産党入りし、1950年北京市党委員に選出された。1953年から初の長編小説となる『青春万歳』の執筆を始め、これは文革後の1979年に出版されている。1956年に発表された短編小説『組織部新来的年軽人』が物議を醸し、1957年に右派のレッテルを貼られて北京郊外の強制労働所に収容された。1962年に北京師範学校に異動となり、同校で教職に就く。1963年には家族と共にウイグルの伊犁〔イリ〕へ移転し思想の改造を受ける。1978年に北京へ戻され、作家協会に従事して1979年にようやく冤罪が晴れた。その後、『人民文学』編集長、文化部の部長、政協

の常務委員や大学教授などを経験し、現在は北京作家協会の職業作家として活躍中である。主な作品として、『青春万歳』、『活動変人形』、『季節四部曲』(『恋愛的季節』『失態的季節』『躊躇的季節』『狂歓的季節』)、『青狐』、『尷尬風流』などの長編小説や、『布礼』『蝴蝶』『春之声』、『相見時難』などの中編小説、また小説集『冬雨』『深的湖』『木箱深処的紫綢花服』『堅硬的稀粥』など、さらに詩集『旋転的秋千』、散文『訪蘇心潮』『軽松與感傷』など、また文芸論集『当你拿起筆……』『文学的誘惑』『風格散記』『王蒙談創作』などがあり、数多くの作品で全国優秀中、短編小説賞を受賞し、国際的な名声や影響力も大きい。

二.『組織部新来的年軽人』

短編小説『組織部新来的年軽人』は、1956年第九期の『人民文学』で初めて発表された。これは1950年代の半ば、活気がみなぎっていた中国に対し疑念の目を向け、当時の社会における光と影を著したものである。小説では、ある区の委員会における日常生活や麻袋工場の王清泉工場長が犯したミスに対する処分を描いており、当時の組織における官僚主義の横行や、革命意欲の衰退と事なかれ思想を暴いている。また真理を追究し情熱に溢れた青年幹部の林震と官僚主義の代表格である劉世吾との対立を、典型的人物像として描いている。林震は22歳でもともと区の小学校教諭であったが、仕事ぶりが評価され、後に区委員会の組織員に抜擢された。就任直後の純真な林震は大変仕事熱心で積極的であり、院長を尊敬していた。新しい生活に大いなる憧れを描いていたが、まだ経験不足であった。出勤して4日目、林震は通華麻袋工場へ赴いて党員の実態調査を行った。事前に半日かけてレジュメなどを準備していたが、魏鶴鳴委員の話はわずか5分で終了し、大いにとまどってしまう。ただこの時に、王清泉工場長のワンマン経営で官僚的な言動をうかがい知ることができた。林震は職場に戻り、直属の上司である工場の党グループリーダー韓常新にこれらの問題を報告したが、韓常新はまともにとりあわなかった。翌日、韓常新は林震を連れて工場を訪問したが、この時に林震は、韓常新がただ「数字と具体的なケース」のみに興味を示し、困難を乗り切って事業を築き上げた先人たちの苦難の道のりに対してはまったく関心を払わなかったことに気付いた。しかも訪問を終えた韓常新は、「麻袋工場の発展概況」などと体裁よく報告書を書き上げたのである。これには、林震もあきれて呆然としてしまった。

また林震は、部門の責任者である劉世吾第一副部長の態度にも疑問を感じた。劉世吾副部長は能力もあり、経験も豊富な幹部で、「いったんこうと決めれば、しっかりと業務をこなすやり手」であったが、平和世代の事なかれ主義者であり、

堕落的で物事に無関心であり、いつも「そんなもんだ」「とっくに分かっている、すべてはいつもそんなもんだ」とか「すべて知っている、すべて見てきたからな、分かっている」「心配無用、良くも悪くも思わない」といった態度である。韓常新の業務報告について林震が意見を求めたところ、劉世吾はあいまいな返事に終始した。その後開催された党グループの会議で、林震が支援している麻袋工場の魏鶴鳴が座談会を開催したため、林震は厳しい非難を受けた。これに反発した林震は、「幹部たちが大衆の意見を聞き入れようとせず押さえ付けている」と感じたが、劉世吾は逆に、林震の考えは理想的すぎて客観的な現実を理解せず高望みであると批判した。林震はこれには内心強い憤りと苦痛を感じた。5月中旬に『北京日報』は、大々的に王清泉の官僚主義的な勤務態度を批判する投稿を掲載した。怒りに満ちた従業員は業務の是正を求めているという。区委員会の委員長もこの件を問い正すことにし、劉世吾はすぐに業務引き継ぎを行い、林震と共に連日麻袋工場へ赴き、現場から王清泉の勤務ぶりなどを聞き出して従業員の意見を求めた。そして関係者と連絡し、約1週間後に党および行政部門が王清泉を免職処分にした。その後、区の常務委員会はこの工場の問題について話し合い、林震は委員会の業務上における欠点を洗い出すべきだと主張した。即ち、麻袋工場改善の件はすでに5年も未解決状態で、劉世吾と韓常新に責任があるとした。二人はこれを否定し、委員長も林震の態度を「感情が高ぶりやすく」、感情的であると強く非難した。翌日、思考を重ねた林震は「さらに積極的に、さらに熱意を持ち」そして「必ず粘り強く自分を貫く」ことを決意し、矢も盾もたまらず深夜残業に追われている幹部たちの事務室の扉を叩いたのであった。

第五章
80年代の文学（一）

第一節　概要

　70年代終盤から80年代の初め、いわゆる10年におよぶ文革が終わり、「四人組」問題の政治的解決や秩序の回復、思想の解放が進み、文芸界にも冤罪関係者の解放や政策の実行、討論会などが始まった。1979年10月に第四回中国文学芸術関係者代表大会（第四回文代会）が北京で開催された。文革時代における過激な文学ポリシーが否定され、「文芸は政治のもの」「文芸は工農兵へ服務」などといった長年の言葉は、「文芸は人民のもの、社会主義のもの」に置き換わった。新しい文学理論や文芸ポリシーが描かれ、新時代の文学における発展の方向を見出したのである。80年代の文学は、1985年を境に分けられる。70年代末から80年代前半においては、文学作品および文学理論への批評は、その多くが文革時代への反省と批判に向けられていた。当時は「傷痕小説」「反思小説」「改革小説」などが主流であり、詩歌の分野では「朦朧詩派」が新時代の中国の幕開けを伝えたのであった。

　1977年、劉心武が発表した短編小説『班主任』は、文革の10年が若い世代に及ぼした精神的なトラウマを描いており、「傷痕小説」の先駆けとなった。1978年8月、上海の『文匯報』に、盧新華の短編小説『傷痕』が掲載された。主人公王暁華の母親が右翼とみなされ、母娘は離れ離れになった。その後母親は死亡するが、娘は臨終を見届けられず、心に大変深い傷を残した。この小説は強い反響を呼び、文学界には、文革の10年によって人民は精神的、肉体的に立ち直れない傷を被ったという批判の嵐が吹き荒れた。また、「傷痕」文学への議論が鳴り止まず、「傷痕小説」という名称の由来にもなった。代表作品として、『班主任』『傷痕』のほか、従維煕の『大墻下的紅玉蘭』、王亜平の『神聖的使命』、宗璞の『三生石』、陳国凱の『我応該怎麼辦』などがあり、これらの多くは中国知識人や革命家たちが文革期間に被った迫害を描き、悲劇に満ちて感動的な場面が非常に強調されている。また葉辛の『蹉跎歳月』、孔捷生の『在小河那辺』、魯彦周の『天雲山伝奇』はいずれも青年達が文革で経験した運命を描いており、韓少功の『月蘭』や周克芹の『許茂和他的女児們』は、文革の10年間の動乱により農村や農民たちが被った苦しみなどを著している。

「傷痕小説」とは、文革の動乱により人民の被った心の傷を書き著したもので、これらの小説により、多くの人々が文革による傷跡や苦しみの本当の理由について考え直すようになった。また、社会的な曲折や運命のいたずらなど人生の問題を深く考え、「反省小説」といった新しい分野が生まれた。1979年、茹志鵑は『人民文学』第二期に短編小説『剪輯錯了的故事』を発表した。これは1958年からの「大躍進」を改めて見直し、その政治的背景を暴いた内容で、「反省文学」の先駆けとなった。ほぼ同じ時期に発表された王蒙の『蝴蝶』『春之声』『布礼』や、李国文の『月食』、張弦の『記憶』なども、革命幹部による彼ら自身の変化や人民との親密な関係などを描いたものである。また張賢亮の『霊与肉』『男人的一半是女人』は厳しい経験を潜り抜けた知識人層が自らの運命や魂について見つめ直す内容であり、諶容の『人到中年』は文革によりかき乱された知識層の事業や生活の問題を描きつつ、知識層の偏った政策上の偏頗や誤りにも触れている。梁暁声の『這是一片神奇的土地』や『今夜有暴風雨』、史鉄生の『我那遥遠的清平湾』、王安憶の『本次列車終点』も、知識人青年および彼らの若き日々を振り返ったものであり、高暁生の『李順大造屋』や『陳奐生上城』、張弦の『被愛情遺忘的角落』、張一弓の『犯人李銅鐘的故事』、古華の『芙蓉鎮』などいずれの小説も、農村や農民問題をテーマとしており、「大躍進」「人民公社」「文革」などめまぐるしく変化した政策が如何に彼らに不幸をもたらしたか、そして政治と人間性について語っている。

　80年代の初めに中国は改革開放政策を始め、文学界には蒋子龍とその著作『喬廠長上任記』に代表される「改革小説」の波が生まれた。これら「改革小説」はさまざまな体制改革により社会にもたらされた変化を称賛しつつ、改革で生じた多くの矛盾についても触れており、困難をものともせず立ち向かってゆく革命戦士たちを描いている。小説『喬廠長上任記』の主人公である喬光朴も、抵抗勢力に打ち勝つ改革の代表的な人物であり、張潔の長編小説『沈重的翅膀』は、工業部門や工場、組織の体制改革や思想の変化を全面的に描いたものである。柯云路の長編小説『新星』や李国文の『花園街5号』は県庁や都市の政治改革プロセスを描き、賈平凹や林斤瀾の小説も農村改革の情況や生活、思想の変化といった内容が描かれている。路遥の『平凡的世界』は一般農民の奮闘を描いたもので、改革の流れの中で固定観念を打破し、成長を続けていったストーリーである。これら「改革小説」は改革のプロセスを描いただけでなく、改革者の典型的イメージをアピールし、かつ社会や人々のライフスタイルや思想、精神状態などに与えていった影響なども盛り込まれている。

　70年代末から80年代初めには、若い詩人たちの活躍が注目を集めた。彼ら

の作品は客観的事実のみを記した叙事詩や政治的感情論などとは異なり、「自己表現」を強調して若者世代特有の悩みや迷い、苦しみや失望感などを描いている。強い主体性と懐疑的精神を持ち、象徴や比喩、暗示など近代的表現を多く用い、詩の構成があいまいで多面的意味を有しているのが特徴である。従来の詩歌にみられた直接的で含蓄がない表現とは異なっているため、「朦朧詩」もしくは「新詩潮」とも呼ばれている。代表的な詩人として北島、舒婷、顧城、楊煉、江河などがいる。1979年3月に『詩刊』に掲載された北島の『回答』は、この「朦朧詩派」として本格デビューを果たしたものといえる。北島は以下のように描いている。「世界、私は信じない。たとえ千人の挑戦者があっても私はその千と一人目だ。青い空も信じない、雷のこだまも信じない、夢は決して嘘ではない、死後に報われる」。これと後の詩『一切』で「すべては運命／すべては霞」と記しており、文革の10年間が詩人の心に残した傷跡や、自身の現実への懐疑心、消極性を描いている。舒婷の『双桅船』『致橡樹』『神女峰』『祖国啊、我親愛的祖国』などの詩も、愛情への賛美と憧れ、祖国への情熱、人の温かみを描いており、理想を追い求め人生を立て直したいという強い信念が表れている。顧城の『一代人』の「黒い夜に黒い目をくれた／私はその目で光を求めたい」という短いフレーズは暗に閉ざされた現実の社会を批判しており、将来の希望を決して失ってはいないという意味である。また、後の作品『童話詩人』『我的幻想』などの詩集は童話や夢の世界を描いたもので、顧城は「童話詩人」とも呼ばれている。江河と楊煉の詩は大変似通っており、いずれも民族の伝統や歴史、文化を見詰め直し、新しい東方現代詩の創作を目指している。例えば、江河の『紀念碑』『祖国啊、祖国』や楊煉の『大雁塔』『烏篷船』『敦煌』『西蔵』などは歴史や使命感を強く感じさせる作品で、叙事詩のような作風が特徴である。

第二節 劉心武と『班主任』

一．作者紹介

　劉心武（1942年〜）は、男性で、四川省成都出身。1950年に父とともに北京へ移り、1961年に北京師範専門学校を卒業して北京第十三中学で15年間教鞭を執った。1976年から北京出版社および文芸叢刊『十月』の編集業務に携わり、1977年に発表した短編小説『班主任』で一躍脚光を浴びた。この小説は新時代「傷痕文学」の草分けともされる。後に『愛情的位置』や『醒来吧、弟弟』などを発表し、いずれも文革が人々にもたらしたさまざまな傷跡を描いている。1979年には中国作家協会に加入し、同理事や『人民文学』編集長などを兼務し

た。1984年に発表した長編小説『鐘鼓楼』は、第二回茅盾文学賞受賞作品となった。また、1985年に発表したノンフィクション『5・19長鏡頭』『公共汽車詠嘆調』はいずれも社会問題と密接な関わりのある作品であり、再びセンセーショナルを巻き起こした。1993年から古典小説『紅楼夢』の研究を始め、その後『劉心武掲秘＜紅楼夢＞』を発表した。また代表作として『四牌楼』『棲鳳楼』『風過耳』などの長編小説や『我愛毎一片緑葉』『黒墻』『白牙』などの短編小説が挙げられる。さらに『如意』『立体交叉橋』『小墩子』などの中編小説もある。

二.『班主任』

短編『班主任』は、『人民文学』1977年の第十一期に掲載された劉心武の代表作品であり、また「傷痕文学」の先駆けともいえる作品である。「文革」が青少年の心に与えた暗い影を描いたもので、新時代の幕開けの中で過去を見直し傷跡を描くという文学的テーマと新手法を切り開いたものである。「不良少年」の宋宝埼が、集団犯罪に巻き込まれ拘束された。光明中学へ入学させたいという両親の依頼を受けた担任の張俊石は、十数年の教員経験を買われて校内党支部に就任し、宋宝埼を受け入れることにした。しかし同僚たちの賛否は真っ二つに分かれ、「同情心と警戒心」を抱く。また、クラスメートは皆「不良少年」の宋宝埼が転校してくることを聞き、男子生徒はすごい奴らしいと噂し、気の弱い女子生徒の中には、宋宝埼が転校してくるなら学校に来ないという者まで現れた。支部の謝慧敏書記は宋宝埼を「階級の敵」とみなし、階級闘争も辞さないといった強硬な姿勢を見せた。

このことを意外に思った張俊石は、支部のクラス委員会開催を決め、手分けして生徒たちの業務を分担した。また彼らに対しては、宋宝埼が間違いを犯し、周りの助けが必要であることを告げ、差別や中傷をしてはならず、協力して助けるべきだと訴えた。宋宝埼の家を訪れた張俊石は、宋宝埼が決してブルジョアの不良少年などではなく、強い文革思想に洗脳されたため、考えが浅はかで無知蒙昧な少年であることを初めて知る。また幼少の頃に科学者や作家、教授といった知識人層に迫害されたため、それからは将来「名声を博し一家をなす」などとは一切思わなくなってしまっていた。彼は不良グループに加わり「仁侠道」に心酔したが、やくざ者からビンタを食らったり、たばこの火を後頭部に押し付けられたりすることもよくあり、発禁本を盗んでも書名が全く分からないほどの無知であった。そんな宋宝埼に対して張俊石は痛く同情し、「『四人組』の落とし子を救え」と叫びたい気持ちであった。しかし支部の謝慧敏書記は、純粋でまじめではあるが文革時代の「極左」思想に洗脳されており、「本屋や図

書館以外の本はすべて有害本」とかたくなに信じていた。『青春之歌』『馬あぶ』『金時計』なども有害本であるという。また女の子の花柄のブラウスやスカート、そして新作映画や歌謡曲といった芸能をいずれも「ブルジョアによる汚染」とみなし、「新聞」以外を読まない集団生活を提唱し、学校の「山登り」などの課外活動には納得がいかなかった。こういった情況を大変重く見た張俊石は、クラス担任として現実を直視する姿勢を打ち出し、しっかりと授業を行い、思想や精神面においてもこれら「四人組」に害毒された生徒達を救い、教え導くことにした。この小説は、文革の10年間で形成された危うさを如実に描いたものとして強い反響を呼び、1978年に第1回全国優秀短編小説を受賞した。

第三節 古華と『芙蓉鎮』

一．作者紹介

　古華（1942年〜）、男性、湖南省嘉禾出身。1961年に郴州農業専門学校を修業。農業技術者および作業者などを経験し、湖南省の山間部の農村で業務のかたわら執筆活動を行った。1962年に処女作となる短編小説『杏妹』を発表、1975年に郴州の歌劇団に編入して本格的に文筆活動を開始した。1976年に長編『山川呼嘯』を発表。1980年に中国作家協会文学講習所で学び、1981年に出版された長編『芙蓉鎮』で第一回茅盾文学賞を受け、一躍有名になった。後の作品『爬満青藤的木屋』『浮屠嶺』なども好評を博した。1985年に中国作家協会理事および湖南省作家協会副会長に就任し、現在はカナダに在住している。湖南省の風土や人情を描いた作品が多く、主要作品として『爬満青藤的木屋』『金葉木蓮』『礼俗』『姐姐寨』『浮屠嶺』『貞女』『古華中短編小説集』『古華小説選』などの小説および散文集『我的聯邦徳国之行』がある。

二．『芙蓉鎮』

　『芙蓉鎮』は古華の出世作ならびに代表作である。1981年に『当代』第1期に掲載され、1981年に人民文学出版社より出版された。芙蓉鎮は湖南・広東・貴州の三省の省境に位置し、わずか十数軒の商店と数十件の家屋が石畳の通りに連なっている。純朴な土地柄で、市場が開かれると3省8県から行商人が集まり、大変にぎやかになる。「芙蓉姐」の胡玉音は25〜26歳、黎満庚とは幼なじみで交際していたが、家庭の事情によりやむなく別れ、生真面目な性格の黎桂桂に嫁いだ。1960年代、夫婦は米豆腐の屋台を並べて、生計を立て始めた。若くて美しい胡玉音は性格が優しくて人当たりもよく、米豆腐の質、量、味も

大変よかったため、商売は大変繁盛した。夫婦は朝から晩まで苦労して働き、手にした金でようやく新居を構えた。しかし、村の飲食店に女責任者の李国香が来た頃から状況は暗転した。李国香は32歳、未婚で反資本主義を唱えており、叔父は県の財政書記長を務めていた。胡玉音の美しさと商売上手な様子に嫉妬心を抱いた彼女は、「四清」という社会主義教育運動が強まった頃に部下を率いて芙蓉鎮へ入り、胡玉音とその新居を非難の「矛先」とみなして批判闘争を始めた。米豆腐店は閉鎖を余儀なくされ、夫の黎桂桂は自殺に追いこまれ、胡玉音は「新富農」とされて周辺に顔向けができなくなった。李国香は時の人となり、公社の書記に就任した。反対運動ばかりに専念して本業をおろそかにしている「コネ作り」の王秋赦が入党して支部の書記に就任すると、胡玉音と前県歌劇団の団長、そして後に右翼とみなされ帰郷した秦書田は、毎朝青石通りの掃除を命ぜられた。

「文革」が始まると、李国香は一時期、集団革命軍に連行され、「身持ちの悪い女」のボードを首から掛けられてデモ活動に参加させられたが、まもなく社会復帰して公社の改革委員会主任に就任した。一方胡玉音と秦書田は3年間も町の掃除に従事し、苦楽を共にした二人に次第に愛情が芽生えてきた。胡玉音は秦書田の子を宿し、二人はひそかに結婚したが、再び「反革命の罪」に問われて、それぞれ1年と3年の懲役刑を受けた。

しかし、この「非合法夫婦」は、屈することなくお互い励ましあって生き抜いた。第十一回全人代の後に芙蓉鎮は以前の活気を取り戻し、胡玉音と秦書田はともに名誉回復を果たした。秦書田は釈放されると3日間で千里あまりを歩き通し、妻のもとへ辿りついた。そして谷燕山が町の書記に就任し、秦書田は県文化館の副館長となり、また胡玉音は再び米豆腐店に勤め始め、黎満庚は役人に復帰した。逆に積極的な向上心を示していた王秋赫は気がおかしくなり、バッジだらけの服を着て「絶対に忘れてはならない」「文化大革命、数年後に再び！」「階級闘争はすぐに歓迎」などと叫びながら町をさまよい続けた。この小説は、政治運動と人の運命、芙蓉鎮の風土を結び付けながら、人の運命の変化を通して社会の移り変わりを反映しており、郷土色や情緒的な作風が盛り込まれている。

第四節　蒋子龍と『喬廠長上任記』

一．作者紹介

蒋子龍（1941年～）、河北省滄県出身。中学卒業後、天津の機械製造工場に勤務。1960年に従軍し、1965年に復員、職場復帰する。製造部長を務めるなど豊富

な工場勤務経験がある。60 年代半ばから執筆活動を始め、1976 年に発表された短編小説『機電局長的一天』が大きな社会反響を呼んだ。同年、1976 年初の短編『喬廠長上任記』でさらに知名度が上がった。主人公の喬光朴は、反対勢力の妨害に大胆に立ち向かい、改革を主張する代表的人物である。続いて『一個工場秘書的日記』『開拓者』『赤橙黄緑青藍紫』『燕趙悲歌』『鍋椀瓢盆交響曲』などの作品を発表し、全国優秀中編・短編小説賞などを相次いで受けた。また、長編小説『蛇神』『子午流星』および散文集『過海日記』『国外掠影』などを著し、1996 年には全八巻からなる『蒋子龍文集』を出版した。

作品の多くは工業や工場の改革をテーマとしており、改革の出来事そのものに着目しただけでなく、工場の生活や当時の社会、政治体制の改革や農村経済体制の改革などさまざまな分野と絡み合わせている。小説の題材は大きく、当時の歴史的背景を強く醸し出しており、作風は豪放で、作品の主人公は喬光朴を代表とする「開拓一家」の人物像を作り出し、社会に大きな影響をもたらした。現在は中国作家協会の副主席ならびに天津作家協会の主席を務め、著名な現代小説家である。

二.『喬廠長上任記』

『喬廠長上任記』は蒋子龍の出世作であり、1979 年に『人民文学』第七期で発表された。作品は、1978 年の第十一回全人代から始まる改革開放の時期を背景に描かれたものである。電気メーカーの社長である 56 歳の喬光朴が自ら部下たちを説得し、10 年前に勤務していた「問題山積」の大型機械工場の工場長赴任を希望した。この工場は以前から採算性が非常に悪く、喬光朴は、万一経営の立て直しに失敗したら党内のすべての職務から退任するという「誓約書」を書いた。赴任した喬光朴はまず、以前のよきパートナーであった石敢を情と理で口説いて幹部学校から呼び寄せ、党の書記に就任させた。石敢は優れた能力と経験、魅力を備え、また知識とユーモアに溢れており、ここ一番で頼りになる影響力の非常に大きい人物でもあり、非党員への思想普及の業務に就いた。次に喬光朴は工場の女性エンジニア、童貞に電話連絡した。彼女は、喬光朴が1957 年にソ連で研修した際に現地で留学生活をしていた。彼女は喬光朴に恋心を抱いたが、喬光朴は当時すでに結婚していたため、その後もずっと結婚をしなかった。しかし 1968 年、喬光朴の妻は「文革」の動乱のさなかに命を落とした。喬光朴は終始妻を裏切らなかったが、内心では童貞に好意を抱いていた。二人は再会し、感慨無量であった。喬光朴は童貞に自分の勤める工場への勤務を強く勧め、またプロポーズした。そのひたむきさと事業にかける情熱に感動した

童貞はこれに快く応じた。

　石敢と童貞という強力な支援者を得て、喬光朴は半月かけて工場の現状をくまなく調査し、やはり収拾がつかない状況であることを悟った。つまり、従業員の意思が統一されておらず、技術レベルも低く、また管理者層は10年前の派閥、文革派の派閥、在職中だった冀申工場長派という三派に分かれて権力争いを繰り広げていた。しかし、喬光朴は決して妥協せず、工場改革を実行すべく大鉈を振るった。まずトップから一般作業員まで計九千人余りを対象にした全工場の人事考課を実施した。業務の習熟度が不足していたり手抜き作業をしたりする社員はすべて余剰人員とし、サービス部門に配属させて以前臨時工が担当していた業務を実施させた。また、現場での風紀を改善し、有言実行で賞罰制度を取り入れ、結果的に労働生産率が飛躍的に向上した。

　しかし、一連の改革にはさまざまな抵抗勢力もあり、一時は社内で従業員間の板挟みに陥った。余剰人員や中間層は喬光朴に対して反抗心を抱いて工場長の査定を求めたが、喬光朴は考課されず、冀申副工場長が失脚する結果となった。喬光朴は冀申を基礎工事部門へ異動させてサービス部門の管理を命じ、現場を離れていた郗望北〔ちりょうほく〕副工場長を呼び寄せて製造担当とした。郗望北は童貞の甥で、文革前までは叔母である童貞の青春時代を無駄にした相手ということで喬光朴を恨んでおり、文革時代には喬光朴を腐敗人物とみなしていた。しかし、喬光朴は気にすることなく、逆に郗望北の能力と根性を高く買い、昔の仇は今の味方として迎え入れた。喬光朴は工場管理能力に長けていたが、材料や燃料、人間関係、協力体制作りの面でやや経験不足であり、逆に郗望北はこれらの面に秀でていたため、自ら志願して法律違反すれすれのラインで業務実行に協力した。喬光朴の出張中は、冀申が社内トップの一員として貿易局に足を運んだため、冀申は喬光朴より優位性を感じていた。余剰人員で構成されたサービス部門は喬光朴に対して反旗を掲げ、市委員会へ赴いてスローガンを掲げたり、ハンストを行ったり、石敢書記に対し喬光朴を中傷する手紙を大量に送りつけたりした。これらの手紙を発見した喬光朴は怒りに震えたが、石敢による工場長退任の勧めはきっぱりと断った。「工場長たるもの、こんなことに恐れてはならない。工場長であるかぎり、責任は果たす」という喬光朴の信念に霍大道局長は強く同意し、「部長は喬工場長の経営手法に大変興味をもっている。少し手綱を緩めて、色々試行してみたらどうか。経験を重ねることも必要だ。問題があれば、来年の春先に海外を視察してみよう。中国の近代化はもちろん中国人自ら手を下すべきであるが、先進国の方法を学び取るのも悪くはない」と言った。三人は腰を下ろしてお茶をすすりながら語り合い、喬光朴

は最も好きな京劇「包龍図打座開封府」を歌い始めた。

　喬光朴は改革を成し遂げた実業家の象徴と言える。即ち、就任後に科学的精神と揺るぎない手腕を発揮し、大胆な手法で経営を大幅に改善させた。さまざまな阻害要因にもめげずに上層部や部下達の支持を受け、自信を持って改革に踏み切り、最終的に工場は「問題山積」の汚名を拭い、見事に起死回生を果たしたのである。その名前は新時代の「改革文学」の代名詞ともなった。中国の新しい時期の文学史において初めて正面から工業分野の改革について触れ、現実の生活におけるさまざまな矛盾や改革の途上における、そして抵抗勢力について大胆に描写した作品である。運筆が伸びやかで文章構成や作風が豪放であり、新時代の「改革文学」における草分け的、代表的作品で、1979年に全国優秀短編小説賞を受けた。

第五節　舒婷の詩

一．作者紹介

　舒婷（1952年〜）、女性、福建省泉州出身。1964年、アモイ第一中学校に入学。1969年、中学校を卒業しないまま福建省西部の山間部にある人民公社の生産隊に入隊。1972年アモイに帰って待業青年となり、臨時工として勤める。1979年から詩作を発表し始め、翌年、福建省文学芸術界聯合会に転職し、執筆活動を続ける。中国作家協会の理事、福建省分会の副主席を歴任。新しい時期における朦朧詩派の代表的な詩人として、北島、顧城とともに名を揚げた。詩集『双桅船』『会唱歌的鳶尾花』『始祖鳥』『舒婷・顧城抒情詩選』、散文集『心の煙』『秋の情緒』など作品を多数発表。この他に『舒婷文集』が三巻ある。詩作『祖国啊、我親愛的祖国』は、1979－1980年の全国中青年詩人優秀詩作賞を受ける。また、詩集『双桅船』は第一回全国新詩集優秀賞となった。舒婷の詩作は女性ならではの繊細さで感性的な内心の情緒を察知し、青年たちの苦しみやとまどい、楽しみをきめ細かく描きながら、悲しみの中にいても絶望はせず、落ち込んでも悲観的にはなっていない。これは中国の現代詩壇に大きな影響を及ぼした。

二．舒婷の詩作

　1979年第四期の『詩刊』に発表された抒情詩『致橡樹』では、舒婷が真新しい恋愛観を述べている。即ち、女性はただのわき役で男性の従属物ではなく、独立した個体として、男と苦楽をともに助け合う存在であるという。
　私があなたを愛するとしたら

決して計算高い凌霄花のように蔦を張り
あなたの高枝にあやかって咲くことはしない
私があなたを愛するとしたら
決して恋狂いの小鳥のようにあなたの作る緑陰を慕い
単純な唄をひたすらさえずりはしない
そして溢れる泉のように
いつも涼やかな癒しを注ぐだけでなく
また険しい峰のように
あなたの高潔な生き方を支えるだけでなく
降り注ぐ陽の光でさえ
優しい春の雨でさえ
違う、これだけでは足りない──
私はあなたの傍らに佇むコリシア
一本の樹の姿で共に生きたい
根は堅く地中に張り結び
葉は広く雲間に相い繁らせ
風が通り過ぎるたび
私たちは想いを交わす
けれど誰も
交わされた言葉の意味を分かりはしない
あなたは鋼のような幹や枝を誇り
それは刀のようで剣のようで、また鋭い戟にも似る
私は私で真紅の花を咲かせ
それは深い吐息を思わせ、また英雄の掲げる聖火にも似る
願わくばその強さで
寒波も嵐も霹靂も手を取り合って乗り越え
慈雨も虹も朝霧も睦み合ってともに享受したい
永久に「ひとつ」にはなれない、けれど
生命ある限り寄り添いあう
これこそ、愛の偉大さ
堅い誓いがここにはある
愛するということ
その聳え立つ美しい体躯だけではない
あなたが立ち続けると決めた場所

その足元の土までも
私は、愛する

作者は、「夫栄妻貴（夫が出世すれば、妻も身分があがる）」「夫唱婦随」という伝統的な恋愛観を否定し、女性は独立した心強い存在として、「計算高い凌霄花」や「恋狂いの小鳥」ではなく、「コリシア」のような「一本の木」として恋人とともに責任を担い、努力していくよう訴えている。平等な立場にいる恋人同士が、独立した人間として支え合いながら人生の道を歩んでいくことこそ「愛の偉大さ」だと、作者は考えたのである。

『詩刊』1979年第七期に発表された詩作『祖国よ、我が愛しき祖国』は、祖国に対する赤子のような心を真摯に表している。

私は、あなたの川辺にある
古ぼけた水車
疲れきった歌を何百年も織ってきた
私は、あなたの額につけられる
すすけたカンテラ
あなたが歴史のトンネルを這い進むのを見守ってきた
私は干からびる稲穂
私は補修されていない路盤
私は浅瀬に乗り上げた艀
引き綱をあなたの肩にきつくかけた
祖国よ
私は貧しさ
私は悲しみ
私は先祖代々伝わってきた苦しみの希望
「飛天」の袖にある
何千年も墜ちていない花
祖国よ
私は蜘蛛の巣のような神話から抜け出したばかりの
あなたの真新しい希望
あなたの雪の布団に寝ている蓮の胚芽
私は、涙が零れたあなたのえくぼ
私は、新しく画かれた真っ白なスタートライン
輝かんばかりのばら色の暁
祖国よ

私は、あなたの十億分の一
あなたの九百六十万平方メートルの総和
あなたは、傷だらけの乳房で
このとまどう私
この思いに沈む私
この沸いている私を
育ててくれた
私の血の通った体から
あなたの豊かさを
あなたの栄光を
あなたの自由を取ってくれ
祖国よ
我が愛しき祖国

　作者は、非常に悲しく痛ましい気持ちで数百年にわたって貧弱であった祖国の歴史を遡り、人民の苦痛と希望を描いた。そして、青年たちの祖国への深い愛情、祖国の明るい未来のために努力する願望と理想を描いている。舒婷はさまざまな物事を選び、祖国の変化の過程を語ったのである。この詩は巧みな構想と奇妙な比喩をもって、真摯な感情を表している。これは朦朧詩の典型的な特徴であり、数多くの読者に感動を与えた。

第六章
80年代の文学（二）

第一節 概要

　80年代の中後期、文壇には新しい流れが現れ、題材や作風は異なりながら、民族的、伝統的な文化への回顧と反省を表した作家の作品も続々と出てきた。さらに、1984年には『新しい時期における文学：回顧と予測』会議が杭州で行われ、「文学のルーツを尋ねる"文学尋根"」や「文化のルーツを尋ねる"文化尋根"」などの主張がなされた。韓少功、李杭育、鄭義、阿城をはじめ、論評を発表して自分の観点を出した作家も多く、そこから「尋根文学」という流れが始まった。「尋根主義」を提唱するほとんどの作家は、文学の根は民族的や伝統的な文化という土壌に深く根差したものだと考えていたが、具体的な作品においてはその主張となるところは異なり、地域色溢れる郷土あるいは民間文化の描写を通じて文学の「根」を表現する作家が多かった。例えば、巫術の色彩溢れる「楚地文化」を描いた韓少功の『爸爸爸』と『女女女』などの小説、葛川江流域の風俗、習慣およびその変遷を記した李杭育の「葛川江」シリーズの小説、重厚な秦漢文化を表した賈平凹の「商州」シリーズ、黒竜江の山村を描いた鄭義の作品、山西省呂梁地域の歴史に対する李鋭の考察、チベット地区の人々の生き方と歴史に関するザシダワの作品などが挙げられるが、いずれも民間文化と風俗、習慣から文化の「根（ルーツ）」を探す作家たちによるものである。一方、「尋根」の視線をはるか古代に向けた作家も多数挙げられ、伝統的な文化から価値のあるものを探ろうとしていた。例えば、『棋王』では老荘の思想を鼓吹する阿城、鄭義の『遠村』では道徳倫理を描き、王安憶の『小鮑荘』は儒家の「仁義」を描いている。作家たちは、さまざまな手法で強い危機感や民族と社会への責任感を表現している。

　それ以降、王蒙、宗璞、茹志娟の小説においては、意識の流れ、象徴、不条理、変形などの欧米モダニズム文学の技巧や表現手法がすでに応用されていた。また、80年代の中後期になると、劉索拉、徐星、残雪、莫言、余華などの若き作家およびその作品によって、新しい時期における中国の「モダニズム」文学、「先鋭的」小説がブームになった。モダニズムの技巧と手法を用い、社会と人生に関する見方を示す作家が数多く現れた。例えば、劉索拉の小説『你別無選択』

では、アイロニカルの手法が用いられ、変わりつつある時代を経験する音楽大学の若者たちのさまざまな経験と感想を記すことにより、反伝統、反主流の傾向が鮮明に描かれている。徐星の『無主題変奏曲』では、途方に暮れた主人公の「私」は当惑と失望感から大学を離れ学歴も捨ててしまい、社会で広く認められるようなライフスタイルを拒み、伝統的な価値観と拮抗しようとする。残雪は作品『山上的小屋』において架空の世界を作り、その中にいる異常な人物の異常な行動と考えを描きながら、生きることに対する現代人の苛立ちととまどいを表現した。また、馬原の『岡底斯的誘惑』『虚構』と洪峰の『葬儀』『極地之側』においては、欧米モダニズムの技法の応用をもとにテキスト形式の実験と模索が行われた。即ち、テキストと叙述そのものに重みを置き、叙述の内容に無関心あるいはそれを意図的に軽く扱っていることが特徴の一つである。時折、作品の中の人物を叙述の過程に参加させ、構想の過程を小説に盛り込んだところもある。代表的な作家として、ほかに余華、格非、蘇童、葉兆言、孫甘露などが挙げられる。

「尋根」小説、「先鋭的」小説ブーム以降、80年代中後期の小説界には「新写実小説」が生まれた。文学創作において写実を重視しつつも、取材のやり方、作風、特徴がこれまでの写実とは明らかに異なることでこの名が付けられている。「新写実小説」ではとりわけ現実生活のありのままの背景と本来の姿を還元し、表現することが重視されていた。例えば、劉恒は短編小説『狗日的糧食』の中で、ごく普通の農村女性の食糧不足による悲しき運命を描いている。その後『伏羲伏羲』『白渦』でも引き続いて人間が生きるために最も基本的な条件、食と性をテーマにし、極度の困窮と抑圧条件の下での人間性のゆがみと異常な状態を露わにした。方方の『風景』では、死んだ男の子「七哥」の視線で、都市のどん底に暮らす一家の生存状況や、人々が自分の運命と生きる環境を変えるためにもがいたり努力したりする姿を描いている。池莉の小説『人生三部作』は、「新写実小説」の代表作として広く認められている。『煩悩人生』では、工場の労働者、印家厚の一日の生活と心境が描かれており、『不談愛情』『太陽出世』では恋愛、結婚、育児の経験が語られている。ストーリーには激しい変化もなければ、少しのフィクションや誇張もない。ただ煩わしい日常生活と平凡な人生を如実に描写しているだけで、読者に真実性を強く感じさせる作品である。この点においては、劉震雲の『単位』『一地鶏毛』も同様であるが、作者は常にアイロニカルの手法を用いて生活の重荷とストレスへの憤慨、不安とやるせなさを表している。この他に、先鋭的小説の代表者であった蘇童、葉兆言、余華などの小説も、次第に「先鋭主義」から脱皮し、写実と分かりやすさへと変化しつつあっ

た。例えば、蘇童の『妻妾成群』、葉兆言の『棗樹的故事』『艶歌』などがある。
「尋根小説」「先鋭的小説」「新写実小説」の他、この時期には「市井小説」「郷土小説」という流れも文壇に現れた。例えば、鄧友梅による北京色豊かな「京味小説」の『那五』や『煙壺』では、北京の職人や皇族子孫など、さまざまな人物と昔の風俗を細かく描写している。これに対して、陳建功は北京のフートン（路地）や大雑院に住む一般市民の日常生活を描くことに長けている。一方、馮驥才の短編シリーズ『市井人物』『俗世奇人』は、天津の「変人怪事」を対象にしている。陸文夫は、作品『美食家』の中で人々の浮き沈みする運命を語りながら、蘇州地方のお茶文化についても詳しく描写している。莫言の『紅高粱家族』は、故郷の東北地方、高密の歴史と現実を舞台にしたものである。また、汪曾祺の小説『受戒』『大淖記事』『異秉』『鶏鴨の名家』などは、主に生まれ故郷の江蘇省高郵の庶民や風土をモチーフにしたものであり、質素かつ健全な生活と人間性の美しさを表現している。

第二節　阿城と『棋王』

一．作者紹介

阿城（1949年〜）、男性、原籍は四川省江津、北京出身。高校1年生の時に文化大革命が始まり、1968年から山西省、内モンゴルで相次いで人民公社の生産隊に入隊、後に雲南農場にも滞在した。1979年北京に帰り、まず中国図書輸出入会社に勤務し、その後は『世界図書』の編集者にも携わる。1984年、処女作『棋王』が『上海文学』第七期に掲載されて文壇を驚かせたのみならず、1983－1984年全国優秀中編小説賞を受ける。1988年には中国作家協会に加盟。後に中編小説『樹王』『孩子王』および短編小説を相次いで発表したが、最も影響力があり、読者に広く読まれたのは、『棋王』『樹王』『孩子王』のシリーズである。散文調の短編シリーズ『遍地風流』も多くの評論家の注目を集めた。デッサンのように淡々とした運筆で民俗と文化を描き、足ることを知る登場人物の穏やかな性格を通して、中国伝統文化の思想を描くことに長けている。小説と1985年に発表された評論文『文化制約着人類』をベースに、新しい時代における「尋根文学」の代表者となった。90年代以降はアメリカに移住し、雑文、散文などを発表している。

二．『棋王』

『棋王』は阿城の代表作でもあり、出世作でもある。また、新しい時期におけ

る「尋根小説」の代表的作品の一つでもある。主な内容は以下のようなものである。「将棋馬鹿」の王一生は中国将棋に不可思議なほどに夢中になってしまい、人柄も生活態度も利を求めることはない。阿城は将棋道で悟った主人公の人生を描いている。王一生は貧しい家に生まれ育ち、飢えに苦しんできた。彼は将棋を除くと食にこだわり、いつも細かく気を配りながら食べていて、その様子は「敬虔」にも「残虐」にも見える。「ご飯にありつけたら、すぐ食べ始める。食べるのも早く、喉がごくごくと上下に動いて、顔もこわばったままだ。時々、食べるのをやめて、口の辺りや顎についた飯粒やスープの油を人差し指で拭いながら口に運ぶ。飯粒が服に落ちれば、すぐに拾って口に入れる。拾い損ねて飯粒が衣服から落ちると、彼は足は動かさずに上半身だけをかがめて探す。この時、私と目が合うと、さらにゆっくりと探している。食べ終わると二本の箸についた油を舐め、弁当箱に水をいっぱいに入れ、浮いている油を吸ってから、まるで無事に向こう岸に着いたかのような表情でゆっくりと水を啜る」。これは、食べることへの憧れではなく、飢餓への恐怖からくるものである。さらには「腹五分で長生きができる」といった「飢えの哲学」さえ持っている。

　しかし、将棋の話になると、王一生はすぐに「目をきらきらさせ」、まるで別人のようで大物のように見え、人生も光り輝いているように見える。彼は「象棋のほか気晴らしのしようがない」とか、「象棋に夢中になったら何もかも忘れてしまう。やはり象棋の世界にいるほうが気持ちいい」とよく言っている。また、他の人と象棋を指すときは、相手がまだ負けを意識していないうちから、彼は将棋を並べ直そうとする。負けを認めずどうしても最後までやろうとする者には、黙って最後まで付き合ったりもするが、いつも四、五手で相手に王手を食らわす。彼は、廃品回収のじいさんに棋道を教わった。「もし相手が強く出れば、こちらはそれを柔軟に受け止めて対応する。その対応の中から勝利へ繋がる攻勢を作っていかなければならない。柔軟にというのは決して弱い意味ではなく、相手を受入れて取り込み、包み込んでしまうという意味なのだ。相手がこちらの勢いにはまるようにせねばならん。この勢いは、自ら作らねばならん。無為にして為さざるは無し」。これは、将棋のみならず、まさに中国の伝統である、道教文化の真髄そのものであろう。これを理解した王一生は、将棋と人格をうまく結び付け、足ることを知れば常に楽しく、どんな環境にも適応できて将棋も上手くなると考えた。混乱の時代において、「不変をもって万変に応ず、無為にして為さざるは無し」という原則を持ち、自らの個性、精神的独立と自由を守っていた。最後の九戦で、彼は一人、九人のベテランと連続対戦をした。「両手を膝において」、「何も見ず聞かず、じっと座っていた。高くかけられたラン

プの暗い光が彼の顔を照らしていた。彼の目は深く窪み、大千世界と無限の宇宙を見下ろしているかのようだ。命が彼の乱れ髪に集約され、長々とそこに留まったかと思うと、また、乱れ髪からゆっくりと一面に広がっていき、照り返りで顔も焼けそうだった」。自らの価値と人格の力の輝きが集結することで、「私」も混乱と貧しい生活から抜け出した貴重な精神を見出すことができることを証明したのだった。小説では、落ち着いて淡々と主人公の経験を語りながら、生命の意義に対する独特な悟りを描いている。

第三節　蘇童と『妻妾成群』

一．作者紹介

蘇童（1963年〜）、男性、原籍は江蘇省揚中、蘇州出身。1980年北京師範大学中国語学部に入学。1984年卒業後は南京芸術学院に派遣されたが、1986年に『鐘山』雑誌の編集者として転職。1991年、中国作家協会江蘇分会所属の職業作家となり、1983年から文学作品を発表し始めた。処女作『第八個童像』は『青春』第七期で発表され、後に小説集『一九三四年的逃亡』『紅粉』『妻妾成群』『婦女楽園』『離婚指南』『已婚男人』と、長篇小説『米』『私的帝王生涯』『武則天』『城北地帯』などが相次いで出版された。その中で、『妻妾成群』を元に映画監督張藝謀により作成された映画『大紅灯篭高高掛』（邦訳：紅夢）は、カンヌ国際映画祭で受賞し、国内外で名をあげた。彼の作品は大胆な発想と複雑な叙事、自由奔放な物語が特徴である。特に1987年に『一九三四年的逃亡』を発表した後、蘇童は評論家たちに「先鋭派」と見られている。ただし、1989年以降は「女性の生活」を描く小説シリーズが発表され、彼のスタイルは変わりつつある。形式にこだわらず、物語と歴史の叙述を重視するようになったため、現在の評論界では「新歴史小説」と称されている。

二．『妻妾成群』

『妻妾成群』は、『収穫』1989年六期に発表された中篇小説である。家族の事情で学校を中退した主人公の19歳の女子大生頌蓮が、50歳あまりの陳佐千の第四の妾として嫁ぎ、いたるところ封建的で腐りきった雰囲気に満ち溢れた陳氏の大邸宅で、大邸宅の他の夫人や召使たちとの暗闘と嫉妬の渦に巻き込まれていく。若くて美しく、教育を受けた頌蓮〔しょうれん〕は、息子を産みたいとも思っていた。息子さえいれば、第一夫人や第三夫人のように、この大邸宅でしっかりとした地位を得ていくことができるからである。第二夫人には娘し

かいなかったため、いつも見下ろされ、いじめられていた。しかし、「侯門に入りて深き海の如し」、年若い彼女は生存のための「権力争い」を余儀なくされた。第一夫人はいつも自分の地位を利用して彼女に制約を加えたし、第二夫人は笑顔とは裏腹に彼女を陥れようと企んでいた。第三夫人は旦那の寵愛を頼りに、彼女の初夜をも邪魔しし、さらに、召使の雁児さえ密かに人形を作り、針を刺して彼女を呪った。周囲に敵視され、苦しみの中でもがき苦しんでいた頌蓮にとって、旦那を頼りに、息子を産んで逆襲を狙うことしか、苦しみから抜け出す道はなかった。しかし、すでに50歳で、色に狂いすぎたため身体を壊してしまった陳佐先は、頌蓮を妊娠させる能力さえなかった。がっかりはしたが、運命をそのまま受け入れようともしなかった頌蓮は、注意深く観察した結果、第一夫人の無能と浅薄さに気付き、召使の雁児の小細工を見抜いた。さらに、第三夫人とある医者との不倫関係にも気付いた。そこから彼女の復讐が始まったのである。まず雁児をひどく辱めた。このかわいそうな小召使は、恥ずかしさと憤りのあまり腸チフスにかかって死んでしまった。頌蓮は心の中では恐れ、そして後ろめたい気がしていた。次に、第三夫人の梅珊は、しっかり計算づくの第二夫人の卓雲に不倫現場を目撃され、連れて帰られて、邸宅の藤棚の下にある井戸に投げ込まれて殺された。頌蓮は、この井戸に一体何人の女性が投げ込まれたのか、知るよしもなかった。頌蓮は第一夫人の息子、飛浦を愛していたが、怖じ気づいた飛浦に非常にがっかりし、正気を失っていった。いつまでたっても息子を産むことはできないし、旦那の態度も良かったり悪かったりとよく分からず、この邸宅の中で死んだ敵も生きている敵も虎視眈々と彼女を狙っている。自分の愛にも絶望した彼女は、結局気がおかしくなってしまい、毎日井戸のそばを幽霊のようにうろうろしていた。ちょうどその頃、第五夫人となった文竹がこの邸宅にやってきた。この小説では、ある高等教育を受けた「新しい女性」が自ら進んで旧式の家族に入って妾になり、婚姻と人生の二重の悲劇を経験する。一人の男性が何人もの妾を娶ったというかつての中国特有の社会現象を通して、作者は、陳氏の邸宅で暮らしていた主人公の成長、挫折、迷い、葛藤と最終的に訪れる破滅を描いた。落ち着いた運筆と情趣豊かな叙事性があるこの小説は、温かくもあり感傷的な雰囲気に包まれている。

第四節 池莉と『煩悩人生』

一、作者紹介

池莉（1957年〜）、女性、湖北沔陽〔べんよう〕出身。1974年高校を卒業後、

農村部の生産隊に入隊し、田舎教師として勤務した。1976年、武漢冶金医学専門学校（現武漢科学技術大学医学院）に入学。1979年卒業後、数年間、武漢鋼鉄職業衛生予防センターの医師として勤務する。1983年、武漢大学中国語学部に入学。1987年に卒業後、雑誌『芳草』の編集者となったが、1990年武漢文学院に転職し、職業作家として執筆活動を始める。1995年に文学院院長を担当。2000年には武漢市文学連合会の主席として就任。現在は中国作家協会の会員である。1979年執筆活動をし始め、1981年から小説を発表し始めた。主な作品には「人生」三部作（中篇小説『煩悩人生』『不談愛情』『太陽出世』）のほか、『你是一条河』『你以為你是誰』などがある。その中でも、『煩悩人生』は全国優秀中篇小説賞と『小説月報』第三回百花賞を受けた。短編小説『冷也好熱也好活着就好』は、『小説月報』第五回百花賞を受けた。この他に、『池莉文集』（七巻）『池莉小説精選集』『生活秀』『懐念声名狼籍的日子』、長篇小説『来来往往』『小姐、你早』、散文集『怎麼愛你也不夠』『真実的日子』などの作品があり、『来来往往』『生活秀』をはじめ、多くは映画化やドラマ化がされており、好評を博した。作者は、数多くの作品は、現代都市に生きる庶民たちの日常生活のありのままの様子を描いているため、80年代末「新写実小説」の代表作家とされている。

二.『煩悩人生』

1987年に発表された『煩悩人生』は池莉の出世作であり、彼女の文壇の地位を確立した作品でもある。この小説では、武漢鋼鉄工場の労働者である印家厚の一日の煩わしい生活の「叙述のみ」を描いた。ストーリーはまず、「朝は、深夜から始まった」と始まる。朝4時、息子の印雷がベッドから転落し、印家厚夫婦は驚いて目を覚ました。妻は息子のことを心配し、無能の夫のせいで新しい住宅に住めないと、だらだら文句を言い始めた。印家厚はつらい気持ちで一杯だった。朝起きると、隣人十数世帯とトイレや洗面所の取り合いが始まる。それから、息子と一緒にバスと渡し船に乗り、朝ご飯を食べ、鋼鉄工場付属の幼稚園まで息子を見送っていく。急いではいるが、やはり遅刻。勤務態度はいいものの、回ってくるはずの報奨金も、遅刻のせいでなくなってしまった。「順番に報奨金をもらう」ことは、厳禁であるからだ。これで、ボーナスで洋食を食べに行き、息子に電動おもちゃを買ってやるというずっと前から妻と立てた計画は、泡と消えてしまった。印家厚は毎日工場で「誰よりも一生懸命働いていた」のに、基本報奨金の5元しかもらえず「茫然自失」であった。

妻は美人でなければおしゃれでもなく、とてもくどくどしい女だ。一方、雅麗は若くてきれいな女性見習い工で、印家厚を深く慕っていた。しかし、雅麗

の告白に印家厚は反応できず、ぼーっとして無反応であった。日常生活の重荷を背負って抑圧されてきた彼は、どうやらこの現実が受け入れられなかったようだ。食堂に行くと、おいしい料理はもう売り切れしまっていた。さらに、食べていた白菜からは青虫が出てきた。そろそろ父の還暦祝いなので、印家厚夫婦はプレゼントの用意で手一杯となり忙しく走り回るものの、安く買うことができていいプレゼントはなかなかなかった。かわいいが腕白な息子は、いつも悪さをしている。父親として息子の教育に責任を感じながらも、実行には移していない。住宅が狭くお金にゆとりのない状態が続く中、一時的に借りていた小さな平屋は、まもなく立ち退きを迫られることになった。ちょうどこの時、妻の弟が居候させてくれと言った。印家厚は、つらくてしようがない。毎日一生懸命働いて苦労しているのに、生活のさまざまな悩みからは逃れられない。その悩みは、まさに庶民の人々にとって共通の悩みでもある。ストーリー展開に激しい変化はなく、内容も真実に迫ったものである。単に、こまごまと労働者の一日の生活と彼の苦労や無力感を描いただけで、取り繕ったところや理想化したところは少しも見られない。この作品は生活の本来の様子を誠実に描いたために、多くの読者を魅了した。

第五節 汪曾祺と『受戒』

一．作者紹介

汪曾祺（1920～1997年）、男性、江蘇高郵出身。1939年、西南聯合大学に入学、瀋従文などの名家に師事。1940年から作品を発表し始め、中文学科教授だった瀋従文の指導を受けた。1943年に大学を卒業し、昆明や上海で中高の教員を勤め、小説集『邂逅』を出版。1948年、北京に転居して歴史博物館の職員となる。後に、中国人民解放軍南下工作団に参加、武漢の文化教育機構の接収管理に従事。1950年北京に戻り、雑誌『北京文芸』『民間文化』の編集に携わる。1956年に京劇の脚本『範進中挙』を発表。1958年、右派のレッテルを貼られて張家口農業研究所に下放されるが、1962年から北京京劇団の脚本担当となり、文革の時期に模範劇『沙家浜』の脚本作りに参加。1979年から再び小説を発表し始める。新しい時期に発表された『受戒』『大淖記事』がその代表作品である。その中で『大淖記事』は、1981年全国優秀短編小説賞を受けた。彼の小説は田舎町の庶民の生活を舞台とするものが多く、民俗風情の描写に力を入れている。特に、淡々と人間性の素朴さと善良さ、郷愁と懐旧の情を表すことに長けている。散文に近い彼の小説は、読者に濃い田園的風景を感じさせる。

二.『受戒』

『北京文芸』1980年第10期に発表された短編小説『受戒』は、人間性の美しさを讃える奥深い作品である。西南聯合大学時代の汪曾祺は、瀋従文の指導を受けたため、創作上でも彼の影響を受けている。唯美的な人間性と理想的な生活態度を表そうとする点で、『受戒』は瀋従文の『辺城』と似ており、清新で上品な散文調の小説である。小説の主人公は、明海といい、幼い時から僧侶になる運命が決まっていた。彼の故郷では僧侶になる者が多かったからである。家族に男の子が多くいた場合、中の一人が僧侶になるという習慣がある。これはあくまでも生計を立てるための職業であり、多くのメリットもある。例えば、食べるのに困ることもなく、お金も稼げる。還俗すれば、結婚することも田畑を買うこともできる。適当な年齢になった明海は、帰省した住職の叔父に連れられて叔父の寺である荸薺庵に行き、近くに住んでいる小英子一家と知り合う。僧侶となった明海は、のんびりした日々を送っていた。鐘を突いたり、掃除をしたり、水汲み取りをしたり、豚に餌をやったり、ときどき読経もしたりする。寺には、なんの戒律もなく、精進料理も必須ではない。年越しや祝日では、豚を殺して肉を食べることさえある。住職の仁山、つまり明海の叔父は寺の収支を管理している。二番目の法師、仁海には妻があり、毎年夏と秋の間は妻と寺で数か月過ごしている。頭が切れる三番目の法師はお金の計算が速く、マージャンで勝つことも多い。しかも、「鐃鈸〔にょうはち〕飛ばし」の特技、「施餓鬼」の儀式、小唄を歌い弦楽器を弾くなど、多くの特技があった。明海は、この荸薺庵〔ばっさいあん〕で何の心配もない生活を送っていた。彼はよく小英子の家に行った。彼女の家はまるで小島のようで、三方が川に囲まれ、荸薺庵まで続く小道が一本あるだけだった。そのためか、家族四人は病気にもかからず、家畜も疫病にかかったことがなく、豊かな暮らしをしている。趙叔父さん、趙叔母さんとも、勤勉で親しみやすい人だった。淑やかできれいな姉の大英子は、結婚相手が決まり毎日忙しく嫁入り道具の準備をしている。頭がよく手先も器用な小英子は親切な女の子で、明海とは幼なじみであり、大変仲がよかった。明海が絵を描いているときは、小英子が墨を磨って紙を用意し、おいしいものを作ってあげる。また、二人は一緒に田畑で働いたり、草取りをしたり、水車を回したり、クログワイを収穫したりして、一緒に町へロウソクや油、塩を買いにも行った。次第に、二人は互いを好きになっていった。寺の戒律として、僧侶の額に十二カ所の焼印を施すという受戒の儀式をしなければならない。明海が受戒した後、小英子は船を漕いで彼を迎えた。寺に帰る途中、小英子は「住職にならないでほしい、妻にしてほしい」と明海に告白した。小説の構成は自

由に展開されており、唯美的なシーンが多くの読者に感動を与えている。作者は真摯で純粋な感情を表し、素朴かつ明快な運筆で、詩や絵画の感じさえする。作品発表後は、多くの読者に愛読されている。

第七章 90年代以降の文学

第一節 概要

　90年代になると社会主義市場経済が全国で実施され、社会と経済の転換は文学の発展に重要な影響を及ぼした。文学が新しい環境に適応して生き残るため、一部の文学出版物、メディア、そして作家および作品は新しい宣伝戦略を取り、商品化時代における読者のニーズを満たし、巨額な利益を狙おうとした。文学の大衆化、通俗化が行われた一方で、「エリート文化」と「純文学」が次第にマージナル化され、文壇では「人文主義的精神の危機」を懸念する声が上がった。80年代と比べると90年代の文壇はより多様なものであり、作家はさまざまな形式で執筆活動を続けていくことが可能となった。例えば、フリーライターとしての活動、メディアとの協力、通俗小説、映画化やドラマ化、これまで通りの「純文学」にあくまでこだわったものなど、さまざまな形での執筆がおこなわれるようになった。もちろん文学作品の表現手法も、大きな影響を受けた。90年代、詩風と詩人は次第にマージナル化される一方で最も著しい成果を出し、その代表的形式となったのは長篇小説の創作である。その数が急増し、また優れた作品も数多くあった。市場にとっては長篇小説のほうがより利益を見出しやすく、人気の出る映画やドラマに改編される可能性が相対的に高いからであろう。

　90年代から数多くの長篇小説が出版され、その題材も多種多様にわたっている。それらは、以下のような種類に分けられる。二月河の「帝王」シリーズ（『康熙大帝』『雍正大帝』『乾隆大帝』）、唐浩明の『曾国藩』、劉斯奮の『白門柳』、凌力の『少年天子』をはじめとする歴史をテーマにした小説は、人物像や歴史への再認識が以前に比べてより踏み込んでいる。陳忠実の『白鹿原』、阿来の『塵埃落定』、王蒙の「季節」シリーズ（『恋愛的季節』『失態的季節』『躊躇的季節』

『狂喜的季節』）をはじめ、家族が題材の小説は、一家族の運命を通して民族全体の歴史的変遷を辿っていくことが多く、重みのある叙事詩のようである。韓少功の『馬橋辞典』、王安憶の『紀実与虚構』などが、80年代中・後期の「尋根」文学の伝統を受け継ぎ、民族的文化の伝統、民間文化、あるいは家族史を振り返ることによって、人の精神的な、そして心の故郷を探ろうとした。王朔および90年代の文壇でのいわゆる「王朔」現象の登場は、主流文化を批判しようとしながらも大衆迎合もしくは完全な大衆化を避けたいというような、転換期におけるエリート文化と大衆文化のジレンマの表れである。賈平凹の長篇小説『廃都』は、社会の転換期と近代化プロセスにおける知識人の現状と堕落を描いた。この時期の余華は、80年代の「先鋭的」な叙述的手法から一変し、長篇小説『在細雨中呼喊』『活着』『許三観売血記』などで日常生活と個人の生涯を通して、ジレンマの中で生きる人間が生存していく哲学を体験できるようになった。特に2005年、2006年に出版された小説『兄弟』は、その代表的作品である。王安憶は小説『長恨歌』の中で、ある女性の運命を通して上海という都市のユニークな文化的精神を表そうとした。閻連科の作品『堅硬如水』『日光流年』『受活』は文革の歴史を振り返って再認識し、河南省西部のどん底に生きる人々の姿を描いて、作者の使命感と責任感を表した。張平の『選択』と『国家幹部』、陸天明の『大雪無痕』は官界をテーマにした作品が多く、官界の黒幕を追い詰めて社会の歪みを批判している。畢飛宇の『青衣』『玉蜀黍』、李洱の『花腔』、鬼子、東西、李馮という三人からなる「広西三剣客」の作品は、90年代以降文壇における重要な中・短編小説である。90年代以降、文壇では女性作家が大活躍した。「五四運動」の時代、女性による創作と女性文学が頂点に達した文壇の歴史があったが、80、90年代以降も多数の女性作家が多くの質の高い作品を発表した。これは、中国近代文学史における女性文学が、二回目のピークに達したことを意味している。80年代の初期、女性作家戴厚英（『人啊、人』）、諶容（『人到中年』）、張潔（『愛、是不能忘記的』）などは、作品の中で女性の意識的な覚醒と自己反省をはっきりと表している。その後、女性作家の王安憶、残雪、池莉、方方、鉄凝、張抗抗、張辛欣、徐暁斌なども時代の流れに乗って文学理念と創作手法を変え、作品の中で女性特有の体験と思考の表現を試みた。90年代になると、社会的重要なテーマを軽視する女性の「個人化創作」は、文壇の重要な現象として捉えられた。陳染、林白の作品は、女性そのものに視点を置き、個人の体験、異性関係、女性の体と心の秘密を描くことによって、長い時期に渡る男権主義的発言への不信感と反抗を表し、男性を度外視した女性独自の発言と創作活動を作ろうと目指した。代表的作品には、林白の『一個人的戦争』『子

弾穿越苹果』『致命的飛翔』、陳染の『個人的生活』『破開』、そして海男の『我的情人們』などがある。90年代の末の文壇に登場した70年代生まれの「新"新人類"」である美女作家の衛慧と棉棉は、大胆かつ個性的な「トレンディーな創作」で一夜にして有名になった。二人は前衛的で、奔放な思想と独特な「身体創作」手法、さらに欲望を大胆に描写することで、当時文壇の注目を集めた。代表的作品には衛慧の『上海宝貝』『蝶々的尖叫』、棉棉の『飴』がある。

　90年代が終わり21世紀に入ると、科学技術の進歩により、インターネットが人々の生活の中で欠かせないコミュニケーションの媒介となった。ネット上で小説を創作し、発表する作家も登場した。蔡智恒（ネット名：ごろつきの蔡）のネット小説『第一次親密接触』は、発表された後、瞬く間に人気を集めた。その後、書物化、映画化やドラマ化、さらに演劇に改編され、数多くの読者に感動を与えた。安妮宝貝のネット小説『告別薇安』『八月未央』『彼岸花』は主に、離別、放浪、宿命をテーマにし、都市の男女のさまよいや追求、愛と幻滅を描いて、その繊細な運筆と物憂さで若者の読者層の好評を得た。寧財神、邢育森、李尋歓は、数多くのネット文学作品を書いたことで有名になり、「ネット文学におけるトロイカ」と呼ばれていたが、有名になったネット作家の中で、文学創作を続けていく人は珍しく、職業作家、映画やドラマの編集、カルチャービジネスなどを手掛ける傾向がある。ほかに、21世紀以降、80年代生まれの新鋭作家たちは、文壇に新風を吹き込んだ。彼らの作品は、学校での未熟な恋愛、成長と教育の課題、人生の迷い、純粋な愛への追求と憧れなどを描いたものが多い。感傷的な雰囲気に満ちたこれらの作品には、未熟さや単純さも見え隠れする。代表的な作家には、韓寒、張一一、郭敬明、夏茗悠〔かめいゆう〕、李俊俊などがいる。その中で、韓寒の『三重門』『零下一度』、郭敬明の『幻城』『夢里花落知多少』は出版された後も注目を集め、読者が愛読するベストセラーとなった。

第二節　王朔と『動物凶猛』

一．作者紹介

　王朔（1958年〜）、男性、北京出身。1976年卒業後、中国人民解放軍の海軍艦隊で衛生員として兵役し、1978年から文学創作を開始、1980年に退役、帰京後は北京の医薬品会社に務めた。1983年に退職して文学に専念、主な作品に『空中小姐』『浮出海面』『一半是火焰、一半是海水』『橡皮人』『頑主』『玩的就是心跳』『千万別把我当人』『我是你爸爸』『動物凶猛』『過把癮就死』『看上去很美』などの長編小説がある。『王朔文集』（全四巻）や『王朔自選集』も読者の人気を博

している。さらにテレビ・映画界にも進出し、『頑主』『動物凶猛』『過把癮就死』がドラマ化、映画化され、大ヒットとなる。王朔氏自らがドラマ化を手がけた『渇望』『編集部的故事』も大成功し、社会現象となった。王朔の小説、ドラマや映画作品には明らかに金儲け目当ての節があったが、その大衆性、ストーリー性が一般の人々に愛され、80年代、90年代の文学界で「王朔旋風」を巻き起こした。

二.『動物凶猛』

王朔の小説には、世間を軽んじ、生活態度が不まじめな「頑主」という人間像が多数存在する。王朔はこの人物像を通して、当時の社会で崇拝されていた道徳規範や核心的な価値観を覆す。伝統との対立、伝統に対する反発の中、「頑主」は価値観や行動パターン、感情などにおいて、他とは異なる独自の個性をアピールする。『動物凶猛』は王朔の傑出した作品の一つで、1991年の『収穫』第六期に発表された。ユーモア溢れる運筆で、文化大革命下の北京軍区で暮らす少年たちの日常生活を描いている。主人公である「俺」は馬小軍といい、部隊の大院（寄り合い住宅）で育った15歳。父親は真面目な軍人で、勉強に専念しろと口をすっぱくして言う。そのため、「俺」は父親が地方の野戦軍や軍区で働く仲間たちのことを羨ましく思う。なぜなら、彼らが「孤児のように楽しそうで自由気ままだ」からである。悪友から「俺」を守るため、親が「俺」を多くの「戦友」がいる、活気に満ち溢れ、混乱極まりない学校から、「活気がない」がごく普通に秩序が保たれている学校へと転校させた。孤独とつまらなさから、「俺」は鍵に夢中になり、「堅いスチールワイヤーで万能キーを作り」、いつでも人家に忍び込むことができるようになった。ある暑い夏の日、学校をサボった「俺」は忍び込んだ先のアパートで、テーブルに置いてあるカラー写真に目を奪われた。映っていたのは少女であった。「俺」は一目で恋に落ちてしまい、毎日毎日、アパートの前で少女を待ちつづけ、危険を冒して幾度となく彼女の部屋にこっそり忍び込むが、収穫はない。

やがて「俺」は親に禁じられていた悪友たちと再びつるむようになった。タバコと喧嘩は日常茶飯事で、踏ん反り返って町を練り歩き、面倒を起こす。ある日、トラブルで派出所に連れて行かれたとき、なんとそこで写真の少女、米蘭と出会ったのである。「俺」はようやく話しかけることができ、時々彼女のアパートに遊びに行くことも許され、まるで姉弟のように世間話をするようになった。彼女に夢中になり授業どころではない「俺」の中で、妄想が膨らんでいく。「数学の教科書の表紙の二つの円の一本の直線が、まるで化学の先生が試験管を激しく振るわせるように「俺」を震わせる。それはまるで、生理機能が精神作用

によって振り回されているという切実な体験のようであった。一瞬、聴力が失われた。教壇に立っている先生が見え、鳥のさえずりと車のうなりは聞こえるが、動いている口が何をしゃべっているのかは分からない。今すぐにでも米蘭に会わなければ！いい成績を取るためにも」。しかし米蘭に会い、そして彼女の家をだらしなく去るたびに、深い憂鬱に陥り、勉強に励もうと思っても、妄想の日々を過ごすしかなかった。

　夏休みに入り、「俺」は米蘭と以前の仲間たちを大院に誘い、彼女を仲間の高晋に紹介する。二人は意気投合し、まるでお似合いのカップルだ。「俺」は完全に蚊帳の外に置かれ、傍観者となった。恋と友情が錯綜する中、米蘭が悪友のグループを離れて高晋との交際をやめるよう「俺」は願うが、二人はますます近付いていく。仕方なく、「俺」は米蘭に対する思いと恋心を、嫌悪や中傷、からかいへと変えていった。そんな中、「俺」はナイフを取り、高晋と決着をつけようとしたが、最後の最後で高晋との友情や義理に負け、最終的には高晋と和解する。そこで「俺」はグループから脱退し、他の仲間と新たなグループを作り、皆のマドンナである于北蓓と一晩を過ごす。純潔な恋が徐々に性的欲望へと変化し、最後に「俺」は米蘭の後をつけ、彼女をレイプして立ち去る。しかし何の快感もなく、心の中は何とも言えない悲しさ、虚しさ、無感情でいっぱいであった。小説は、王朔の特徴であるユーモアがあり世間をなめたような文体で綴られ、言葉遣いは分かりやすく活気があり、叙事の方法が独特で、文革下の「俺」と少年たちの日常生活を描きながらも、フィクションであることを告白する。これは小説の書き方の革新であり、自由自在の感情を表す独特な方法でもあったわけである。1995年、『動物凶猛』は監督・姜文によって映画化（『陽光燦爛的日子（邦訳：太陽の少年）』）され、その年の賞を総なめし、興行トップの大ヒットとなった。

第三節　王安憶と『長恨歌』

一．作者紹介

　王安憶（1954年〜）、女性作家、原籍は福建省同安、南京出身。生まれた翌年、母の茹志鵑と共に上海へ移り住む。1970年に中学卒業、安徽淮北農村の人民公社生産隊に入隊。1972年、江蘇省徐州地区文工団の試験に受かり、チェロ奏者として入団し、創作活動を始める。1978年上海に戻され、中国福利会の雑誌「児童時代」の編集者となる。1978年に処女作となる短編小説『平原上』を発表。1980年に短編小説『雨、沙沙沙』を発表。その主人公は雯雯といい、後に「雯

雯」シリーズの小説を数多く発表し、文壇で脚光を浴びるようになる。1986年招きに応じて訪米。1987年に上海作家協会加入後から創作活動に専念し、現在は中国作家協会副主席、上海作家協会主席、復旦大学教授として活躍。代表作品に長編小説『69届初中生』『流水三十章』『米尼』『紀実与虚構』『長恨歌』『富萍』『上種紅菱下種藕』『啓蒙時代』『天香』など、中、短編小説の『雨、沙沙沙』『流逝』『尾声』『小鮑庄』『荒山之恋』『傷心太平洋』『崗上的世紀』『香港的情与愛』『叔叔的故事』『隠居的時代』『剃度』など、また散文集『独語』『乗火車旅行』『男人和女人、女人和城市』『重建象牙塔』『尋找上海』などがある。『王安憶自選集』（全六巻）も出版されている。

　二.『長恨歌』

　1995年、長編小説『長恨歌』が作家出版社から出版され、2000年の第五回茅盾文学賞を受ける。後に香港の名監督、関錦鵬（スタンリー・クアン）氏によって映画化、ドラマ化、舞台化されている。作品は王琦瑤という上海女性の40年間に及ぶ悲喜劇である。王琦瑤は典型的な上海弄堂（小路、横町）の娘で、流行を追いかけ、ムードにこだわり、ごく普通の家庭の出身であるがプライドは高い。非常に美しい容貌の持ち主で、インダンスレン染めの藍のチャイナドレスを身にまとい、非常にしなやかである。真っ黒な前髪の下には、今にも話し出しそうな瞳が隠されている。40年代、中学生だった王琦瑤は同級生と映画の撮影現場を見学しに行き、監督にスカウトされてカメラテストを受ける。その後、カメラマンの程先生に出会って数枚の写真を撮り、その中の一枚が「滬上淑媛」と名付けられ、雑誌「上海生活」に載った。王琦瑤は一躍学校の有名人となり、友達にそそのかされ「上海小姐（ミス上海）コンテスト」に参加して三位入賞となり、そこから不運と挫折の人生が始まる。最初は政治家の李主任の愛人となり、アリスアパートで暮らし始めた。彼女は正に「カナリヤ」のように贅沢な生活を送るが、底知れない寂しさに耐えなければならず、たまに訪れる李主任を待つだけの日々であった。しかし月に叢雲花に風というのか、李主任が乗った飛行機が事故で墜落し、王琦瑤も豪奢な生活ができなくなり、一般的な生活に戻った。その後しばらくは祖母と共に鄔橋で静養するが、やはりにぎやかな上海が忘れられず、こっそりと上海に戻る。彼女はごく一般的な平安里で住居を構え、看護婦注射免許を取得して生計を立てる。

　平安里の生活は、ありきたりで何の変哲もないが、輝かしい時代を送ったことのある王琦瑤の心の中は平静ではなかった。ただ、彼女の小さなアパートも、いつしか古き時代の上海を愛する人々の娯楽の場と変わった。彼女は金持ちの

ドラ息子・康明遜とハーフの薩沙に出会い、康明遜と恋に落ちて彼の子を身ごもった。しかし、小心者の康明遜は王琦瑤と結婚する勇気がなく、家族と香港で商売を始めた。平安里で噂が流れ始め、王琦瑤はしかたなく、身代わりに薩沙を子供の父親にしようとしたが、薩沙に疑われて彼をも失ってしまう。彼女は娘を産み、女一手で育てる。災難の連続の中、有名になるきっかけとなった程先生に再会。程先生は最初から王琦瑤に好意を寄せており、親身になって王琦瑤と娘の面倒を見てくれた。彼は人格者で、王琦瑤が自分を愛していないことを悟り、王琦瑤の家に泊まることは一度もなかった。1966に文化大革命が始まり、程先生は情報を盗むスパイだと中傷され、その屈辱に耐え切れずに飛び降り自殺を図り、とうとう帰らぬ人となってしまった。80 年代、娘の薇薇が大きくなり、王琦瑤は同級生の「老克蠟」に出会う。古き良き時代の上海の趣きが漂う「老克蠟」は、その時代を懐かしむ王琦瑤に恋に落ちた。年をとり寂しくて仕方がない王琦瑤も彼に恋をし、昔李主任が残してくれた金塊まで持ち出して「何年かそばに居てほしい」と願うが、「老克蠟」に逃げられてしまう。その後、薇薇が結婚し、夫と共にアメリカに渡った。泥棒の「長脚」が王琦瑤の合鍵を手に入れ、天涯孤独の王琦瑤が金塊を持っていることを知る。「長脚」は部屋に侵入し、盗みの最中にうっかり王琦瑤を殺してしまい、一代の美女がまたこの世を去ってしまった。

　王安憶の小説は上海を背景として庶民の体験と感情を描き、淡々とした文体が非常に冷静で、人を飽きさせない。『長恨歌』もその例外ではない。王琦瑤は典型的な上海弄堂の娘である。彼女の 40 年間にも及ぶ愛の遍歴と運命の浮き沈みを通して、遠く離れていく古き良き時代の上海の文化形態と独特な情緒を描いている。女性ならではの細やかで柔らかいタッチと「分かりやすい」文体で、『長恨歌』を婉曲で感動的な作品として作り上げ、豊富で深い内包を与えた。にぎやかな祭りが終わり、その場から人がいなくなり、あたりがひっそりとして、言葉では表現できない悲しさだけが残る。この小説は、張愛玲の作風に通じるとろこがある。

第四節　賈平凹と『廃都』

一．作者紹介

　賈平凹（1953 年〜）、男性、陝西省西鳳出身。1972 年に西北大学中文学科に入り、在学中に作品を発表し始める。1975 年に卒業、陝西人民出版社で編集者として務める。1987 年、小説『満月児』で全国優秀短編小説賞を受け、文壇で

頭角を現す。1980年西安市文聯に配属され、文学月刊「長安」の編集者となる。1983年から文学創作に専念し、現在は陝西省作家協会副主席、西安市文聯主席、中国作家協会理事、雑誌「美文」編集長として活躍。作品数が多く、大きな影響力を持つ。主な作品に長編小説には『商州』『浮躁』『秦腔』『妊娠』『廃都』『懐念狼』『高興』など、中、短編小説には『兵娃』『山地笔記』『小月前本』『腊月・正月』『天狗』『醜石』など、散文集には『商州三録』『月跡』『心跡』『愛的踪跡』『坐仏』『朋友』などがある。1987年『浮躁』で飛馬文学賞（アメリカ）を受ける。『廃都』は1997年のフェミナ賞（フランス）を受ける。また、2008年には『秦腔』で第七回茅盾文学賞を受ける。贾平凹の早期の作品は主に田舎の人々を題材にし、故郷「商州」の風土、人情および社会の変革を描き、地域の特色を持つ。それに対し後期の作品は、都市と都市人の生き方に重点を置いていて、その代表作が『廃都』である。

二.『廃都』

1993年、『廃都』は雑誌「十月」で発表され、後に北京出版社によって出版された。現代知識人の生活を描く人情小説で、大胆で露骨な性描写が中国文壇で一大センセーションを巻き起こした。賛否両論を呼ぶこの小説は半年後に禁書となり、17年後の2009年7月に作家出版社が再出版、『浮躁』『秦腔』と共に『贾平凹三部曲』となる。『廃都』は西京（今の西安）を舞台に、有名作家・荘之蝶と女性たちの感情のもつれを描いている。「西京四大名人」——作家の荘之蝶、画家の汪希眠、書道家の龔靖元〔きょうせいげん〕、音楽家の阮知非をはじめとする名士たちの頽廃した生活が、1980年代の中国社会風俗史を反映している。

小説は周敏と唐宛児が西京まで駆け落ちするシーンから始まる。知人もなければ土地にも不案内な二人は、文化部で働く孟雲房を頼っていく。そこで孟雲房は友人の荘之蝶を二人に紹介した。荘之蝶は文壇で名だたる作家であり、社会的地位はかなり高い。その妻である牛月清は伝統的女性の代表とも言える良妻賢母ぶりで、家事の切り盛りが上手く、夫が創作に専念できるようにと至れり尽くせりの世話をする。彼女のおかげもあり、荘之蝶は努力と奮闘を経て、ようやく「西京四大名人」の一人となった。一方、唐宛児は絶世の美女で、田舎で一生を過ごしたくない思いから周敏と駆け落ちしたが、ほどなく「有名人」である荘之蝶と密かに通じるようになった。家政婦の柳月も農村の出身で、家政婦として荘家に入る。唐宛児と同じように荘之蝶に片思いを抱きながらも、功利主義者である彼女は積極的に荘之蝶を誘惑し、「ひょっとしたら正妻になれ

るかもしれない」と夢見る。彼女は唐宛児の紹介でまともな仕事に就くか、どこかに嫁いでもいいとも考えていて、最後には障害を持つ市長の息子に嫁ぎ、上流社会に登り詰めた。さらに、阿燗という子持ちの中年女性もおり、何の変哲もない結婚生活にうんざりした彼女は、荘之蝶の登場によって消えたと思っていた情熱が再び燃え上がり、すべてを捨て荘之蝶と不倫関係になってしまう。何もかもが商品化、世俗化される西京で、作家・荘之蝶は贅沢三昧の生活を送り、妻の他に三人の女性と関係を持ち、落ち着きがなく精神的にも堕落していくのである。

　荘之蝶は長年、景雪荫という女性に密かに思いを寄せていた。荘之蝶は周敏が存在するはずのない二人の関係を書くことを黙認していたが、そのことが名誉毀損裁判へと発展していく。裁判に勝つため、荘之蝶は食事をおごり、プレゼントを送り、コネを使い、友人から絵を騙し取って担当検事に渡し、文人の名を看板にして市長にアパートを申請しあいびきの場所とするなどあらゆる手を尽くした。小説では、いわゆる文人や有名人が互いに利用し合い、贈収賄、嘘や偽り、酒色に溺れる醜い姿が描かれている。小説の最後に荘之蝶は裁判に負け、名声は地に落ちる。妻は離れ、唐宛児は前の夫に連れていかれ、柳月は市長の息子の嫁になり、阿燗は自らの顔に傷をつけ、妹の仇を討つために行方不明となった。荘之蝶は意識が朦朧として、まるで狂人のように困惑や苦痛、憂鬱から抜けだせず、他の場所へ行こう、廃都を出ようと思うが、脳卒中により駅で倒れる。『廃都』では、荘之蝶の他にも、いわゆる文人名士が廃都・西京で分別もなく名利を追い求め、さまよい続ける姿が描かれている。書道家の龔靖元は賭博に溺れ、財産を使い尽くして死ぬ。画家の汪希眠は偽物の絵で金稼ぎをするため、妻を愛人として荘之蝶に差し出す。音楽家であった阮知非は両目を殴られて失明する。周敏は社会の狭間で生きるしかなく、尼の慧明は妊娠して子供を下ろす選択するなどなど、さまざまな人物が廃都で生活し、浮き沈む。作家贾平凹は知識人の生活と魂に対して拷責するとともに、彼らのいる社会の文化環境に対しても無言の攻撃を加えており、憂国の情と悲しい心境を表している。

第五節　陳忠実と『白鹿原』

一．作者紹介

　陳忠実（1942年〜）、男性、陝西省西安出身。1962年から1978年まで西安市郊外の小中学校の教師、公社の書記、文化館の副館長などを歴任。1980年か

ら1982年までは陝西省西安灞橋区文化局の副局長を務める。1982年からは陝西省の作家協会に入り、プロの作家となった。1985年、陝西省作家協会の副主席になり、1993年、陝西省作家協会の主席となり、2001年から現在まで中国作家協会の第5期と第6期の副主席、陝西省作家協会の副主席を務めている。1965年から作品を発表し始め、短編小説集『郷村』『到老白楊樹背後去』『最後一次収穫』など、中編小説集『初夏』『四妹子』、散文集『告別白鳩』、文学理論集『創作感受談』、報告文学『渭北高原：関与一個人的記憶』『陳忠実小説自選集』『陳忠実文集』などの著書がある。代表作には長編小説『白鹿原』がある。『白鹿原』は雑誌『当代』の1992年の第六期と1993年の第一期に連載された。その後、人民文学出版社より出版され、1993年6月に単行本として出版された。出版直後から好評を得て、その後、ベストセラーになったこともある。国内外の読者に愛読され、1997年に中国長編小説の最高賞——第四回茅盾文学賞を受けた。

二. 『白鹿原』

「小説というのは一つの民族の秘史である」、これは長編小説『白鹿原』の冒頭である。陳忠実は、この規模が大きく、内容が複雑で、登場人物の多い、時間的スパンの長い叙事詩作品の中で、渭河平野にある小さい村での出来事を描いた。小説は、村の白家と鹿家という二つの家族の、白鹿原の統治権をめぐっての争奪戦ともめ事を二代にわたって描いている。また、文化大革命、日本軍の侵略、3年の内戦、政権交代、国や家族における絆と恨みといった、当時の時代の変遷をも描き出している。小説は、中国の歴史を再構築し、伝統文化、とりわけ儒家の文化思想を多く取り入れている。作者は歴史の再構築、伝統文化精神への観照を通じて「民族秘史」と民族魂を模索し、中華民族の運命と絶えず前に進もうとする理由を突き止めようとした。

『白鹿原』の主人公である白嘉軒は六回結婚し、六回とも妻に死なれてしまった。彼はしかたなく地相占い師に風水をみてもらうことにしたが、偶然にもある大雪の日に白鹿によく似た草を見かけ、驚くと同時に非常に嬉しく思った。言い伝えによると、昔、この平野に一匹の白鹿が現れたことがある。「白い毛で白い足と白い蹄、特にその角は透き通るような白さであった」「飛んだりはねたりして、走っているように宙に浮いているように東原から西原へと走り去って行き、瞬く間に消えた」。そして、その鹿が走ったところは「樹木が生い茂り、穀物の苗がすくすくと伸び、農作物は豊作で、家畜もよく繁殖」した。その物語は、村の人々によって代々伝えられている。特に戦争や疫病や飢餓にみまわ

れたとき、人々は白鹿が現れるのを切に願うが、実際に現れたことは一度もなかった。白嘉軒はその伝説の「白鹿」を見たように感じ、「これは神様のはからいだ」と思って、胸の高鳴りを抑え、知恵をしぼって、自分が所有する２畝〔ムー〕の土地と交換に、鹿子霖のだらだら坂、つまり彼が「白鹿」を見た場所を手に入れたのだった。その後、白鹿の精霊に加護してもらうために、亡くなった父親の墓を移し、遺骨を風水の良いところに安置した。さらに、母親に促されて、七人目となる嫁、呉仙草を迎えた。彼女は息子三人と娘一人を生み、しかも、彼女は実家からケシの種を持ってきたため、白嘉軒はケシを栽培することで大儲けをした。このため、白家は子孫も増え、大いに儲けて、新たに立派な四合院を建て、村有数の大家族に発展していった。白嘉軒親子はすっかり悪い運を追い払い、白嘉軒は、子孫と財産が増えたのはすべて墓を移したおかげだと考えている。

　白嘉軒は作家が力を入れて描き上げた人物の一人で、伝統的な文化精神を持っている。彼は強く、冷静かつ有能で、物事を表に現さない人である。「背筋をしゃんとのばして、硬直した感じさえ与える」。そして、終始「耕作と学習で家を継続させる」という家訓を貫き通した。倫理道徳に沿って家をきちんと治め、子供たちには孝道を尽くすよう求めていて、常に優しい父親と親孝行な子供という関係を目指している。また、教育を非常に重視し、鹿家と連携して祠堂を修復し、先生を雇って学校を開き、村の人々にも非常に喜ばれている。息子の白孝文と白孝武は学校に通わせるが、最もかわいがっていた一番下の娘白霊を町の学校に行かせなかったため、彼女は家出をした。それ以来、白嘉軒は娘のことを「もう死んだものだ」としている。あるとき村に賭博場ができ、それを聞いた白嘉軒は人を集め、連中の中心人物たちを祠堂にあるエンジュの木の下に連れて行き、彼らを干したナツメのとげで作ったブラシでひっぱたき、厳しく注意した。また、息子の孝文が田小娥に誘惑されたことで彼は致命的なショックを受け、厳かな祠堂で息子と田小娥に対し残酷な罰を施した。その後は息子と分家して縁を切った。彼は常雇いの鹿三と彼の息子である黒娃に対しても仁義を尽くした。人情味溢れる人物なのである。飢餓や干ばつに見舞われたときは白嘉軒が村の人々を率いて雨ごいをし、水を手に入れた。未曾有の疫病に襲われたときにも彼は正義を味方につけ、皆の反対を押し切って妖怪をしずめるための塔を建て、疫病を追い払った。その後、彼は土匪に殴られて腰を骨折してしまった。それからは人を見るときにも、背中を曲げたままで顔を挙げなければならなくなったが、彼の精神は依然として真っ直ぐで折れ曲がってはいなかった。

一方、鹿子霖は白嘉軒とは対照的な存在である。彼は卑怯で自分勝手であり、淫らで官職に対して深い執着を持っている。黒娃が家にいない隙を見計らって田小娥に手を出し、さらに、田小娥が白孝文を誘惑させるよう仕掛けた。白嘉軒は息子と田小娥との不倫関係を知り、怒り心頭に発して気絶した。その姿を見た鹿子霖は、「自分に射たれて倒れた獲物をながめているようだ」と有頂天になった。しかし、そんな彼もその後は息子の側杖を食らって刑務所に入れられ、精神を患って、結局、痴呆になってしまう。この他にも、『白鹿原』には、白鹿書院の聖人朱先生、土匪になってその後は帰順したが、結局死の運命から逃れられなかった黒娃、タバコをやめて県長になった白孝文、さらには、白霊や鹿兆海、田小娥など多くの生き生きと生気に満ちた人物像が描かれている。作者は登場人物の複雑な運命、喜びと悲しみ、出会いと別れ、生と死、世の浮き沈みを通じて、歴史の変遷とその時代の精神を伝えている。小説は国と国民を憂い不憫に思う気持ちで満たされ、作者は民族の苦難と歴史を再認識する気持ちで直視し、再び伝統的な人文精神を築き上げて、それを通じて民族を救う道と方法を模索した。この小説は高い文学性、超越性と叙事詩的特色を有している。

第六節 余華と『兄弟』

一．作者紹介

余華（1960年～）、男性、原籍は山東省高唐、浙江省杭州出身。1977年に中学校を卒業して歯科医となるが、その後に医師をやめて文学に身を投じ、文化館での仕事を始めた。1984年に発表したデビュー作『星星』は『北京文学』の第一期に掲載された。その後、魯迅文学院と北京師範大学共同主催の研究生クラスに参加して学習し、また中国作家協会の浙江省支部に入り、職業作家として文学創作を始めた。主な作品に『十八歳出門遠行』『世事如煙』『川辺的錯誤』『現実一種』『鮮血梅花』『古典愛情』『黄昏里的男孩』など、長編小説『活着』『在細雨中呼喊』『許三観売血記』がある。このうち『活着』は張芸謀監督によって映画化された。2005年には長編小説『兄弟』（上）、2006年に『兄弟』（下）を出版した。初期の作品は主に形式、言葉、叙事への試みとして力を入れていた。奇妙で謎めいた、さらに残忍で怪異な文学の世界を築き上げることに長けている。蘇童や格非と肩を並べる存在で、ともに「先峰派」作家と呼ばれている。ただし、その後の長編小説『活着』『許三観売血記』『兄弟』などでは写実主義の傾向を見せている。

二.『兄弟』

　余華は、『兄弟』が今まで書いた作品の中で一番気に入った作品だと語ったことがある。『兄弟』の上巻は「文化大革命」期間中に起きた物語で、下巻は20世紀80年代に入ってからの出来事である。小説は、江南の小さな町に住んでいるある兄弟、李光頭と宋鋼の人生物語を描いている。二人の産みの親は全く異なり異父異母の関係である。李光頭の父は公共トイレで女性を覗いているときに、不注意で肥だめに落ちて亡くなった。そして、その同じ日に李光頭が生まれた。彼が村の人々に軽蔑されたり笑われたりして日々を過ごしていたときに、宋鋼の父である宋凡平が手を差しのべてきた。彼は李光頭の父の葬式のことで、李光頭の母である李蘭を手伝ってくれ、李蘭は彼のその恩をしっかりと胸に刻んだ。数年後、宋鋼の母が病気でなくなった。李蘭と宋凡平は助け合い、同情し合い、やがて、二人は結婚した。李光頭と宋鋼も非常に仲のいい兄弟となった。二人の婚姻はやはり村の人々の嘲笑を避けることはできなかったが、二人は大変仲睦まじく、円満な家庭生活を送っていた。1年後、李蘭は偏頭痛を患い、宋凡平は治療のために彼女を上海に連れていった。その後に「文化大革命」が始まり、宋凡平は地主の出身だったために弾圧対象となり、「階級の敵」とされた。彼は刑務所に入れられて苦しめられ、非人道的な侮辱を受けた。上海にいる李蘭を迎えるために、彼は大胆にも脱獄したが、駅で造反派に追い詰められ、囲まれて殴り殺されてしまう。それを聞いた李蘭は深い悲しみに陥った。「地主の嫁」とされたが、彼女は夫の喪に服すため、7年間は髪を洗わないことにした。宋凡平が死んだ後、宋鋼は祖父に引き取られて田舎に行き、しばらくは李光頭と離れ離れになったが、それでも二人は頻繁に会っていた。数年後に祖父が他界すると、宋鋼は再び都市部に戻った。二人は久々の再会を果たしたが、14歳の李光頭はチンピラになっていた。その若さで公共トイレでの覗きで村の「有名人」になっていた。李蘭はそのことを非常に恥ずかしく思い、病気も日増しに悪化してしまう。彼女は死ぬ間際、いつもいざこざを引き起こしている李光頭のことを宋鋼に託した。

　そして、物語の舞台は80年代へと変わる。李光頭も宋鋼ももう大人になり、職に就いて給料ももらえるようになった。特に李光頭は村の福祉工場の工場長になり、耳や足の不自由な人を率いて工場を赤字状態から救い出した。さらに、利益も生み出して彼は国家幹部となった。李光頭は昔からずっと村の有名な美人である林紅に恋心を抱いていたが、彼女は宋鋼と結婚する。恋愛がうまくいかなかった李光頭は時代の流れに身をまかせ、思い切って職を辞し、商売を始めた。事業は成功し、彼は村の億万長者になった。一方の宋鋼はどんどん

下り坂になり、職を失い、肉体労働で肺の病気を患ってしまった。さらに、林紅との婚姻もうまくいかなくなっていたが、それでも彼は終始李光頭の援助を受けようとはしなかった。李光頭は大金持ちの威を借りて美人の心を射止めていた。林紅は結局彼と一緒になり、李光頭の長年来の願いがやっと現実となった。宋鋼は病気の体にもかかわらず、金稼ぎに懸命であった。運搬の仕事をしたり、花を売ったり、小さな商売をしたり、物売りの仕事をしたりして、林紅との再会を楽しみにしていた。しかし、李光頭と林紅はかけおちし、上海へ行った。それを聞いた宋鋼は絶望の淵に投げ込まれ、二人の幸せを考えて、彼はレールの上に寝ることで自殺を図った。彼の死を知った李光頭と林紅は気がとがめ、非常に後悔した。その後、林紅は美容室のオーナーになり、仕事中はずっと満面の笑みを浮かべているが、それ以外は氷のような冷たい人間になっていた。そして、李光頭は一線を退き、隠居生活を送るようになった。彼は金めっきの便器に座り、宇宙飛行士のように宇宙を遊泳することを想像していた。また、ロシア語の勉強にも精を出し、いつかロシアの宇宙船に乗って兄弟である宋鋼の骨箱を宇宙まで送り届けたいと望んでいる。

　余華は作品の中の李光頭と宋鋼の運命を、時代の発展や変化とうまく結び付けた。文化大革命から改革開放後の80年代まで、二人は全く異なる二つの時代を経験し、それぞれの運命と結末を迎えた。李光頭は不遜で俗物で質の悪い人物ではあるが、市場経済の波に乗って億万長者になった。一方の宋鋼は勤勉で心の優しい人物像であるにもかかわらず、社会に取り残された。余華は皮肉で冗談めいた漫画的描写を通じて社会批判を行った。得意とした残酷さとブラックユーモアを踏まえつつも、家庭の暖かさと忠実さも取り入れている。泣かせるストーリー展開で、多くの読者を引き付け、感動させた。

参考文献

中国语言文化史 李葆嘉 江苏教育出版社 2003 年版
中国文化概论 张岱年 方克立 北京师范大学出版社 2004 年版
对联杂志 中国楹联学会 北京
中国语言和中国社会 陈建民 广东教育出版社 1999 年版
中国语言文字学史料学 高小方 南京大学出版社 2005 年版
中国语言规划研究 姚亚平 商务印书馆 2006 年版
插图本中国文学史 郑振铎 人民文学出版社 1957 年版
中国文学发展史 刘大杰 上海古籍出版社 1982 年 5 月新 1 版
中国文学史 游国恩等 人民文学出版社 1979 年版
中国文学史 章培恒、骆玉明主编 复旦大学出版社 1996 年 3 月第 1 版
中国文学史 袁行霈主编 高等教育出版社 1999 年版
中国古代文学史 罗宗强、陈洪主编 华东师范大学出版社 2000 年版
中国古代文学史 郭预衡 上海古籍出版社 1998 年
中国文学史纲要 褚斌杰 北京大学出版社 1995 年版
中国文学通史 中山大学中文系编著 中山大学出版社 1999 年版
中古文学史论 王瑶 北京大学出版社 1986 年版
中国小说史略 鲁迅 人民文学出版社 1973 年版
中国通俗小说书目 孙楷第 人民文学出版社 1982 年版
元明清散曲选 王起主编 人民文学出版社 1988 年版
三国志通俗演义 上海古籍出版社 1980 年版
水浒全传 人民文学出版社 1954 年版
西游记 人民文学出版社 1980 年
牡丹亭 徐朔方校注 人民文学出版社 1982 年版
长生殿 徐朔方校注 人民文学出版社
桃花扇 王季思等校注 人民文学出版社
聊斋志异（会校会注会评本）张友鹤辑校 上海古籍出版社 1979 年版
儒林外史 人民文学出版社 1958 年版
红楼梦 中国艺术研究院红楼梦研究所校注 人民文学出版社 1982 年版
中国现代文学三十年 钱理群、温儒敏、吴福辉主编 北京大学出版社 1998 年版
中国现代文学史 郭志刚、孙中田主编 高等教育出版社 1999 年版
中国现代文学史 程光炜等主编 中国人民大学出版社 2000 年版
20 世纪中国文史（上、下）黄修己主编 中山大学出版社 1998 年版
中国当代文学史 洪子诚著 北京大学出版社 1999 年版
中国当代文学史教程 陈思和主编 复旦大学出版社 1999 年版

あとがき

　この度、数人の友人と力を合わせて、『中国語言文学』読本に取り組むことができました。まず、孫宜学教授の心温まるお誘いと私への信頼に感謝申し上げます。

　全書は三編からなっており、そのうち鄭州航空工業管理学院の若手教員の趙燿先生が『中国言語文化概要』部分の初稿を、上海大学の馬沙先生が『中国古代文学』部分の初稿を、上海大学の李玉涵先生が『中国現当代文学』部分の初稿を担当してくださいました。最後に形式の統一、校閲を行い、全文を通して読み返し、細部の修正と内容の補充を私、聶偉と婁暁凱先生が行いました。この場をお借りして、友人のご協力に心から感謝申し上げたいと思います。

　時間の関係で、編集過程において漏れなどの箇所があるかと思います。皆様のご意見、ご感想をお聞かせ願えればと思っております。

聶偉
2015年初春　上海にて

■ 代表著者プロフィール

聶 偉　NIE WEI

上海大学教授。人文社会科学処常務副処長、影視学院副院長、戯劇影視学科長。上海市「曙光学者」、教育部霍英東大学青年教師賞、教育部新世紀優秀人材賞、王寛誠育才賞を受賞。『北京電影学院学報』、『電影新作』等学術雑誌の学術委員および編集委員、韓国中国映画論壇海外委員、『電影中国』編集委員を兼任。

■ 訳者プロフィール

芦木 通保　あしき みちやす

北京大学卒業、大阪外国語大学大学院修士課程修了。大阪外国語大学、関西外国語大学、近畿大学などの非常勤講師を経て、2005年より北京語言大学・大学院日本語学部の外国人教師。通訳翻訳業にも従事。

中国の言語文学

聶偉、婁暁凱　著／芦木通保　訳／楊光俊、渡部修士　監訳

2015年3月31日　初版第1刷発行

発行者　　原　雅久
発行所　　株式会社 朝日出版社
　　　　　〒101-0065　東京都千代田区西神田3-3-5
　　　　　TEL (03) 3263-3321 (代表)　FAX (03) 5226-9599
印刷所　　協友印刷株式会社

乱丁・落丁本はお取り替えいたします。　Printed in Japan
ISBN978-4-255-00830-1 C0098